Tina Caspari

Ab heute wird das Leben anders

Tina Caspari

wurde in Berlin geboren, ist in Ostpreußen und Pommern aufgewachsen, war als Schauspielerin bei verschiedenen Theatern engagiert und arbeitete als Funk- und Fernsehsprecherin. Sie ist Autorin von zahlreichen Romanen, Kinder- und Jugendbüchern und aktuellen Fernsehserien. Heute lebt sie als freie Schriftstellerin in Steinebach am Wörthsee.

Tina Caspari

AB HEUTE WIRD DAS LEBEN ANDERS

Schneider Buch

Bibliografische Information Der Deutschen Bibliothek
Die Deutsche Bibliothek verzeichnet diese Publikation in der Deutschen Nationalbibliografie; detaillierte bibliografische Daten sind im Internet über http://dnb.ddb.de abrufbar.

Der Schneider Verlag im Internet
www.schneiderbuch.de

Erstmals erschienen unter den Titeln:
Mit 11 erobert man die Welt (1996)
Mit 12 fühlt man ganz anders (1986)
Mit 13 hat man täglich Ärger (1976)
Mit 14 glaubt man an die Freundschaft (1976)
Titelbild: Sabine Lochmann
Herstellung/Satz: FIBO Lichtsatz GmbH, Unterhaching
Druck/Bindung: Clausen & Bosse, Leck
ISBN 3-505-11949-0

03 04 / 8 7 6 5 4 3 2 1

INHALT

Mit 11 erobert man die Welt

Ein echter Glückstag 10
Ein Wunsch geht in Erfüllung 20
Flugreise, Abenteuer inbegriffen 29
Die schönsten Ferien der Welt 42
Ein Tag wie kein andrer 60
Der große Traum vom Tanzen 71
Jurij der Große und die kleinen Monster 79
Dreizehn Striche am Türpfosten 87

Mit 12 fühlt man ganz anders

Immer diese Familie 104
Katja will kein Mädchen sein 113
Scherben bringen kein Glück,
aber sie beruhigen ungemein! 121
Ein Märchenprinz verliert seine Krone 131
Stadtbummel mit Hindernissen 137
Kindergeburtstag oder Superfete? 149
Klementine 160
Das ganze Leben lohnt sich nicht 169
Eine Stinkbombe wird zur Lawine 183
Gar nicht so schlecht, diese Familie! 192

Mit 13 hat man täglich Ärger

Katja hat einen Mordsbammel vor der neuen Schule 200
Die Neue rüttelt am Thron von Petra 206
Katja wird zum Stadtbummel eingeladen 216
Ein stinklangweiliger Nachmittag 224
Ein Ausflug wird zum Riesenreinfall 231
Eine Einstandsparty wird geplant 239
Ballettunterricht – eine prima Idee 245
Eine Feier mit bösen Streichen 253
Eine Reise mit Hindernissen 261
Mit Petra im Krankenzimmer 267
Eine Freundschaft beginnt 275
Ein heldenhafter Empfang im Klassenzimmer 284

Mit 14 glaubt man an die Freundschaft

Papa ist ja gar nicht so 294
Frau Christiansen taut auf 302
Katja lässt Petra im Stich 313
Die Pizza-Schlacht 318
Klaus Funke in Nöten 328
Klaus Funkes Reinfall 334
Ein Nachmittag im Studio 344
Auf zur Reiterpension! 353
Ein Ausflug zur Lieblings-Alm 362
Eine aufregende Nacht 368

Mit 11 erobert man die Welt

Ein echter Glückstag

Autsch!", schrie Katja wütend und ein bisschen lauter, als es eigentlich nötig war.
Tante Otti flocht ungerührt weiter an dem dicken Zopf, mit dem sie Katjas Mähne bändigte und der – wie sie meinte – die einzig angemessene Frisur war, mit der man ein Mädchen von gerade eben elf Jahren zur Schule gehen lassen konnte.
„Du bist aber auch zu empfindlich, mein Liebes. Aber das habt ihr Kinder wohl heute alle gemeinsam. Wenn ihr wüsstet, wie streng wir erzogen wurden! Gewiss war manches übertrieben. Aber es hat uns auch gelehrt, Härten im Leben mit Gleichmut zu ertragen."
„Amen!", knurrte Katja, zum Glück so leise, dass Tante Otti es nicht verstand.
Außerdem wurde die jetzt von den Zwillingen abgelenkt. Markus und Fips nutzten die Gelegenheit, als sich Tante Otti so hingebungsvoll Katjas Frisur widmete, um sich großzügig aus der Dose Nesquik zu bedienen. In seltener Einmütigkeit schaufelten Katjas vierjährige Brüder das Pulver in ihre Milchbecher, bis die klebrige Flüssigkeit über den Rand lief

und in kleinen Rinnsalen von der Tischkante auf ihre Jeans tropfte.
Wie meistens merkte es Celia als Erste. Auf ihrem Gesicht erschien jener Ausdruck unverhohlener Schadenfreude, der von ahnungslosen Fremden leider allzu oft als „engelhaftes Lächeln“ missdeutet wurde. Alles, was die sechsjährige Celia sagte, wirkte irgendwie engelhaft. Mal abgesehen von den Tagen, an denen sie schlechte Laune hatte. Jetzt setzte sie mit vollendeter Grazie ihre Tasse ab und sagte in einem Ton sanfter Liebenswürdigkeit: „Was macht ihr denn da schon wieder für eine sagenhafte Sauerei!“
Tante Otti fuhr herum. Vor Schreck fiel ihr der Kamm aus der Hand. „Philipp! Markus! Was fällt euch ein! Seid ihr denn von allen guten Geistern verlassen! Eure Pullover, eure Hosen! Nein aber auch ... igitt! Und der ganze Tisch schwimmt! Jetzt muss ich euch für den Kindergarten noch mal umziehen! Marsch, ab ins Bad! Und du, hol einen Lappen, Celia!“
Katja war bereits an der Tür. „Ich muss gehn. Tschüss, bis heute Mittag!“ Und schon war sie draußen. Während sie sich im Flur ihre Schulmappe griff, fuhr sie sich mit der Hand durch den halb fertigen Zopf. Zwei-, dreimal heftig den Kopf geschüttelt, und die Mähne hing, wie sie es liebte, locker um das Gesicht. Tante Otti würde keine Zeit haben, noch einmal aus dem Fenster zu sehen.
Drei Tage musste sie das Monster noch aushalten, dann kamen Mama und Papa aus dem Urlaub zurück. Zwar würde die Tante nicht sofort abfahren. Aber ihr Interesse galt dann mehr den Reiseberichten der Erwachsenen, und sie musste sich nicht mehr für den Haushalt und die Kinder verantwortlich fühlen. Mischte sie sich tatsächlich ein, konnte Mami das großartig auffangen und sie ablenken. An solchen Tagen, an

denen Tante Otti, wie sie sagte, nur noch zu ihrem Vergnügen da war, konnte sie sogar manchmal richtig nett sein.
Es wäre ja auch alles nicht so schlimm gewesen, wenn Tante Otti es nicht ausgerechnet darauf abgesehen hätte, aus Katja das zu machen, was ihre jüngere Schwester Celia ihrer Meinung nach von Geburt an gewesen war: „ein entzückendes kleines Mädchen“. Katja war weder klein noch besonders hübsch. Man hätte sie eher für einen Jungen halten können, mit ihrem eckigen, mageren Körper und dem schlaksigen Gang. Sie trug im Gegensatz zu Celia nie etwas anderes als Turnschuhe, Jeans und Sweatshirts. Und wie die aussahen, war ihr ziemlich gleichgültig. Hauptsache, sie waren bequem, und man konnte schnell damit laufen.
Dass Katjas Sachen trotzdem schick und originell waren, dafür sorgte Mama. Sie hatte auf der Kunstschule studiert und setzte nun ihr malerisches Können in witzige Bilder und Aufschriften auf den T-Shirts, Sweatshirts und Jacken ihrer Kinder um.
In Kanada, wo sie zwei Jahre gelebt hatten, da hatte Mama sogar Geld damit verdient. Eine Freundin hatte sie eines Tages überredet, ihr regelmäßig originell bemalte T-Shirts für ihre Boutique zu liefern. Das war ein riesiger Erfolg gewesen, nur dass Mami gar nicht so viele Hemden bemalen konnte, wie die Leute kaufen wollten.
Kanada! Wann immer Katja an die Zeit dort zurückdachte, fühlte sie diesen dicken Kloß in der Kehle, und in ihrem Bauch begann es zu kribbeln, als hätte sie Mücken gefrühstückt. Es war ein Gefühl von Heimweh und Sehnsucht und Glück, wenn man nur das Wort aussprach und dabei die vertrauten Bilder in einem aufstiegen. Die Erinnerung an das weiße Haus am See, die endlosen Wälder, die bunten, fröhli-

chen Städte ... Wenn Katja an Kanada dachte, schien es dort nur blauen, wolkenlosen Himmel zu geben, Licht, Weite und leuchtende Farben, selbst in den langen Wintermonaten. Oder jetzt zum Beispiel, im Herbst, dem „Indian Summer“, wenn die Blätter an den Bäumen so glutrot leuchteten, dass man den Anblick kaum fassen konnte, so unglaublich schön war das!

Wenn ich erwachsen bin, gehe ich nach Kanada zurück und bleibe dort für den Rest meines Lebens, schwor sie sich immer wieder. Aber wie lange musste sie bis dahin warten! Und einfach mal so in den Ferien hinfahren, das konnten sie sich nicht leisten. Eine Familie mit vier Kindern – das wäre viel zu teuer gewesen!

Am Anfang, als sie neu hier eingezogen waren, hatte Katja Mama oft etwas vorgejammert. Sie hatte alles nur schrecklich düster und eng gefunden, auch wenn sie eine schöne Wohnung in einem fast hundert Jahre alten Haus bewohnten. Aber dann hatte sie gemerkt, dass auch Mama nicht glücklich darüber war, immer wieder umziehen zu müssen, weil Papa von seiner Firma mal hierhin, mal dorthin geschickt wurde. Sie hatte gespürt, wie traurig ihre Mutter oft war und wie fremd sie sich hier in Köln fühlte, wo sie niemanden kannte. All ihre Freunde so weit entfernt zu wissen und nicht mehr für die Boutique arbeiten zu können, das musste wirklich schlimm für sie sein. Papa verstand nicht, dass Mama darunter litt. Kunststück, für ihn war alles viel einfacher. Er hatte mit seinen Fracht-Versicherungen auf der ganzen Welt zu tun und begegnete so vielen interessanten Menschen, dass er froh war, wenn er abends seine Ruhe hatte.

Auch den Zwillingen machte der Umzug nicht so viel aus. Für sie waren Spielsachen und Bilderbücher wichtig. Und

Abenteuer erlebten sie überall. Celia lebte sowieso in ihrer eigenen Welt, mit ihren Puppen, mit dem Schmuck und den Kleidern, die sie für sie herstellte. Celia konnte man schon mit ein paar Modezeitschriften glücklich machen.
Nein, wenn man so alt war wie Celia oder die Brüder, hatte man noch keine Freunde, die man vermisste und nach denen man sich sehnte. So, wie sich Katja nach ihren Freundinnen Carol und Susan sehnte, mit denen sie in Kanada ständig zusammen gewesen war. Am Anfang hatten sie sich jede Woche geschrieben. Mit der Zeit waren es dann immer weniger Briefe geworden. Aber das hatte sicher damit zu tun, dass sie jetzt alle viel mehr für die Schule arbeiten mussten.
Katja war so in ihre Gedanken versunken, dass sie um ein Haar bei Rot über die Straße gelaufen wäre.
„He! Pennst du mit offenen Augen? Du wärst beinah in den Lieferwagen gerannt!" Jemand riss sie unsanft zurück.
Katja drehte sich erschrocken um. Es war Daniel, ein Junge aus ihrer Klasse, der sie jetzt kopfschüttelnd musterte.
„Mann, das muss ja ein super Traum gewesen sein", sagte er grinsend.
Katja war rot geworden. Einerseits musste sie Daniel dankbar sein, andererseits ärgerte sie sich, dass sie von ihm bei einer solchen Nachlässigkeit ertappt worden war.
„Total daneben! Von wegen super Traum!", wehrte sie ab und warf den Kopf ärgerlich in den Nacken. „Ich hab heute früh zu Hause schon jede Menge Stress gehabt. Ich bin einfach sauer, verstehst du? Darum war ich so weggetreten."
„Eure alte Tante?"
„Wer sonst!"
„Kann ich verstehn", sagte Daniel mitleidig. „So was reibt einen unheimlich auf. Na komm, wir sind spät dran."

Die Ampel hatte auf Grün geschaltet. Sie überquerten die Straße und betraten kurz darauf den Schulhof, der im Schatten großer Kastanien lag. Ein paar Unermüdliche waren dabei, die heruntergefallenen Früchte aufzusammeln und sie aus ihrer aufgeplatzten stachligen Umhüllung zu schälen. Katja hatte schon etliche davon mit nach Hause genommen. Jetzt betrat sie hinter Daniel das Schulgebäude und stieg die Treppe hinauf. Ihre Klasse lag im zweiten Stock. Von ihrem Platz aus konnte sie in die Krone einer der Kastanien sehen. Das war schön, man konnte sich wie im Wald fühlen und vergessen, dass man mitten in der Großstadt war.

Anja, die mit ihr den Tisch teilte, saß bereits an ihrem Platz.

„Mann, ist mir schlecht!", stöhnte sie statt einer Begrüßung.

„Wieso denn das?" Katja sah sie verwundert an.

„Na, wegen Englisch! Wir kriegen doch heute die Arbeit zurück! Schon vergessen?"

„Ach so ...", antwortete Katja gedehnt. „Na und?"

„Du bist gut! Bei mir ist das sicher ein Fünfer, wetten?"

„Quatsch."

„Wieso Quatsch?", fragte Anja gereizt zurück.

„Weil du von mir abgeschrieben hast. Entweder ist es ein Sechser, weil sie's gemerkt hat, oder ein Einser."

„Du hast Nerven. Das meinst du doch nicht im Ernst?"

„Wart's ab."

„Ganz schön eingebildet", zischelte jemand hinter Katja.

Katja grinste. Es war unzweifelhaft ein Vorteil, zwei Jahre in eine englische Schule gegangen zu sein. Als sie vor einem Jahr in Deutschland in die vierte Klasse der Grundschule gekommen war, hatte das niemanden interessiert. Man hatte sie mit Neugierde, aber auch mit Misstrauen betrachtet, und keiner hatte sich sonderlich um sie bemüht. In vier Schuljahren

war die Klasse zu einer Gemeinschaft zusammengewachsen, und Katja hatte sich als unwillkommener Eindringling gefühlt.
Jetzt war das ganz anders. Im Herbst war sie ins Gymnasium übergewechselt, mit den Nettesten aus ihrer vorigen Schule. Das war ein ganz anderes Leben. Nun gehörte sie zu den Großen. Unendlich fern lag die Zeit in der Grundschule zurück. Abends durfte sie jetzt eine Stunde länger aufbleiben, und Mama und Papa hörten ihr interessiert zu, wenn sie von ihren Erlebnissen am Vormittag erzählte. Mit denen, die aus derselben Grundschule gekommen waren wie sie, kam sie inzwischen echt gut aus. Plötzlich verstanden sie sich super, jetzt, da es darum ging, sich gegen die Neuen aus anderen Schulen durchzusetzen. Sie verbrachten ihre Freizeit miteinander, gingen zum Sport und ins Schwimmbad oder besuchten sich gegenseitig.
Kein Wunder, dass sich Katjas Laune mit dem Betreten des Schulgeländes schlagartig gebessert hatte.
Sie war gerade dabei, Englischbuch, Hefte und Federmappe aus der Schultasche zu nehmen, als Frau Kramer mit gewohntem Schwung in die Klasse segelte. Frau Kramer war klein und rund. Katja fand, dass sie sich fortbewegte wie ein Fußball, der sich, in hoher Geschwindigkeit rotierend, flach über dem Boden dem gegnerischen Tor näherte. Jedenfalls war sie genauso schnell – und genauso unberechenbar.
„Guten Morgen, meine Schnäuzchen!“, posaunte die Kramer. Der Himmel wusste, warum sie ihre Schüler aus der Fünften mit „meine Schnäuzchen“ anredete. Wahrscheinlich war es ihre Art, den Neulingen auf dem Gymnasium das entgegenzubringen, was sie unter mütterlicher Zuwendung verstand. „Ich habe zwei Nachrichten für euch, eine gute und eine

schlechte. Welche wollt ihr zuerst hören?“, rief sie und knallte die korrigierten Hefte aufs Pult.
„Die gute!“, riefen die einen.
„Nein, die schlechte!“, übertönten sie die anderen.
„Also gut, die schlechte zuerst: Die Arbeit ist absolut miserabel ausgefallen. Drei Sechser, sieben Fünfer, zehn Vierer und ein paar Dreier ... Und die gute Nachricht: Wir schreiben sie noch mal. Natürlich nicht die gleiche.“
Alle sahen einander betreten an, während die Kramer die Hefte verteilte und dabei laut die Noten bekannt gab. Katja senkte enttäuscht den Blick. Nur ein Dreier? Das gab's doch gar nicht! Und sie hatte so mit ihrem todsicheren Einser angegeben!
„Oliver – Fünf! Constanze – Vier! Hanna – Sechs! Niko – Vier!“, tönte die Stimme der Kramer über ihren Kopf hinweg. „Anja – Drei!“ Aha, Anja hatte also perfekt abgeschrieben!
Der Stapel Hefte wurde schnell kleiner, denn Frau Kramer klatschte jedem seine Arbeit mit geübtem Schwung auf den Tisch. Als Diskuswerferin wäre sie auch nicht schlecht, dachte Katja. Und wo bleibt mein Heft? Drei, zwei, eins ... es war keines mehr übrig. Die Kramer stutzte. Dann entdeckte sie ein letztes Heft auf ihrem Pult, hob es hoch, blätterte darin, las mit gerunzelter Stirn ein paar Sätze und schloss es seufzend, als hätte diese Arbeit höchstens die Note Sieben verdient. Sie wog es leicht in der Hand, zielte und schleuderte es flach so geschickt über mehrere Köpfe hinweg, dass es genau auf Katjas Platz landete.
„Katja“, sie machte eine lange Kunstpause, „Eins! Eine bessere Note sieht unser System leider nicht vor, sonst hättest du sie bekommen.“

„Wow!", „Echt stark!" und „Spitze!", kamen die Zurufe aus der Klasse.
Katja hatte das Gefühl, ein Stück zu wachsen. Gut Englisch zu sprechen war eine Sache. Gute Noten zu bekommen eine andere. Auf jeden Fall baute es einen unheimlich auf. Für einen Augenblick war sie der Star in der Klasse, alle sahen sie bewundernd an. Das war genau das, was sie als Gegengift gegen Tante Ottis Erziehungsversuche brauchte.
In den nächsten Unterrichtsstunden ging sie wie auf Wolken. Und als sie sich mit Anja, Helga, Melanie und Christine auf den Heimweg machte, schritt sie wie ein von seinen Fans umzingelter Olympiasieger über den Schulhof.
Im Tor stießen sie mit einer Gruppe älterer Schüler zusammen, die sich ihnen in den Weg stellten. Angriffslustig bauten sich die Jungen vor ihnen auf und rückten bedrohlich näher. Christine und Anja versuchten, seitlich auszuweichen, doch die Jungen hinderten sie am Weitergehen.
„He, was soll das!", sagte Melanie unsicher. „Lass uns durch, Mann!"
„Ach. Ihr wollt hier durch?", flötete ein dicker Semmelblonder und machte sich erst recht breit. „Pech gehabt. Hier ist gesperrt."
Die Typen grinsten auf sie hinunter, dass Katja kalte Wut in sich aufsteigen spürte. Einer hob drohend die Fäuste.
Katja sah die Gruppe verächtlich an. Dann holte sie tief Luft und brüllte in einer Lautstärke, die sie sich selbst nicht zugetraut hätte: „What type of shit am I looking at, eh? You damned idiots, piss off or I'll kick your ass so that you can't sit for the rest of your lives!"
Die Jungen starrten, fassungslos vor Staunen, mit sperrangelweit geöffneten Mündern auf dieses magere, langbeinige Ge-

schöpf, aus dessen Mund in unglaublicher Geschwindigkeit eine solche Fülle von Flüchen auf sie niederging. Schweigend wichen sie zurück und ließen die Mädchen passieren.

„So macht man das“, sagte Katja gleichmütig, als sie ein paar Meter entfernt waren.

„Und was hast du zu ihnen gesagt?“, fragte Anja bewundernd.

„Das verrate ich euch lieber nicht. Es war ziemlich unanständig. Bei den Jungen in unsrer Schule in Toronto hab ich jede Menge solcher Sachen gelernt.“

Die vier Mädchen sahen sie fast ehrfürchtig von der Seite an.

Katja strahlte. „Jetzt fühle ich mich erst richtig gut. Ein echter Glückstag heute!“

Ein Wunsch geht in Erfüllung

Der November brachte Regen ohne Ende. Eine deutsche Großstadt im Regen ist wirklich das Allerletzte, dachte Katja. In Kanada lag jetzt überall dicker Schnee, was konnte man da alles anfangen! Skifahren, Rodeln, Schlittschuhlaufen, schon das Schneeschippen in der herrlich klaren Luft war ein Spaß gewesen! Aber hier? Da schien es gar keinen richtigen Winter zu geben, nur Matsch, Nässe, Nebel und Dunkelheit. Man bekam Halsweh, Schnupfen und Husten von dieser ewigen Feuchtigkeit, nur leider nie so schlimm, dass man Fieber hatte und im Bett bleiben durfte.

Und nicht der kleinste Lichtblick! In der Schule wurde gepaukt, als ginge es um eine Weltmeisterschaft, und nachmittags hockte man wieder über den Büchern. Mami war gereizt und ungeduldig, weil die Wohnung nach feuchten Mänteln und Jacken roch und weil die Zwillinge mehrmals am Tag bis auf die Haut durchnässt vom Spielen kamen. Es war ihr Geheimnis, wie sie das schafften.

Der November war wirklich ein ätzender Monat, fand Katja. Wenn es wenigstens mal ein besonderes Ereignis gegeben hätte. Ein großes Familienfest zum Beispiel, eine Einladung oder einen richtig netten Besuch, für den Mama ein wunderbares Essen kochen musste. Der sich von einem die Sehenswürdigkeiten der Stadt zeigen ließ und einen anschließend in die Konditorei einlud. Nicht einmal auf die Mahlzeiten konnte sich Katja richtig freuen, denn der November war der Monat, in dem Mama stets von einer plötzlichen Sparwut befallen wurde. Weihnachten rückte näher und damit die Zeit, in der es Geschenke zu kaufen, Plätzchen zu backen und die Festtage zu planen galt. Deshalb standen jetzt Dinge auf dem Speisezettel, die Katja nicht sonderlich liebte. Gemüse-Eintopf, Brotauflauf, Pellkartoffeln mit Quark oder süßsaure Linsen.

„Wie kann man nur so ein alter Miesmacher sein, Liebchen!", sagte Mami an diesem Tag beim Frühstück. Papa hatte mit den Zwillingen bereits das Haus verlassen, um sie im Kindergarten abzuliefern. „Sicher, das Wetter ist grässlich, und man mag gar nicht vor die Tür gehn. Aber es gibt doch auch so viele positive Dinge. Deine guten Noten zum Beispiel. Dass du dich in der Schule wohl fühlst. Und dann die vielen schönen Bücher, die man an düsteren Nachmittagen lesen kann. Die Musik und die interessanten Filme im Fernsehen. Jeder Monat hat seine eigenen Vorzüge."

„Nur der November nicht. Deshalb halten sie da ja auch diese ganzen Trauertage ab", erklärte Katja schlecht gelaunt. „Die haben schon gewusst, warum. Was anderes als trauern kann man in so einer miesen Zeit sowieso nicht."

„Unsinn!", widersprach Mama heftig. „Nur wenn man von vorneherein schon erwartet, dass der Tag grässlich sein wird, geht einem alles gegen den Strich. Man muss positiv sein, fröhlich und gespannt auf das, was sich an diesem Tag ereig-

nen könnte. Jede Stunde kann plötzlich ein Wunder geschehen!"
„Zum Beispiel das Wunder, dass unter unserer Tür Wasser rauskommt", mischte sich Celia mit wichtiger Miene ins Gespräch. „Es wird immer mehr."
„Wasser? Wo?" Mama sprang alarmiert auf und rannte zur Tür, unter der sich ein dünnes Rinnsal zeigte, das in die Küche sickerte und seinen Weg am Herd vorbei zum Esstisch suchte.
Auch Katja war aufgesprungen und folgte eilig der Mutter in den Flur. „Es kommt aus dem Bad! Wetten, das waren mal wieder die Zwillinge!"
„Die Wette hast du gewonnen." Mama riss die Badezimmertür auf und blieb wie angewurzelt auf der Schwelle stehen. Die Waschmaschine hatte gerade den ersten Spülgang beendet und pumpte die Reste der Seifenlauge aus der Trommel. Der Abflussschlauch, der normalerweise in die Badewanne hing, lag am Boden wie eine seekranke Schlange und gab mit gequälten Zuckungen kleine Mengen gelblicher Brühe von sich. Der Badezimmerfußboden war zentimeterhoch mit Waschlauge bedeckt.
Mama machte einen Hechtsprung zur Waschmaschine, stellte sie ab und riss den Stecker aus der Dose. Zugleich ergriff Katja den Schlauch und legte ihn in die Wanne zurück. Celia war ihnen gefolgt und betrachtete von der Tür aus fasziniert die riesige Überschwemmung.
„Wenigstens werden die Teppiche mal sauber", stellte sie fest und zog sich zurück, ehe jemand sie um eine Hilfeleistung bitten konnte. „Tschüss, ich muss weg!"
Katja sandte der Schwester einen wütenden Blick nach. „Ich bleibe natürlich bei dir und helfe dir!", beteuerte sie. „Warte, ich hol schnell den Eimer."

„Irrtum, mein Schatz, du gehst auch in die Schule. Mit dem Wasser werde ich schon allein fertig. Mein Gott, hoffentlich ist es nicht schon bei Frau Haubenstock unten durch die Decke gekommen!"
An der Wohnungstür klingelte es Sturm.
„Das ist sie schon!", riefen Mama und Katja wie aus einem Munde.
„Okay, ich geh dann lieber", murmelte Katja und verdrückte sich ebenfalls.
Auf den lautstarken Empörungsausbruch von Frau Haubenstock konnte sie gut verzichten. Mama wurde mit so etwas erstaunlich gut fertig. Entweder sie würde jetzt selbst die total Verzweifelte spielen, oder sie würde die alte Dame, die im Untergeschoss wohnte, mit so geballter Fröhlichkeit empfangen, dass ihr die Wut im Hals stecken blieb.
Katja kam gerade noch rechtzeitig in den Unterricht. Mathe bei Herrn Bieler. Bieler, die Schnellfeuerwaffe, da musste man höllisch aufpassen, damit man den Faden nicht verlor. Er konnte richtig eklig werden, wenn er einen beim Schlafen im Unterricht ertappte.
Während der Schulstunden hatte sie die Katastrophe am Morgen fast vergessen. Erst auf dem Heimweg mit den Freundinnen fiel ihr das überschwemmte Badezimmer wieder ein, und sie gab die aufregende Story mit etlichen Ausschmückungen zum Besten.
„Manchmal erfüllen sich die verborgensten Wünsche!", beendete sie ihren Bericht. „Die Haubenstock ist solch eine Giftnudel, der habe ich schon lange mal eine kalte Dusche gewünscht!" Katja kicherte. „Tjaja. Meine Mutter hat heute früh gesagt, man muss jeden Tag auf ein Wunder warten. Wie Recht sie hatte."

Zu Katjas Verblüffung empfing Mama sie in der Küche mit genau diesen Worten. „Erinnerst du dich, was ich dir heute früh gesagt habe? Dieser Tag hat noch mehr Überraschungen für dich auf Lager. Es ist zwar nur eine kleine, aber ich denke, sie bringt ein bisschen Licht in den grauen November."
Mit diesen Worten überreichte sie Katja einen Brief. Einen Luftpostbrief aus Kanada. Katja machte einen Freudenhüpfer. „Mann! Der erste Brief seit acht Wochen! Super. Von Susan, hast du gesehen?"
Mama lachte. „Klar. So neugierig war ich nun doch, dass ich mir den Absender angeschaut habe. Himmel, die Suppe kocht über! Was für ein Tag ..."
Katja achtete nicht auf sie. Sie ließ Mantel und Tasche fallen, wo sie stand, und riss den Umschlag auf. Der Brief war nicht von Susan, die hatte nur einen kleinen Gruß an den Rand gekritzelt. Der Brief war von Susans Eltern. Ohne lange Vorrede kamen sie zur Sache: Sie würden sich freuen, Katja für die Weihnachtsferien zu sich nach Kanada einladen zu dürfen. Inklusive Flug und aller Kosten. Susan und Carol vermissten Katja so sehr, und sie fänden es doch schade, wenn ihre Freundschaft an der großen Entfernung scheitern sollte. Sie hätten vor, ihren Weihnachtsurlaub in ihrem Ferienhaus zu verbringen. Dorthin würden sie Katja mitnehmen.
Katja wurden die Knie weich. Stumm ließ sie sich auf den nächstbesten Stuhl fallen. Mama sah sie erschrocken an.
„Was ist los? Ist was passiert?"
„Noch nicht. Es wird was passieren. Sie laden mich für die Weihnachtsferien nach Kanada ein."
„Was? Zeig her." Mama schob den Topf von der Platte und riss Katja den Brief fast aus der Hand. Hastig überflog sie die Zeilen. „Schätzchen! Sogar den Flug bezahlen sie! Du bist ein

richtiger Glückspilz! Wenn ich mich nicht so für dich freuen würde, könnte ich direkt neidisch werden! Wir müssen sie heute Abend gleich anrufen!"

Katja hatte Mühe, das Ungeheuerliche zu begreifen. Monatelang hatte sie sich danach gesehnt, wieder nach Kanada zu kommen. Und nun sollte sich dieser heimliche Wunsch erfüllen! Einfach so, ohne jede Vorwarnung. So musste man sich fühlen, wenn man einen Sechser im Lotto hatte und den Jackpot gewann!

Gleichzeitig machte sich ein bohrendes Gefühl der Angst in ihr breit. Sie sollte allein nach Kanada fliegen, allein mit lauter fremden Leuten in der Maschine, ohne ihre Eltern oder irgendjemanden, den sie kannte. Und wenn sie dann in Toronto auf dem Flughafen stand und niemand war da, um sie abzuholen? Wenn Susans Eltern einen Unfall hätten und nicht kämen? Oder wenn der Maschine irgendwas passierte, wenn sie vielleicht entführt wurde? Blitzschnell liefen die Bilder aller möglichen Schrecknisse in ihr ab, die sie in Fernsehfilmen gesehen oder in der Zeitung gelesen hatte. Was konnte da nicht alles passieren!

„Du meinst", begann Katja zögernd, „ich soll wirklich Weihnachten nach Kanada fliegen? Und ihr werdet nicht traurig sein, wenn wir nicht zusammen feiern? Ich meine ..., wir sind doch sonst alle zusammen ..."

Mama sah sie erstaunt an. „Aber Liebchen, wir freuen uns doch alle mit dir! So eine tolle Chance, das ist ein richtiges Weihnachtsgeschenk für die ganze Familie. Ich glaube, in Gedanken werden wir alle mit dir reisen. Oder ...", sie sah Katja prüfend an, „hast du Angst, allein zu reisen?"

„Ich? Keine Spur!", beteuerte Katja heftig. „Ich find das super! Es ... es kommt bloß so plötzlich, ich kann's noch gar nicht

richtig begreifen. Papi wird Augen machen, was? Am schönsten wär es natürlich, wenn ihr mitkommen könntet."
„Tja, das geht nun leider nicht. Für so eine große Familie ist das viel zu teuer. Vielleicht später mal, in ein paar Jahren."
Noch am selben Abend riefen Katjas Eltern bei den Simonsons an und bedankten sich für die Einladung. Dann durfte Katja kurz mit Susan und Carol sprechen. Als sie die Stimmen der Freundinnen hörte und ihre Freude auf die gemeinsamen Ferien spürte, waren plötzlich alle Ängste verschwunden. Sofort begannen sie, sich die Neuigkeiten der letzten Monate zu erzählen und Pläne für die Ferien zu machen, bis die Eltern das Gespräch schließlich energisch beendeten.
In dieser Nacht schlief Katja kaum. Immer wieder stellte sie sich vor, wie sie in Toronto landen und in der Ankunftshalle den Freundinnen gegenüberstehen würde. Und wie würde es in dem Ferienhaus sein? Sie musste unbedingt darüber nachdenken, was sie den Mädchen und ihren Eltern zu Weihnachten schenken konnte. Was die in der Schule wohl zu ihrer Reise sagen würden? Sicher würden sie sie beneiden. War doch klar. So was passierte einem schließlich nicht alle Tage.
Was ihre Freundinnen in der Schule betraf, so irrte sich Katja. Als sie ihnen am nächsten Tag die ungeheuerliche Mitteilung machte, reagierten sie eher kühl.
„Nach Kanada? Zu Weihnachten? Das wär mir zu kalt, echt", sagte Anja achselzuckend.
„Im Sommer, ja, das bringt's, die einsamen Seen, die Wälder, die Tiere und so. Aber bei 30 Grad minus? Nee!", meinte auch Helga. „Was willste denn da machen? Auf Bärenjagd gehen? Die halten doch Winterschlaf."
„Ihr wisst gar nicht, wie super es dort ist", sagte Katja ein wenig verletzt. „Ganz anders, als ihr denkt."

„Ich denke eigentlich gar nichts.“ Melanie sah sie treuherzig an. „Kanada interessiert mich einfach nicht. Karibik schon eher. Vielleicht fliegen meine Eltern nächstes Jahr mit mir hin. Weihnachten am Strand unter Palmen! Das stell ich mir echt cool vor.“

Katja schluckte ihre Enttäuschung hinunter. Ganz offensichtlich verstanden die anderen gar nicht, was diese Reise für sie bedeutete. Woher auch? Sie besuchte Freundinnen, die sie nicht kannten, in einem Land, von dem sie keine Ahnung hatten. Es hatte keinen Sinn, mit ihnen darüber zu reden.

Auf einmal fühlte sich Katja wieder so einsam und fremd, wie sie es am ersten Tag in der neuen Schule gewesen war. Und gerade mit ihren neuen Freundinnen hätte sie ihre Freude so gern geteilt. Aber echte Freundinnen – das waren sie wohl gar nicht. Dazu gehörte mehr, als nur ein paar Monate in derselben Klasse zu sitzen und die Freizeit miteinander zu verbringen.

In den folgenden Wochen zog sich Katja wieder völlig von den anderen zurück. Sie bastelte und kaufte Weihnachtsgeschenke, schrieb immer neue Merkzettel und Listen der Dinge, die sie mitnehmen wollte. Sie arbeitete verbissen für die Schule und half Mama beim Plätzchenbacken. Denn echtes deutsches Weihnachtsgebäck, das würde ihr Hauptgeschenk an ihre Gastgeber sein.

Im Kalender strich sie die Tage bis zur Abreise aus, und das Kribbeln im Bauch wurde umso stärker, je näher der große Augenblick rückte, an dem sie ins Flugzeug steigen sollte. Tante Otti kam für ein Wochenende und regte sich entsetzlich darüber auf, dass man das arme Kind mutterseelenallein auf eine so weite Reise schicken wollte. In einem unbewachten Augenblick drückte sie Katja ein Bündel Dollarnoten in die Hand, nur so, für alle Fälle. Katja rechnete blitzschnell aus, wie viele Portionen Popcorn, Pommes frites und Eis sie für sich und ihre Freundinnen davon kaufen konnte. Celia, Markus und Fips kamen tagtäglich mit neuen Wünschen und Aufträgen. Grüße an frühere Freunde, Dinge, die sie besorgen sollte und die es nur in Kanada gab – die Merkzettel wurden täglich länger.

Katja schwirrte der Kopf. Manchmal wünschte sie sich, sie hätte diese Einladung nie bekommen. Der letzte Schultag, die Weihnachtsfeiern, die Reisevorbereitungen, Wünsche, Fragen und Ermahnungen rauschten an ihr vorbei wie ein turbulenter Film.

Endlich war es so weit! Morgen würde Papi sie nach Frankfurt zum Flughafen bringen. Und übermorgen fuhr sie mit den Simonsons in die Berge. Hinten, in dem großen Geländewagen, würde sie zwischen Susan und Carol sitzen und den beiden alles erzählen, was sie in diesen anderthalb Jahren erlebt hatte.

Flugreise, Abenteuer inbegriffen

Als sie am Schalter abgefertigt worden war und nun mit Papa auf dem Rollband endlose Gänge entlang dem Warteraum entgegenfuhr, war Katja für ein paar Minuten noch einmal ganz schön mulmig zu Mute. Papa schien es zu spüren, doch er sprach es nicht aus.

„Ich beneide dich!", sagte er vergnügt. „Weißt du, dass Fliegen für mich die schönste Sache der Welt ist? So bequem und sicher in wenigen Stunden von einem Kontinent zum anderen zu reisen, einzutauchen in ein anderes Land – das ist, als ob man mehrere Leben gleichzeitig leben dürfte. Ich bin sicher, du wirst dich in Kanada gleich wieder ganz zu Hause fühlen. Hoffentlich verwöhnen sie dich nicht zu sehr, sonst kommst du am Ende gar nicht mehr zurück!"

Papas Begeisterung steckte Katja an. Klar, dies war ein spitze Abenteuer, und sie wollte den Flug richtig genießen! Sich von den Stewardessen bedienen lassen und vielleicht, wenn der Flugkapitän es erlaubte, einen Blick ins Cockpit werfen.

Sie hatten den Warteraum erreicht. Papa durfte bei ihr bleiben, bis ihr Flug aufgerufen wurde. Katja sah sich um. Anscheinend war sie das einzige Kind unter den Reisenden. Mal abgesehen von der Frau mit dem Baby. Hoffentlich saß sie nicht neben ihr, auf Babysitten hatte sie gar keine Lust, das musste sie zu Hause oft genug tun. Die Frau dort hinten in dem Pelzmantel sah nett aus. Sie las in einem Krimi und war so versunken in ihre Lektüre, dass sie alles um sich herum vergaß. Ein bisschen erinnerte sie Katja an Mami. Neben dieser Frau würde sie gern sitzen. Oder auch neben dem älteren Ehepaar dort drüben, das aussah, als reiste es ständig um die Welt. Der junge Mann mit der Gitarre war auch okay. Oder der blonde Typ neben ihm.

„Du kannst jetzt ruhig gehen, Papi", sagte Katja. „Ich komm schon zurecht. Grüß alle schön und – frohe Weihnachten!"

„Okay, dann mach ich mich auf den Heimweg. Vergiss nicht anzurufen! Und pass auf dich auf. Viel Spaß, meine Große!"

Der Vater umarmte sie kurz und heftig, dann ging er schnell davon. Am Ende des Ganges drehte er sich noch einmal um und winkte ihr zu. Irrte sie sich, oder war ihm der Abschied wirklich schwer geworden?

Doch jetzt wurde die Maschine aufgerufen, Katja fummelte die Bordkarte aus der Tasche ihrer nagelneuen Daunenjacke – plakatgrün und -pink –, die ein Weihnachtsgeschenk von Mama und Papa war, extra für den kanadischen Winter. Unauffällig drängte sie sich nach vorn in die Nähe des Ausgangs. Wenn sie neben einem richtigen Widerling sitzen musste, würde sie versuchen, ihren Platz zu tauschen.

In diesem Moment hörte sie ihren Namen. „Katja Steinebach?", rief eine der Bodenstewardessen.

„Hier!" Katja schob sich nach vorn, und die Passagiere traten rechts und links zurück, um sie durchzulassen.

„Und die Familie Kuhnert, bitte!"

Jetzt kam auch die junge Frau mit dem Baby nach vorn, gefolgt von ihrem Ehemann. Die Stewardess winkte ihnen, ihr zu folgen. Super war das, sie durften als Erste in die Maschine! Katja beglückwünschte sich. Ihr Platz lag in der ersten Reihe, außen neben dem Gang. Auf der anderen Seite richtete sich das junge Ehepaar mit dem Baby ein. Der Vater schien sehr um seinen Sprössling besorgt zu sein, umso besser! Da brauchte sie ihre Hilfe als Babysitter nicht anzubieten.
Neben ihr nahm jetzt eine junge Kanadierin mit ihrem Freund Platz. Die beiden wirkten sympathisch. Außerdem waren sie total mit sich selbst beschäftigt.
Hoffentlich hatten die Baby-Eltern dem Kleinen ordentlich Baldrian ins Fläschchen getan, damit er durchschlief. Dann würde es ein fantastischer Flug werden! Katja schloss den Sicherheitsgurt und lehnte sich behaglich zurück. Sie dachte an das, was Papi über seine Flugreise-Leidenschaft erzählt hatte. Wirklich, es war ein tolles Gefühl, so von einem Kontinent zu einem anderen unterwegs zu sein.
Die Maschine startete, durchstieß die dicke Wolkendecke, das Grau wurde heller, durchsichtiger, sie stiegen hoch über die Wolkengebirge und waren umgeben von strahlendem Sonnenschein. Sofort wurden die Gespräche in der Maschine lebhafter, Gelächter erklang, alles sah begeistert hinaus in den blauen Himmel und auf die schneeweißen Gebirge aus lichtüberfluteten Wattewolken tief unter ihnen.
Katja konnte sich kaum satt sehen. Sonne nach den vielen regenverhangenen Tagen! Es war wie ein gutes Omen für die vor ihr liegenden Ferien. Aber wie das so ist, wenn man nächtelang vor Aufregung kaum ein Auge zugetan hat – im Nu war Katja fest eingeschlafen. Sie erwachte erst, als jemand sie sanft an der Schulter berührte.

„Hast du keinen Hunger?“
„Ich?“ Katja rieb sich verwirrt die Augen und blickte auf die hübsche junge Frau in Uniform, die ihr ein kleines Tablett mit lecker angerichteten Speisen hinhielt. Natürlich, sie saß ja im Flugzeug! „Oh ja, und wie!“, beteuerte sie eifrig.
„Das habe ich mir doch gedacht“, sagte die Stewardess lächelnd, klappte das an der Wand vor ihr befestigte Tischchen herunter und stellte ihr den Imbiss darauf. „Gleich gibt’s auch noch was zu trinken.“
„Ich weiß“, sagte Katja, damit die Stewardess nicht auf die Idee kam, dass dies ihr erster Flug sein könnte. Schließlich war sie schon öfter von einem Kontinent zum anderen gejettet, nur, dass sie damals mit den Eltern gereist war.
„Danke, super sieht das aus! Genau das, was ich mag!“ Katja befreite die einzelnen Schüsselchen und Platten von ihrer Plastikhülle und packte das daneben liegende Besteck aus. Wenn Mami und die Geschwister das sehen könnten, dachte sie. Ein kleines Pastetchen lag da neben einem gefüllten Schinkenröllchen und einer Scheibe Braten, in einem anderen Schälchen waren drei verschiedene Salate angerichtet. Daneben lagen Käse, Butter und Toast. Auch ein Näpfchen mit Schokoladencreme gab es und ein Stück Kuchen.
Sie rückte den Köstlichkeiten vorsichtig zu Leibe. Es war gar nicht so einfach, mit dem zerbrechlichen Plastikbesteck das Fleisch zu zerkleinern, ohne dass einem etwas auf den Schoß fiel. Immer schön langsam, ermahnte sich Katja, so wie Tante Otti stets zu predigen pflegte, dann geht auch nichts schief! Und irgendwie gelang ihr das Kunststück, sich mundgerechte Stücke abzuschneiden und sie über die gefährlich weite Entfernung ins Ziel zu befördern.
Bis zu dem Augenblick, als ein Steward, der aussah wie Tom

Cruises kleiner Bruder, mit den Getränken vorbeikam. Als er ihr auf Wunsch eine Cola eingegossen hatte und sie ihre Aufmerksamkeit auf Teller und Becher richten musste, passierte es.

Er hatte sich gerade den Leuten mit dem Baby zugewandt und schenkte ein Bier ein, als sich unter Katjas Gabel eine Mohrrübenscheibe selbstständig machte. Mit einem dreifachen Salto schoss das Rübenstück durch die Luft und landete auf dem dunkelblauen Jackett des Stewards – genau zwischen seinen Schulterblättern. Es sah aus wie ein Alarmknopf für plötzliche Notfälle.

„Huch! Verdammt ...“ Katja starrte hilflos auf die orangerote Möhrenscheibe, ohne zu wagen, rasch danach zu greifen, denn dann wäre unweigerlich der Rest ihres Essens zu Boden gefallen. So musste sie mit ansehen, wie sich der sichtbare Beweis ihres Missgeschicks langsam von ihr entfernte.

Zu ihrem Glück hatte der Vater des Babys aus den Augenwinkeln gesehen, dass da etwas von Katjas Platz aus durch die Luft gesegelt war. Jetzt folgte er neugierig ihren ratlosen Blicken.

„Aha“, sagte er grinsend und nickte ihr beruhigend zu. „Kleinen Moment, das haben wir gleich.“ Er schlich sich wie ein Indianer auf dem Kriegspfad von hinten an den Steward heran und pflückte den Ausreißer unbemerkt von der Jacke des jungen Mannes.

„Bitte schön, Gnädigste!“ Mit einer galanten Verbeugung legte er seine Jagdbeute auf Katjas Tablett ab.

„Oh, vielen, vielen Dank! Das war mir echt peinlich!“

„Das glaube ich dir aufs Wort. Magst du noch eine Portion Schokoladencreme?“

„Au ja, gern!“

„Hier. Meine Frau mag sie nicht, ich darf nichts Süßes essen, und Timmy ist noch zu klein für so was."
„Danke!" Katja machte sich sofort darüber her und überlegte dabei, ob es nach so viel Freundlichkeit nicht angebracht war, sich doch als Babysitter anzubieten, wenn die Eltern einen Moment Ruhe haben wollten. Im Moment allerdings schlief Timmy tief und fest, damit konnte sie also noch warten.
„Du fliegst allein nach Kanada?", erkundigte sich ihr Kavalier.
„Klar!", antwortete Katja, als sei es die selbstverständlichste Sache der Welt. „Meine Familie und ich, wir haben bis vor anderthalb Jahren in Toronto gelebt. Jetzt besuche ich meine Freundinnen."
„He! Das werden sicher tolle Weihnachtsferien. Wir besuchen meinen Bruder und seine Familie. Sie haben uns eingeladen. Es ist unser erster Besuch in Kanada. Wir sind sehr neugierig auf das Land."
„Bestimmt wird es Ihnen gefallen. Für mich gibt es keinen schöneren Platz auf der Welt."
Sie mussten ihr Gespräch unterbrechen, denn jetzt schob sich aus den hinteren Reihen ein Passagier an ihnen vorbei, der unrasiert war und entsetzlich nach kaltem Rauch, Knoblauch und Schnaps stank. Sein Gesicht war braun gebrannt, und er trug einen Schlapphut auf seinen rotblonden, schulterlangen Haaren. Vielleicht so eine Art Trapper oder Holzfäller, der seine Familie in Deutschland besucht hat, dachte Katja. Oder ein Abenteurer, der durch die ganze Welt trampt. Seine Kleidung jedenfalls sah aus, als kampiere er nur in Zelten. In Geschichten und Filmen fand sie solche Typen romantisch und bewunderte sie. Dieser hier war ihr mehr als unsympathisch. Die Art, wie er bei jeder Reihe stehen blieb und mit dreisten

Blicken die anderen Passagiere musterte, war einfach ekelhaft. Sie war heilfroh, als er endlich verschwand.

Timmy hatte offenbar etwas von der Gegenwart des unangenehmen Kerls mitbekommen, jedenfalls begann er zu quengeln.

„Wenn Sie wollen, kann ich ihn ein bisschen nehmen und mit ihm spielen“, bot Katja an. „Dann können Sie sich inzwischen ausruhen.“

„Würdest du das tun? Wir können es ja mal versuchen. Aber sag bitte, wenn er dir zu lästig wird, ... äh ...“

„Katja!“, stellte sie sich vor. „Katja Steinebach aus Köln. Da stamme ich nicht her, wir leben nur im Moment dort.“

„Du scheinst ein interessantes Leben zu haben, Katja“, sagte Frau Kuhnert. „Hört sich an, als wärst du schon viel herumgekommen.“

„Hm, kann man sagen. Mein Vater wird von seiner Firma alle paar Jahre woanders hingeschickt. Komm, Timmy. Ich kenne mich gut mit kleinen Jungen aus, ich hab zwei Brüder. Zwillinge. Wie alt ist er?“

„Ein halbes Jahr. Willst du ihm sein Fläschchen geben?“

„Gern.“ Katja nahm Baby und Fläschchen in Empfang und bewies mit wenigen Handgriffen, dass sie sich auf diesem Gebiet auskannte, auch wenn die Zwillinge schon lange aus dem Fläschchenalter heraus waren. Die Kuhnerts mussten ja nicht wissen, dass Babysitten nicht zu ihren Lieblingsbeschäftigungen gehörte. Sie waren beide so nett, dass Katja ihnen gern half.

Timmy fand seine neue Betreuerin hochinteressant. Er untersuchte mit spitzen Fingern Katjas Nase, ihre Augen und ihren Mund, dann krallte er sich in ihre Haare und strahlte, als sie vor Schmerz das Gesicht verzog. Katja begann ihn zu kitzeln, damit er losließ. Das tat er sofort, aber da er zugleich an seinem Fläschchen nuckelte, verschluckte er sich und bekam einen heftigen Hustenanfall. Katja klopfte ihm den Rücken, bis er sich wieder beruhigt hatte. Vorsichtig schielte sie zu Timmys Eltern hinüber, doch die schliefen tief und fest.

Nach einer Stunde Kampf mit Timmy sah Katja aus, als wäre sie in einen Hurrikan geraten. Hilfe suchend sah sie sich um. Zu ihrem Glück erschien gerade der Tom-Cruise-Typ auf der Bildfläche.

„Na? Irgendeinen Wunsch?" Er versprühte kiloweise Charme.

Katja stand auf und drückte ihm Timmy in den Arm, der unten herum verdächtig feucht geworden war. „Vertreten Sie mich mal einen Moment. Ich muss dringend wohin." Damit ergriff sie ihre Handtasche und entschwand in Richtung Toilette.

Irgendwie hatte es der Steward geschafft, Timmy seinen Besitzern zurückzuerstatten. Jedenfalls war von ihm nichts mehr zu sehen, als Katja zurückkam, und Timmy kämpfte nun mit seinem Vater. Doch der nahm das gelassen hin, er schien sich gut erholt zu haben.

„Danke, Katja, das war sehr nett von dir. Hat mir richtig gut getan, das Nickerchen."

„Oh, mach ich doch gern!" Nur nicht zu oft, dachte Katja.

„Allmählich ist es Zeit, unsere Uhren umzustellen. Dann sind wir sieben Stunden jünger, stimmt's?"

„Genau. Und beim Rückflug holen wir sie wieder ein."

Die Maschine begann zu rütteln, als wäre sie ein alter Lastwagen, der über eine Schotterpiste brauste. Vor ihnen leuchteten die Zeichen „Fasten your seatbelts" auf. Der Flug wurde un-

ruhiger. Kurz darauf hörten sie eine Ansage des Flugkapitäns, man müsse ein Schlechtwettergebiet durchqueren. Die Passagiere wurden gebeten, während des Weiterfluges angeschnallt zu bleiben.
Nicht lange danach kam eine weitere Ansage. Die Maschine müsse in Montreal landen. Der Flughafen von Toronto sei wegen eines Schneesturms vorübergehend geschlossen.
Als ob ich's geahnt hätte!, dachte Katja. Das wächst sich echt zu einem Abenteuer aus. Nur machte ihr das jetzt überhaupt nichts mehr aus. Sie hatte Freunde in der Maschine gefunden, an die Kuhnerts konnte sie sich halten. Und das Flugpersonal war so nett, die würden schon wissen, was zu tun war. Hoffentlich machten sich Mami und Papi keine Sorgen. Vielleicht konnte sie sie anrufen? Hallo, ich bin wegen eines Schneesturms in Montreal gelandet! Die Simonsons würden am Flughafen Toronto erfahren, was los war, um die brauchte sie sich keine Sorgen zu machen. Ich fühl mich schon wie ein echter Flugreise-Profi, dachte Katja.
Auch in Montreal war es stürmisch, und die Maschine setzte bei der Landung hart auf. Einige Passagiere schrien erschreckt auf. Katja gab sich cool. Sie wurden vom Bodenpersonal in Empfang genommen und in einen speziellen Warteraum geschleust. Timmy schrie, er hatte nun endgültig die Nase voll von dem Rummel. Frau Kuhnert verschwand mit ihm in der Damentoilette, um die Windeln zu wechseln. Herr Kuhnert holte inzwischen für alle an der kleinen Imbiss-Bar am anderen Ende des Raumes etwas zu trinken. Katja bewachte das Handgepäck.
Kein Wunder, dass jetzt auch sie müde wurde. Die Zeitumstellung und die vielen Eindrücke des Tages machten sich bemerkbar. Den Gedanken, die Eltern anzurufen, hatte sie auf-

gegeben. Sicher würden die Simonsons das erledigen, damit sich ihre Eltern keine Sorgen machten.

Ähnlich wie ihr schien es auch den anderen Passagieren zu gehen. Um Katja herum hingen sie in den bequemen Sesseln und schliefen oder dösten vor sich hin. Nur der Trappertyp wanderte ruhelos durch den Raum. Katjas Blick blieb an seinen auffallend großen Händen hängen, die in den viel zu kurzen Ärmeln der karierten Joppe staken wie Tischtennisschläger. Wenn der jemandem eine runterhaute, flog das Opfer bestimmt zehn Meter weit.

Plötzlich erstarrte sie. Träumte sie, oder hatte sie richtig gesehen? Diese Riesenhände machten sich jetzt unauffällig daran, Mäntel und Jacken abzutasten, die an den Garderobenhaken hingen. Da! Schon verschwand ein Portmonee in dem kleinen Rucksack, den er über dem Arm trug. Er hatte es aus dem Pelzmantel der netten Dame gezogen. Jetzt griff er unauffällig in die Brusttasche eines Herrensakkos und zog ein Bündel Dollarnoten heraus.

Katja sprang auf. „He! Sie da! Was fällt Ihnen ein!", schrie sie und zeigte mit dem Finger auf den unsympathischen Kerl. „Das ist ein Dieb! Der klaut, ich hab's genau gesehen!"

„Halt die Klappe, du Mistgöre! Du spinnst ja! Unschuldige Leute zu verdächtigen! Deine Eltem sollten dir mal den Hintern versohlen, aber kräftig!", sagte der Mann mit schwerer Zunge. „Die spinnt! Muss man sich so was gefallen lassen?"

„Aber ich habe es genau gesehn!", beharrte Katja auf ihrer Behauptung. „Erst war er an dem Pelzmantel der Dame dort, und dann hat er Geld aus einem Jackett genommen."

Nun wurden die Leute aufmerksam. Mehrere Passagiere sprangen auf und umringten den widerlichen Kerl.

„Die hat sie doch nicht mehr alle! Sie glauben doch wohl nicht im Ernst, dass ich ...“
„Tatsächlich, mein Portmonee ist weg!“, rief jetzt die Dame, der der Pelzmantel gehörte.
„Zeigen Sie mal, was Sie da in Ihrem Rucksack haben“, sagte einer der Passagiere streng. „Oder wollen Sie, dass wir sofort die Polizei rufen?“
„Das Gör da war's! Das ist die Diebin! Durchsuchen Sie doch die mal!“, wehrte sich der Mann und schielte zum Ausgang.
„Ihren Rucksack! Na? Wird's bald?“
Die Sache wurde brenzlig. Mit einer raschen Drehung wandte sich der Mann zur Tür und versuchte zu fliehen. Doch inzwischen war das Sicherheitspersonal des Flughafens aufmerksam geworden. Zwei bewaffnete Polizisten stellten sich ihm in den Weg. Ein Griff, und sie hielten den Mann fest. Der hatte seinen Rucksack im letzten Moment weit von sich geschleudert, mitten unter die wartenden Passagiere. Doch die Hoffnung, seine Verfolger würden sich nun dem Diebesgut zuwenden und ihm so die Flucht ermöglichen, erfüllte sich nicht. Handschellen schlossen sich um seine Gelenke, während ein weiterer Beamter seinen Rucksack inspizierte. Nicht nur das Portmonee und das gestohlene Geld kamen zum Vorschein, sondern auch eine Reihe weiterer Geldbörsen, Schmuck, Münzen und Geldscheine verschiedener Währungen.
Der Polizist breitete die Beute auf einem Tisch aus und sah den Dieb kalt an. „Sind das alles Souvenirs? Geschenke für Ihre alte Mutter? Was haben Sie dazu zu sagen?“
Der Mann grinste frech. „Von irgendwas muss der Mensch ja leben, oder?“
„Abführen! Get him out!“, befahl der Polizist.

Bevor sie den Raum verließen, warf der Dieb Katja einen wütenden Blick zu. „Wenn ich dich erwische, du Miststück! Dann kannst du was erleben!“
„Keine Sorge, das wird ein paar Jahre dauern“, sagte ein Kriminalbeamter, der eben den Raum betreten hatte, zu dem Gauner und warf Katja einen beruhigenden Blick zu. „Auf dich warten sie hier nämlich schon, Egon Miller. Der Computer hat uns eben ein paar interessante Einzelheiten über dich verraten. Diebstahl, Körperverletzung, ein paar gefälschte Pässe, Scheckbetrug ..., das ist nur eine kleine Auswahl.“ Dann wandte er sich Katja zu. „Wir brauchen deine Personalien. Es könnte sein, dass eine Belohnung für die Festnahme des Burschen ausgesetzt war.“
„Und Finderlohn steht ihr auch zu“, mischte sich die Pelzmanteldame ins Gespräch. „Hier, das ist für dich.“ Damit steckte sie Katja einen größeren Geldschein zu.
Die wusste gar nicht, wie ihr geschah. „Aber ... ich hab doch nur getan, was jeder gemacht hätte, wenn er jemanden beim Klauen beobachtet!“, wehrte sie ab.
„Das sollte man meinen, ja.“ Die Pelzmanteldame lächelte ironisch. „Tatsache ist aber, dass du die Einzige warst, die ihre Augen offen gehalten hat, obwohl du sicher genauso müde warst wie alle anderen. Und das verdient, belohnt zu werden.“
„Also dann ..., danke schön!“, stammelte Katja. „Das ist doch viel zu viel!“
„Das wird sogar noch mehr“, brummte vergnügt der Mann, der ebenfalls bestohlen worden war. „Von mir bekommst du selbstverständlich auch etwas.“
„Danke!“ Katja sah verwirrt auf das viele Geld in ihrer Hand. „Das ist ja wie Weihnachten ...“

Alles um sie herum lachte. Ein Fotoreporter, der in der Ankunftshalle auf Prominentenjagd gewesen war, erschien und machte schnell ein paar Fotos. Draußen hatte er bereits den Abtransport des eben festgenommenen Diebes mit der Kamera festgehalten.
„Hast du gehört?“ Herr Kuhnert tippte Katja auf die Schulter. „Wir können heute nicht mehr weiterfliegen. Die Fluggesellschaft bringt uns für die Nacht in einem erstklassigen Hotel unter. Willst du mit uns zusammenbleiben?“
„Oh ja, gern“, antwortete Katja erleichtert. „Sie sind schon fast wie eine Ersatzfamilie für mich. Manno! Eine Nacht in einem super Hotel in Montreal! Das Abenteuer wird immer aufregender.“

Die schönsten Ferien der Welt

Am nächsten Morgen mussten sie sehr früh starten. Katja bedauerte, dass sie das schöne Hotel mit dem üppigen Frühstücksbüfett gar nicht hatte genießen können. Es war noch stockdunkel, als der Bus die Fluggäste zum Flughafen zurückbrachte, und überall auf den Straßen waren Schneeräumfahrzeuge unterwegs.
Nach dem Frühstück in der Maschine schlief Katja sofort ein. Es war viel zu aufregend gewesen, so ein tolles Hotelzimmer für sich allein zu haben, mit einem Fernseher dem Bett gegenüber, und sie hatte auch prompt drei Krimis hintereinander gesehen. Erst als das Flugzeug in Toronto landete, erwachte sie wieder.
Als Katja, noch ein wenig schlaftrunken, hinter den Kuhnerts in der Schlange stand, die am Kontrollbeamten vorbei der Ankunftshalle zusteuerte, sah sie hinter der Sperre die Simonsons wie wild zu ihr herüberwinken. Susan und Carol hüpften vor Aufregung in die Höhe, und jede von ihnen hielt eine Zeitung in der Hand, auf deren Titelseite groß ein Foto prangte. „Katja! Katja! Katja!“, schrien sie rhythmisch im Duett.

Der Kontrollbeamte prüfte Katjas Ausweis und sah sie lächelnd an. „Äh, du bist das! Congratulations, young lady!"
„Thank you very much!" Katja wurde rot. Wieso wusste hier jeder Bescheid? Schon das Personal bei der Gepäckausgabe hatte sie begrüßt wie eine alte Bekannte. Und jetzt schaute jeder, der sich in der Ankunftshalle befand, neugierig zu ihr hin. Hastig nahm sie ihren Ausweis an sich und ging hinaus.
Carol und Susan stürmten auf sie zu und fielen ihr abwechselnd um den Hals.
„He! Sprichst du überhaupt noch mit uns, jetzt wo du berühmt bist?", fragte Susan übermütig. „Du machst vielleicht Sachen! Hier, hast du gelesen?"
Katja schüttelte verwirrt den Kopf „Nein! Was denn?"
„Du bist auf der Titelseite!" Carol drückte ihr die Zeitung in die Hand. „Kaum zu glauben: Elfjährige entlarvt gesuchten Betrüger" stand unter ihrem Foto, und daneben war auf einem kleineren Foto der Dieb in Handschellen zu sehen. Die andere Zeitung war sogar noch überschwänglicher: „Bravo, Katja! Gut gemacht" war in Riesenlettern über ihrem Foto zu lesen.
„Bloß raus hier!", stöhnte Katja. „Ich versteh überhaupt nicht, warum die so einen Zirkus machen!"
Von Susan und Carol flankiert, eilte sie, ohne rechts und links auf die applaudierende Menge zu achten, zu Bob und Clare Simonson hinüber. Die begriffen sofort, wie Katja zu Mute war. Sie umarmten sie kurz und gaben ihr schützend das Geleit bis zu dem draußen geparkten Geländewagen.
„Hoffentlich bist du nicht enttäuscht, wenn wir uns sofort auf den Weg zu unserem Ferienhaus machen", sagte Clare Simonson zu Katja. „Durch die Verspätung deines Fluges sind unsere Pläne ein wenig durcheinander geraten. Wir wollen

vor Anbruch der Dunkelheit dort sein. Dein Wiedersehen mit Toronto wirst du also erst nach Weihnachten feiern können."

„Das macht doch nichts!", beteuerte Katja. „Ich freu mich riesig auf das Ferienhaus!"

„Und ich hab eine Riesenüberraschung für dich", sagte Susan zu Katja und warf Carol einen verschwörerischen Blick zu. „Du wirst staunen!"

„Hast du endlich einen Hund bekommen?", fragte Katja neugierig.

„Oh nein, wirklich nicht!", riefen Bob und Clare Simonson wie aus einem Mund.

Es war seit langem ein Streitpunkt zwischen ihnen und ihrer Tochter, dass sie sich so beharrlich weigerten, einen Hund anzuschaffen, weil tagsüber jeder seinem Beruf nachging und Susan erst um vier Uhr aus der Schule kam. Das lange Alleinsein wollten sie dem armen Tier nicht zumuten.

„Also, dann weiß ich wirklich nicht, was es sein könnte", sagte Katja achselzuckend. „Gib mir einen Tipp!"

„Kommt nicht in Frage. Du wirst dich bis heute Nachmittag gedulden müssen", sagte Susan streng, obwohl man ihr ansah, dass sie ihr Geheimnis nur zu gern preisgegeben hätte.

Bob Simonson hatte Katjas Gepäck im Laderaum verstaut, jetzt setzte er sich hinters Steuer, während seine Frau auf dem Beifahrersitz Platz nahm. Die drei Mädchen rutschten auf die Rückbank.

Sofort wurde Katja mit Fragen bestürmt. Zuallererst musste sie natürlich noch einmal ganz genau ihren Flug schildern und wie sich das mit dem Dieb nun wirklich abgespielt hatte. Dann kamen die Fragen nach den Eltern und den Geschwistern, nach der Schule in Köln und allem, was sie auf Katjas

Postkarten gesehen hatten: den Rhein, den Dom, den Karneval und was es an Besonderheiten dort gab.
Jetzt, da Katja davon erzählen sollte, fand sie ihre neue Heimatstadt doch recht bemerkenswert und fing an, eine Menge Dinge, die in Köln absolut einmalig waren, in den leuchtendsten Farben zu schildern. Die uralten Kirchen, die Kunstschätze in den berühmten Museen und das Rheinufer mit seinen alten Häusern und Traditionslokalen, durch die Papi sie einmal geführt hatte. Er erzählte auch, dass diese Häuser bei Hochwasser manchmal bis zum ersten Stock überflutet wurden.
Sie beschrieb, wie im Karneval die ganze Stadt aus den Fugen geriet und dass in den tollen Tagen die Frauen das Regiment übernahmen und den Männern die Krawatten abschnitten.
„Würde es dir etwas ausmachen, wenn ich im Februar nach Köln fliege, Darling?", wandte sich Bob Simonson an seine Frau. „Ich könnte alle Krawatten mitnehmen, die Tante Augusta mir geschenkt hat."
Clare Simonson lachte. „Eine gute Idee. Aber nimm mich bitte mit! Das Vergnügen, diese Monster zu zerstückeln, musst du mir schon gönnen!"
„Bravo, Mum!", lobte Susan die Mutter, und alle lachten.
Nun begann Katja zu fragen. Nach den alten Freunden, nach der Schule und nach den Leuten, die jetzt in ihrem früheren Haus wohnten. Sie erkundigte sich nach den Lehrern, nach dem Hund der Nachbarin und nach der letzten Aufführung der Musikschule. Die Mädchen waren so in ihre Erzählungen vertieft, dass sie kaum einen Blick für die herrliche Landschaft hatten, durch die sie fuhren. Sie kicherten und prusteten los, wenn sie sich gegenseitig an alte Streiche und an die Eigenheiten der Lehrer erinnerten, an Missgeschicke, die ihnen

passiert waren, und Situationen, in denen um ein Haar alles schief gegangen wäre.

„Was man da alles so erfährt!", stellte Bob Simonson lachend fest. „Eure Lippen müssen doch schon ganz ausgefranst sein vom vielen Erzählen. Habt ihr nicht Hunger und Durst?"

„Oh ja, und wie!", stöhnte Susan übertrieben auf, und die anderen stimmten ihr zu.

Bob Simonson verließ den Highway und bog in eine Anlage ein, die aus mehreren Blockhäusern bestand. Selbst die Tankstelle war wie ein Blockhaus gestaltet. Das Ganze machte den Eindruck eines großen Holzfällerlagers. Aus den Lautsprechern dudelte Weihnachtsmusik von einem sich endlos wiederholenden Band, und wo man hinsah, gab es grellbunte Weihnachtsdekorationen aus Plastik.

Bob Simonson parkte den Wagen vor dem Restaurant. Die Mädchen kletterten aus dem Wagen und stürmten auf den Eingang zu, um die Ersten am Tisch zu sein. Doch sie hatten nicht mit dem verkleideten Santa Claus gerechnet, der hier zur Unterhaltung der Gäste eingesetzt war. Hinter dem gewaltigen weißen Bart und den aufgeklebten, buschigen Augenbrauen steckte offensichtlich ein noch sehr junger Mann. Dreist stellte er sich ihnen in den Weg.

„Hi, Baby!", sagte er zu Carol und griff nach ihrem langen blonden Haar. „Bist du auch brav gewesen? Willst du mir nicht ein Gedicht aufsagen? Anders kommen kleine Mädchen hier nicht rein!" Der Typ, der sich in einen langen, dick ausgepolsterten roten Mantel gehüllt hatte, kicherte dumm. „Na, macht schon, ihr drei Hübschen! Jede ein Gedicht! Dann dürft ihr rein."

„Idiot!", zischte Susan.

Der falsche Weihnachtsmann griff nach ihrem dunklen

Schopf. „Was denn, ein kleines Gedicht wirst du doch können!"
Zum Glück tauchten hinter ihnen jetzt die Eltern auf, und er fand es besser, sich zu verdrücken.
Die Mädchen suchten einen Tisch am Fenster und setzten sich nebeneinander auf die Bank. Sie bestellten riesige Portionen Hamburger mit Pommes frites, Erdbeer-Milchshakes und zum Nachtisch Apfelkuchen mit Vanilleeis.
Als auch das letzte Krümchen verzehrt war, beugte sich Susan zu Katja und Carol hinüber und flüsterte: „Was haltet ihr davon, wenn wir dem Santa Claus da draußen eine kleine Erinnerung an uns verpassen?"
„He, great!", stimmte Carol leise zu.
„Oh ja, super!", wisperte Katja. „Was willst du machen?"
„Komm mit." Laut sagte sie zu den Eltern: „Ihr trinkt doch sicher noch einen Kaffee? Dann gehn wir solange nach draußen."
„Tut das, schnappt ein bisschen frische Luft. In zwanzig Minuten fahren wir weiter", sagte Clare Simonson. „Wir treffen uns am Wagen."
Die drei Mädchen sausten nach draußen. Susan schob sich eng am Büfett vorbei und steckte etwas in die Tasche. Draußen winkte sie den anderen mitzukommen. Auf dem jetzt tief verschneiten Spielplatz zeigte sie den Freundinnen ihre Schätze. Ein Plastikbecher, zwei Päckchen Salz, zwei Päckchen Pfeffer, drei Beutelchen Senf und drei Beutelchen scharfe Chilisoße. Zuletzt zog sie einen Plastiklöffel aus der Tasche.
„Findet ihr nicht, dass der Arme eine miserable Haltung hat? Er geht total krumm, sicher hat er Rückenschmerzen. In seinem Alter! Der ist doch höchstens achtzehn. Wir werden ihm

eine Medizin verpassen, die ihm alle Krankheiten für die nächsten zwanzig Jahre austreiben wird. Und jetzt werden wir die Heilsalbe zubereiten. Sie wird ihm tüchtig einheizen. Bleibt mal stehn!"

Susan goss den Inhalt sämtlicher Packungen in den Plastikbecher und rührte die rötliche Paste sorgfältig um. „Das muss noch flüssiger werden. Tut mal ein bisschen Schnee rein. Ja, so ist es gut."

„Und nun?", fragte Katja.

„Kannst du ein langes Gedicht aufsagen?"

„Höchstens ein kurzes. Aber ich kann es ja ein paar Mal wiederholen."

„Gut. Wie ihr vielleicht beobachtet habt, ist dem Kerl sein tolles Weihnachtsmannkostüm drei Meter zu weit. Der Kragen steht ab wie eine Kapuze, und drunter hat er nur ein T-Shirt an. Während du ihm das Gedicht aufsagst und Carol ihn anhimmelt, werde ich versuchen, die Medizin in diesen Ausschnitt zu gießen. Und dann nichts wie weg!"

Mit den harmlosesten Gesichtern der Welt näherten sich Katja und Carol dem Möchte-gern-Santa-Claus. Der war gerade von einer Schar kleinerer Kinder umringt, die ihn bestaunten und sich mit Bonbons beschenken ließen.

„Oh, für ein Bonbon würde ich sogar ein Gedicht aufsagen", beteuerte Katja mit naivem Augenaufschlag. „Es ist aber auf Deutsch ..."

„Nur zu, nur zu, mein Kleines!", dröhnte der Santa Claus mit verstellter Stimme, um auf die Kinder Eindruck zu machen.

Katja stellte sich vorsichtshalber hinter die Kleinen, um nicht in Reichweite seiner Arme zu sein. „Frau Urschel teilte Freud und Leid mit ihrer lieben Kuh", begann sie und folgte mit den Augen Susan, die mit dem Plastikbecher in der Hand vorsich-

tig von hinten an den Weihnachtsmann-Darsteller herantrat.
„... mit ihrer lieben Kuh“, wiederholte Katja. „Sie lebten in Herzeinigkeit, ganz wie auf Du und Du ...“
Jetzt hob Susan die Hand und goss mit einem Schwung die scharfe Flüssigkeit in den nach hinten weit abstehenden Ausschnitt des Kostüms. Es ging so schnell, dass nicht einmal Katja es richtig mitbekommen hatte. Ebenso schnell verdrückte sich Susan und war gleich darauf um die Hausecke verschwunden.
Zunächst fühlte der Überlistete nur etwas Feuchtes, das ihm den Rücken hinunterlief. Erstaunt blickte er nach oben und sah wohl, dass von einzelnen Eiszapfen dicke Wassertropfen herunterfielen. Er trat einen Schritt vor und war zunächst beruhigt. Doch dann begann die Medizin zu wirken. Seine Augen weiteten sich ungläubig, und er tastete seinen Rücken ab. Es brannte wie Feuer, und je mehr er rieb, desto schlimmer wurde es!
„Den Rest des Gedichts habe ich vergessen, tut mir Leid!“, sagte Katja und ging eilig davon, gefolgt von Carol, die sich kaum das Lachen verkneifen konnte. Sekunden später waren sie am Wagen, wo Susan schon auf sie wartete. Von dem Santa Claus war weit und breit nichts mehr zu sehen, er hatte die Flucht ergriffen. Die Mädchen lachten noch, als Clare und Bob Simonson zum Parkplatz zurückkehrten.
Als sie die Fahrt fortsetzten, überfiel die Mädchen plötzlich bleierne Müdigkeit. Clare Simonson saß jetzt am Steuer, ihr Mann hatte es sich auf dem Beifahrersitz bequem gemacht und war sofort eingeschlafen. Sein tiefes Schnarchen trug dazu bei, dass die Mädchen noch eine Weile kicherten und glucksten. Sie warfen sich amüsierte Blicke zu und machten sich Zeichen. Aber es dauerte nicht lange, da fielen auch Su-

san die Augen zu, ihr Kopf sank an Katjas Schulter, und sie war eingeschlafen. Auf der anderen Seite rollte sich Carol neben Katja zusammen wie eine Katze. Sie gähnte herzhaft und schloss ebenfalls die Augen.
Katja befand sich in einem seltsamen Schwebezustand. Die ersten Stunden nach ihrer Landung waren so turbulent gewesen, dass sie kaum eine Minute zum Nachdenken gekommen war. Jetzt sah sie auf den dunkelbraunen, gelockten Schopf von Susan hinunter und auf die seidigen, blonden Haare von Carol, die wie ein Vorhang ihr Gesicht bedeckten, und dachte: Ich bin tatsächlich hier. Ich bin wieder in Kanada bei Susan und Carol. Ihr Blick fiel auf die lange nicht gesehenen und doch so vertrauten Schilder auf dem Highway. Die Ortsnamen, die Autokennzeichen, die weißen Einsatzwagen der Polizei, die riesigen Trucks – alles war wie früher, und es kam ihr vor, als sei sie nie fort gewesen.
Clare Simonson fing im Rückspiegel Katjas Blick auf.
„Na? Fühlst du dich hier immer noch zu Hause? Oder ist dir alles fremd geworden?"
„Oh nein, im Gegenteil. Es ist ein irres Gefühl, wieder hier zu sein!", beteuerte Katja. „Ich hatte so Heimweh nach Kanada. Wenn ich erwachsen bin, werde ich für immer hier bleiben, das weiß ich sicher."
Clare Simonson bog vom Highway ab in eine Nebenstraße, die geradewegs in die Wildnis hineinführte. Hohe Schneewände säumten sie. Anders als mit einem Geländewagen hätte man die Strecke sicher nicht bewältigen können. Wie verzaubert war die Landschaft ringsherum; Eis und Schnee hatten Bäume und Sträucher zu bizarren Skulpturen geformt. Einmal erinnerten sie an eingeschneite Tier- und Menschengestalten, an verborgene Riesen, Hexen und Dämonen, dann

wieder an einen Märchengarten aus Eisblumen oder an blütenbesetzte Spitzenschleier. Hin und wieder öffnete sich der Wald und gab den Blick frei auf die weite Fläche eines zugefrorenen, schneebedeckten Sees.
Die Sonne begann schon zu sinken, als Bob Simonson erwachte und sich die Augen rieb. Er sah sich um. Auch Katja waren inzwischen über dem Schauen die Augenlider schwer geworden, und sie war eingeschlafen.
„Aufwachen, Susan!“, riss Bob die drei aus ihren Träumen. „Du willst Katja doch deine Überraschung zeigen!“
Die Mädchen fuhren aus dem Schlaf hoch.
„He! Wir sind ja schon fast da!“, rief Susan überrascht aus. „Mum, du fährst doch zuerst zu ... na, du weißt schon.“
„Selbstverständlich!“, versprach die Mutter und bog nach links in eine noch schmalere Straße ein, die an einem Seeufer endete. „So, alles aussteigen!“
Susan war mit einem Satz aus dem Auto gesprungen und streckte ihre Hand nach Katja aus. Als die Freundin neben ihr stand, fasste sie sie am Arm und kommandierte: „Augen zu!“
Katja kicherte. „Was soll denn das werden?“
„Wirst du gleich sehen.“ Susan führte sie ein paar Meter zu einer metallenen Tafel, die direkt am Seeufer an einem Pfosten angebracht war. „Und jetzt kannst du die Augen aufmachen!“
Katja gehorchte. Verwundert las sie die Aufschrift. „Susan Simonson Lake. Was bedeutet das?“
„Ich habe diesen See getauft, und nun trägt er meinen Namen“, erklärte Susan stolz.
„Das ist nämlich so“, erklärte Bob Simonson seinem Gast aus Deutschland. „Hier in Ontario gibt es eine Menge Seen, die versteckt in der Wildnis liegen und noch keinen Namen haben. An diesem See habe ich eine Ferienhaussiedlung gebaut.

Etwas ganz Besonderes, anders, als normale Siedlungen hier sonst sind. Und Susan hat unserem See den Namen geben dürfen. Abgekürzt nennen wir ihn natürlich Lake Susan."
Katja staunte. „Dann gehört das Ferienhaus, zu dem wir jetzt fahren, also zu Ihrer neuen Siedlung?"
„So ist es. Und wenn wir uns nicht beeilen, wird es dunkel sein, bis wir hinkommen."
Eilig kletterten sie wieder in den Wagen, und Bob Simonson fuhr die Strecke zurück, die sie eben gekommen waren. Ein Stück weit folgten sie noch der Hauptstraße, dann ging es über eine schmale, in den Schnee gefräste Schneise an einer anderen Stelle des Ufers wieder zum See hinunter. An dieser Seite zog sich der Wald bis ans Ufer. Weit und breit konnte Katja kein Haus entdecken. Wo sollte hier eine Ferienhaussiedlung sein?
Nun hielt Bob Simonson an. Seine Frau und die beiden Mädchen sprangen aus dem Wagen und begannen, große Mengen von Gepäck auszuladen.
„Was ist, Katja? Wir sind da!", rief Carol.
Katja stieg aus und sah sich ratlos um. Schließlich nahm sie ihr Gepäck und folgte den anderen, die einen schmalen Pfad zwischen den Bäumen hinaufstiegen. Vorneweg ging Bob Simonson, mit einem Rucksack und zwei großen Koffern bepackt. Clare Simonson folgte ihm mit Körben voller Lebensmittel. Hinter ihr gingen Susan und Carol, ebenso mit Koffern und Tüten bepackt, sodass Katja nicht erkennen konnte, wohin der Weg führte.
Plötzlich blieb die Karawane stehen. Ein Schlüssel wurde in einem Schloss gedreht, eine Tür öffnete sich knarrend. Gepäck wurde auf einem Steinboden abgesetzt. Die Mädchen vor ihr setzten sich wieder in Bewegung, und nun sah auch

Katja, wo ihr Weg endete. Vor ihr führte eine schmale, aus groben Felsbrocken zusammengefügte Brücke über eine kleine, dicht bewachsene Schlucht. Am anderen Ende der Brücke gab es zwischen zwei Felsen eine schwere Glastür. Auch die Wand, die der Tür gegenüberlag, musste verglast sein, denn man sah von hier aus direkt in den Wald. Ganz vorn im Blickfeld stand eine große, wunderschön gewachsene Tanne, dahinter schaute man weit über die Baumwipfel hinweg auf den See.

„Genial!", entfuhr es Katja.

„Na, komm schon rein", drängte Susan. „Es wird kalt. Daddy muss erst richtig einheizen. Wir holen inzwischen die anderen Sachen aus dem Auto. Aber erst zeige ich dir dein Zimmer. Hier geht's rauf."

Katja folgte der Freundin über eine schmale Wendeltreppe in den ersten Stock hinauf. Sie gingen einen rundum verglasten Gang entlang, zwischen Felsblöcken hindurch und dann noch einmal mehrere Stufen hoch. Susan öffnete die Tür zu einem Gästezimmer, das wie ein Schwalbennest am Berg zu kleben schien.

„Wow! Das ist ja fantastisch!"

„Hier in der Wand ist der Schrank versteckt. Das Badezimmer ist gegenüber. Wenn du in unser Zimmer willst, musst du eine halbe Treppe weiter rauf. Da oben wohnen Carol und ich. Leider ist das Zimmer sehr klein, sonst hätten wir für dich noch ein Bett bei uns aufgestellt. Pack in Ruhe aus und richte dich ein. Carol und ich laden inzwischen die restlichen Sachen aus."

„Soll ich euch nicht helfen?"

„Lass nur. Gewöhn du dich erst mal ein. Sieh dir das Haus in aller Ruhe an. Ich finde, Daddy hat hier ein Glanzstück voll-

bracht. Ich bin wahnsinnig stolz auf ihn, weißt du! Im Keller hat er ein Arbeitszimmer, da kannst du den Entwurf der ganzen Siedlung bewundern. Er freut sich, wenn sich jemand dafür interessiert."
Das ließ sich Katja nicht zweimal sagen. Sie packte ihren Koffer aus, verstaute die Sachen in dem Schrank, der sich hinter einer Holztür verbarg und aussah, als sei er direkt in den Felsen gehauen. Sie brachte ihr Waschzeug ins Badezimmer, das ganz mit rohem Holz verkleidet war, aber allen Komfort bot, den man sich wünschen konnte. Dann machte sie sich auf einen Erkundungsgang durch das Haus.
Es war tatsächlich eine Mischung zwischen Felshöhle und Baumhaus. Überall vermittelten Glaswände den Eindruck, man befände sich draußen im Wald. Die Wände dazwischen waren aus grob behauenen Felsbrocken zusammengefügt. Möbel gab es nur wenige, ein paar bequeme Sessel, einen schönen großen Holztisch mit Stühlen, an dem die Mahlzeiten eingenommen wurden. Um den gewaltigen offenen Kamin herum, in dem jetzt bereits ein behagliches Feuer prasselte, gab es niedrige Bänke aus Stein, die aussahen, als wären sie direkt aus dem Felsen gemeißelt. Sie waren dick mit flauschigen Kissen und Felldecken ausgelegt.
Der einzige Raum, der mit modernsten Hilfsmitteln ausgerüstet zu sein schien, war die Küche, in der Clare Simonson jetzt für alle Tee zubereitete und den mitgebrachten Kuchen aufschnitt. Auch hier waren die Möbel aus hellem Holz, auf dem Fensterbrett stand ein Tonkrug mit einem Strauß bunter, getrockneter Blumen.
„Oh, darf ich helfen?", fragte Katja.
„Nicht nötig, Darling. Du möchtest dir doch sicher das Haus anschauen, stimmt's? Bob ist unten im Keller."

Katja nickte dankbar und stieg die nächste Treppe hinunter. Sie kam sich vor wie ein Eichhörnchen, das von Ast zu Ast hüpfte, so viele Stufen und Winkel gab es hier und auf jeder Ebene weitere Glasflächen, durch die man in den Wald sah. Bobs Arbeitszimmer war halb in den Felsen gebaut und glich einer Höhle. Obwohl es hell erleuchtet war und sogar ein Fenster nach draußen hatte, fühlte man sich wie tief im Innern des Berges. Regale waren in die Felsnischen und Erker eingepasst, im Hintergrund stand ein riesiger Zeichentisch neben einem wertvollen alten Schreibtisch. Die Mitte des Raumes nahm ein großer Vitrinentisch ein, in dem unter Glas im Miniformat die gesamte Ferienhaussiedlung zu bewundern war.

„Na? Neugierig?", erkundigte sich Bob.

„Und wie! Ich finde euer Haus irre toll, so was habe ich noch nie gesehn. Ich könnte echt ausflippen vor Freude, dass ich hier sein darf!"

Bob war sichtlich erfreut über Katjas Begeisterung. „Komm, ich erklär dir alles", sagte er und führte sie zu einem weiteren Kellerraum, von dem nochmals eine Treppe in die Tiefe führte.

„Dies ist sozusagen das Herz des Hauses. Geheizt wird es zum großen Teil durch Sonnenenergie. Die wird hier hinuntergeleitet und erwärmt Wasser und Fußboden. Das Wasser holen wir aus dem See. Hier siehst du die Filteranlage und da die Pumpe. Strom gewinnen wir teils aus Wasser, teils aus Windkraft. Die Technik erkläre ich dir bei Gelegenheit. Die Treppe dort führt zu den Vorrats- und Abstellräumen hinunter. Von dort gibt's einen weiteren Ausgang nach draußen, zur Seeseite hin, mit einer Terrasse davor. Da befindet sich dann auch die Treppe zum See und zu unserem Bootssteg."

Katja zog es magisch zu dem Modell der gesamten Siedlung. Fasziniert betrachtete sie die unterschiedlichen Häuser. Es gab ganz kleine, mittelgroße, aber auch sehr luxuriöse. Alle waren so in die Landschaft hineingebaut, dass man sie vom See aus kaum entdecken konnte. Da gab es bepflanzte Dächer, ein riesiges Zelt, ganz aus Holz, ein Haus, das wie ein echtes Baumhaus aussah, und etliche, die ähnlich dem der Simonsons so zwischen Felsen und Bäume gebaut waren, als wären sie mit der Landschaft verwachsen. Katja konnte sich nicht satt sehen. Nur ungern folgte sie dem Ruf Clare Simonsons, die jetzt den Tee am Kamin serviert hatte.

„Katja hat's die Sprache verschlagen", stellte Carol amüsiert fest. „Aber denk dir nichts, ich war zuerst genauso von den Socken vor Staunen."

„Architekt, das würde ich später auch gern werden!", rief Katja begeistert. „Ich wünschte, Mami könnte das alles sehen!"

„Ganz einfach: Bring sie das nächste Mal mit!", schlug Bob vergnügt vor.

Katja antwortete nicht. Sie wusste nur zu gut, dass das sicher nicht so bald möglich sein würde. Wenn Mami mit Papi mal für ein paar Tage nach Holland oder nach Belgien fuhr, war das schon das Höchste, das sie dem Familienbudget zumuten konnten.

„So, Kinder, jetzt aber an die Arbeit!", mahnte Clare Simonson. „Morgen ist Weihnachten. Wir müssen uns einen Plan machen, was alles bis dahin zu tun ist und wer welche Aufgaben übernimmt. Um den Baum kümmert sich wie immer Daddy. Ihr drei könnt das Haus schmücken und mir in der Küche helfen. Wann kommen deine Eltern an, Carol?"

Carol zuckte hilflos mit den Achseln. „Sicher im letzten Moment, wie immer."

Katja tat die Freundin Leid. Carols Eltern waren beide Politiker mit wichtigen Ämtern, die ständig in den verschiedenen Provinzen unterwegs waren und sich selten zu Hause sehen ließen. Nur gut, dass Carol in Susan so eine gute Freundin hatte, die fast schon wie eine Schwester war. Carols ältere Brüder waren im Internat, nur sie lebte, betreut von ihrer Großmutter und einer Haushälterin, im Elternhaus.
Da die Simonsons mit Carols Eltern befreundet waren, hatten sie sie dazu überreden können, sich ebenfalls ein Ferienhaus am Lake Susan bauen zu lassen. Es lag in nächster Nachbarschaft. So pendelten die Mädchen während der Ferien zwischen beiden Häusern hin und her.
„Und wann kommen Randy und Paul?“, erkundigte sich Susan. Randolph und Paul waren Carols ältere Brüder, und Katja entging nicht, wie Susan beim Aussprechen des Namens Paul rot wurde. War sie etwa in die Sportskanone Paul verknallt? So was sollte es ja geben, auch wenn Katja das total blöd fand. Ihr waren die beiden Jungen immer viel zu hochnäsig erschienen, als dass sie sich für sie hätte interessieren können. Na ja, vielleicht hatten sie sich ja gebessert in den vergangenen anderthalb Jahren.
Nachdem Katja zu Hause angerufen und ihre gute Ankunft mitgeteilt hatte, verbrachten sie den Rest des Tages mit Weihnachtsvorbereitungen. Natürlich hatte sie Mami und Papi in aller Eile auch von dem Traumhaus erzählt.
Nun schmückten sie die Wohnräume und Gänge mit Girlanden aus künstlicher Tanne, die mit roten Schleifen und Beeren besetzt war, bastelten weihnachtliche Gestecke, packten hinter verschlossenen Türen Geschenke ein und überzogen das Haus mit einer Schicht aus buntem Glitzerkram. Katja war nicht sonderlich begeistert über so viel künstliches Zu-

behör. Daheim gab es nur frische Tannenzweige und echte Kerzen auf dem Baum, deren Duft sich mit dem der selbst gebackenen Plätzchen mischte. Aber die Gebräuche waren nun mal verschieden.

Am nächsten Tag gab es in der Küche viel vorzubereiten, denn zum Weihnachtsabend war Carols ganze Familie eingeladen. Die Zeit verging viel zu schnell, schon war es dunkel, und man musste sich für den festlichen Abend umziehen.

Als die Gäste eintrafen und man mit einem Glas Champagner auf ein fröhliches Weihnachtsfest anstieß, dachte Katja einen Moment lang beklommen an die Eltern und Geschwister zu Hause. Sie saßen bestimmt längst um den Baum herum, Papi hatte die Weihnachtsgeschichte vorgelesen, und sie hatten die alten Weihnachtslieder gesungen. Und dann hatte es die Bescherung gegeben und ein einfaches Abendessen, damit Mami nicht so lange in der Küche stehen musste. Ob sie wohl an sie gedacht, von ihr gesprochen hatten? Inzwischen lagen sie alle sicher längst im Bett und schliefen.

Doch Katja kam nicht dazu, ihren Gedanken nachzuhängen. Der festliche Trubel zog sie mitten hinein in dieses amerikanische Weihnachten. Geschenke wurden ausgepackt und herumgezeigt, aus der Musikanlage tönten Weihnachtschoräle und -lieder, der Raum war von Gläserklingen und Lachen erfüllt. Wie ein Symbol für die Verbundenheit mit der Natur kam es Katja vor, dass die große Tanne draußen vor dem Fenster als Weihnachtsbaum diente, mit Lichterketten, Äpfeln und Nüssen geschmückt, damit die Vögel und Tiere des Waldes auch ihren Teil an dem Fest hatten.

Später bat Clare Simonson die Gesellschaft an den festlich geschmückten Esstisch und servierte das Weihnachtsmahl. Katja schmauste mit großem Vergnügen und achtete kaum auf den fünfzehnjährigen Randy, der neben ihr saß. Aber der unterhielt sich sowieso lieber mit Bob über neue Architektur und über Musiker, die Katja nicht kannte. Susan saß neben Paul. Die beiden steckten ständig die Köpfe zusammen und tuschelten. Total bescheuert, fand Katja. Nur dass Carol ihrer Mutter nicht von der Seite wich und tief in ein Gespräch mit ihr versunken war, das konnte sie gut verstehen.

Es war spät geworden, und am nächsten Tag schliefen sie lange. Als Katja erwachte, fiel strahlender Sonnenschein in ihr Zimmer. Sie sprang aus dem Bett und rannte zum Fenster, das von der Decke bis zum Fußboden reichte, sodass man den Steilhang hinunter bis zum See schauen konnte. Diese Landschaft war einfach unglaublich schön! Magisch zog es sie nach draußen. Sie beeilte sich mit dem Duschen und Anziehen so, dass sie ihren eigenen Rekord um etliche Minuten unterbot, und sprang die Treppe hinunter.

Bob und Clare saßen in der sonnenhellen Küche beim Frühstück.

„Na? Gut geschlafen?“, begrüßte Bob sie. „Ich habe gehört, ihr wollt heute ein bisschen Langlauf machen?“

„Ja, ich kann’s kaum erwarten“, sagte Katja, ließ sich aber nicht davon abhalten, in aller Ruhe das köstliche Frühstück zu genießen. Wenig später tauchten, noch recht verschlafen, Susan und Carol auf. Und bald standen auch Randy und Paul vor der Tür.

„Na? Seid ihr bereit?“, fragte Katja unternehmungslustig.

„Bereit wozu?“, fragte Paul zurück.

„Im Zweifelsfall – für die schönsten Ferien der Welt!“, antwortete Katja übermütig.

Ein Tag wie kein andrer

Inzwischen war Katja den vierten Tag bei den Simonsons, und der Muskelkater, den sie nach dem ersten großen Langlauf-Ausflug bekommen hatte, war nach den weiteren Exkursionen verschwunden. Ein Tag war so strahlend schön wie der andere gewesen, und auch für heute hatten sie sich eine Skiwanderung vorgenommen. Diesmal sollte es hinüber auf die andere Seite des Sees und in die Wälder südöstlich der Siedlung gehen. Randy und Paul, die sich gut in der Gegend auskannten, waren mit von der Partie. Das hatten die Eltern zur Bedingung gemacht.

Nach einem ausgiebigen Frühstück machten sie sich auf den Weg, überquerten den zugefrorenen See, liefen ein Stück durch den angrenzenden Wald und hatten bald eine endlos weite Ebene vor sich. Mit einem Jubelschrei glitten sie den leicht abschüssigen Trail hinunter. Der Wind pfiff ihnen um die Ohren, der trockene, pulvrige Schnee stieg hinter ihnen in Wolken auf, und die Sonne ließ die Landschaft um sie herum in einer einzigen glitzernden Helle zusammenschmelzen, als wären sie geradewegs in den Himmel geflogen. Sie liefen ohne Pause in diese Helle hinein, bis sich vor ihnen ein von dichtem Wald bedeckter Berghang erhob und sie zum Innehalten zwang.

„Wahnsinn!", rief Katja, zugleich lachend, keuchend und nach Atem ringend. „Ich möchte mal wissen, wie weit wir jetzt gelaufen sind. Zwanzig Meilen? Dreißig Meilen?"

„Auf jeden Fall zu weit", sagte Randy. „Wir müssen aufpassen, dass wir vor Einbruch der Dunkelheit wieder nach Hause kommen."

„Na, wenn schon, heute ist Vollmond", stellte Paul gleichmütig fest.

„... und du wolltest schon immer mal bei Vollmond mit den Wölfen tanzen", neckte Carol ihn.

„Ich jedenfalls hab keine Lust, nachts im Wald herumzuirren", sagte Randy und klopfte sich den Schnee von der Mütze. „So gut kenn ich mich nun auch wieder nicht aus. Und bei minus vierzig Grad im Freien übernachten? Und mit den Wölfen um die Wette heulen? Da weiß ich was Besseres."

„Okay, okay, aber erst machen wir Pause! Wir haben noch jede Menge Zeit", protestierte Susan. „Paul, gib mal die Coladosen aus deinem Rucksack. Carol hat Kekse und Chips mit, und ich habe Obst, falls jemand einen Apfel oder eine Orange möchte."

Sie fanden einen windgeschützten Platz in der Sonne, breiteten ihre Schätze auf einem flachen, aus dem Schnee ragenden Felsen aus und teilten sie unter sich auf.

„Vorhin war mir so heiß vom Laufen, jetzt wird es verdammt kühl", stellte Katja fest. „Ich finde, wir sollten uns wieder auf den Weg machen, damit ... He, was machst du denn, Paul! Nicht den Abfall einfach in die Gegend schmeißen, das verrottet doch nicht!“, unterbrach sie sich. „Gib her, ich tu das in meinen Rucksack.“

Susan, die von ihrem Vater einiges über Ökologie gelernt hatte, war eigentlich auch dieser Meinung. Doch dass Katja ihren angebeteten Paul attackierte, passte ihr gar nicht. Giftig fuhr sie die Freundin an: „Nun hab dich doch nicht so! Wegen dem bisschen Zeug da! Das kann dir doch egal sein.“

„Ist es mir aber nicht.“

Schweigend sammelte Katja Dosen, Papier und Plastiktüten zusammen und steckte sie in ihren Rucksack. Schließlich bückten sich auch Carol und Randy nach den Überresten und halfen ihr.

„Also los, dann kommt!“, kommandierte Randy. „Machen wir uns auf den Heimweg.“

Dass sie zuvor die ganze Zeit leicht bergab geglitten waren, merkten sie jetzt. Sie kamen nur noch langsam voran und mussten sich tüchtig anstrengen, um die Strecke zu bewältigen. Als sie endlich den Waldrand erreichten, waren sie völlig erschöpft, und die Sonne stand bereits tief am Himmel.

„Na kommt, die letzte Strecke schaffen wir auch noch“, munterte Randy seine Mannschaft auf und fuhr voraus. Im Wald wurde es bereits dämmrig.

Paul und Susan waren die ganze Zeit ein Stück hinter den anderen zurückgeblieben. Sei es nun, dass sie sauer auf Katja waren, sei es, dass sie allein sein wollten, jedenfalls trotteten sie mit deutlichem Abstand hinter den Freunden her. Randy bildete den Kopf der Gruppe, dicht gefolgt von Katja und Carol.

Plötzlich hörten sie hinter sich einen schrillen Schrei. Es war Susan, die sie nun, mit Paul um die Wette laufend, mit letzter Kraft einholte. „Wölfe!“, keuchte sie. „Schnell, wir müssen uns in Sicherheit bringen, hinter uns sind Wölfe. Ich habe sie gesehen, mehrere, ein ganzes Rudel."

Zeit, Fragen zu stellen oder auf das nahende Rudel zu horchen, blieb da nicht. Blitzschnell lösten sie die Ski mitsamt den Stiefeln von ihren Füßen und kletterten auf Socken, hastig und so gut es eben ging, auf die nahe stehenden Bäume.

Katja zitterten die Knie so, dass sie kaum fähig war, sich an den Ästen abzustützen. Wie ein Affe umklammerte sie den Stamm der Fichte und versuchte, irgendwie Halt zu finden. Auf das Schlimmste gefasst, schloss sie die Augen und biss die Zähne zusammen. In dieser Stellung konnte sie es kaum zwei Minuten aushalten. Doch wenn sie losließ, würde sie hinunterstürzen, dem Leitwolf genau vor die Nase.

Aber die erwartete Katastrophe blieb aus. Statt des heiseren Bellens der Wölfe näherte sich ein Geräusch wie vom Bimmeln kleiner Glocken oder vom Klirren von Metall. Und da waren sie auch schon, hintereinander kamen sie den Trail herauf, drei Hundeschlitten, jeder mit vier Huskies bespannt und von Frauen gelenkt. Und wie ein Spuk waren sie vorüber, ehe Katja recht wusste, wie ihr geschah.

Benommen plumpste sie von ihrem Baum in den Schnee und schlüpfte mit nassen Socken in die Stiefel. Auch von den anderen sagte keiner ein Wort. Susan senkte beschämt den Kopf. So eine Blamage! Sie hatte nur einen kurzen Blick zurückgeworfen und die heranhetzenden Wolfsgesichter gesehen. Die Schlitten dahinter waren ihr entgangen!

Doch sie hörte von den Freunden keine Vorwürfe. Der Schreck war ihnen allen so in die Glieder gefahren, dass sie sich nur noch eines wünschten: So schnell wie möglich nach Hause zu kommen. In der Dämmerung war die Verwechs-

lung nur allzu verständlich, jedem von ihnen hätte das Gleiche passieren können.
Durch das Erlebnis aufgeschreckt und erleichtert, dass alles so glimpflich abgegangen war, verspürten sie neue Kraft und brachten den Rest des Weges schnell hinter sich. Zu Hause angekommen, erzählten sie zunächst nichts von ihrem Abenteuer. Sie schlichen sich unter die Dusche und schliefen fest bis zum Abendbrot. Erst als sie gegessen hatten und gemütlich um den Kamin saßen, gestand Susan den Eltern, was sie den anderen eingebrockt hatte.
„Oh, seid ihr Lilian und ihrer Truppe begegnet?“, sagte Bob Simonson heiter. „Eine nette Person. Sie hat erst kürzlich hier in der Nähe ein Camp aufgemacht, in dem sie Hundeschlitten-Kurse speziell für Frauen gibt. Früher war sie Lehrerin für verhaltensgestörte Kinder in New York. Bis sie es in der Großstadt nicht mehr ausgehalten hat und hier begann, Huskies zu züchten.“
„Ehrlich? Nur für Frauen? Warum denn das?“, erkundigte sich Katja neugierig.
„Nun, das solltet ihr sie vielleicht selbst fragen“, schlug Bob Simonson vor. „Warum macht ihr nicht morgen mal einen Ausflug zu ihrer Farm? Sie ist nicht weit von uns entfernt.“
„Super Idee!“, rief Susan voller Eifer, denn sie hatte den Wunsch, etwas gutzumachen. „Ich wollte schon immer mal wissen, wie man so einen Hundeschlitten lenkt!“
„Und ich liebe Huskies über alles. Sie sind so eine tolle Mischung zwischen Wolf und Schmusetier“, begeisterte sich Katja. „Ach, ich hätte zu gern einen Hund. Aber wir können zu Hause leider keinen halten.“
„Wir auch nicht“, meinte Clare Simonson und sah ihre Tochter liebevoll an. „Obwohl Susan sehr traurig darüber ist.“

„Wenn ich erwachsen bin, werde ich ein ganzes Dutzend Hunde haben", behauptete Susan leidenschaftlich. „Ihr werdet schon sehen!"
„Sicher, Liebes, wir werden sehen."
Am nächsten Tag machten sich die drei Mädchen gleich nach dem Frühstück auf den Weg. Die Jungen hatten ihre Teilnahme an dem Ausflug verweigert. So ein Weiberbetrieb, da würden sie sich nur komisch vorkommen, hatte Randy gemeint. Und Paul hatte seinem Bruder ausnahmsweise zugestimmt.
Bob Simonson hatte bei Lilian Bergman angerufen und um Erlaubnis für diesen Besuch gebeten. Nebenbei hatte er bemerkt, es handle sich um eben jene Mädchen, die gestern kurz nach Sonnenuntergang in der Meinung, von Wölfen verfolgt zu werden, aus Angst vor ihr auf die Bäume geklettert waren. Lilian Bergman hatte herzlich gelacht und gemeint, da hätte sie ja etwas gutzumachen.
Wieder mussten sie den gefrorenen See überqueren und vom anderen Ufer aus auf einem gut sichtbaren Trail in südwestlicher Richtung weiterlaufen. Nach knapp vier Meilen Weg hatten sie den Hof der Huskie-Züchterin erreicht. Schon von weitem hörten sie das vielstimmige Gekläff der Meute.
Der Hof bestand aus mehreren Blockhäusern. Das größte, in der Mitte der Anlage, beherbergte einen Speisesaal und einen Aufenthaltsraum für die Gäste sowie das Büro und die Wohnräume von Lilian Bergman. In den kleineren Häusern befanden sich die Zimmer der Kursteilnehmerinnen. Die Hunde lebten im Freien, jeder in einer einfachen Hütte.
„Angekettet, das ist doch schrecklich!", murmelte Katja. „Bei uns sind Kettenhunde verboten!"
„Ich glaube, bei Huskies ist das was anderes", wusste Carol zu

berichten, „sie sind halb wild und lassen sich nicht abrichten wie unsere Haushunde. Ich habe mal gelesen, dass sie sofort abhauen, wenn du vom Schlitten fällst. Dann sausen sie los, ab in die Wälder, und du siehst sie nie wieder. Das ist natürlich auch sehr gefährlich, denn sie können mit ihren Leinen irgendwo hängen bleiben und sich verletzen."

„Richtig!", kam von hinten eine tiefe Stimme. Lilian Bergman trat zu ihnen. „Deshalb ist das erste Gesetz beim Hundeschlittenfahren: Lass niemals – wirklich *niemals* – deinen Schlitten los." Lilian Bergman gab jedem die Hand. „Hallo! Ich freue mich über euren Besuch! Ich hoffe, ihr habt euer gestriges Erlebnis gut überstanden."

Susan wurde rot. „Ganz schön dumm von mir, was?"

„Unsinn!" Frau Bergman lachte. „Wenn man bedenkt, dass viele Huskies noch eine Menge Wolfsblut in sich haben – bei manchen ist die Ähnlichkeit sehr groß. Nur, dass sie nicht kläfften, hätte dich stutzig machen sollen. Aber bei so einem Schrecken denkt man nicht lange nach. Kommt, jetzt werde ich euch meine Schützlinge vorstellen."

Sie ging voraus zu dem windgeschützten Hof hinter dem Haupthaus, auf dem die Hundehütten standen. Die Huskies lagen angekettet vor ihren Behausungen in der Sonne und schliefen oder dösten vor sich hin. Nur ein paar Halbwüchsige – wenige Monate alte Welpen, die noch von der Mutter gesäugt wurden und deshalb in ihrer Nähe blieben – tollten frei auf dem Hof herum.

Als Lilian Bergman nun zu den Huskies trat, hoben sie aufmerksam die Köpfe.

„Nein, nein, meine Lieben, es ist noch nicht so weit. Erst in einer Stunde geht es los."

Eine Hündin kam aus ihrer Hütte und trat schwanzwedelnd

auf Lilian Bergman zu. Sie nahm den Kopf des Tieres in beide Hände und kraulte es liebevoll.
„Das ist Loba, sie hat kürzlich sieben Welpen geworfen. Möchtet ihr sie sehen?"
„Oh ja!" Katja trat nah heran, und die Hündin zog sich knurrend zurück.
„Brav, Loba, alles in Ordnung", beruhigte Lilian Bergman sie und griff in die Hütte. Als sie die Hand herauszog, lag ein weißgraues Fellknäuel darauf, knapp doppelt so groß wie ihre Handfläche, und blinzelte verwirrt in die Sonne.
„Ist der süß! Ein Rüde, nicht wahr? Mein kleiner Wolf, ich würde dich am liebsten mitnehmen!", seufzte Katja.
Auch Susan und Carol sahen verliebt auf das Hundekind. Lilian Bergman setzte den Kleinen in die Hütte zurück, streichelte Loba noch einmal den Kopf und ging weiter.
„Ihr müsst ein bisschen vorsichtig mit den Huskies sein", erklärte sie. „Es sind keine Haushunde, mit denen man einfach so schmusen kann. Sie sind misstrauisch und vorsichtig Fremden gegenüber. Man braucht eine Weile, bis sie einem vertrauen. Der dort ist unser erfahrenster Hund im Team." Sie zeigte auf einen schneeweißen, kräftigen Rüden mit klugen Augen, der jeden ihrer Schritte beobachtete. „Er heißt Ice-Bear. Das dort ist Moon ..., und hier haben wir Sugar."
Lilian Bergman begrüßte jeden Hund mit einem zärtlichen Streicheln, und die Mädchen mochten kaum glauben, dass die Huskies so wild sein sollten. Doch als sie später beim Anschirren zuschauen durften und die fieberhafte Unruhe der Hunde sahen, die an ihren Ketten und Leinen zerrten, dass das Konzert aus Knurren, Kläffen und Fiepen ihnen nur so in den Ohren dröhnte, wurde ihnen klar, dass der Umgang mit Schlittenhunden kein Kinderspiel war. Eine junge Frau aus

Orlando machte heute ihre zweite Fahrt. Katja, Susan und Carol durften zusehen, wie sie die Hunde anschirrte und sich für die Fahrt bereit machte.
„Pass auf, dass der Schlitten nicht kippt!“, ermahnte Lilian ihre Schülerin. „Und wenn: Ja nicht loslassen!“
Der Schlitten war durch einen schweren Schneehaken im Boden verankert, um die Hunde am vorzeitigen Losstürmen zu hindern. Kaum stand sie auf dem Schlitten und zog den Haken hoch, heulten die Hunde auf und rasten davon. Sie schienen nur einen Gedanken zu haben: Laufen, Laufen, Laufen!
Sekunden später war der Schlitten ihren Blicken entschwunden. Die zurückbleibenden Kursteilnehmer applaudierten und liefen mit lauten Zurufen ein Stück weit hinter dem Schlitten her.
„Wie sind Sie auf die Idee mit den Hundeschlitten-Kursen gekommen, Mrs Bergman?“, erkundigte sich Katja.
„Nun“, erklärte Lilian Bergman lachend, „ich war schon immer begierig auf Abenteuer. Und Hundeschlittenfahren *ist* ein Abenteuer! Ich machte einige Kurse mit und erlebte dabei, wie immer die Männer vorgezogen wurden. Kein Wunder, dass sie viel schneller lernten mit den Hunden und dem Schlitten umzugehen. Das hat mich so geärgert, dass ich beschloss, einen Beruf aus dem Schlittenfahren zu machen und ein professioneller ‚musher‘, ein Hundeschlittenführer, zu werden. Ich habe dieses Anwesen gekauft und Huskies gezüchtet. Und im letzten Jahr war ich dann endlich so weit, mir meinen Wunschtraum erfüllen zu können und spezielle Kurse für Frauen einzurichten. Die meisten Frauen sind viel mutiger, als sie selbst wissen. Das Hundeschlittenfahren verschafft ihnen diese Erfahrung. Sie merken plötzlich, wie viel

Kraft und Selbstständigkeit in ihnen steckt, die sie dann auch im Alltagsleben anwenden."
„Toll. Das würde ich auch gern lernen. Schon, weil ich Hunde so liebe!"
„Ich auch. Aber ich glaube, ich wäre wirklich zu feige dazu. So ganz allein durch die Wildnis zu jagen, wo mich niemand findet, wenn ich vom Schlitten purzele ..."
„Ich würde auch lieber bei Ihnen Hundepflegerin werden", erklärte Carol lächelnd, „und mich um die Babys kümmern!"
„Nun, ich würde sagen, werdet noch ein bisschen älter und größer, und dann reden wir noch mal darüber." Lilian Bergman ging auf das Haupthaus zu. „Habt ihr Lust, noch einen Tee mit mir zu trinken?"
„Oh ja, gern!"
Die drei Mädchen folgten ihr ins Haus. Im großen Aufenthaltsraum gab es einen riesigen, offenen Kamin, aus unbehauenen Felsbrocken zusammengefügt, in dem schon jetzt am Vormittag ein kräftiges Feuer prasselte. Bequeme Holzsessel, mit bunten Kissen belegt, standen im Halbkreis um den Kamin herum. Lilian Bergman lud die Mädchen ein, sich zu setzen, und verschwand in der Küche. Gleich darauf kam sie mit einem Tablett zurück, auf dem große Becher mit dampfendem Milchtee und eine Schale mit Weihnachtsgebäck standen.
„Ich finde das super, dass Sie uns so nett einladen", sagte Carol. „Meinen Sie, Susan und ich könnten mal hierher zum Helfen kommen? Weil wir doch in den Ferien immer hier in der Nähe sind. Es würde uns riesigen Spaß machen."
„Du meinst, ob es bei mir Ferienjobs gibt? Nun, im Allgemeinen nicht, denn alle Arbeit, die mit den Hunden zusammenhängt, wird von den Kursteilnehmerinnen erledigt. Aber ich

werde darüber nachdenken, und wenn sich etwas ergibt, rufe ich euch an, okay?", sagte Lilian Bergman. „Aber nun müsst ihr mich entschuldigen, im Büro klingelt das Telefon, und ich habe noch eine Menge Schreibkram zu erledigen. Trinkt in Ruhe aus und seht, wenn ihr Lust habt, den Kursteilnehmerinnen noch ein bisschen zu."

Die Mädchen bedankten sich für die Gastfreundschaft, und Lilian Bergman ging hinaus.

Katja seufzte tief. „Ich beneide euch! Hier immer hingehen und den Hunden zusehen können und vielleicht bei der Arbeit zu helfen ... Ich würde es schon hinkriegen, dass sie mir das Hundeschlittenfahren beibringt!"

„Jetzt weißt du wenigstens, was du mal werden willst, wenn du später für immer nach Kanada zurückkommst", neckte Susan sie.

„Unsinn! Sie will doch Architektin werden und Naturhäuser bauen wie dein Vater!", widersprach Carol. „Oder?"

„Am besten beides!", erklärte Katja. „Aber Huskies züchten und mit ihnen über die Schneefelder jagen, das würde ich vielleicht doch noch ein bisschen lieber. Ich muss das sofort alles Mama und Papa schreiben! Was für ein irre schöner Tag! So was Tolles habe ich noch nie erlebt, ehrlich!"

„Das sagst du jeden Abend, seit du hier bist", stellte Susan fest.

„Ja, schon. Alles ist so schön ... Aber heute ist ein ganz besonderer Tag!"

Der große Traum vom Tanzen

Viel zu schnell kam die Stunde der Abfahrt. Hatte Katja zunächst heimlich bedauert, dass ihr so wenig Zeit für Toronto blieb, hätte sie jetzt die letzten zwei Ferientage liebend gern am Lake Susan verbracht. Erst als sie sich der Stadt näherten, in der Katja früher so glücklich gewesen war, begann ihr Herz aufgeregt zu klopfen.

Da Katja so begierig darauf war, alles wieder zu sehen, machte Bob Simonson ihr zu Ehren eine kleine Rundfahrt, vorbei an ihrem ehemaligen Haus, an der Schule und an den Plätzen, die damals für sie wichtig gewesen waren. Als sie schließlich im Haus der Simonsons ankamen, durfte sie das Telefon in den ersten Stunden ganz für sich haben, um alle alten Freunde und Bekannten anzurufen. Katja übermittelte die Grüße der Eltern und Geschwister, sprach mit den alten Klassenkameradinnen und mit ihrer Lieblingslehrerin. Und allen musste sie die gleichen Dinge erzählen. Nach zwei Stunden war sie völlig erschöpft.

Zum Abendessen lud Bob Simonson alle in ein Lokal ein, in dem Katja mit ihrer Familie früher gern gegessen hatte. Sogar

die mütterliche Kellnerin war noch da, die sie damals besonders geliebt hatte, weil sie den Kindern immer etwas zuzustecken wusste. Und Rosita hatte sie sofort wieder erkannt! Katja, das Mädchen, das mit seinen Eltern und Geschwistern nach Deutschland ausgewandert war! Katja freute sich, dass sie „ausgewandert“ sagte. Es gefiel ihr, für eine echte Kanadierin gehalten zu werden. Allerdings stammte Rosita aus Puerto Rico. Für sie war es nichts Ungewöhnliches, wenn das Englisch eines ihrer Stammgäste einen deutschen Akzent hatte. Noch einmal musste Katja genau erzählen, wie es ihr und ihrer Familie inzwischen ergangen war.
„Übermorgen früh wirst du uns nun wieder verlassen“, sagte Clare Simonson zu Katja, als sie das Lokal verließen. „Aber zum Abschied haben wir noch eine kleine Überraschung für dich. Wir werden uns morgen Abend in der Oper das Ballett *Schwanensee* ansehen. Kennst du es schon?“
Katja machte einen Freudenhüpfer. „Wirklich? Spitze! Nein, ich habe es noch nie in der Oper gesehen, ich kenne nur die Musik. Ich freu mich riesig!“
„Ich mich auch“, rief Susan und seufzte erleichtert. „Vor allem, dass du es jetzt weißt! Ich war ein paar Mal nahe daran, mich zu verplappern.“
„Oh ja, ich auch“, gestand Carol, die wie immer mit von der Partie war, denn ihre Eltern saßen längst wieder in ihren Regierungsbüros in Ottawa. „Ich darf nämlich auch mitkommen!“
„Na, das ist doch klar!“ Clare Simonson legte ihren Arm um die Schultern des stillen, bescheidenen Mädchens und drückte es an sich. Sie war froh, Carol ein wenig die Mutter ersetzen zu können. Und für die temperamentvolle Susan war die Besonnenheit der ruhigeren Freundin sehr heilsam.

Die Stunden bis zu dem großen Ereignis vergingen viel zu schnell. Katja musste packen, außerdem waren noch ein paar Mitbringsel für die Familie zu besorgen und ein Dankesgeschenk für ihre Gastgeber. Sie war ja jetzt reich! Zwar hatte es keine Belohnung für die Ergreifung des Diebes gegeben, aber sie hatte das Geld von Tante Otti und die reich bemessene Belohnung von den beiden Bestohlenen. So machte sie am letzten Vormittag mit Susan und Carol schnell noch einen Stadtbummel. Im Eaton Centre, dem weitläufigen unterirdischen Einkaufszentrum, vergaßen sie über all dem Schauen und Hin- und Herüberlegen fast die Zeit.
Als sie mit Tüten und Päckchen beladen zurückkehrten, wurden sie von Clare und Bob schon ungeduldig erwartet.
„Erzählt mir jetzt bitte nicht, dass ihr euch noch die Haare waschen und euch stundenlang hübsch machen müsst. Ihr habt noch eine knappe halbe Stunde“, mahnte Bob Simonson. „Meine Stoppuhr läuft!“
„Mach dir nichts draus“, flüsterte Susan Katja zu. „Wenn wir ins Theater oder Konzert gehen, ist Daddy jedes Mal total nervös aus Angst, wir könnten zu spät kommen.“
Natürlich waren sie unter den Ersten, die den Zuschauerraum betraten. So hatte Katja Gelegenheit, in aller Ruhe das Programmheft zu studieren.
„Das sind ja Russen, die da tanzen!“, rief sie erstaunt, als sie die Namen der Mitwirkenden gelesen hatte.
„Ja, es ist ein Gastspiel des berühmten Bolschoi-Balletts aus Moskau“, erklärte Clare Simonson. „Toronto ist die letzte Station ihrer Reise.“
„Bolschoi-Ballett“, sagte Katja verträumt. „Den Namen habe ich schon mal gehört ...“
Nach und nach füllte sich der Zuschauerraum. Je näher der

Beginn der Vorstellung rückte, desto stärker spürte Katja ein heftiges Prickeln im Bauch, als solle sie selbst da oben auf der Bühne vor dem Publikum tanzen. Wie hypnotisiert starrte sie auf den Vorhang und gab auf Susans und Carols Fragen keine Antworten mehr. Endlich erloschen in feierlicher Langsamkeit die Lichter, im Orchestergraben hob der Dirigent den Taktstock, der Vorhang teilte sich und gab den Blick auf einen fürstlichen Festsaal frei.

Mit dem Einsetzen der Musik kroch Katja eine Gänsehaut über den ganzen Körper. Und als der Tanz auf der Bühne begann, hielt sie vor Aufregung den Atem an. Jeden Sprung, jede Drehung, jede Schrittfolge vollzog sie innerlich mit. Etwas Ungeheures geschah da oben! Die Gesetze der Schwerkraft schienen aufgehoben zu sein, wenn der Solotänzer sich mit federnden Sprüngen hoch in die Luft schnellen ließ oder wenn er seine Partnerin über seinen Kopf hob, als hätte sie die Leichtigkeit eines Vogels.

Wie war es möglich, in einer Gruppe mit anderen Tänzern so schwierige Schrittfolgen exakt wie ein Uhrwerk auszuführen? Oder sich im Sprung mehrmals um sich selbst zu drehen und gleich darauf ruhig, und ohne zu schwanken, auf seinen Füßen zu stehen!

Als der erste Akt beendet war, mussten die Simonsons Katja mehrfach ansprechen, ehe sie in die Wirklichkeit zurückfand. Schließlich schrak sie zusammen. Der Zuschauerraum hatte sich geleert, die meisten waren ins Foyer hinausgegangen, um eine Erfrischung zu sich zu nehmen. Auch Susan und Carol waren schon vorausgelaufen.

„Na? Ich glaube, wir müssen dich gar nicht erst fragen, ob es dir gefällt, hm?“, erkundigte sich Bob Simonson.

Katja suchte nach Worten. „Es ist so schön, dass ich zugleich weinen und lachen könnte!“ Dann sah sie Bob spitzbübisch an. „Gut, dass wir nicht am ersten Ferientag hierher gegangen sind. Dann hättet ihr mich wahrscheinlich nie wieder gesehen. Ich hätte mich zu den Tänzern geschlichen und wäre der Truppe überallhin gefolgt.“

„Ich wusste gar nicht, dass du so eine begeisterte Ballettliebhaberin bist, Katja“, sagte Clare Simonson erstaunt.

„Ich wusste es bis heute auch nicht“, antwortete Katja seufzend. „Aber jetzt ...“

Sie ließ offen, was jetzt sein würde. Sie wusste nur, dass etwas ganz Entscheidendes in ihrem Leben passiert war, etwas, das alles ändern würde. Sie musste tanzen! Wieso wurde ihr das erst heute klar? Wieso hatte sie früher nie ein solches Erlebnis gehabt?

„Ich möchte in der Pause gern hier bleiben, darf ich?“, bat sie, als die Simonsons Anstalten machten hinauszugehen. „Ich muss nachdenken. Ich meine, ich will einfach ein bisschen im Programmheft lesen und an das denken, was ich eben gesehen habe“, versuchte sie, ihre Gefühle zu erklären.

„Gut, wenn du möchtest ...“ Die Simonsons sahen sich amüsiert an. Mit einem solchen Erfolg ihrer Einladung hatten sie nicht gerechnet. Gewiss, auch Susan und Carol waren begeistert, aber kaum war die Musik verstummt, hatten sie bereits verkündet, dass sie jetzt dringend etwas zu trinken brauchten und gern einen Eisbecher hätten.

Katja vertiefte sich in die Fotos im Programmheft. Sie studierte die Gesichter der Tänzer, als könnten sie ihr etwas über den geheimen Zauber des Balletts verraten. Sie las die Handlung und alles, was über die Geschichte des berühmten Bolschoi-Balletts abgedruckt war. Aber eigentlich wartete sie doch nur auf den zweiten Teil der Aufführung.

Draußen klingelte es zum zweiten Akt, die Besucher strömten wieder in den Zuschauerraum.
„Na?“, neckte Susan Katja, als sie sich wieder neben ihr niederließ. „Willst du jetzt vielleicht lieber Tänzerin werden, statt Hundeschlittenführerin oder Architektin?“
„Ja, das werde ich“, antwortete Katja ernst.
Susan und Carol sahen sich an. Jetzt war sie völlig übergeschnappt. Sicher war es toll anzusehen, wie die Ballerina da oben auf den Zehenspitzen stand und mit einer Leichtigkeit die kompliziertesten Schrittfolgen ausführte, als hielte sie jemand an unsichtbaren Drähten. Aber so etwas selber zu machen, das musste entsetzlich mühsam und schmerzhaft sein. Da gab es wirklich angenehmere Beschäftigungen!
Der zweite Akt war noch viel schöner und aufregender als der erste, fand Katja. Wie wundervoll die Tänzerinnen einen glauben machten, sie seien wirklich Schwäne mit großen weißen Schwingen, die durch die Luft segelten und sich ruhig auf dem See niederließen. Wie viel diese Armbewegungen erzählen konnten! Wie die Prinzessin Sehnsucht, Trauer und Angst mit ihnen ausdrücken konnte! Wie man überhaupt ohne Worte nur mit seinem Körper so viel erzählen konnte! Nein, sie wollte heute Abend am liebsten mit niemandem mehr reden. Sie wollte nur diese Bilder festhalten und sie sich wieder und wieder in Erinnerung rufen.
Später wusste Katja nicht mehr, was sie im weiteren Verlauf des Abends erlebt hatte. Sie war den anderen gefolgt wie ein Schlafwandler. Das Essen in dem eleganten Lokal, zu dem Bob sie nach der Vorstellung eingeladen hatte, hatte sie kaum wahrgenommen. Und die Unterhaltung der anderen rauschte ungehört an ihr vorbei. Nur wenn sie über die Vorstellung sprachen, horchte sie auf. Da beteiligte sie sich plötzlich leb-

haft, überraschte die anderen mit Dingen, die ihr aufgefallen waren, mit kleinen Einzelheiten, die nur sie wahrgenommen hatte.

Clare Simonson konnte Katjas Verzauberung gut verstehen. Sie hatte in ihrer Kindheit selbst einmal Ballettunterricht gehabt und liebte das Tanzen in jeder Form.

„Es ist eine wunderbare Gabe, sich ohne Worte, nur durch seinen Körper ausdrücken zu können, nicht wahr?", sagte sie. „Ich glaube, ich war nach dem ersten Ballettabend, den ich erlebt habe, genauso beeindruckt wie du jetzt."

„Ich fand es ja auch toll", bemerkte Susan. „Aber manches hat mich doch gestört. Dass die Prinzessin schon so ein altes Gesicht hatte, zum Beispiel. Alt und mager, ein echter Grufti."

„Aber Susan, wie kannst du so was sagen!", widersprach Katja heftig. „Sie war einfach traumhaft gut! Ihr Ausdruck, ihre Bewegungen ..., das war alles ganz jung. Da ist es doch egal, ob sie hübsch und frisch oder schon älter ist!"

„Dich hat's echt gepackt, wie?" Susan lachte gutmütig. „Katja im Ballettfieber. Wetten, dass du morgen Pilot werden willst, wenn dich der Flugkapitän ins Cockpit lässt?"

„Du bist blöd." Katja kämpfte mit den Tränen. Warum machte sich Susan über etwas lustig, das für sie selbst so eine große Bedeutung hatte!

Carol bemerkte die Enttäuschung. „Ich kann Katja sehr gut verstehen", sagte sie versöhnlich. „Als meine Eltern mich einmal bei einer Parlamentsdebatte in den Zuschauerraum ließen, da sprach eine Frau, die noch ziemlich jung war. Sie redete über die Probleme eines Indianerstammes, der Hilfe brauchte. Wie sie das machte, wie sie so ... so leidenschaftlich sprach, richtig kämpfte, da habe ich mir gewünscht, ich wäre wie sie. Tagelang habe ich mir vorgestellt, ich stünde da oben

und würde den dickbäuchigen Schlafmützen unten im Saal mal richtig die Meinung sagen!"
„He, Carol, ich staune über dich!" Bob stieß scherzhaft mit seinem Weinglas an ihren Saftbecher. „Welch verborgene Kräfte kommen da zum Vorschein!"
Carol wurde rot. „Ach, in Wirklichkeit wär ich sicher viel zu feige dazu."
„Wer weiß!", widersprach Clare Simonson ernst. „Weißt du, wenn man an eine Sache so richtig von Herzen glaubt und sie mit ganzer Leidenschaft und Begeisterung in Angriff nimmt, dann wachsen in einem auch der Mut und die Kräfte, die man braucht, um sie durchzusetzen. Das gilt für jedes Ziel, das man sich vornimmt."
„Und nach diesem bedeutenden Schlusswort", sagte Bob heiter und versuchte, die allzu ernste Stimmung ein wenig aufzulockern, „wollen wir uns doch mal dem Nachtisch-Büfett widmen. Ich habe vorhin gesehen, dass es hier eine himmlische Zitronen-Tarte gibt."
Damit war die Einigkeit wieder hergestellt. Das Angebot an leckeren Süßspeisen war viel zu verlockend, als dass man es hätte übergehen können, und der Abend endete höchst vergnüglich. Auch wenn Katja weiterhin in Gedanken in Wolken von weißem Tüll Pirouetten drehend über eine Opernbühne schwebte und die Musik Tschaikowskys in ihrem Kopf dröhnte: Der Genuss einer hauchzarten Schokoladenmousse, mit frischen Erdbeeren und Sahne verziert, war deshalb nicht geringer.

Jurij der Große und die kleinen Monster

Sie brachten Katja alle zum Flughafen: Clare und Bob Simonson, Susan und Carol, und sogar Paul und Randy hatten sich eingefunden. Mit Geschenken beladen, den Koffer zum Bersten gefüllt mit Mitbringseln aller Art, so erschien Katja am Abfertigungsschalter. Diesmal bewegte sie sich wirklich wie ein alter Flugreise-Profi durch die Halle. Vor dem Schalter der Passkontrolle mussten sie Abschied nehmen. Immer wieder von neuem umarmten sie einander und beteuerten, dass man sich bald wieder sehen müsse.
„Ihr müsst unbedingt alle bald einmal nach Köln kommen!“, rief Katja. „Ich habe euch so viel zu zeigen! Und vielen, vielen Dank für alles! Es waren die schönsten Ferien meines Lebens, ehrlich!“
Sie winkten mit großen weißen Handtüchern, bis Katja ihren Blicken entschwunden war. Katja strahlte noch, als sie die Maschine betrat und an ihren Platz gewiesen wurde. Sie ließ sich in den Sitz fallen und atmete tief durch. Wenn sie jetzt darüber nachdachte, erschien es ihr, als wären diese Wochen in Kanada eine einzige wilde Achterbahnfahrt gewesen, so

viel hatte sie jeden Tag erlebt. Wenn Mami mich fragt wie es war, werde ich ihr sagen: Jetzt muss ich mich erst mal von den Ferien erholen, dachte sie und kicherte leise.
Katja war so mit ihren Erinnerungen beschäftigt, dass sie nicht auf den jungen Mann achtete, der jetzt neben ihr Platz nahm. Er machte es sich bequem, dann zog er eine Zeitung aus der Tasche seiner abgetragenen Lederjacke und begann zu lesen.
Die Maschine setzte sich in Bewegung, und Katja, die wieder einen Platz am Gang hatte, beugte sich vor, um einen Blick aus dem Fenster zu erhaschen. Viel war nicht zu sehen, Rollfelder im Winter sahen alle gleich aus. Nur dass sie in Deutschland vermutlich graues Nieselwetter erwarten würde, während hier die Sonne schien. Auf Wiedersehen, Toronto, dachte Katja, ich wünschte, es wäre sehr bald! Aber so schnell werden mich die Simonsons wohl nicht wieder einladen, eher schicken sie Susan erst mal zu uns nach Deutschland.
Als sie sich wieder zurücklehnte, fiel ihr Blick auf die Zeitung des jungen Mannes, der links von ihr auf dem Fensterplatz saß. Die Schrift war ihr völlig fremd. Waren das kyrillische Buchstaben? Dann musste es eine russische Zeitung sein. Russisch? Unbemerkt musterte sie ihren Sitznachbarn. Blonde Haare, das schmale Gesicht etwas kantig, graublaue, ein wenig tief liegende Augen, die Figur schlank, aber sehr muskulös ... Katjas Herz begann wie wild zu schlagen. Das war doch ... ganz sicher war das ..., wie hieß er nur?
Unauffällig holte sie das Programm des gestrigen Abends aus ihrer Tasche und schlug die Seite auf, auf der die Mitwirkenden abgebildet waren. Tatsächlich. Sie hatte es ja gewusst! Es war Jurij Bogdanow, einer der Solotänzer. Er hatte ihr so gut gefallen, weil seine Darstellung so etwas Spielerisches gehabt

hatte, so, als koste ihn der Tanz überhaupt keine Mühe. Und dieser Jurij Bogdanow saß jetzt mehrere Stunden neben ihr und flog mit ihr nach Frankfurt!
Wie konnte sie mit ihm ein Gespräch anfangen? Sollte sie ihn um ein Autogramm bitten? Nein, dann fühlte er sich vielleicht belästigt, und der ganze Flug machte ihm keinen Spaß mehr.
Katja dachte fieberhaft darüber nach, wie sie es anstellen konnte, dass er sie ansprach. Seit sie wusste, wen sie neben sich hatte, traute sie sich gar nicht mehr, hinüberzusehen. Und wenn er nun überhaupt nur russisch sprach? Sicher war er noch nicht oft in der Welt herumgereist. Wieso war er hier überhaupt ohne seine Truppe unterwegs? Oder saßen die anderen hinter ihnen? Katja sah sich um. Nein, das waren ganz sicher Geschäftsleute. Sie trugen langweilige Krawatten zu noch langweiligeren Anzügen.
Katja reckte den Kopf noch ein wenig weiter auf den Gang vor. Von den anderen Tänzern war nirgends einer zu sehen. Schade. Sie wandte sich wieder zurück. Da passierte es. Hinter ihr hatte eben ein Steward Jurij Bogdanow einen Orangensaft serviert. Durch Katjas heftige Bewegung geriet das kleine Tablett ins Wanken, das Glas kippte, und der Inhalt ergoss sich auf die Lederjacke des Tänzers.
„Oh verdammt ..., äh, ich meine, Verzeihung, das tut mir schrecklich Leid!“, stotterte Katja und wurde rot wie eine überreife Tomate. „I mean, I'm so sorry, Sir!“
Jurij Bogdanow lachte gutmütig. „Is nix schlimm. Kann passieren jedes Mensch.“
Was für eine Stimme! Rauchig mit Samtpfötchen! Katja jubelte innerlich. Dabei begann sie eifrig, die Lederjacke mit ihrem Vorrat an Papiertaschentüchern abzutrocknen.

„Finde ich ja super, dass Sie deutsch sprechen!“ Sie strahlte ihn an. „Ich meine, nicht, dass ich jetzt die ganze Zeit mit Ihnen quatschen möchte, Sie sind sicher müde von der Vorstellung gestern ...“

Jurij Bogdanow verstand höchstens die Hälfte, das war ihm anzusehen. Katja nahm das Programm zu Hilfe. „Hier! Gestern Abend, die Vorstellung. *Schwanensee*! Es war fantastisch!“

Der Steward brachte neuen Orangensaft, auch Katja bekam einen. Jurij stieß scherzhaft mit ihr an. „Na starownje! Prost! Schön, das hat dir gefallen ..., das.“ Deutsch zu sprechen machte ihm offensichtlich große Mühe, es hörte sich an, als huste er die Worte heraus.

Katja trank ihren Orangensaft und lächelte hin und wieder zu ihm herüber. Um keinen Preis der Welt wollte sie, dass er sich belästigt fühlte. Andererseits hätte sie sich liebend gern mit ihm unterhalten.

„Ich bin Jurij“, sagte er plötzlich und reichte Katja die Hand. „Und du?“

„Ich bin Katja.“

„Katja, oh! Russischer Name!“

„Äh ... ja“, Katja wusste nicht, wie sie die Unterhaltung fortsetzen sollte, und lächelte etwas hilflos. Dabei versuchte sie, Jurij tief in die Augen zu sehen.

„Katja, gut!“, wiederholte Jurij. „So ich kann reden deutsch ..., ich kann ...“, er suchte nach dem richtigen Wort, „ich kann üben! Muss viel üben deutsch reden.“

„Ja?“ Katja hätte sich ohrfeigen können, dass ihr nichts Vernünftiges einfiel. Da saß nun einer der Tänzer neben ihr, die sie gestern so bewundert hatte, und sie brachte kein Wort heraus!

„Ja , ist ... wichtig, weil ich werde in Deutschland arbeiten."
Katja sah ihn mit großen Augen an. „In Deutschland arbeiten? Als Tänzer? Wo?"
„In Frankfurt", erzählte Jurij. „Hab Vertrag für zwei Jahre."
Nun hatte Katja keine Mühe mehr, sich mit ihrem Nachbarn zu unterhalten. Da gab es so viel zu fragen. Welche Rollen er tanzen würde. Ob er schon eine Wohnung habe. Ob er Frankfurt schon gut kenne. Ob er schon öfter in Deutschland gewesen sei. Welches Ballett sein liebstes wäre und welche Rolle er am liebsten tanzen würde. Jurij gab bereitwillig Auskunft. Etwas stockend und umständlich zwar, und manchmal musste er die Sätze zwei-, dreimal wiederholen, bis Katja verstanden hatte, was er meinte. Aber er freute sich ganz offensichtlich über die Gelegenheit, sein Deutsch zu verbessern, bevor er in Frankfurt aus der Maschine stieg und sich zu seiner deutschen Truppe begab. Gleich morgen sollte er mit dem Training in Frankfurt beginnen. Natürlich würde er Heimweh haben, erklärte er. Aber er hoffte, in Frankfurt unter den Kollegen bald Freunde zu finden.
„Und wenn du dich einsam fühlst, rufst du mich einfach an!", sagte Katja und erzählte, dass sie, wenn sie jetzt nach Hause käme, sofort Ballettunterricht nehmen würde. Sie würde die beste Ballettschule in Köln besuchen, und wer weiß, vielleicht würde sie dann eines Tages mit Jurij auf der Bühne stehen.
Der Rückflug verging ihr viel zu schnell. Mit Jurij verstand sie sich einfach super. Er aß genauso gern wie sie, vor allem Süßes, und sie ließen sich von der Stewardess noch zwei Extra-Portionen geben. Katja fragte ihn über seine Ausbildung aus und wollte wissen, wann er auf die Idee gekommen sei, Tänzer zu werden. Ganz einfach, meinte Jurij, er habe eben eines

Tages gemerkt, dass er diese Begabung habe. Seine Eltern und seine Lehrer hätten ihn dann sehr gefördert und dafür gesorgt, dass er in der staatlichen Schule aufgenommen wurde. Später zeigte er ihr Fotos von seiner Familie. Und dann erzählte er die komischsten Erlebnisse auf seiner Gastspielreise durch die halbe Welt. Was auf der Bühne so alles passieren konnte, ohne dass die Zuschauer es merkten! Katja amüsierte sich königlich. Je länger sie mit Jurij redete, desto mehr kam es ihr vor, als gehöre sie bereits in diese Welt: eine junge Tänzerin von einem anderen Theater, die im Flugzeug zufällig einen Kollegen getroffen hatte.

Natürlich musste Jurij ihr, als das Flugzeug allmählich zur Landung ansetzte, ein Autogramm geben. In einer abenteuerlich schwungvollen Handschrift warf er ein paar lange Sätze auf Russisch quer über das Titelblatt ihres Programmhefts. Katja schrieb ihm ihre Adresse und Telefonnummer auf. Jurij versprach, sie anzurufen, wenn er einmal schreckliches Heimweh bekommen sollte.

„Du kannst uns auch immer besuchen!“, beteuerte Katja. „Meine Familie würde sich riesig freuen!“

Die Maschine setzte auf die Landebahn auf und rollte aus. Jurij und Katja suchten ihre Sachen zusammen und drängten mit den anderen zum Ausgang.

„Wirst du abgeholt?“, erkundigte sich Katja, als sie in die Ankunftshalle kamen.

„Nein. Werde ich mir Taxi zur Oper nehmen.“

„Mein Vater wird mich abholen. Wir können dich sicher in die Stadt fahren.“

„Oh ja, sehr gern!“

Er hatte die Worte kaum ausgesprochen, als sich am anderen Ende der Halle ein wahres Indianergeheul erhob. Gleich da-

rauf stürzten sich die Zwillinge auf Katja, sprangen sie an und hängten sich an sie wie die Kletten. Katja wusste überhaupt nicht, wie ihr geschah, und sah sich ratlos um.
Jetzt rannte auch Celia auf sie zu und hängte sich an ihren Hals, als sei die große Schwester nach einem Flugzeugabsturz im letzten Augenblick aus dem Meer gerettet worden. Hinter ihr kamen Mama und Papa heran und umarmten Katja.
„Mein Liebes, schön, dass du wieder bei uns bist!", sagte Mama vergnügt. „Du siehst, wir haben es alle nicht abwarten können, dich wieder zu sehen, keiner wollte zu Hause bleiben."
Nachdem Katja alle gebührend begrüßt hatte, sah sie sich suchend nach Jurij um. Er stand im Hintergrund und lächelte etwas gequält.
„Wisst ihr, das da ist Jurij. Wir sind zusammen gereist, er hat jetzt ein Engagement als Tänzer an der Frankfurter Oper. Ich habe gedacht, wir könnten ihn vielleicht hinfahren, weil er hier fremd ist."
Katja hatte erwartet, dass jetzt alle in Ehrfurcht erstarren würden, um gleich darauf Jurij wie ein lange vermisstes Familienmitglied willkommen zu heißen. Doch Mama und Papa sahen sich betreten an. Noch ehe sie etwas sagen konnten, ergriff Fips das Wort.
„Das geht nicht, wir sind schon sechs!", posaunte er in Jurijs Richtung, nahm Katja bei der Hand und zog sie mit sich fort.
Jurij hatte sich vermutlich angesichts der Großfamilie seinen Teil gedacht. Er winkte Katja von weitem noch einmal zu und ging davon. Einen Augenblick war Katja so elend zu Mute, dass sie am liebsten losgeheult hätte. Undeutlich spürte sie, dass sie ihren neuen Freund nun wohl nie mehr wieder sehen würde.

„Ihr seid richtig ekelhafte kleine Monster!", zischte sie. „Wenigstens höflich guten Tag sagen hättet ihr können! Er ist ein ganz berühmter Ballett-Tänzer. Ich habe ihn gestern in Toronto auf der Bühne gesehen. In *Schwanensee*!"
„Wo ist der Schwanensee? Auch in Kanada?", fragte Markus gedehnt.
Katja seufzte. „Vergiss es. Jetzt lasst uns erst mal nach Hause fahren, im Auto erzähle ich euch alles."
Die Eltern waren bereits mit Katjas Gepäck vorausgegangen. Celia steckte ihre Nase neugierig in die Tüte mit den Geschenken, die Katja in der Hand trug.
„Hast du mir auch was mitgebracht?", erkundigte sie sich lauernd. „Das, was ich mir gewünscht habe?"
„Ich habe euch allen was mitgebracht. Aber das gibt's erst, wenn wir angekommen sind. Damit die Spannung noch ein bisschen größer wird", erklärte Katja. Und seufzend dachte sie: Kein Zweifel, ich bin wieder zu Hause.

Dreizehn Striche am Türpfosten

Mami hatte Katjas Lieblingskuchen gebacken. Außerdem hatte sie ihr eine Schale mit leuchtend bunten Primeln ins Zimmer gestellt, einen fröhlichen Frühlingsgruß im Winter, wie sie sagte. Daneben stand ein Teller mit Süßigkeiten. Und auf Katjas Schreibtisch lag eine Liste mit den Namen all der Freunde, die inzwischen angerufen hatten, um sich nach ihrer Rückkehr zu erkundigen.

Als sie jetzt alle bei Tee und Kuchen im Wohnzimmer um den großen Tisch saßen, sie mit Fragen bedrängten und atemlos vor Spannung ihren Erzählungen lauschten, fand Katja es doch sehr schön, wieder zu Hause zu sein.

Als sie ihr Erlebnis mit dem Dieb geschildert hatte, machte sie eine kunstvolle Pause.

„Bevor ich weitererzähle, muss ich euch erst etwas geben", sagte sie und wandte sich der großen Tüte mit den Geschenken zu, die sie neben sich auf den Boden gestellt hatte. Stück für Stück wurden nun die Päckchen verteilt. Für Papa die schicke Krawatte und ein Stück seiner Lieblingsseife, die es nur in Kanada gab. Für Mami eine Bluse mit passendem Seidenschal aus der Boutique, für die sie früher gearbeitet hatte; außerdem ein paar Gewürze, die es in Deutschland nicht zu kaufen gab. Für Celia hatte sie einen Hausanzug in Pink besorgt, mit einer großen weißen Katze darauf, außerdem einen Kasten mit bunten Perlen und weiterem Zubehör, um Modeschmuck zu basteln. Und für die Brüder gab es Matchbox-Autos und kanadische Bilderbücher.

„Liebling! All diese Sachen, das ist doch viel zu teuer! Haben dir die Simonsons auch noch Geld geschenkt?“, fragte Mama beklommen.

„Keine Sorge!“ Katja grinste vergnügt. „Ihr müsst meine Geschichte weiterhören ...“

Nun erzählte sie von der Belohnung, die sie für die Ergreifung des Diebes bekommen hatte, und auch die Zeitungsartikel wurden herumgereicht. Dann schilderte sie die Fahrt, das herrliche Ferienhaus der Simonsons, das Ski-Vergnügen und das Erlebnis mit den vermeintlichen Wölfen. Mit Genugtuung bemerkte sie, wie die Augen der kleinen Brüder sich angstvoll weiteten und sie den Atem anhielten vor Spannung. Und sie schmückte ihre Schilderung entsprechend aus.

„Ich spürte, wie alles Gefühl aus meinen Fingern wich, wie ich mit den Füßen vom Baumstamm abrutschte. Ich merkte, im nächsten Augenblick musste ich runterfallen. Und dann würden mich die Wölfe zerreißen ...“

Die Zwillinge schrien auf.

„Da rasten sie unter mir vorbei“, fuhr Katja fort. „Es waren Hundegespanne, die drei Schlitten zogen! Susan hatte das in der Dämmerung nicht erkennen können. Sie hatte nur die Wolfsgesichter mit den weit aufgerissenen, hechelnden Schnauzen gesehen!“

Die Spannung löste sich in befreiendem Gelächter. Nun erzählte Katja von dem Besuch bei Lilian Bergman, von ihrem Tag in Toronto und schließlich von dem Höhepunkt ihrer Ferien – der Vorführung des Balletts *Schwanensee.*

„Und da ...", schloss sie ihren Bericht und sprang auf, um der nun folgenden Mitteilung an die Familie den nötigen Nachdruck zu verleihen, „habe ich sofort gewusst: Ich muss Tänzerin werden. Morgen werde ich mir eine Ballettschule suchen."

Mama, Papa und die Geschwister sahen Katja an, als hätten sie kein Wort verstanden.

„Ballettschule?", fragte Mami schließlich. „Ja, hast du denn noch so viel Geld übrig?"

„N... nein, nicht mehr so sehr viel", gestand Katja ein. „Aber Mami, es ist wirklich wahnsinnig wichtig für mich! Ich *muss* einfach tanzen!"

„Aha", sagte Papa und sah nicht sehr intelligent dabei aus. „Und wie willst du das machen?"

„Das werde ich schon rausfinden. Ich werde mir eben nie mehr was anderes zum Geburtstag und zu Weihnachten wünschen als Ballettstunden. Und ich kann Babysitten und Nachhilfe in Englisch geben, und ..."

„Also, ich schlage vor, darüber reden wir morgen in aller Ruhe." Mami stand auf und räumte die Teetassen und Teller zusammen, die seit Stunden auf dem Tisch standen. „Es ist spät geworden, Kinder, lasst uns Abendbrot machen. Danach wird es dringend Zeit für die Kleinen, zu Bett zu gehn."

„Okay, ich helf dir." Katja nahm ihrer Mutter das Tablett ab und trug es in die Küche. Sie musste ihr jetzt unter allen Umständen beweisen, dass sie es verdient hatte, die teuren Ballettstunden zu bekommen.

In den nächsten Tagen suchte sich Katja aus dem Telefonbuch sämtliche Adressen von Tanzschulen heraus. Es gab wenige, die klassisches Ballett unterrichteten und für sie in erreichbarer Nähe waren. Doch sie wusste, das würde Mamis erste Bedingung sein. Katja belagerte den Bühneneingang der Oper, in der Hoffnung, jemandem zu begegnen, der in ihr das kommende große Talent witterte und sie zum Training einlud. Sie lungerte in Buchhandlungen herum und las in Ballettbüchern, bis die Verkäuferinnen drängten, sie solle sich endlich entscheiden, was sie kaufen wolle. Sie erkundigte sich nach Fachgeschäften, in denen man Spitzenschuhe und Ballett-Trikots bekam. Und sie besorgte sich ein halbes Dutzend Ballett-Poster, mit denen sie ihr Zimmer dekorierte. Das Titelblatt des *Schwanensee*-Programms mit Jurijs Widmung kam in einen Rahmen und wurde am Kopfende ihres Bettes aufgehängt.

Mama wich ihrem Drängen nach einer Entscheidung aus. Für sie waren diese Ballettstunden eine unzumutbare Belastung der Haushaltskasse. In dem Augenblick, in dem sie Katja nachgab, musste sie auch den drei anderen Kindern ein solches Hobby zugestehen; und wenn, dann wollte sie lieber jeden ein Musikinstrument lernen lassen.

Etwas anderes beschäftigte sie weit mehr: Katja klagte darüber, dass ihre Schuhe sie unerträglich drückten, ja, sie lief im Haus nur noch in Strümpfen herum. Draußen trug sie die übergroßen Stiefel, die sie für Kanada bekommen hatte. Oder sie trug Turnschuhe, deren Stoff sich so geweitet hatte, dass er vorne und hinten mehrere Zentimeter über die Sohle hinausragte.

Ähnlich war es mit den Jeans und Sweatshirts. Waren sie wirklich so stark in der Wäsche eingelaufen? Sie waren doch

erst ein paar Monate alt? Im Herbst hatte sie Katja doch erst mit allem neu ausgestattet!
„Komm einmal her, Liebes“, sagte sie eines Abends und zog Katja hinter sich her ins Badezimmer.
An der Innenseite der Tür waren eine Menge kleiner Striche zu sehen, jeder mit einem Datum daneben. Rot für Katja, blau für Celia, die grünen gehörten zu Markus und die gelben zu Fips.
Katja zog gehorsam die Turnschuhe aus und stellte sich mit dem Rücken an die Tür. Mama holte ein Lineal und legte es ihr flach auf den Kopf. Mit einem roten Filzstift markierte sie die Stelle, dann maß sie den Abstand zwischen der letzten und der heutigen Messung.
„Das gibt’s nicht“, murmelte sie. „Ich muss einen Fehler gemacht haben!“
Noch mal musste sich Katja mit dem Rücken an die Tür stellen. Mama prüfte, ob sie sich nicht vielleicht auf die Zehenspitzen stellte. Nein, alles war, wie es sein sollte. Noch einmal wurde der Abstand gemessen.
„Liebling!“ Mamas Stimme hörte sich absolut fassungslos an. „Du bist in einem halben Jahr dreizehn Zentimeter gewachsen!“
„He, ist ja irre!“ Auch Katja war einigermaßen sprachlos. „Da bin ich aber gespannt, um wie viel meine Füße größer geworden sind!“
„Armer Papi, wir werden seine Brieftasche kräftig plündern müssen!“, seufzte Mami mit einem so vergnügten Gesicht, dass auch ein Blinder gesehen hätte, wie gern sie einkaufen ging. „Du musst völlig neu eingekleidet werden!“
„Super!“ Katja strahlte. „Allerdings nur, wenn Tante Otti nicht dabei ist.“

„Du solltest mich besser kennen. So etwas würde ich dir nie antun, das weißt du doch. Gleich morgen nach der Schule ziehen wir los, vielleicht finden wir noch was Schickes im Ausverkauf. Und heute Abend checken wir deinen Kleiderschrank durch und misten mal gründlich aus, was du an Celia jetzt weitervererben kannst."
„Haha!" Katja grinste. „Du glaubst doch nicht im Ernst, dass Celia auch nur ein Stück von mir anzieht!"
Die Mutter verkniff sich eine Antwort. Katja hatte nur zu Recht! Was Kleidung betraf, war Celia ein schwieriger Fall. Sie musste eine Menge Tricks anwenden, um ihr Pullover, T-Shirts oder Sweatshirts der Schwester schmackhaft zu machen. Meistens gelang ihr das nur, indem sie die Kleidungsstücke bis zur Unkenntlichkeit umänderte, mit Stickereien oder Applikationen versah, sie mit Knöpfen oder Bändern verzierte oder sie einfach einfärbte.
Am nächsten Tag hatte Katja schon nach der vierten Stunde frei. Das passte großartig. Celia bekam den Auftrag, auf die Brüder aufzupassen, was sie unter der Bedingung versprach, dass Mami ihr irgendetwas Schönes aus der Stadt mitbrachte. Gleich nach dem Mittagessen zogen sie los, fuhren mit dem Bus in die Innenstadt und begannen, die einschlägigen Geschäfte nach geeigneten Kleidungsstücken für Katja zu durchforschen.
Zuerst gingen sie in ein Schuhgeschäft.
„Turnschuhe!", antwortete Katja auf die Frage der Verkäuferin.
„Und feste Straßenschuhe", fügte die Mutter hinzu. „Und dann vielleicht noch etwas für festliche Gelegenheiten. Ich stelle mir so einen flachen Ballerina-Schuh vor."
Katja warf Mama einen dankbaren Blick zu.

„Welche Größe?“, fragte die Verkäuferin.
„Weiß ich nicht“, antwortete Katja mit einem bedauernden Achselzucken. „Ich meine, ich weiß nicht, ob mir die Schuhe, dich ich trage, eine oder zwei Nummern zu klein sind.“
„Aha“, sagte die Verkäuferin und lächelte Mama in einer Weise an, die besagte, dass sie dieses Problem aus eigener Erfahrung kannte.
Wie sich herausstellte, hatte Katja zweieinhalb Nummern übersprungen. Die alten Turnschuhe wanderten noch im Schuhgeschäft in den Papierkorb. In neuen Sportschuhen, zwei weitere Paar Schuhe in der Einkaufstasche unter dem Arm, so verließ Katja strahlend das Geschäft.
Auch mit den weiteren Einkäufen hatten sie Glück.
Zwei neue Jeans, zwei Sweatshirts, drei T-Shirts und einen schicken Pullover erstanden sie, dazu Unterwäsche und Strümpfe. Zum Schluss bekam Katja noch einen kurzen Rock mit Bluse in Dunkelblau, zu dem die Ballerinas passten. Sie versuchte zu protestieren, die Kombination war ihr viel zu brav und zu elegant. Doch Mamas Gegenfrage, was sie denn anziehen wolle, wenn sie das nächste Mal ein Ballett in der Oper besuche, stimmte sie augenblicklich um.
Zum Schluss gab es als Krönung noch einen Zwischenstopp in der Konditorei. Einen Eiskaffee und ein Stück Torte hatten sie sich nach der Arbeit wirklich verdient! So waren vier Stunden vergangen, als sie – mit Schokolade für die Zwillinge und einer lustigen Haarspange für Celia – wieder zu Hause eintrafen.
In der Wohnung war es totenstill. Weder von Celia, noch von den Zwillingen war etwas zu sehen. Katja und ihre Mutter sahen sich verwundert an.
„Hallo, wir sind wieder da! Scheinbar keiner da. Celia hat

doch nichts davon gesagt, dass sie mit den Zwillingen weggehen wollte, oder?" Katja sah in alle Zimmer. „Alles leer."
„Warte, da liegt ein Zettel."
Mama las die wenigen Worte und reichte das Stück Papier stumm an Katja weiter. *Ich musste leider weg. bin balt wieder da. fips und markus sind braf. Celia* stand darauf.
„*Wo* sie im Moment gerade brav sind, schreibt sie leider nicht. Typisch Celia", murmelte Katja.
Mami atmete tief durch. „Es ist meine Schuld. Sie ist einfach noch zu jung zum Babysitten. Herrgott noch mal ..."
„Ich rufe Papi in seiner Versicherung an. Bestimmt hat sie mit ihm telefoniert."
Katja wählte die Nummer des Vaters. Doch der war nicht mehr im Büro. Zum Glück klingelte es in diesem Augenblick Sturm. Draußen stand Celia.
„Da seid ihr ja endlich!", stöhnte sie. „Das hat ja ewig gedauert!"
„Wo um Himmels willen wart ihr? Und wo sind die Zwillinge?", fragte Mama und sah ins Treppenhaus hinunter.
„Ich musste Bettina mein Heft bringen. Das, wo sie die Rechenaufgaben draus abschreiben musste. Sie ist krank", verteidigte sich Celia.
„Und die Zwillinge?", wiederholte Katja die Frage der Mutter streng.
„Na, die sind doch hier!"
„Sind sie nicht. Los, komm, wir müssen sie suchen!" Ohne weitere Erklärungen zog Katja die Schwester mit sich.
Jetzt erschien auch Papa auf der Bildfläche. „Celia hat mich angerufen, ob ich nicht ein bisschen früher nach Hause kommen könnte, weil Fips und Markus allein daheim sind", erklärte er, noch auf der Treppe.

„Allein, stimmt. Zu Hause stimmt nicht", berichtigte Mama und erzählte, was passiert war. „Sie können ja nicht weit sein. Geht ihr sie suchen, ich rufe mal die Eltern ihrer verschiedenen Freunde an."
Papi, Katja und Celia schwärmten in alle Richtungen aus. Sie klingelten bei den Nachbarn, suchten die umliegenden Grundstücke ab, fragten alle Passanten. Von Fips und Markus war keine Spur zu entdecken. Nach einer halben Stunde kehrten sie unverrichteter Dinge wieder nach Hause zurück.
„Auch die anderen Eltern wissen von nichts. Ihre Kinder sind alle daheim. Mein Gott, ich mache mir solche Vorwürfe!", rief Mama erregt. Sie war schneeweiß im Gesicht, und ihre Lippen zitterten. „Wie konntest du sie aber auch allein lassen, Celia! Du hast mir so fest versprochen, auf sie aufzupassen!"
„Woher soll ich wissen, dass sie gleich abhauen! Sie haben mir ihr großes Ehrenwort gegeben, das winzige Momentchen brav zu bleiben. So klein sind sie doch nicht mehr!", verteidigte sich Celia empört.
„Nein, leider." Mama seufzte. „Und sie haben eine blühende Fantasie. Ich denke, wir sollten die Polizei benachrichtigen."
„Winziges Momentchen ist wohl ein bisschen untertrieben, meine liebe Tochter." Papa sah Celia kopfschüttelnd an. „Es dürfte sich um etwa eine Stunde gehandelt haben."
„Na, wenn schon! Deshalb habe ich ja auch bei dir angerufen! Das war wirklich wichtig, mit dem Heft! Ihr schimpft doch immer, wenn ich meine Hausaufgaben so spät mache."
„Wenn ich nur wüsste, wo sie sein könnten!", jammerte Mama.
„Ich rufe die Polizei an." Papa griff zum Telefonhörer.
„Moment mal!" Katja kam eine Erleuchtung. Sie sah die anderen groß an. „Ich hab so eine Ahnung, wo sie sein könnten."

„Wo?“, riefen die Eltern ungeduldig. „Nun sag schon!“
„Im Zoo. Erstens kennen sie den Weg, sie müssen nur den Bus nehmen und wissen genau, wo sie aussteigen müssen. Wir waren ja schon ein paar Mal da. Und zweitens reden sie seit Wochen über nichts anderes.“
„Das stimmt“, bestätigte Mama. Jeden Tag liegen sie mir damit in den Ohren. Aber Schätzchen, die beiden sind gerade vier geworden! Allein im Zoo ... Das kann ich mir nicht vorstellen!“
„Warm angezogen haben sie sich jedenfalls“, stellte Celia fest. „Ihre Mäntel und ihre Schuhe sind weg. Und das Kleingeld, das immer hier in der Schale liegt, auch.“ Damit hat sich Celia einmal mehr als gute Beobachterin gezeigt. Wie sie überhaupt immer einen Blick fürs Praktische hatte.
„Celia hat Recht. Also gut, komm Katja, wir fahren zum Zoo. Ihr haltet die Stellung hier, falls sie inzwischen auftauchen oder jemand anruft“, beschloss Papa.
Kurz darauf saßen Katja und ihr Vater im Auto und brausten mit reichlich überhöhter Geschwindigkeit dem Zoologischen Garten entgegen.
„Wahrscheinlich kommen wir gar nicht mehr rein. Ehrlich gesagt, kann ich mir auch nicht vorstellen, dass Fips und Markus dort sind“, meinte der Vater. „Der Kontrolleur hätte sie doch schon am Eingang abgefangen. Zwei Knirpse von vier Jahren!“
„Du kennst die Tricks der Zwillinge nicht, Papi“, erwiderte Katja. „Erinnerst du dich, wie sie in Toronto allein U-Bahn fahren wollten? Da waren sie zweieinhalb.“
„Ja, das war eine unglaubliche Geschichte.“
Sie hielten vor dem Haupteingang. Natürlich hatte der Zoo inzwischen geschlossen. Die Kassiererin zählte gerade die

Tageseinnahmen. Der Vater klopfte heftig gegen das kleine Fenster.
„Wir haben, Feierabend!“, raunzte die rundliche Frau und sah nicht einmal auf.
„Das weiß ich!“ Papa legte eine gehörige Portion väterlichen Kummers in seine Stimme, obwohl er sonst seine Gefühle selten zeigte. „Bitte! Es handelt sich um einen Notfall! Meine kleinen Söhne sind verschwunden, und alle Anzeichen deuten darauf hin, dass sie sich hier im Zoo aufhalten!“
„Hier kommt keiner unkontrolliert rein. Mit wem sind sie denn hergekommen? Schulklassen hatten wir heute keine.“
„Sie müssen sich eingeschlichen haben. Sie sind noch klein. Vier Jahre alt.“
„Erst vier?“ Die Kassiererin öffnete das kleine Fenster. Sie sah den Vater mit einem so strafenden Blick an, dass er hätte im Boden versinken müssen.
„Sie ... sie hatten einen Babysitter, und das Mädchen hat sie sich selbst überlassen“, erklärte Papa. „Bitte, lassen Sie uns schnell einmal nachsehen! Wenn wir rufen, melden sie sich bestimmt sofort.“
Der Frau war das nicht geheuer. Einerseits ging ihr Papas Sorge zu Herzen, andererseits fiel es ihr schwer, ihm zu glauben.
„Da muss ich erst den Chef fragen.“
„Tun Sie das. Bitte!“
Die Frau nahm den Hörer ab und wählte. Während sie wartete, zeigte sie auf Katja. „Ist das die Babysitterin?“
„Nein, das ist die große Schwester der Buben.“
Am anderen Ende meldete sich eine Stimme, und die Frau schloss das Fenster. Das Gespräch war zum Glück kurz. Sie hängte ein und öffnete das Fenster wieder.
„Es kommt jemand her und holt Sie ab.“

Ungeduldig sahen Katja und ihr Vater zu den Stallungen und Anlagen hinüber, über die sich jetzt schon das abendliche Dunkel senkte.
Endlich erschien ein junger Mann, der sich als Assistent des Direktors vorstellte und sich anbot, sie zu begleiten. „Und wo, meinen Sie, sollen wir suchen? Haben die jungen Herren besondere Vorlieben?"
„Ich weiß schon, wo!", verkündete Katja und lief vor den beiden Männern her. Trotz der hereinbrechenden Dunkelheit fand sie ihren Weg schnell. Vor einem niedrigen Holzzaun blieb sie stehn. „Hier!"
„Bei den Hängebauchschweinen?", fragte Papa entsetzt.
„Das sind ihre Lieblinge. Markus! Fips! Seid ihr da? Meldet euch doch!"
In einer Ecke des – einer übergroßen Hundehütte ähnlichen – Offenstalles rumorte es. Auf allen vieren krochen zwei dreckverklebte kleine Gestalten heraus, von denen man allenfalls sagen konnte, dass es sich *nicht* um Hängebauchschweine handelte.
„Kriegen wir jetzt Haue?", wollte Markus wissen, ehe er sich näherte.
„Papi und Mami hauen nie!", sagte Katja streng, um vor dem fremden jungen Mann keinen Irrtum aufkommen zu lassen.
„Und solange ihr derartig stinkt, sowieso nicht", fügte Papa hinzu. „Zur Strafe sollte ich euch eigentlich hier lassen."
Bei diesem Satz waren Markus und Fips blitzschnell an seiner Seite und fassten nach seinen Händen. Papa verabschiedete sich seufzend von dem jungen Begleiter – und vorsichtshalber, ohne ihm die Hand zu geben.
Im Auto fand er eine alte Zeitung, die er auf dem Rücksitz ausbreitete, ehe die Zwillinge einsteigen durften.

Die Fahrt verlief schweigsam. Katja konnte sich nicht erinnern, ihren Vater je so fassungslos gesehen zu haben. Sei es nun über die Entschlossenheit und den Einfallsreichtum der Zwillinge, sei es über ihre Vorliebe für Hängebauchschweine. Ohne Abendessen ins Bett und eine Woche lang keinen Nachtisch und keine Süßigkeiten, lautete Mamas Strafe. Markus und Fips nickten erleichtert und verzichteten sogar auf die übliche Wasserschlacht beim Baden.
Als Katja zwei Stunden später mit den Eltern noch für eine Weile im Wohnzimmer zusammensaß, sah Mama sie plötzlich liebevoll an.
„Über all der Aufregung habe ich ganz vergessen, dir zu danken, Liebes! Ohne deine Hilfe würden wir vermutlich noch jetzt verzweifelt nach den Zwillingen suchen!"
„Ja", meinte der Vater, „ich finde, dass sie sich eine Belohnung verdient hat. Die Idee mit den Hängebauchschweinen ..., ich wäre nicht im Traum darauf gekommen, dass Markus und Fips dort sein könnten!"
Katja wurde rot vor Freude. „Ja, ich bin froh, dass mir das rechtzeitig eingefallen ist. Und das mit der Belohnung, weißt du ..., ich bin ja heute schon toll verwöhnt worden, mit all den neuen Klamotten."
„Das war dringend nötig", widersprach Mama. „Du konntest unmöglich weiter so herumlaufen, in all den zu klein gewordenen Sachen! Nein, nein, Papi hat Recht. Lass uns mal überlegen." Sie sah Papa verschwörerisch an, und er nickte ihr verstohlen zu. „Was hältst du von Ballett-Stunden? Wo du derartig schnell wächst, wäre es auch für deine Haltung und deine körperliche Kräftigung von Vorteil."
„Eben!", bestätigte Papa. „Ballett ist für dich da viel geeigneter als Kraftsport in einem Fitnesscenter zum Beispiel."

„Wir müssten nur eine gute Schule finden, die nicht zu weit entfernt ist“, fügte Mama hinzu. „Aber das wird sich ja wohl machen lassen.“
Katja starrte ungläubig von einem zum anderen. Ballettschule! Hatte sie richtig gehört? Sie waren einverstanden! Katja fiel erst Mama, dann Papa um den Hals.
„Manno!“, rief sie aus tiefstem Herzen. „Man sollte nicht glauben, wozu dreizehn Zentimeter Länge mehr gut sein können!“

Mit 12 fühlt man ganz anders

Immer diese Familie

Rote Grütze!“ Fips zog das Wort wie ein Gummiband, seine Stimme bebte vor Begeisterung und Begierde.
„Rote Grütze? Mitten im Winter?“
Sein Zwillingsbruder Markus schleuderte im Flur die Gummistiefel von den Füßen und stürmte ebenfalls in die Küche.
„Pfoten weg, die ist für morgen!“, sagte Katja streng, die der Mutter aufmerksam bei der Zubereitung der so beliebten Nachspeise zugesehen hatte, um es demnächst selber zu probieren.
„Hm, das duftet!“, stöhnte Fips begehrlich.
„Nach Himbeeren und Kirschen und ... und ...“ Markus zog hörbar die Luft durch die Nase.
„Nach Johannisbeeren“, sagte Katja. „Hast du kein Taschentuch? Putz dir die Nase!“
„Hab ich heute schon mal“, wehrte Markus ab und rührte sich nicht von der Stelle.
„Warum gibt's morgen rote Grütze?“, erkundigte sich Fips. „Weil Sonntag ist?“
„Weil Tante Otti zu Besuch kommt“, klärte die Mutter die

Jungen auf, „und weil meine rote Grütze Tante Ottis Lieblingsspeise ist. Ich möchte ihr eine Freude machen."
„Hoffentlich kriegt sie Bauchweh", bemerkte Markus wenig rücksichtsvoll.
„Von Mamis roter Grütze?"
Katja zog empört die Augenbrauen hoch.
„Nein! Natürlich vorher! Damit wir sie allein essen können!"
„Du hast Nerven, Junge! Vorsicht, geht mal zur Seite, der Topf ist heiß! Leg bitte einen feuchten Lappen unter die Glasschüssel, Liebes, damit sie nicht zerspringt."
Katja nahm schnell den Lappen. Dann beobachteten alle drei, wie die Mutter die dickflüssige, dampfende Masse aus dem Topf vorsichtig in die Schüssel füllte.
„Ich will den Topf auslecken!", krähte Fips.
„Nein, ich! Du hast das letzte Mal!", protestierte Markus.
„Einer den Topf, einer den Kochlöffel. Hier!"
Und ich?, wollte Katja sagen. Ich hab dir die ganze Zeit geholfen und kriege nichts? Aber so war das eben. Sie war die Große, die Vernünftige. Zwar gehörte sie nicht zu den Erwachsenen, nein, das nun wirklich nicht, aber behandelt wurde sie so. Als ob sie sich nicht die ganze Zeit schon darauf gefreut hätte, den Topf auslecken zu dürfen. Natürlich tauchte in diesem Moment auch noch ihre Schwester Celia auf.
„Was habt ihr da? Ich will auch was. Mami, warum kriege ich nichts?"
„Das nächste Mal, Herzchen, es ist doch gar nicht so viel übrig. Mein Gott, ihr tut, als hätte ich euch drei Tage hungern lassen!"
„Dann will ich was anderes. Wenigstens einen Keks!"
Mama warf Katja einen Blick zu. Ein Glück, dass du so groß und vernünftig bist, sagte dieser Blick. Katja war ein bisschen

versöhnt, aber wirklich nur ein bisschen. Drei jüngere Geschwister waren eine echte Landplage. Und sie sehnte sich nach nichts so sehr, wie danach, mit Mama allein zu wohnen, sie den ganzen Tag nur für sich zu haben, mit ihr über alles reden zu können.

Vor einer Viertelstunde noch hatte es einen dieser kostbaren Augenblicke gegeben. In der Küche war es still gewesen, sie hatten nebeneinander am Herd gestanden; Mama hatte ihr die Zusammensetzung der Speise erklärt und erzählt, wie bei ihr zu Hause früher die rote Grütze bereitet wurde: aus frischen Früchten, die aus dem eigenen Garten kamen, nicht aus fertigem Saft. Natürlich ging das nur im Sommer, aber wenn die Mutter davon erzählte, spürte Katja das kräftige Aroma der sonnenwarmen Früchte in der Nase und auf der Zunge. Sie sah das altmodische, verschnörkelte Haus mit den Türmchen und Erkern, bis unter das Dach mit Efeu bewachsen. Und den Garten, mit den von Buchsbaumhecken eingefassten Beeten, den Sträuchern und Obstbäumen, die Wiese dahinter und den Fluss ...

Wenn die Mutter davon erzählte, war es, als täte sie es nur für Katja; als teilten sie ein wunderschönes Geheimnis: die Erinnerungen an ein Mädchen, das seinen Lieblingssitz in dem großen alten Apfelbaum gehabt hatte, von dem aus man auf den Fluss hinunterschauen und von fernen Ländern träumen konnte. Ihre Bücher hatte sie da mit hinaufgenommen und stundenlang geschmökert, so wie Katja es jetzt bei jeder Gelegenheit tat. Oft hatte sie ihren Zeichenblock und die Aquarellfarben mitgenommen.

Stundenlang hätte Katja Mama zuhören können; sie wäre mit ihr durch das alte Haus spaziert, hätte das Knarren der Dielen gehört, den Schlag der großen Standuhr im Esszimmer und das Gurren der Tauben auf dem Dach ..., aber dann waren die Zwillinge mit ihrem Indianergeheul in die Küche gestürmt, und der Zauber war verflogen.

„Brauchst du mich noch?“, fragte Katja spröde. „Sonst gehe ich jetzt Hausaufgaben machen.“

„Nein, nein, geh nur, mein Schatz!“

Mama steckte Celia einen dicken Kuchenkrümel in den Mund, der von der zum Auskühlen aufs Fensterbrett gestellten Torte herabgefallen war; Mama wollte sich weitere Proteste ersparen. Katja wandte sich ärgerlich ab und ging in ihr Zimmer hinüber. Trübselig setzte sie sich an ihren Schreibtisch und starrte nach draußen.

Schneematsch. Das hörte sie schon am Geräusch der Autoreifen, die durch die Pfützen rauschten. Vor der Bushaltestelle schwankte ein Wald von Regenschirmen. Wenn es wenigstens richtig geschneit hätte! Aber das kam gleich als Matsch vom Himmel. Patschte an die Fensterscheiben, dass man schon vom Hinsehen kalte Füße bekam.

Warum war ihr neuerdings bloß oft so todtraurig zu Mute? Als hätte man sie allein auf einem menschenleeren Bahnsteig zurückgelassen, in einer fremden Stadt, getrennt von allem, was ihr lieb und vertraut war. Sie hatte mit Mama darüber reden wollen. Über die Müdigkeit und darüber, dass sie sich auf nichts mehr so richtig freuen konnte. Sie fühlte sich in ihrer eigenen Haut nicht mehr wohl. Ja, das war's, ein Gefühl, als passte alles nicht richtig zueinander. Die langen Arme und Beine. Der magere Körper mit dem zaghaften Ansatz eines Busens, der überhaupt nicht zu ihr zu gehören schien. Dreizehn Zentimeter war sie im vergangenen Jahr gewachsen und hatte zweieinhalb Schuhgrößen übersprungen. Und dann diese lästigen kleinen Pickel auf Kinn und Stirn. Das Gefühl, dreimal am Tag duschen zu müssen. Wenn sie in den Spiegel schaute, fand sie sich einfach scheußlich, was sie auch immer anzog und wie sie sich auch frisierte. Dann streckte sie sich selbst wütend die Zunge raus und schnitt die grässlichsten Grimassen. Wenn schon hässlich, dann wenigstens gleich richtig!

Ihre Schwester Celia dagegen, die war mit ihren sieben Jahren der reinste Kinderstar. Jedenfalls tat sie so. Hielt Hof zwischen ihren Kleidern und Schuhen, Bändern, Blumen und den zahlreichen Schmink- und Kosmetikpröbchen, die sie Mama abschwatzte. Sie thronte zwischen ihren Stofftieren und Puppen und war immer und in jeder Lebenslage das „entzückende Kind". Auf der Straße drehten sich sämtliche Omas nach ihr um und murmelten etwas von „reizendem kleinem Mädchen", schenkten ihr Bonbons und ließen sich ihren Namen sagen. „Celia, was für ein bezaubernder Name, der passt aber gut zu dir!" Katja konnte es nicht mehr hören. Dabei konnte die Schwester ein richtiges kleines Ekel sein; sie tyrannisierte alle mit ihrem Schmollmund und ihrer weinerlichen Rechthaberei.

Katja gab ihrer Schultasche einen kräftigen Tritt, dann besann sie sich und zog sie seufzend heran. Mathe und Geschichte musste sie für Montag noch machen. Geschichte hob sie sich bis zuletzt auf, das machte am meisten Spaß, und sie wollte sich gründlich vorbereiten. Sie war zwar erst in der letzten Stunde gefragt worden und hatte eine Eins bekommen, aber das spornte sie nur umso mehr an. Wenn sie an Herrn Fellner dachte, den Geschichtslehrer, huschte ein Dutzend Schmetterlinge durch ihren Magen. Er war einfach super! So liebevolle braune Augen hatte er und ein ganz schmales, jungenhaftes Gesicht. Sie ertappte sich bei dem Gedanken, Herrn

Fellner im Stadtwald zu begegnen. Sie standen dicht nebeneinander, und Herr Fellner legte den Arm um ihre Schultern, weil sie fror, während sie den Enten und Schwänen im Teich zusahen. Und dann gingen sie in der Dämmerung den Weg hinunter, weit und breit war keine Menschenseele außer ihnen, und Herr Fellner zog Katja an sich, nahm ihr Gesicht in seine Hände und küsste sie ...

Katja schrak zusammen, als hätte jemand sie bei etwas Verbotenem ertappt. Sie wollte nicht immer wieder solche Dinge denken; sie wurde wütend, wenn sie sich dabei ertappte, und trotzdem: Sobald sie allein war, lief diese Szene in ihrem Kopf ab, in immer neuen Variationen. Wenn sie dem Lehrer gegenüberstand, bemühte sie sich, sich nichts anmerken zu lassen, und benahm sich eher kühl und abweisend, fast ein wenig ruppig. Es genügte wirklich, dass die halbe Klasse in ihn verknallt war! In ihren Leistungen allerdings lag sie weit vor den Mitschülerinnen, als könne sie ihm damit beweisen, wie tief ihre Gefühle waren, im Vergleich zur Schwärmerei der anderen Mädchen. Und tatsächlich schien es ihr, als behandele Herr Fellner sie anders als die anderen. Ein bisschen mehr wie eine Erwachsene.

Energisch schob sie die Gedanken an ihren Geschichtslehrer beiseite und wandte sich ihren Mathematikaufgaben zu. Bald war sie so vertieft, dass sie alles um sich herum vergaß. Erst das Läuten der Haustürklingel brachte sie in die Wirklichkeit zurück. Zweimal kurz, einmal lang, das war Papa.

Katja lauschte. Würden die Geschwister sich bequemen, ihm die Wohnungstür zu öffnen? Zwar hatte er einen Schlüssel, aber er war immer ein bisschen enttäuscht, wenn keines seiner Familienmitglieder ihn an der Tür begrüßte.

„Na schön", seufzte Katja, als alles still blieb. „Geh ich eben."

Auf dem Flur stieß sie fast mit Mama zusammen, die aus der Küche gerannt kam, um Papa zu begrüßen.
„Wir können essen“, rief sie Katja zu. „Würdest du so lieb sein und den Tisch decken, Schätzchen?“
„Klar doch“, murmelte Katja. Sie ärgerte sich, dass sie nicht an ihrem Schreibtisch sitzen geblieben war, bis Mama Celia zum Tischdecken beordert hatte, denn die war heute Abend dran.
„Mistwetter!“, hörte sie Papa fluchen.
„Na, bist du nass!“, rief Mama und rannte mit weit von sich gestreckten Armen, Mantel und Schirm haltend, ins Badezimmer, um beides über der Badewanne auszuschütteln.
Katja verdrückte sich in die Küche und stellte Teller und Gläser auf den großen Ecktisch, an dem sie werktags ihre Mahlzeiten einnahmen. Dann legte sie Besteck und Servietten dazu, holte Salz und Pfeffer, Mineralwasser und Apfelsaft. Draußen beschwerte sich der Vater lautstark über die Idiotie der anderen Autofahrer, die aus purer Unfähigkeit Staus verursachten, obgleich es gar keinen Anlass dazu gab.
„Celia, Markus, Fips! Zum Essen kommen!“, schrie Mama, weil sie wusste, dass Papas schlechte Laune am wirkungsvollsten mit einem gefüllten Teller und einem Glas Bier zu bekämpfen war.
„Was gibt's denn?“
Papa kam, sich die kalten Finger reibend, in die Küche und begrüßte Katja mit einem väterlichen Kuss auf die Stirn, während seine Augen in Richtung Herd wanderten.
„Milchreis mit Apfelkompott und Käsebrote.“
„Mit Zimtzucker?“
„Die Käsebrote? Ich glaube nicht.“
„Mach dich nicht über deinen alten, abgearbeiteten Vater lus-

tig!“, sagte Papa mit gespielter Strenge. „Den Milchreis natürlich. Gib mir schon mal ein Bier als Vorspeise.“
„Schon in Arbeit.“
Die Zwillinge stürmten in die Küche und hängten sich, einer rechts, einer links, an Papas Hosenbeine.
„Hinsetzen!“, kommandierte Katja. „Papi muss sich erst mal erholen. Habt ihr euch die Hände gewaschen?“
„Klar!“, riefen die beiden im Chor und ließen in verdächtiger Eile die Hände unter dem Tisch verschwinden.
Mami kam und hinter ihr – wie immer als Letzte – Celia. Papa ließ sich ächzend auf seinem Platz in der Ecke nieder und trank mit hörbarem Behagen sein Bierglas leer, während die Mutter den Milchreis auf die Teller füllte.
„Na, und was gibt’s Neues?“, erkundigte sich der Vater und griff nach der Dose mit dem Zimtzucker. „Einser? Fünfer? Irgendwas kaputtgegangen? Irgendwas angestellt?“
Die Zwillinge sahen sich an und schüttelten dann in schönem Einvernehmen die Köpfe.
„Zweier in Erdkunde“, sagte Katja. „Die Ex neulich.“
„Ah ja, sehr schön, gratuliere. Und du, Celia?“
„Nichts Besonderes. Nur die Beerdigung vom Direktor. Wir mussten singen, stell dir bloß vor, bei dem Wetter! Und dann haben sie noch ewig lange Reden gehalten, lauter Zylindermänner. Was er für ein toller Mann war und was er alles getan hat und so. Und dass sie ihm das in alle Ewigkeit nicht vergessen werden. Die ganzen Vereine, in denen er war. Auf den Schleifen an den Kränzen stand’s noch mal geschrieben. Das hätte doch gereicht, oder?“
„Vielleicht dachten sie, er kann das von unten nicht so richtig lesen?“, gab Fips zu bedenken.
„Und dann ist der Schützenverein aufmarschiert“, erzählte

Celia unbeirrt weiter. „Und sie haben geschossen. So ein Quatsch! Ich bin vielleicht erschrocken!"
„Sicher haben sie in den Sarg geschossen, falls er noch nicht richtig tot ist!", belehrte Markus die Schwester.
Papa bekam einen Hustenanfall, und Mama verschluckte sich an ihrem Apfelsaft, dass ihr die Tränen in die Augen traten.
„Mein Gott", stöhnte Katja, „was ist das bloß für eine Familie!"

Katja will kein Mädchen sein

Am nächsten Tag kam Tante Otti zu Besuch.
Eigentlich war Tante Otti eine Großtante, die jüngste Schwester von Papas Mutter. Tante Otti war groß und kräftig gebaut, „ein Bündel Energie für ihre siebzig Jahre“, wie Mama stets halb bewundernd, halb seufzend feststellte, denn Tante Otti konnte einfach nicht still sitzen. Immer musste sie etwas zu tun haben, und wenn sie absolut nichts zu arbeiten fand, dann schleppte sie die Kinder auf kilometerlangen Spaziergängen oder zu einem Einkaufsbummel von fünf bis sechs Stunden mit, bei dem sie sämtliche Kaufhäuser von unten bis oben nach günstigen Gelegenheiten durchstöberte, um am Schluss festzustellen, dass das Zeug doch alles nichts tauge und sein Geld nicht wert sei.
Natürlich hatte Tante Ottis Arbeitswut auch ihre guten Seiten, denn wenn die Eltern mal für ein paar Tage allein verreisen wollten, dann erschien Tante Otti auf der Bildfläche und „schmiss den Laden“, wie sie es nannte. Hinterher brauchte Mama eine gute Woche, um sich in ihrem Haushalt wieder zurechtzufinden und alles an seinen gewohnten Platz zu stel-

len, denn Tante Otti begann immer mit einem Großputz der Wohnung, um anschließend dem Haushalt das zu verpassen, was sie eine „vernünftige Ordnung“ nannte. So wurden die Bücher in den Regalen nicht mehr nach Autoren und Sachgebieten geordnet, sondern der Größe nach eingeräumt. Kaffee, Tee, Kakao und Marmelade standen dort, wo vorher die Töpfe gewesen waren, das Schuhputzzeug fand sich im Bad wieder, das Bügeleisen im Wäscheschrank, statt im Korb mit der Bügelwäsche, und das Vogelfutter entdeckte die Mutter nach Wochen in der Schublade des Küchentischs, in der sie Bindfäden, Pack- und Geschenkpapier und bunte Bänder aufbewahrte.

Dass Tante Otti pünktlich auf die Minute war, verstand sich von selbst, und sie ließ auch bei anderen keine Entschuldigung für eine Verspätung gelten. Dabei war sie ein fröhlicher Mensch, mit einer Stimme, die einem alten Seemann alle Ehre gemacht hätte, und mit einem dröhnenden Lachen.

Immerhin fürchtete sogar die Mutter Tante Ottis Stirnrunzeln, und so herrschte am Sonntagmorgen hektischer Betrieb in der Küche, um bis zu Tante Ottis Ankunft alles fix und fertig zu haben. Die Zwillinge waren in ihr Zimmer verbannt worden mit der Ermahnung, nicht allzu viel Unordnung zu machen und sich möglichst ruhig zu verhalten.

„Malt ein schönes Bild für Tante Otti“, hatte Mama vorgeschlagen, „darüber freut sie sich bestimmt sehr!“

„... und gibt uns ’nen Euro mehr“, hatte Markus sachlich festgestellt und sich sofort an die Arbeit gemacht.

Celia hatte den Auftrag, den Tisch im Wohnzimmer zu decken und mit Blumen zu schmücken. Katja half Mama in der Küche, während Papa Tante Otti vom Zug abholte.

„Sie müssen gleich da sein“, sagte Mama und öffnete das Fenster, um ihren hochroten Kopf abzukühlen. „Wenn sie klingeln, stellst du die Kartoffeln auf die Schnellkochplatte, und die Suppe kannst du auf der kleinen Platte hinten warm halten. Ich geh schnell, mich ein bisschen zurechtmachen. Verd..., sie sind schon da! Hoffentlich hält Papi sie noch ein bisschen unten auf!“

Die Mutter flitzte aus der Küche, warf im Vorübergehen Katja die Schürze zu und fuhr sich im Flur mit dem Kamm durch die Haare.

„Mach dir nichts draus, du siehst sehr hübsch aus!“, rief Katja hinter ihr her. „Bloß nicht die Nerven verlieren!“

Der Vater klingelte Sturm, und gleich darauf hörten sie Tante Ottis dröhnendes Lachen im Treppenhaus. Mama setzte ihr strahlendstes Lächeln auf und öffnete die Tür. Hinter ihr stürzten die Zwillinge aus ihrem Zimmer und rasten an ihr vorbei zur Treppe, dem Besuch entgegen. Aus den Augenwinkeln sah Mama gerade noch, dass die himmelblauen T-Shirts, ein Geschenk Tante Ottis beim letzten Besuch, mit den Farben auf dem Bild, das Markus wie eine Fahne schwenkte, an Buntheit wetteiferten. Es war wohl doch keine so gute Idee gewesen, sie zum Malen zu animieren.

„Wie seht ihr denn aus, ihr Räuber?“, dröhnte Tante Ottis Bass fröhlich. „Ihr seid ja schon wieder gewachsen!“

„Wir haben dir ein Bild gemalt“, krähte Fips und hüpfte an Tante Otti hoch, dass sie auf der obersten Treppenstufe bedenklich ins Wanken geriet.

„Ein Bild! Ach wie schön! Ein Pferd in einer Regentonne!“

„Aber das bist doch du! Da ist dein Kopf, das ist der Bauch, und das sind die Beine“, klärte Markus den Irrtum auf.

Tante Otti lachte herzlich, obgleich das Bild wirklich nicht sehr schmeichelhaft war. Dann begrüßte sie Mama, Celia und Katja.

Celia in ihrem Jeansrock mit der weißen Bluse fand offensichtlich ihre Zustimmung. Anders Katja.

„Kindchen, bist du gewachsen!", stellte sie kopfschüttelnd fest. „Nun wirst du ja wohl eine richtige junge Dame! Da wird's aber Zeit, dass du dir diese grässlichen Jogginganzüge abgewöhnst. Hast du keinen Rock? Ich glaube, ich muss mal was Vernünftiges für dich nähen."

„Komm doch rein, Tante Otti!", beeilte sich die Mutter zu sagen, die wusste – oder zumindest ahnte –, dass ihre Älteste ihre Meinung nicht für sich behalten würde, zumal wenn Tante Otti ihre Klamotten immer noch verächtlich als eine Art Sportbekleidung bezeichnete. Dabei waren die weiten Hosen und das bedruckte T-Shirt super! Aber in dieser Beziehung war Tante Otti hoffnungslos altmodisch.

„Ein Mädchen sollte nicht aussehen wie ein Junge, auch wenn das heutzutage anscheinend modern ist", dozierte Tante Otti, „und nicht alles, was Mode ist, ist auch gut. Ein Mann muss ein Mann bleiben und eine Frau eine Frau. Der liebe Gott hat sie nun mal verschieden geschaffen, daran kann man nichts ändern, und man sollte es auch nicht versuchen. Im Gegenteil, man sollte immer bemüht sein, die besonderen Reize des Weiblichen zu unterstreichen. Wie entzückend sieht deine Schwester Celia aus! Wie anmutig in dem hübschen Rock und der adretten Bluse!"

Mama grinste Katja hinter Tante Ottis Rücken zu und machte eine beschwichtigende Geste. Das half Katja ein bisschen, ihre Wut hinunterzuschlucken. Trotzdem wäre sie Tante Otti in diesem Augenblick am liebsten an die Kehle gegangen.

Der Vater nahm Tante Otti am Arm und führte sie ins Wohnzimmer.
„Na, wie ist's, Otti, ein kleiner Portwein gefällig?"
„Du kennst mich doch! Da sage ich nie Nein."
Tante Otti nahm auf dem großen Sofa Platz und sah sich um. Immer wieder recht gemütlich bei euch, sagte ihr Blick, aber die Gardinen müssten dringend gewaschen werden, und wie ihr euch zu dieser Lampe entschließen konntet, werde ich nie begreifen! Wo ihr von mir den schönen venezianischen Kronleuchter hättet haben können! Papa lenkte sie ab, indem er ihr das gefüllte Glas in die Hand drückte.
„Zum Wohl, Otti!"
Tante Otti nippte, nickte zustimmend und leerte das Glas in einem Zug.
„Köstlich, köstlich, mein Junge, da hast du einen wirklich guten Tropfen gewählt. Na, mein großes Mädchen", wandte sie sich von neuem an Katja, „erzähl mal, hat es inzwischen mit der Tanzschule geklappt?"
„Leider nein", antwortete die Mutter für sie. „Die einzige Ballettschule in unserer Nähe hat kürzlich ihre Pforten geschlossen, da die Leiterin in eine andere Stadt umgezogen ist. Und alle anderen sind so weit weg, dass sie für Katja nicht in Frage kommen."
„Das ist schade, sehr schade", sagte Tante Otti und musterte Katja von oben bis unten. „Das Kind müsste unbedingt etwas für seine Haltung tun. Und dein Gang, mein Liebchen, ist katastrophal! Du marschierst wie ein Fußballspieler durch die Gegend. Warum machst du so große Schritte und trittst so fest auf? Vielleicht liegt es an den Schuhen? Sie sind viel zu schwer und sportlich für ein Mädchen."
„Aber bequem. Ich mag keine anderen. Nur in diesen hier

fühle ich mich richtig wohl“, antwortete Katja aufsässig. „Es ist mir doch völlig wurst, was ich für einen Gang habe. Ich hab nun mal so lange Beine!“

„Umso wichtiger ist es für dich, dich um einen damenhaften Gang zu bemühen. Glaub mir, Herzchen, es sieht wirklich nicht schön aus, wenn ein junges Mädchen dahergelatscht kommt wie ein Bauernjunge!“

„Ich denke, das kommt eines Tages ganz von selbst“, begütigte Mama, ehe Katja etwas sagen konnte. „Liebes, würdest du mal nach den Kartoffeln schauen? Ich schlage vor, wir setzen uns jetzt zu Tisch. Fips, Markus, wascht euch bitte die Hände!“

Katja verdrückte sich in die Küche. Warum hatte es Tante Otti heute ausgerechnet auf sie abgesehen? Allerdings musste sie zugeben, dass die Tante sie schon bei ihrem letzten Besuch häufiger als sonst kritisiert hatte. Sei doch nicht so laut, Kind! Tob nicht so herum! Musst du unbedingt auf die Mauer klettern, du bist doch kein Junge! Dauernd hatte sie das zu hören bekommen. Damals hatte Tante Otti für ein paar Tage eingehütet, und Katja hatte alles auf ihr Bemühen geschoben, die temperamentvolle Kinderschar Mama möglichst wohl erzogen zu präsentieren, wenn sie und Papa von ihrer Reise zurückkehrten. Eigentlich hatte Katja sich über Tante Ottis Ermahnungen eher lustig gemacht, als dass sie sich darüber geärgert hätte. Aber wenn das so weiterging ...

Die Kartoffeln waren fast gar. Inzwischen konnte Katja die Suppe in die Terrine füllen und auftragen. Das Abgießen sollte lieber Mama besorgen; Katja hatte immer noch Angst, sich mit dem heißen Wasserdampf zu verbrühen, auch wenn die Mutter ihr gezeigt hatte, wie man es machen musste.

Als Katja ins Esszimmer zurückkehrte, verstummte Tante Ot-

ti und warf Mama einen bedeutungsvollen Blick zu. Sie hatten also über sie gesprochen! Jetzt neigte Tante Otti sich zu Mama hinüber und murmelte etwas auf Französisch.
„Est-ce qu'elle est ..." war alles, was Katja verstand.
„Pas maintenant", antwortete Mama, und Katja war wütend, dass sie auf Tante Ottis Geheimnistuerei einging und nicht auf Deutsch antwortete.
„Würdest du so nett sein und mir einen Augenblick helfen", sagte sie steif und stellte die Suppenterrine auf den Tisch.
„Natürlich, Liebchen." Mama sprang auf, in ihrem Gesicht las Katja eine Spur schlechten Gewissens. „Tante Otti, Werner, bitte setzt euch doch schon an den Esstisch! Celia, sieh nach, was die Zwillinge so lange treiben!", sagte sie. Dann folgte sie Katja in die Küche.
„Ich bring sie um, wenn sie nicht aufhört, an mir rumzumäkeln", knurrte Katja, als sie außer Hörweite waren.
„Aber Liebchen, du musst das nicht so ernst nehmen. Du kennst sie doch! Übermorgen früh fährt sie wieder ab, und du wirst sie monatelang nicht mehr zu Gesicht bekommen. Also nimm's mit Humor!"
„Ich werde mir Mühe geben", seufzte Katja.
Bei Tisch fand Tante Otti zum Glück andere Themen, man sprach über Verwandte und Bekannte und landete schließlich bei Papas Kindheit, aus der Tante Otti jedes Mal die komischsten Geschichten auftischte, sehr zu Papas Missfallen, der in diesen Erzählungen nicht immer als Held dastand.
Nach dem Essen verdrückte sich Katja in die Küche und übernahm den Abwasch, um Tante Otti zu entgehen. Die Erwachsenen machten einen Spaziergang, und als sie zurückkamen, hatten Katja und Celia gemeinsam den Kaffeetisch gedeckt und den Kaffee aufgegossen.

„Wirklich schön habt ihr das gemacht!“, lobte Tante Otti. „Was ist das für ein himmlischer Kuchen?“
„Das ist Katjas Werk“, bemerkte Mama „Ein Zitronen-Apfelkuchen, ihre Spezialität. Im Kuchenbacken ist sie ganz groß.“
Hätte sie doch nur den Mund gehalten!, dachte Katja. Nun sind wir wieder beim Thema.
Und wirklich wandte sich Tante Otti hocherfreut Katja zu und tätschelte ihr die Wange.
„Na, siehst du, mein Kleines. Bist ja doch ein richtiges Mädchen! Auch wenn du es unter dieser unkleidsamen Aufmachung zu verbergen versuchst. Du wirst bald begreifen, dass es viel schöner ist, ein nettes junges Mädchen zu sein als einer von diesen ungehobelten Rowdys!“
„Ich will kein Mädchen sein!“, fauchte Katja. „Ich hasse Mädchen!“ Sie rannte wütend hinaus. „Ich gehe jetzt Englisch lernen, mir ist der Appetit vergangen!“, rief sie vom Flur aus und knallte ihre Zimmertür hinter sich zu.
„Ein schwieriges Alter“, bemerkte Tante Otti milde. „Da muss man Verständnis haben.“

Scherben bringen kein Glück, aber sie beruhigen ungemein!

Katja erschien auch zum Abendbrot nicht, sie schützte Kopfschmerzen vor und ging früh zu Bett. Die Erwachsenen ließen sie in Ruhe.

Als sie am nächsten Morgen zur Schule ging, schlief Tante Otti noch. Mama leistete den Kindern beim Frühstück Gesellschaft. Papa musste heute erst um halb zehn aus dem Haus, und die Erwachsenen wollten dann später gemeinsam frühstücken.

„Was habt ihr heute vor?“, erkundigte sich Katja schlecht gelaunt.

„Tante Otti möchte mit mir einen Stadtbummel machen.“

„Du Ärmste.“

„Ich werd's überleben. Wir wollen zum Mittagessen wieder zu Hause sein.“

„Schade. Kannst du ihr das nicht ausreden?“

„Wohl kaum. Sie hat nur den einen Tag, und heute Nachmittag ist sie bei Frau Haubenstock zum Tee eingeladen. Du weißt ja, dass die beiden sich bei Tante Ottis früheren Besuchen so angefreundet haben.“

„Na, da ist sie wenigstens gut untergebracht“, muffelte Katja.
Die Mutter sah sie an. „Tu mir einen Gefallen und reiß dich heute ein bisschen zusammen, ja?“
„Muss ich mich bei ihr entschuldigen?“
„Du musst nicht, aber es wäre sicher ganz klug!“
Katja seufzte tief.
„Okay, ich gehe dann jetzt. Viel Spaß in der Stadt!“
Aber Mamas Aufmerksamkeit war schon wieder von einer der allmorgendlichen Katastrophen in Anspruch genommen.
„Herrgott noch mal, Markus, merkst du denn nicht, dass du mit dem ganzen Ärmel in deinem Marmeladebrot liegst? Jetzt musst du dich noch mal umziehen!“
Katja verdrückte sich schleunigst.
Als sie mittags nach Hause kam, wurde sie schon in der Tür von einer strahlenden Tante Otti empfangen.
„Na, wie war denn der Schultag? Anstrengend, wie? Aber warte nur, Kleines, die alte Tante Otti hat eine Überraschung für dich, da wirst du gleich gute Laune kriegen!“
Überraschung?, dachte Katja. Ich ahne Fürchterliches!
Tante Otti hakte sich bei ihr unter und zog sie in ihr Zimmer. Am Kleiderschrank hing ein Kleid: ein nagelneues oder besser gesagt nadelneues Kleid, weinroter Samt mit Streublümchenmuster, ein weißer Rüschenkragen im Ausschnitt und weiße Rüschenmanschetten. Ich glaube, ich raste aus, dachte Katja. Das darf einfach nicht wahr sein!
„Na?“, sagte Tante Otti erwartungsvoll.
„Wahnsinn!“, stotterte Katja, was man zur Not als begeisterte Zustimmung werten konnte.
„Komm, du musst es sofort anprobieren!“
Tante Otti begann, an Katjas Sweatshirt zu zerren, und da sie sich nicht von Tante Otti ausziehen lassen wollte wie ein klei-

nes Kind, zog sich Katja schnell das Sweatshirt über den Kopf und schlüpfte aus den Jeans. Tante Otti stülpte ihr das Kleid über und half ihr in die Ärmel, dann zog sie den Reißverschluss auf dem Rücken zu. Der Stoff kratzte, aber darauf kam es nun auch nicht mehr an.

„Reizend, genau wie ich es mir vorgestellt habe!", rief Tante Otti. „Komm, du musst dich sofort in Mamis großem Spiegel anschauen!"

Damit zog sie Katja aus dem Zimmer ins Schlafzimmer der Eltern hinüber und stellte sie vor dem Spiegel auf wie eine Puppe. Hinter ihnen schlich Celia herein, das Gesicht von unverhohlenem Neid gezeichnet.

„Na?", sagte Tante Otti wieder. „Süß! Einfach süß!"

Katja nickte stumm. Der Anblick ihres Spiegelbilds verschlug ihr die Sprache. Sie sah aus wie eine zu groß geratene Fünfjährige, die ein Muttertagsgedicht aufsagen soll und den Text vergessen hat. Blümchensamt! Das Hinterletzte, dachte sie. Am liebsten hätte sie schallend gelacht, aber nach dem gestrigen Auftritt wollte sie Tante Otti nicht schon wieder beleidigen.

„Komm, setz dich!", drängte Tante Otti, die von ihrem Anblick offensichtlich so entzückt war, dass sie Katjas Entsetzen gar nicht bemerkte. „Ich möchte etwas ausprobieren."

Sie nahm Kamm und Bürste von Mamas Toilettentisch unter dem Fenster, zog eine Haarband aus der Tasche ihrer Strickjacke und packte Katjas Haare zu einem Zopf, dass sie unter dem heftigen Ziepen zusammenzuckte. Mit ein paar festen Bürstenstrichen hatte sie Katjas halblange Mähne zu einem straffen Pferdeschwanz frisiert.

„Zeig dich mal im Profil ... Nein, das gefällt mir nicht. Viel zu streng. Warte!"

Nun zog Tante Otti ihr einen Mittelscheitel von der Stirn bis in den Nacken und band ihr über den Ohren zwei Schwänzchen ab, wie es Katja höchstens im Karneval tat, wenn sie im Baby-Doll-Hemdchen und mit aufgemalten Sommersprossen das kleine Dummchen spielte.
„Na bitte!", seufzte Katja gottergeben. „Nun passt doch alles zusammen."
Fehlen nur noch die rutschenden Socken und geknöpften Lackschuhe, dachte sie. Vielleicht sollte ich mir einen Schnuller besorgen. Aber ich weiß schon, wie ich mich räche. Meine liebe Tante Otti, dir werden heute noch die Augen übergehen!
Tante Otti sah sie erwartungsvoll an.
„Danke, ... vielen Dank, Tante Otti", brachte Katja stotternd heraus. „Das ist wirklich nett von dir. Aber du hättest nicht so viel Geld ausgeben sollen, das wär doch wirklich nicht nötig gewesen!"
„Und ob das nötig war! Außerdem macht es mir Spaß, das weißt du. Komm, jetzt müssen wir dich deiner Mutter präsentieren. Die wird Augen machen!"
Davon bin ich überzeugt, dachte Katja. Hoffentlich kriegt sie keinen Lachkrampf!
Aber die Mutter war auf alles gefasst. Sie sah Katja fest in die Augen, um sie an ihr Versprechen von heute früh zu erinnern. Dann schenkte sie Tante Otti ein so schmelzendes Lächeln, dass Katja einmal mehr das diplomatische Geschick ihrer Mutter bewundern musste.
„Wie Recht du hattest, Otti! Erstaunlich, sie ist wirklich ein völlig anderer Mensch! Gar nicht mehr wiederzuerkennen!"
„Nicht wahr?" Aus Tante Ottis Stimme klang unverhohlener Stolz. „Ja, Kleider machen Leute, das war schon immer so."

„Nun will ich mich aber rasch wieder umziehen."
Katja trat den Rückzug an.
„Aber warum denn, Herzchen? Bleib doch so!"
„Hm ... na ja, ich möchte es ja noch ein bisschen schonen. Damit nicht gleich was dran kommt."
„Aber nicht doch, aus dem Alter bist du doch raus! Komm, komm, mach mir die Freude!"
„Wenn du meinst, Tante Otti." Plötzlich wurde Katja übermütig. Sie setzte eine sanfte Unschuldsmiene auf und ging einen Schritt auf Tante Otti zu. „Übrigens möchte ich mich noch für gestern entschuldigen, Tante Otti! Es tut mir sehr Leid, dass ich mich so eklig benommen habe!"
„Ach, das ist schon gut, Herzchen!" Tante Otti war gerührt. „Ich weiß doch, mit welchen Stimmungsschwankungen man in deinem Alter oft kämpfen muss. Da kann so was schon mal passieren, nicht wahr? Das ist längst vergessen und vergeben. Und was deine Kleidung betrifft: Dafür werden wir zwei jetzt sorgen, dass sie systematisch erneuert und deinem Alter angepasst wird. Ich verstehe ja, dass deine Mutter ihre vier Sprösslinge nicht immer so kleiden kann, wie sie es möchte, bei den heutigen Preisen. Obwohl sie ja wirklich hervorragend schneidert; da solltest du sie hin und wieder ein bisschen aufmuntern und anfeuern. Und vor allem mehr im Haushalt helfen, damit sie Zeit dazu findet, Kind. Im Übrigen wird die alte Tante Otti in Zukunft ein bisschen mithelfen. Es macht mir ja solche Freude!"
„Würdest du so lieb sein, die Zwillinge zum Essen zu rufen?", unterbrach die Mutter das Gespräch.
Katja flitzte nach draußen. Auf dem Flur atmete sie erst einmal tief ein und rollte die Augen gen Himmel. Wie lange sie dieses Schauspiel wohl noch durchhalten würde?

Die Zwillinge machten es ihr nicht eben leichter.
„Haha, wie siehst du denn aus?“, quiekte Fips.
„Warum hast du dich verkleidet?“, fragte Markus. „Bist du zum Karneval eingeladen? Ist doch noch gar keiner.“
„Man kann nicht früh genug anfangen mit dem Üben“, sagte Katja steif. „Nun kommt, wascht euch die Hände! Das Essen steht auf dem Tisch! Aber Tempo!“
Während des Essens gab sie sich große Mühe, die junge Dame zu spielen, die Tante Otti so gern in ihr sehen wollte. Dabei hatte sie aber das Gefühl, jeden Augenblick vor Zorn zerspringen zu müssen. Sie kam sich in diesem Blümchenkleid einfach lächerlich vor, und die Zwillinge, die sich über die wippenden Haarschwänzchen über Katjas Ohren totlachen wollten, machten alles nur noch schlimmer. Zum Glück hatte Tante Otti an den Erlebnissen des Vormittags genug Gesprächsstoff, und so fiel ihr Katjas Schweigsamkeit nicht auf.
Nach dem Mittagessen holte sich Katja von Mama die Erlaubnis, für zwei Stunden zu einer Freundin zu gehen. Aus der kleinen Kassette, die ganz hinten versteckt in ihrem Wäscheschrank lag, nahm sie den Umschlag mit der „eisernen Reserve“: den vom Taschengeld in einigen Monaten zurückgelegten Betrag. Jetzt konnte ihr nur noch Maria helfen, die nette, rundliche Friseuse, die sich nach ihrer Heirat vor einem halben Jahr ins Privatleben zurückgezogen hatte und drei Häuser weiter wohnte. Ihre anhänglichsten Kunden waren ihr treu geblieben und ließen sich in Marias zum Frisörsalon umfunktionierten Kinderzimmer die Haare schneiden. Denn dies war Marias Spezialität: Ihre Haarschnitte verrieten absolute Könnerschaft.
Als Katja bei ihr auftauchte, schien Maria nicht gerade begeistert zu sein: Sie hatte auf dem Sofa ein Mittagsschläfchen ge-

halten und gähnte Katja verschlafen an. Aber als Katja ihr in lebhaften Farben das ganze Elend ihres Kampfes mit Tante Otti schilderte und verzweifelt auf die schleifengeschmückten Schwänzchen über den Ohren zeigte, musste sie lachen und bat Katja in ihr privates kleines Haarstudio, wie sie das mit Waschbecken, Spiegel und einer Trockenhaube ausgestattete Kinderzimmer nannte.

„Na, dann komm. Um vier habe ich eine Kundin, bis dahin schaffen wir das leicht."

„Ganz kurz, bitte!", beschwor Katja sie. „Einen richtigen tollen Jungenschnitt!"

„Na klar, sollst mal sehen, wie du nachher ausschauen wirst. Im Nacken angeschnitten und vorn ein bisschen länger, dass es seitlich ins Gesicht fällt, siehst du, so!"

Maria zeigte ihr ein Foto, auf dem ein hübsches Mädchen mit modischem Kurzhaarschnitt zu sehen war.

„Klasse!", sagte Katja strahlend.

Maria wusch ihr die Haare, dann begann sie zu schneiden. Zum Schluss wurde die Frisur trockengeföhnt, und Katja durfte sich von allen Seiten im Spiegel betrachten. Sie kicherte.

„Total gut! Die werden Augen machen!"

Sie bezahlte, bedankte sich noch einmal herzlich bei Maria und lief nach Hause.

Tante Otti musste um diese Zeit schon unten bei Frau Haubenstock sein. Frau Haubenstock war die Besitzerin des alten Hauses, in dem die Familie Steinebach eine Wohnung im ersten Stock gemietet hatte, und wohnte im Erdgeschoss. Dem Aussehen nach hätte sie eine Schwester Tante Ottis sein können. Nur in einem unterschied sie sich vollkommen von ihr: Anstelle der zupackenden Fröhlichkeit, die Tante Otti auszeichnete, schien Frau Haubenstock von andauerndem Weltschmerz heimgesucht. Es gab nichts, was ihr nicht ausreichend Anlass zu endlosen Jammertiraden bot: sei es ihr körperliches und seelisches Befinden, sei es das Wetter, die Preise, der Verkehrslärm – oder auch die Mieter. Ausgenommen von ihrer heftigen Kritik an allem und jedem war Tante Otti, die sich bei ihren Besuchen stets bereit gefunden hatte, ihr mit engelhafter Geduld zuzuhören.

„Sie ist eben schrecklich einsam", verteidigte Tante Otti Frau Haubenstock. „Die gute Seele! Sie hat ja keinen Menschen, der sich um sie kümmert!"

Dass es Frau Haubenstock gelungen war, nach und nach ihre ganze Familie zu vergraulen, verschwieg sie wohlweislich.

Katja kam ungesehen in ihr Zimmer. Sie riss sich das Geblümte vom Leib, feuerte es in eine Ecke, in der sich schon Pullis, Strümpfe, Hosen und Gürtel häuften, und zog Jeans und ihr buntestes Sweatshirt an. Endlich fühlte sie sich wieder wohl in ihrer Haut! Jetzt würde sie sich eine Stunde lang richtig austoben und dann an ihre Hausaufgaben gehen. Und wenn Tante Otti heute Abend zum Abendbrot erschien und ihren kurz geschnittenen Schopf sah und halb in Ohnmacht fiel, dann würde dieser dicke Kloß aus Wut und Verzweiflung, der immer noch in Katjas Bauch saß, sich in nichts auflösen.

Katja schlüpfte in ihre Turnschuhe, zog einen dicken Skipulli über das Sweatshirt und stürmte die Treppe hinunter. Draußen blies ein kalter Wind, aber die Straßen waren trocken. Wohin sollte sie gehen? Unschlüssig schaute sie sich um.

Im Hinterhof auf der Wäschewiese lärmten die Nachbarskinder: Jörg, Oliver und Andy, die Unzertrennlichen, alle neun Jahre alt. Im Allgemeinen übersah Katja sie naserümpfend, aber jetzt kam ihr eine tolle Idee.

Sie wusste, Frau Haubenstock ärgerte sich grün und blau,

wenn die Jungen unter ihrem Wohnzimmerfenster herumtobten. Sie würde also ganz sicher aus dem Fenster schauen – und mit ihr Tante Otti. Bei dem Gedanken, wie Tante Otti sich eben jetzt bei Frau Haubenstock darüber ausließ, wie sie erfolgreich diesem törichten Kind beigebracht habe, was sich für eine angehende junge Dame schickt, kam Katja erneut die Galle hoch. Er versetzte sie in genau die Stimmung, die sie brauchte, um sich mit den drei Jungen vor Frau Haubenstocks Fenster zu produzieren.

Katja schlenderte auf den Hof. Die Jungen dribbelten abwechselnd einen Fußball über das nicht allzu große Rasenstück, wobei sie die Wäschestangen geschickt umspielten.

„Gut, Jörg, das war super!“, lobte Katja. „Darf ich auch mal?“

Die Jungen waren nicht sonderlich begeistert von der Idee, einen weiteren Mitspieler aufzunehmen und damit noch länger auf den Ball warten zu müssen. Andrerseits lockte die Möglichkeit mitzuerleben, wie sich die Große da blamierte und sie selbst mit ihren Leistungen glänzen konnten. Also spielte Jörg Katja den Ball zu. Katja fing ihn geschickt ab und spielte ihn Oliver zu. Oliver war so verblüfft, dass er ihn direkt zu Katja zurückschoss. Gerade in diesem Augenblick erschienen die Köpfe von Frau Haubenstock und Tante Otti hinter der Gardine.

Katja holte aus und trat den Ball mit aller Kraft. Der Ball schoss wie eine Rakete knapp über Olivers Kopf hinweg in Frau Haubenstocks Wohnzimmerfenster. Es klirrte ohrenbetäubend. Einsame Spitze!, war Katjas erster Gedanke. Ein Gefühl herrlicher, heiterer Ruhe durchströmte sie, am liebsten hätte sie laut gelacht. Sie hatte sich lange nicht mehr so gut gefühlt!

Die drei Jungen standen mit offenen Mündern wie zu Salzsäulen erstarrt. Über ihnen wurde das Fenster aufgerissen. „Ganz ruhig bleiben“, sagte Katja, „macht euch keine Sorgen. Das ist ganz allein meine Sache.“

Ein Märchenprinz verliert seine Krone

Mit vielen Entschuldigungen und dem Versprechen, den Schaden so schnell wie möglich wieder gutzumachen, hatte Katja Frau Haubenstock besänftigt. Tante Otti hatte bis zu ihrer Abfahrt kein Wort mehr mit Katja gesprochen. Die war ihr allerdings auch weit gehend aus dem Wege gegangen.

Zwar hatte Katja beteuert, sie würde die zerbrochene Fensterscheibe von ihrem Sparkonto bezahlen, aber da Papa gegen solche Missgeschicke versichert war, erübrigte sich das.

Drei Tage waren seit Tante Ottis Abschied vergangen, und Katja hatte den Ärger über die Mäkelei der Tante schnell vergessen. In der Schule hatte ihr neuer Haarschnitt Aufsehen erregt. Ein halbes Dutzend Mädchen hatte sich bereits bei Katja erkundigt, bei welchem Frisör man sich so eine tolle Frisur machen lassen könne, und Katjas Selbstbewusstsein, um das es in letzter Zeit nicht gerade zum Besten bestellt war, war wieder ein Stückchen gewachsen.

Der Einzige, der Katjas neue Frisur noch nicht gesehen hatte, war Herr Fellner. Als er am Freitag die Klasse betrat, stutzte

er, legte den Kopf schief und sah Katja eine Weile schweigend an. Die Klasse lachte.
„Na, so was!“, sagte Herr Fellner grinsend. „Ich hätte dich beinahe nicht mehr erkannt! Steht dir ausgezeichnet!“
Damit trat er auf Katja zu und fuhr ihr prüfend durch die Haare. Er ließ ein paar Strähnen durch die Finger gleiten und wieder zurückfallen.
„Nein, wirklich! Prima geschnitten!“, lobte Herr Fellner noch einmal und setzte sich schwungvoll auf eine Ecke ihres Tisches, um mit dem Unterricht zu beginnen.
Katja war, als flösse ein Strom heißer Lava durch ihre Adern. Ihr Herz klopfte in harten, schnellen Schlägen. Die Berührung seiner Hand löste einen Schauer auf ihrer Haut aus. Angestrengt schaute sie vor sich auf die Tischplatte. Sie wäre jetzt nicht imstande gewesen, ihn anzusehen, ohne glutrot im Gesicht zu werden.
Der Lehrer begann über die Zeit der Christianisierung in Deutschland zu sprechen: Namen wie Bonifatius, Gregor, Fulda, Fritzlar und Würzburg rauschten an Katja vorbei, ohne dass sie den Sinn verstand. Sie ging bereits wieder Hand in Hand mit Herrn Fellner durch den Stadtpark. Warum nicht auch mal in den Dom? Sie standen vor einem Seitenaltar. Wolfgang Fellner legte ihr den Arm um die Schultern, während er ihr das Altarbild erklärte. Sie spürte seine Hand auf der Schulter; jetzt zog er sie ein wenig an sich, der Druck der Hand verstärkte sich.
Es ist schön so allein mit dir hier, sagte Wolfgang Fellner leise an ihrem Ohr; seine Lippen berührten ihr Ohrläppchen. Und sie antwortete: Allein? Unter so vielen Menschen? Und er wieder: Was gehen uns die anderen an, mit dir bin ich überall wie auf einer einsamen Insel! Oder nein, noch schöner war es,

wenn er sagte: Du hast Recht, lass uns gehen! Wohin möchtest du? Und sie sagte: Lass uns wegfahren, einfach drauflos, irgendwohin!
Dann verließen sie den Dom und stiegen ins Auto. Was hatte er eigentlich für ein Auto? Vielleicht war ein Motorboot besser. Ja, er hatte ein Motorboot unten am Rhein. Es waren nur ein paar Schritte, schon sprangen sie an Deck; Wolfgang Fellner machte die Leinen los, und ab ging die Fahrt rheinaufwärts in Richtung ..., in Richtung ... Mosel? Oder vielleicht zum Neckar? Heidelberg? Jedenfalls fuhren sie erst mal, und das Boot war mit einem Salon, einem Bad und einer Schlafkoje, mindestens drei mal drei Meter groß, alles mit weichen Kissen und Fellen ausgelegt, eingerichtet.
Erst einmal standen sie nebeneinander am Ruder; natürlich legte er wieder den Arm um ihre Schultern, und dann bog er plötzlich in eine kleine versteckte Bucht ein und ging vor Anker, weil er sie endlich küssen wollte.
Der Ankerplatz sah nicht sehr nach Rhein aus, eher nach Südsee; Palmen ragten fast waagerecht über die Bucht und bildeten ein dichtes Blätterdach. Und das Wasser schimmerte türkisgrün. Ein Streifen feinen Sandstrandes zog sich am Ufer hin, und Katja ließ schnell noch ein paar Seerosen wie kleine schwimmende Inseln um das Boot aufblühen.
Jetzt trat er mit einem großen schalenähnlichen Gefäß aus zartrosa Glas auf sie zu und reichte es ihr an die Lippen. Champagner? Eigentlich mochte sie Champagner nicht; Papa hatte sie einmal probieren lassen, als es bei Omas siebzigstem Geburtstag welchen gegeben hatte. Aber vielleicht gab es ja auch süßen Champagner, rosa und mit frischen Erdbeeren. Und am Rande des Kelchs musste eine Orchidee schwimmen, das hatte sie mal auf einem Werbefoto gesehen. Sie

trank und schaute ihm dabei tief in die Augen. Nun reichte sie ihm die Schale, und er nahm einen tiefen Schluck. Dann stellte er die Schale ab und zog sie sanft an sich ...

„Katja?“

„Äh ... ja?“

„Nun schau mich nicht an wie ein Mondkalb bei Neumond! Ich hab dich was gefragt!“

„Verzeihung, ich habe die Frage nicht verstanden!“

„Du hattest auch schon mal einen leichteren Schlaf. Ich habe gefragt, wann und wo Bonifatius ermordet wurde!“

Die Frage ging im Gelächter der Klasse unter. Katja bekam einen puterroten Kopf und schwieg verwirrt. Herr Fellner zeigte auf Biggi in der hintersten Bank, und sie gab die Antwort, während Katja immer noch Mühe hatte, das Wort „Mondkalb“ zu verdauen. Wie konnte er vor der ganzen Klasse so etwas Kränkendes zu ihr sagen! Hatte er denn überhaupt kein Gefühl?

Katja sah den Lehrer zornig an. Der setzte sich ahnungslos wieder auf die Kante ihres Tisches und fuhr fort, die Klasse nach dem eben durchgenommenen Stoff abzufragen. Dabei stützte er eine Hand in die Hüfte, sodass sich sein Jackett ein wenig nach hinten verschob. Katja traute ihren Augen kaum: Hosenträger! Er trug tatsächlich Hosenträger! Grässlich!

Wenn sie ihn genau betrachtete, hatte er eigentlich schon ziemlich viele Falten im Gesicht. Und das Haar wurde auch schon grau. Warum war ihr das früher nie aufgefallen?

Ob er eigentlich verheiratet war? Dann hatte seine Frau keinen besonders guten Geschmack, denn das Muster seiner Jacke war einfach ätzend! Richtig spießig!

Wieder sah sich Katja mit ihm im Stadtpark. Aber diesmal lief er zwei Schritte hinter ihr her. Katja!, rief er verzweifelt, Kat-

ja, ich muss mit dir reden! Ich kann nicht mehr schlafen, ich kann nicht mehr arbeiten, weil ich ständig an dich denken muss! Ich weiß nicht mehr, was ich tun soll.
Tut mir Leid, Wolfgang, sagte sie. Aber du kommst zu spät. Und wenn du dir eingebildet haben solltest, ich liebe dich, dann muss ich dir sagen, du irrst dich! Das war nichts als eine Laune, ein Spiel. Geh zurück zu den Schülerinnen in deiner Klasse, die dich anhimmeln und an deinen Lippen hängen, als wärst du der Größte! In Wirklichkeit liebe ich einen anderen. Ich liebe ...
Hier ging die Geschichte nicht weiter. Sie wollte den neuen Helden im Hintergrund auftreten lassen, er sollte strahlend auf sie zugehen und sie in die Arme schließen ..., nur hatte dieser Held noch kein Gesicht. Katja ging alle Pop- und Fernsehstars, die sie liebte, durch, konnte sich aber für keinen entscheiden. Am liebsten wäre ihr Kurt Cobain gewesen, aber dass der schon tot war, störte irgendwie. Nachdem sie noch eine Weile überlegt hatte, entschloss sie sich, die Szene mit dem neuen Helden ihrer Träume zu verschieben.
Hier wäre es nun gut gewesen, eine Tür zuzuknallen, aber da es im Stadtpark keine Türen gab, musste Katja sich etwas anderes einfallen lassen. Vielleicht Briefe? Ja, ein Bündel Liebesbriefe, die sie vor Wolfgang Fellners Augen zerriss, das war gut. Genüsslich malte sich Katja aus, wie sie einen Brief nach dem anderen in die Hand nahm und zu kleinen Schnipseln zerfetzte. Lachend warf sie die Schnipsel hoch in die Luft. Dann drehte sie sich um und ging hocherhobenen Hauptes davon.
„He, was ist los?“, drang die Stimme Herrn Fellners in ihre Träume. „Geht’s dir nicht gut? Ist irgendwas nicht in Ordnung? Mach mir keinen Kummer, Mädchen!“

Katja sah sich um. Die Klasse war leer, die anderen waren längst auf dem Pausenhof.
„Ich weiß auch nicht, mir ist so schwindlig“, log Katja. „Und ich hab Kopfweh.“
„Vielleicht solltest du lieber nach Hause gehen?“
„Nein, nein, an der frischen Luft wird's bestimmt besser.“
Katja stand auf, und Herr Fellner folgte ihr auf den Gang hinaus. Er strich ihr übers Haar und lächelte ihr aufmunternd zu, bevor er zum Lehrerzimmer hinüberging.
Alles in allem war er doch sehr nett. Und schöne Augen hatte er. Wunderschöne Augen. Aber das Beste waren seine Hände. Überhaupt war bestimmt seine Frau daran schuld, dass er so spießig angezogen war. Sicher passte sie überhaupt nicht zu ihm. Er konnte einem Leid tun. Er brauchte einfach dringend jemanden, der sich richtig um ihn kümmerte ...

Stadtbummel mit Hindernissen

Es war an einem sonnigen Vorfrühlingstag im März, als Melanie ihnen in der Pause die geheimnisvollen Briefe zusteckte. Helga hatte den Umschlag als Erste geöffnet.
„Eine Einladung zu Melanies Geburtstagsparty!", schrie sie. „He, das ist echt stark!"
„Freitag Nachmittag um drei", las Christine vor. „Super, Melanie! Hoffentlich erlaubt meine Mutter, dass ich die Klavierstunde absage!"
„Hast du nicht Lust, mir eine Milch zu holen, Melanie?" Anja sah die anderen verschwörerisch an. „Du kannst dir ruhig Zeit lassen damit!"
„Geheimnisse, wie?" Melanie lachte verständnisvoll. „Okay. Sonst noch jemand was?"
„Nein danke, geh nur!"
Kaum war Melanie außer Sichtweite, steckten sie die Köpfe zusammen.
„Habt ihr eine Ahnung, was man ihr schenken kann?", fragte Anja die anderen. „Wofür interessiert sie sich eigentlich?"

„Keine Ahnung", sagte Katja. „Claudia müsste es wissen, die ist doch mit ihr befreundet."
„Claudia ist heute nicht da. Wir müssten sie anrufen."
„Ich finde, wir sollten alle zusammenlegen und ihr gemeinsam etwas schenken", schlug Christine vor.
„Ja, das ist besser als viele kleine Sachen!", stimmte ihr Katja zu.
„Was haltet ihr davon, wenn wir uns heute in der Stadt treffen und gemeinsam etwas aussuchen?"
„Gute Idee, Tine. Machen wir einen Stadtbummel! Bei dem tollen Wetter macht das richtig Spaß." Anja schaute sich auf dem Schulhof um. „Wir müssten rauskriegen, wen sie noch eingeladen hat. Ob die Jungen auch dabei sind?"
„Klar. Bennie und Max haben Einladungen bekommen, das habe ich gesehen", sagte Christine. „Und mit Daniel und Christoph ist sie sowieso unzertrennlich. Vielleicht hat einer der beiden eine Idee für ein Geschenk. Gehen wir mal rüber!"
Den Jungen fiel zum Thema Geschenk nichts Vernünftiges ein, und sie waren den Mädchen dankbar, dass sie sich bereit erklärten, ein gemeinsames Geschenk zu besorgen.
Sie verabredeten sich für den Nachmittag um drei Uhr an der Bushaltestelle – vorausgesetzt, keine der Mütter hatte etwas gegen den geplanten Shopping-Ausflug einzuwenden.
Als Katja kurz vor drei Uhr das Haus verließ, war sie glänzender Laune. Die Sonne schien fast sommerlich warm, an den Büschen zeigte sich erstes zartes Grün und das kräftige Gelb der Forsythien. Ein leichter Wind fuhr ihr wie ein Streicheln über das Gesicht, und die Luft duftete nach Frühling.
Sie kam zugleich mit Helga an der Bushaltestelle an. Anja, Christine und Claudia begrüßten sie mit ausgelassenem Freu-

dengeheul. Die letzten Meter mussten sie rennen, denn neben ihnen hielt bereits der Bus, und sie schafften es gerade noch, unter den Anfeuerungsrufen der anderen aufzuspringen. Anja, Christine und Claudia wollten sich ausschütten vor Lachen, als Helga unfreiwillig einem jungen Mann in die Arme segelte, der unter ihrem Ansturm fast zu Boden ging. Und sobald ihr Blick den jungen Mann traf, brachen sie von neuem in Lachen aus.

Sie lachten auch noch, als sie am Neumarkt ausstiegen und begannen, kreuz und quer durch die Innenstadt zu wandern. Immer wieder sahen sie etwas, das sie von neuem zum Kichern und Prusten brachte. Eine steckte die andere an.

Katja lachte – angesteckt von den anderen – mit, obwohl sie manchmal eigentlich nicht wusste, warum. Aber schließlich erhob sie Einspruch.

„Sagt mal, wollten wir nicht ein Geschenk kaufen? Nach was suchen wir denn nun?"

Die Mädchen schauten sich ratlos an.

„Wie wär's mit Klamotten?", schlug Anja vor. „Ein cooles T-Shirt oder ... oder ..."

„Witzigen Schmuck vielleicht?", fragte Christine.

„Davon hat sie doch jede Menge! Also, ich fände eine CD besser", widersprach Katja. „Weiß keiner, was sie am liebsten hört?"

„Melanie? Ich glaube, die mag Hip Hop. Aber da hat sie schon ziemlich viel!"

„Warum schenken wir ihr nicht etwas für ihr Zimmer?", überlegte Claudia. „Sie hat doch ein neues Zimmer bekommen, seitdem ihre große Schwester ausgezogen ist. Außer dem Bett, dem Schreibtisch und dem Kleiderschrank steht noch nichts drin. Von ihren Eltern bekommt sie ein Bücher-

regal und eine neue Lampe. Vielleicht zwei oder drei Poster?"
„Oder eine Zimmerpalme", kicherte Anja.
„... mit lebendigem Stoffaffen ..., womit ich einen gewissen Typ namens Eddi meine!" Christine wollte sich schief lachen beim Gedanken an den plüschäugigen Eddi, in den Melanie bis über beide Ohren verliebt war.
Die Mädchen quietschten vor Vergnügen.
„He, Kinder, ich hab eine super Idee!", unterbrach Katja das nicht enden wollende Gelächter. „Ich weiß einen Laden, da gibt's so Sitztonnen mit Coca-Cola-Aufdruck oder ..."
„Soll sie sich vielleicht in eine Tonne mit Coca-Cola setzen?", unterbrach Anja.
„Zusammen mit Eddi! Das kribbelt so schön!", übertrumpfte Christine sie.
Die Mädchen lachten.
Katja war ein bisschen gekränkt, aber sie bemühte sich, es die anderen nicht merken zu lassen.
„Quatsch! Nun hört doch mal: Das sind bunt angemalte Tonnen mit einem Kissen drauf, die man als Sitzmöbel nehmen kann. Gibt's auch mit Fotos von Schauspielern. Oder mit ganz bunten Mustern."
„Die Idee ist Spitze!", stellte Claudia fest. „Melanies Zimmer ist nämlich ganz weiß, mit hellem Holz. Da passt das Cola-Rot super!"
„Aber die sind doch sicher irre teuer, oder?", erkundigte sich Christine. „Wie viel Geld haben wir überhaupt?"
„Fast vierzig Euro sind zusammengekommen. Damit kann man schon was anfangen."
„Also los, dann gehen wir hin!"
„Rechts in die nächste Straße", erklärte Katja.
Sie hatten das Geschäft, eine Geschenk-Boutique, bald gefun-

den und brauchten kaum eine Viertelstunde, um ihren Kauf zu tätigen. Sie stöberten noch eine Weile in dem Laden herum, während die Verkäuferin sich bemühte, das übergroße Mitbringsel – so gut es ging – zu verpacken, dann standen sie wieder auf der Straße.
„Und was machen wir nun?“, fragte Christine.
„Eis essen gehen, was sonst. Irgendwo draußen sitzen und Leute beobachten. Hier, halt doch mal!“
Katja probierte hin und her, wie das riesige Paket am besten zu transportieren sei. Schließlich einigten sie sich darauf, es zu zweit zu tragen; jede nahm die Schnur an einem Ende. So klappte es ganz gut – wenigstens für eine Weile.
„Wir gehen wie eine lebende Schranke durch die Landschaft. He, Tine, pass doch auf, nimm die Oma nicht hops!“, warnte Anja, und Christine sprang erschrocken zurück.
„Wenn du das noch öfter machst, reißt die Schnur“, mahnte Katja. „Die ist sowieso viel zu dünn.“
Aber gleich darauf musste Christine einem eiligen Mann mit Aktenkoffer ausweichen.
„Geh du mal vor“, sagte Katja, „wenn das nächste Hindernis auftaucht!“
Das nächste Hindernis kam in Gestalt einer rundlichen Hausfrau, die in jeder Hand eine prall gefüllte Tüte trug, in der sich offensichtlich Federbetten oder Kissen befanden. Katja starrte fasziniert auf die Frau und vergaß, dass sie versprochen hatte, diesmal nach hinten auszuweichen. Die Frau sah träumerisch in den porzellanzarten Frühlingshimmel und nicht auf die Tonne, die in Kniehöhe ihren Weg versperrte. So kam es unweigerlich zum Zusammenstoß: Die Frau machte eine Rolle über die Tonne; Christine und Katja, die zum Glück sofort losließen, landeten bäuchlings auf den Kissentüten.

„Können Sie nicht aufpassen?“, schrien sowohl die Frau als auch die Mädchen.
Passanten eilten heran, den Gestürzten aufzuhelfen, andere hatten Mühe, ihre Belustigung zu verbergen. Die Frau, der wieder einfiel, dass sie nicht auf die Straße, sondern in den Himmel gesehen hatte, verzichtete auf weitere Vorwürfe. Sie raffte ihre Tüten zusammen und stolperte in Richtung Bushaltestelle davon. Die Mädchen bemühten sich mit geringem Erfolg, die zerrissene Schnur wieder zu flicken.
„Jetzt haben wir eine Erfrischung verdient“, stöhnte Christine. „Wo ist die nächste Eisbude?“
„Gleich da drüben ist ein Café, da können wir draußen sitzen.“
Anja und Claudia liefen um die Wette voraus und besetzten den letzten freien Tisch. Die anderen folgten und ließen sich erschöpft auf die Stühle fallen.
„Habt ihr die Preise gesehen?“, fragte Katja und studierte stirnrunzelnd die Eiskarte. „Ich glaub, bei mir reicht’s nur für ’ne Cola.“
„Ach was, wir legen zusammen, dann kriegt jeder seinen Eisbecher“, sagte Claudia, die von allen das meiste Taschengeld bekam. „Von dem Geschenkgeld ist ja auch noch ein kleiner Rest da. Eine Stärkung als Belohnung für die Mühe haben wir uns wirklich verdient.“
„Schon überredet. Ich nehme die Coppa Cabana.“
„Und ich einen Bananensplit.“
„Schwarzwaldbecher. Ich nehme den Schwarzwaldbecher“, beschloss Christine.
„Da ist doch Schnaps drin!“ Anja schüttelte sich.
„Kirschlikör! Ist doch prima!“, schwärmte Christine. „Ich finde Likör toll!“

„Totale Geschmacksverirrung! Na los, gib mal die Bestellung auf. Und pass auf, dass nicht noch mal jemand über die Tonne fällt!“
„Damit warten wir, bis die Kellnerin mit den Eisbechern kommt“, sagte Katja und löste damit eine neue Welle des Gelächters aus.
Die Eisbecher kamen, und Stille senkte sich über den Tisch. Nur ein genießerisches Seufzen war hier und da zu hören.
„Ich möchte wissen, warum das Zeug immer so wahnsinnig schnell alle ist!“, stöhnte Anja und warf einen wehmütigen Blick in den leeren Becher.
Christine kämpfte vergeblich mit einer Kirsche, die sich in die unterste Spitze des Glasbechers gedrückt hatte. Schließlich drehte sie den Löffel um und half mit dem Stiel nach. Die Kirsche hüpfte über den Glasrand, kullerte über den Tisch und drohte auf die Erde zu rollen. Christine hechtete hinterher, die Gläser auf dem Tisch gerieten ins Wanken und klirrten bedrohlich.
Vom Nebentisch erklang vielstimmiges Gelächter. Die Köpfe der Mädchen fuhren herum. Da saßen fünf Jungen, kaum älter als sie, und grinsten mit unverhohlenem Spott zu ihnen herüber. Christines Gesicht nahm augenblicklich die Farbe der Kirsche an, die ihr eben davongerollt war. Einer der Jungen sprang auf, griff nach der Kirsche und reichte sie Christine mit einer übertriebenen Verbeugung. Die anderen schrien vor Vergnügen.
„Idioten!“, zischte Claudia und sah angestrengt in ihren Becher.
„Gar nicht beachten! Die glauben wohl, sie sind was Besonderes“, murmelte Helga. „Tut einfach, als wären sie Luft!“

Das war leichter gesagt als getan, denn die Jungen kamen nun erst richtig auf den Geschmack. Sie steckten die Köpfe zusammen, und es war nicht schwer zu erraten, dass sie besprachen, wie man den Mädchen näher kommen könne.
„Seid ihr fertig?", fragte Anja leise. „Dann sollten wir besser zahlen. Die Idioten da drüben verderben uns doch bloß die Stimmung."
„Von solchen Volltrotteln lasse ich mir doch nicht die Stimmung verderben!", protestierte Claudia, war dann aber doch damit einverstanden zu gehen.
Katja winkte der Kellnerin, die Mädchen legten ihr Geld zusammen und beglichen die Rechnung.
„Schaut bloß nicht hin!", mahnte Anja und setzte die hochmütigste Miene auf, die sie hatte.
Die Mädchen standen auf und verließen das Café. Kaum standen sie auf der Straße, sah Katja die anderen entsetzt an.
„Unser Geschenk! Wir haben die Tonne stehen gelassen!"
„Verdammt!"
„So ein Mist!"
„Wer geht?"
„Komm, Claudia", sagte Katja. „Und denk dran: Ja nicht hinschauen!"
Obgleich sie den Blick starr geradeaus gerichtet hielten, entging ihnen doch nicht, dass nun die Jungen ihre Getränke bezahlten.
„Schnell!", mahnte Claudia und tauchte unter den Tisch, um die verschnürte Tonne hervorzuziehen. Hinter ihr fiel krachend ein Stuhl um.
Katja entschuldigte sich bei der Kellnerin für das Missgeschick und half der Freundin, das unförmige Paket zwischen Tisch und Stühlen hervorzuziehen. Dann packte sie die Ton-

ne und hielt sie vor sich wie einen Riesenteddybären. So konnte sie das Geschenk zwar ganz gut tragen, aber nicht sehen, in welche Richtung sie steuern musste, und es dauerte nicht lange, bis ein erneutes Klirren und Scheppern sie darüber belehrte, dass sie im Begriff war, unfreiwillig einen Tisch abzuräumen.

„Vorsicht, Katja!", riefen die Mädchen von der Straße her.

„Vorsicht, Katja!", riefen die Jungen mit gespielter Besorgnis.

Katja biss sich auf die Lippen vor Zorn. Claudia drängte an ihr vorbei und bemühte sich, die Freundin durch die Tischreihen hindurchzulotsen. Kaum waren sie auf der Straße, griffen Helga und Anja zu und packten die Tonne oben und unten an der Verschnürung, um sie wie vorher zu zweit zu tragen.

„Nichts wie weg hier", raunte Christine, „ehe die auf die Idee kommen, uns nachzulaufen!"

Doch auf die Idee waren die Jungen längst gekommen. Sie kamen langsam näher und warteten, welche Richtung sie einschlagen würden.

„Hört mal zu!", flüsterte Christine. „Wir tun so, als gingen wir nach rechts, und da vorn drehen wir uns blitzschnell um und gehen links in den Kaufhof rein. Drinnen gleich wieder links, nächsten Gang rechts und wieder links. Wenn sie uns nicht nachgehen, gehen wir zum Hinterausgang raus. Und wenn sie uns nachgehen, müssen wir sie irgendwie abhängen."

„Oder wir verstecken uns in der Damentoilette", schlug Anja vor.

„Damit sie dann vor der Tür Wache halten, bis wir wieder rauskommen? Da können wir ja warten, bis wir schwarz werden!", widersprach Katja. „Wir schaffen das schon, sie an der Nase rumzuführen. Schlimmstenfalls trennen wir uns im

Kaufhof und locken sie auf eine falsche Spur. An der Bushaltestelle treffen wir uns dann wieder."
„Gut. Also, dann los!", kommandierte Claudia.
Helga und Anja nahmen die Tonne und marschierten davon, die anderen folgten ihnen. Hinter ihnen setzten sich die Jungen in Bewegung. Die Mädchen taten, als gäbe es sie nicht. Sie starrten geradeaus, beschleunigten Meter für Meter ihre Schritte, und ebenso taten es die Jungen.
Die Schaufensterfront des Kaufhofs kam in Sicht.
„Achtung!", wisperte Anja. „Lasst euch vorher nichts anmerken!"
Nur noch wenige Schritte.
„Jetzt!", zischte Anja.
Helga reagierte zu spät. Während Anja eine scharfe Wendung nach links vollführte, ging sie noch zwei Schritte geradeaus. Peng!, machte die Schnur, und die Tonne rollte mit dumpfem Poltern zu Boden.
Katja, Claudia und Christine stürzten vor und hoben die Tonne auf, dann rasten alle fünf in den Kaufhof hinein. Die Jungen blieben verblüfft stehen, aber nur für einen Augenblick. Dann stürmten sie den Eingang wie eine Fußballmannschaft das gegnerische Tor.
Mit einem unverschnürten Paket von dieser Größe die Flucht zu ergreifen war gar nicht so einfach. In den Gängen und an den Verkaufstischen drängten sich die Menschen, und bald waren die Mädchen eingekeilt wie in einem überfüllten Fahrstuhl. Nicht weit von ihnen entfernt boxten sich die Jungen ihren Weg durch die Menge und grinsten zu ihnen herüber.
„Die Rolltreppe rauf und auf der anderen Seite gleich wieder runter!", kommandierte Claudia.
„Mit der Tonne?"

„Na klar!“, antwortete Claudia leicht gereizt.
„Du hast Nerven!“
Irgendwie schafften sie es, die Tonne vor sich auf die Rolltreppe zu schieben.
„Sie haben uns verloren!“, rief Helga. „Sie sind weg!“
„Super!“ Katja schaute sich noch einmal von oben um. Von den Jungen war keine Spur mehr zu sehen. „Scheinen tatsächlich aufgegeben zu haben.“
Claudia und Helga bugsierten die Tonne zu der abwärts fahrenden Rolltreppe hinüber, die anderen liefen wie die Hirtenhunde um sie herum.
„Legt sie auf das Geländer, das ist am einfachsten“, riet Anja. „Aber gut festhalten!“
In gemeinsamer Anstrengung gelang es ihnen, das Paket wieder nach unten zu schaffen. Als sie unten ankamen, wurden sie von der Schar fröhlich grinsender Jungen empfangen. Die Mädchen waren so verblüfft, dass sie zunächst gar nicht wussten, was sie tun sollten.
Katja fasste sich als Erste. Sie griff nach der Tonne, hielt sie wie ein Schutzschild vor sich und stürmte vorwärts.
„Weg da! Zur Seite! Na los, macht Platz!“, schimpfte sie und drängte sich durch die Gruppe. Anja, Claudia, Helga und Christine folgten ihr.
Katja rannte, so schnell es mit dem voluminösen Paket im Arm möglich war. Die anderen hinterher. Rechts und links wurden Leute beiseite geschoben, sie bekamen Püffe und Knüffe und kämpften um ihr Gleichgewicht. Jetzt war alles egal, nur fort hier!
Die Jungen versuchten zu folgen. Aber was man den Mädchen aus Überraschung hatte durchgehen lassen ... auf die Jungen entlud sich nun der Volkszorn. Wie eine Mauer

stellten sich ihnen verärgerte Kaufhausbesucher in den Weg. Ein Detektiv war zur Stelle, zunächst irrtümlich der Meinung, es handle sich um einen Fall von Kaufhausdiebstahl. Die Verfolger saßen in der Falle. Und während die Mädchen durch das Hauptportal drängten und im Freien landeten wie ein aus der Flasche schießender Sektkorken, mussten sich die Jungen eine vielstimmige Standpauke anhören, die ihren Sprachschatz um ein paar besonders farbige Schimpfwörter bereicherte. Als sie den Kaufhof fluchtartig verließen, war von den Mädchen keine Spur mehr zu entdecken.

Die saßen – nun wieder flüsternd, glucksend, kichernd und lachend vor Vergnügen – im Bus und besprachen die Erlebnisse des Nachmittags.

Kindergeburtstag oder Superfete?

Was ziehst du an?", fragte Helga Katja auf dem Heimweg von der Schule.
„Keine Ahnung. Und du?"
„Meine Mutter will, dass ich mein Samtkleid anziehe, das sie mir zum fünfundsiebzigsten Geburtstag meiner Oma gekauft hat. Mach ich aber nicht. Die glauben doch alle, ich ticke nicht richtig, wenn ich da im Kleid antanze! Ich mach mich doch nicht lächerlich!"
„Ich ziehe Jeans und T-Shirt an", sagte Katja. „Das sieht cool aus, und ich fühle mich unheimlich wohl drin. Ist mir doch egal, was die anderen denken! Wie ist denn Melanies Mutter so? Kennst du sie?"
„Ziemlich altmodisch, glaube ich. Sieht man ja schon, ich meine, wie Melanie immer angezogen ist. Fehlt nur noch die Schleife im Haar. Hoffentlich gibt's nicht nur Kakao und Kuchen und Topfschlagen. Das wäre ätzend!"
„Echt ätzend. Wir sind doch keine Babys mehr!"
Dieser Ansicht waren auch die anderen. Über das Alter der Kindergeburtstage war man endgültig hinaus. Diesmal muss-

te es eine richtige Party sein, und es würde bestimmt ganz toll werden, da waren sie sicher.
Da sie das Geschenk gemeinsam überreichen wollten, trafen sie sich vorher bei Claudia, die die Sitztonne in leuchtend grünes Krepppapier verpackt und mit einem roten Band verschnürt hatte. In der großen Schleife steckte ein Strauß gelber Narzissen.
„Toll, Claudia!“, lobte Katja. „Das sieht wirklich super aus!“
„Hoffentlich geht es uns beim Transport nicht kaputt!“, meinte Anja besorgt.
„Jetzt haben wir ja ein paar starke Männer bei uns, die uns die Arbeit abnehmen können.“
„Klar!“ Bennie reckte sich hoch auf und schlug sich mit den Fäusten auf die Brust. „Her mit dem Ding, ich mach das schon!“
„Also, gehen wir!“, kommandierte Claudia.
Bennie hob die Tonne auf die Schulter und ging zur Tür.
„Vorsicht!“, schrien die anderen im Chor.
„Mann, du hättest fast die Blumen geköpft! Wie hoch glaubst du denn, sind unsere Türen?“
„Na ja, die Männer der Tat!“, rief Daniel dem Freund zu. „Haufenweise Muskeln und nichts im Hirn.“
„Du musst gerade reden!“
Beim zweiten Versuch bückte sich Bennie tief, die anderen hielten ihm Haustür und Gartentor auf, und sie brachten das Geschenk heil über die Straße. Doch hier lauerten neue Gefahren. Ein kräftiger Westwind erfasste Blumen und Schleife und drohte die Pracht auseinander zu reißen. Mit viel Gelächter und Warnrufen sprangen die Mädchen immer wieder hinzu, um Schleife, Blumen und Papier festzuhalten oder zu-

rechtzurücken. So waren sie bereits in ausgelassener Partystimmung, als sie an Melanies Tür klingelten.
Melanie kam persönlich, um ihnen zu öffnen.
„Happy birthday to you! Happy birthday to you!“, klang es im Chor, wobei Max auffiel, denn er war bereits im Stimmbruch und wechselte in jedem Wort zweimal die Stimmlage.
„Ja, Wahnsinn!“, sagte Melanie fassungslos. „Was ist denn das? Bringt ihr ein ganzes Fass Wein, oder sollte es sich um eine Tonne Waschpulver handeln? Kommt rein, da drüben die Treppe runter, wir feiern im Keller.“
„Mann, ihr habt einen richtigen Partykeller, ist ja irre! Seit wann denn das?“
Christine war als Erste unten.
„Den haben meine Eltern für eine Karnevalsfete hergerichtet. Hinterher hat es uns so gut gefallen, dass wir beschlossen haben, der Keller sollte Partykeller bleiben.“
Melanie ließ das Paket nicht aus den Augen, während sie sprach.
Bennie setzte seine Last in der Mitte des Raumes ab, und alle stellten sich im Kreis auf, um Melanie beim Auspacken zuzusehen.
Melanie bekam einen roten Kopf vor Aufregung und Verlegenheit, als sie nun vorsichtig den Blumenstrauß herauszog, das Band entfernte und die Sitztonne aus dem Papier schälte.
„Ist ja irre!“, jubelte sie, als sie ihr Geschenk in voller Schönheit vor sich hatte. „Genau so eine habe ich mir schon immer gewünscht! Das ist eine tolle Idee von euch! Tausend, tausend Dank!“
Melanie ging von einem zum anderen und verteilte Küsschen, nach einem kurzen Zögern auch bei den Jungen, die ih-

re Verlegenheit mit lauten Kommentaren zu überspielen suchten.
„Wir haben uns gedacht, das ist das Richtige, damit man bei dir auch mal länger hocken bleiben kann!“
„Genau!“
„Und wenn einer Durst hat, tippt er nur bedeutungsvoll auf die Tonne und fragt: Hättest du zufällig noch einen Schluck?“
„Klar! Wir sollten mal versuchen, ob man sie nicht füllen kann. Und dann in die Mitte zum Kühlen einen Eisbeutel reinhängen!“
„Das kannst du nicht machen, dann kriegen die Mädchen ’nen kalten Hintern.“
Die Jungen wieherten vor Vergnügen.
„Ihr seid ganz schön blöd“, sagte Katja kopfschüttelnd.
„Jungen in dem Alter sind immer ein bisschen zurückgeblieben“, erklärte Claudia naserümpfend. „Sie entwickeln sich einfach nicht so schnell.“
Ehe einer der Jungen etwas erwidern konnte, klatschte Melanie in die Hände und wies auf das am hinteren Ende des Raumes aufgebaute Büfett.
„Die Bar ist eröffnet!“, rief sie. „Cola und Limo stehen da drüben in der Eiswanne, alles andere auf dem Tisch. Schlagt zu, Leute, solange der Vorrat reicht! Falls nicht, in der Küche ist noch Nachschub.“
„Sieht toll aus!“, lobte Helga. „Hast du das alles allein gemacht?“
„Nein, meine Mutter und meine Oma haben mir geholfen. Ich wollte ja an meinem Geburtstag nicht nur arbeiten. Da links ist die süße Ecke: Kuchen, Obstsalat, Zitronencreme, das ist nämlich meine Lieblingsspeise“, verteidigte sie sich, damit

niemand auf die Idee kommen konnte, dies sei ein Kindergeburtstags-Büfett. „Und rechts die salzigen Sachen: Brötchen, Würstchenspieße, gefüllte Eier, Chips, Kartoffelsalat, Nudelsalat und saure Gürkchen. Das da sind Käsekugeln, Spezialrezept meiner Mutter."

„Na, ich denke, es wird reichen!" Bennie nahm eine der in Schwarzbrotkrümeln gewälzten Käsekugeln. „Hm, super! Also, von denen braucht ihr nicht zu nehmen, ich bin bereit, sie zu vernichten."

„Ich spiele den Barmixer", überschrie ihn Max. „Wer will Cola, wer Limo, wer gemischt?"

„Eine Cola bitte!"

„Ich auch!"

„Ich gemischt!"

„Einer nach dem anderen. Anja hat am lautesten geschrien, hier ... bitte, sehr zum Wohl, die Dame!"

„Habt ihr nicht was Alkoholisches? Ein Bier oder so?" Christoph schob sich, die Hände in den Hosentaschen, nach vorn. Er kam sich immer ein bisschen erwachsener vor als die anderen, da er ein Jahr älter war und die Klasse wiederholte. Ansehen konnte man ihm das allerdings nicht, im Gegenteil: Er war zierlich und schmal und hatte ein zartes Gesicht.

„Alkohol gibt's nicht", sagte Melanie schnell und, um ihre Verlegenheit zu verbergen, ein bisschen strenger als gewollt, denn zu einer richtig „erwachsenen" Party gehörten natürlich auch alkoholische Getränke: „Haben wir doch nicht nötig, oder?"

„Genau!", stimmte ihr Katja zu. „Wir kommen auch ohne Alkohol in Stimmung!"

„Schließlich sind wir doch keine Omas und Opas", fügte Christine hinzu.

„Ihr wisst ja nicht, was gut ist", murmelte Christoph verächtlich, war aber mit einer Cola ganz zufrieden.
Für eine Weile waren alle damit beschäftigt, ihre Teller zu füllen. Der Tageszeit und den heimlichen Vorlieben entsprechend zog es sie eigentlich zu Kuchen und Pudding, aber das wäre kindlich gewesen und war höchstens als Nachtisch erlaubt. So machte man sich erst mal über Salate, Eier und Wurstspießchen her und stopfte sich händeweise Chips in den Mund.
Daniel hatte es übernommen, für die Musik zu sorgen. Die anderen saßen rundherum auf Bänken, Schemeln und Sitzkissen. Melanie musste ihre Coca-Cola-Tonne einweihen. Da es bei der Lautstärke der Musik unmöglich war, sich zu unterhalten, wippten sie im Takt mit Füßen und Köpfen und grinsten sich zwischendurch an.
Allmählich waren alle gesättigt. Sie hatten von allem probiert. Die Zitronencreme schien sich wie durch Zauberkraft verflüchtigt zu haben, da jeder steif und fest behauptet hatte, sich aus Süßem absolut nichts zu machen. Auch die Berge von Apfel- und Käsekuchen waren bedeutend kleiner geworden.
Nun hätte etwas geschehen müssen. Die Party sollte so richtig in Schwung kommen. Stimmung, Gelächter, wie wild tanzen oder so was. Aber jeder saß auf seinem Platz und wartete darauf, dass etwas passierte. Helga und Anja begannen über die Schule zu reden. Melanie stand auf und räumte Teller und Bestecke zusammen. Sofort sprangen Katja, Claudia und Christine wie erlöst von ihren Plätzen auf und halfen Melanie. Zu viert trugen sie das Geschirr in die Küche hinauf.
Als sie zurückkamen, bot Christoph den anderen Zigaretten an, aber außer Max und Helga hatte keiner Lust zu rauchen. Zögernd entschlossen sich schließlich auch Daniel und Ben-

nie, es mit einer Zigarette zu versuchen; sie mussten sich von den Mädchen anhören, wie bescheuert die das fanden.
Oben in der Diele schellte die Haustürglocke, und Melanie stürzte hinauf. Mit einem verspäteten Gast, ihrem Vetter Ulli, kehrte sie zurück. Sie kannten ihn alle; er war bis vor einem Jahr in ihre Klasse gegangen, hatte nun aber die Schule gewechselt, da seine Eltern umgezogen waren. Es gab ein großes Hallo, und für eine Weile waren sie damit beschäftigt, Ulli zu füttern und zugleich über seine neue Schule auszufragen. Ulli erkundigte sich nach den Lehrern, und man tauschte Erinnerungen aus. Dann trat von neuem eine Gesprächspause ein.
Sie saßen herum wie im Wartezimmer einer Arztpraxis. Hin und wieder ein Satz, ein Lächeln, das rhythmische Wippen zur Musik und die Blicke abwartend in den Raum gerichtet, als müsse sich dort eine Tür öffnen und die große Show beginnen.
Schließlich stand Melanie auf und begann mit halb geschlossenen Augen auf der Stelle zu tanzen.
„Wollen wir tanzen, Bennie?“, fragte Melanie.
„Hm“, Bennie verkroch sich hinter seinen hoch gezogenen Schultern.
„Und du, Daniel?“
„Ich kann nicht tanzen.“
„Was ist denn da groß zu können? Du brauchst dich doch nur im Rhythmus der Musik zu bewegen!“, redete ihm Katja zu, aber Daniel wandte sich den CDs zu und begann angestrengt nach etwas zu suchen.
„Dann du, Ulli!“, bat Melanie ihren Vetter.
„Ich esse noch. Später vielleicht.“
„Überhaupt, wozu brauchst du einen Partner, du tanzt ja doch

für dich allein!“, bemerkte Max, um ihrer Aufforderung zuvorzukommen.

„Zu zweit macht es aber mehr Spaß!“

„Dann tanze ich eben mit dir!“, sagte Katja schnell, die es nicht nett fand, dass man das Geburtstagskind so im Stich ließ. Eine Weile bewegten sie sich, einander gegenüberstehend, zur Musik, dann setzte sich Melanie wieder auf ihren Platz.

„Das ist einfach nicht das Gleiche, wie wenn du mit einem Jungen tanzt. Ihr seid schon unheimliche Flaschen!“

„Feiglinge sind sie, sonst nichts!“, stellte Claudia fest. „Sie glauben, sie könnten sich blamieren!“

„Du musst gerade reden! Du tanzt ja selber nicht!“

„Ich kann das nicht so gut.“

„Ach, ich denke, es ist überhaupt keine Kunst? Nur ein bisschen zur Musik bewegen!“, motzte Daniel. „Ich finde diese ganze Tanzerei doof. Ich meine, früher war das ja anders, so Sachen wie Rock ’n’ Roll waren schon cool, aber die muss man erst richtig lernen.“

„Rock ’n’ Roll kann ich“, sagte Anja und sprang auf. „Das hat mir ein Junge in den letzten Ferien beigebracht. Habt ihr eine CD da? Dann zeige ich es euch!“

„Ich weiß auch, wer’s dir beigebracht hat!“, stichelte Helga. „Ein rothaariger Holländer namens Piet!“

„Na und?“

„Hier hab ich was!“, verkündete Daniel und legte eine CD ein. „*Rock around the clock.* Ein echter Klassiker!“

Die ersten Takte klangen auf, und Anja versuchte den Grundschritt.

„So, nein, warte mal, so ging das ...“

So ganz klappte es nicht. Die anderen sahen geduldig auf Anjas Füße und klatschten den Takt mit.

„Na los, versucht's doch auch mal! Christine, komm! Mach mit! Katja, du bist doch so gut im Tanzen!"
Die Angesprochenen erhoben sich zögernd und versuchten Anja die Schritte nachzumachen.
„Los, wir müssen zu zweit tanzen, dazu braucht man einen Partner!" Anja packte Katja bei der Hand. „Pass auf, du bist nicht im Takt, merkst du das denn nicht?"
„Quatsch, du bist nicht im Takt! Ich bin ganz richtig!"
Damit hatte Katja zweifellos Recht, trotzdem war Anja beleidigt.
„Wer kann denn nun Rock 'n' Roll, ich oder du?"
„Okay, okay, dann versuch's doch mal mit Tine!"
Aber mit Christine klappte es erst recht nicht. Anja und sie gerieten sich sofort in die Wolle. Die anderen sahen schadenfroh zu, und die Jungen machten möglichst überlegene Gesichter, um nicht noch einmal zum Tanzen aufgefordert zu werden. Gerade als sich Anja und Christine ernsthaft zu streiten begannen, wurde die Tür geöffnet, und Melanies Mutter schaute herein.
„Na? Amüsiert ihr euch gut? Braucht ihr irgendetwas?"
„Nein danke, Mutti, alles super!", schwärmte Melanie.
„Ja, echt Spitze!", fielen die anderen ein.
„Gut, dann will ich euch nicht weiter stören."
Melanies Mutter verschwand, und Daniel, der die CD gestoppt hatte, wandte sich wieder der Anlage zu.
„Noch mal dasselbe? Oder was wünschen die Herren und Damen zu hören?"
„Etwas anderes", maulte Anja. „Das mit dem Rock 'n' Roll haut ja doch nicht hin, so lahme Enten, wie ihr seid!"
„Selber lahm. Na, sehen wir mal, was wir hier in unserer Schatztruhe so alles haben."

„Was machen wir denn jetzt?“, fragte Claudia. „Wollen wir was spielen?“
„Was spielen? Spinnst du? Wir sind doch keine Babys mehr!“
„Nicht tanzen, nichts spielen ..., was denn dann?“
„Wir haben eine Party! Reicht das nicht?“, sagte Christine, nicht recht überzeugend.
„He, das ist super!“ Daniels Augen leuchteten auf. Andächtig schob er eine alte CD in die Stereoanlage. „*Pippi Langstrumpf* ..., die wünsche ich mir schon eine Ewigkeit! Los, die hören wir uns jetzt an!“
Die anderen rückten näher. Die Gespräche verstummten, nach und nach geriet einer nach dem anderen in den Bann der Geschichte. Mit angespannten Gesichtern lauschten sie den Dialogen und Songs; sie sangen mit und lachten und hörten die CD vom Anfang bis zum Ende an.
„Super!“, seufzte Helga glücklich, als der letzte Ton verklungen war.
„Ja wirklich, ich könnte das hundertmal hören!“, bestätigte Anja.
„Ich höre sie auch wahnsinnig gern“, gestand Melanie. „Ich habe sie vor zwei Jahren zum Geburtstag bekommen.“
„Hast du nicht noch mehr davon?“
Daniel begann emsig in den tieferen Schichten des Kastens mit den CDs zu wühlen. Bennie und Christine knieten sich neben ihn.
„Mann, was die alles hat! *Die drei Fragezeichen*, *TKKG*, *Fünf Freunde*, sämtliche Folgen! *Jim Knopf*, *Momo*, *Die unendliche Geschichte*! Wow, hier ... *Der Untergang der Titanic*!“
„Die kenn ich noch nicht, gib her!“
Wie der Blitz hatte Bennie die CD eingelegt. Niemand pro-

testierte, im Gegenteil. Sofort senkte sich andächtige Stille über den Raum.
Nachdem sie noch zwei Folgen *Die drei Fragezeichen* und die *Momo*-CD gehört hatten, sah Helga erschrocken auf ihre Armbanduhr.
„Schon sieben! Da sollte ich längst zu Hause sein. Sei nicht böse, Melanie, aber ich muss los!"
„Ich auch!", sagte Katja und sprang auf. „Tschüss, Melanie, und vielen Dank für den schönen Nachmittag!"
Auch die anderen verabschiedeten sich und versicherten Melanie, was für eine tolle Party es gewesen sei. In alle Richtungen stoben sie davon.
Als Katja die Wohnung betrat, saß die Familie schon beim Abendessen.
„Na, wie war's?", erkundigte sich die Mutter. „Habt ihr eure Party genossen?"
„Klar. Super war's!"
„Das klingt nicht besonders überzeugt."
„Na ja, also, wenn ich es gewesen wäre", meinte Katja nachdenklich, „ich glaube, ich hätte es irgendwie anders gemacht. Wenn wir sonst Geburtstag gefeiert haben, war's einfach lustiger. Na, vielleicht kann man das nicht so vergleichen: Kindergeburtstag ist eben was anderes. Trotzdem, es war eine super Party!"

Klementine

Jetzt wird es höchste Zeit, dass wir zum Zahnarzt gehen, mein Schatz!", sagte Mama eines Morgens. „Du weißt, wegen der Zahnspange."

„Mami, muss das denn sein? Ich will nicht mit so einem blöden Ding im Mund rumlaufen!", jammerte Katja.

„Du willst aber später auch nicht mit so schiefen, hässlichen Zähnen rumlaufen, nicht wahr? Wenn wir es jetzt nicht machen lassen, ist es zu spät."

„Ich will nicht!"

„Sei nicht albern, Liebes. Was die anderen können, kannst du auch. Wie viele in deiner Klasse sind in der gleichen Situation! Denen macht es sicher auch keinen großen Spaß, und trotzdem ertragen sie es mit Fassung. Am besten, ich melde uns noch heute an. Möchtest du noch ein Brötchen?"

„Danke, mir ist der Appetit vergangen."

Katja stand wütend auf und nahm ihre Schultasche. Das Schulbrot vergaß sie absichtlich, obgleich ihre Mutter ihr den Rest des Bratens von gestern draufgetan hatte, um ihr einen besonderen Wunsch zu erfüllen. Sie war verzweifelt, da

konnte man sich auch nicht an einem Bratenbrot mit Senf und Gurkenscheiben freuen.
Zu ihrem Unglück empfing ihre Mutter sie mittags gleich mit einer Hiobsbotschaft.
„Stell dir vor, Liebes, wir haben schon heute Nachmittag einen Termin bei Doktor Lau. Ein anderer Patient hat abgesagt, so konnten sie uns gleich für heute eintragen."
„Ich hasse Doktor Lau. Er tut immer so opahaft überlegen, als könnte ich nicht bis drei zählen!"
„Was das betrifft, kann ich dich beruhigen. Er hat jetzt einen weiteren Arzt in die Praxis genommen, weil er sich demnächst zur Ruhe setzen will. Du wirst von Doktor Narouz behandelt werden; er soll sehr gut sein, habe ich gehört."
„Narouz, das hört sich so ausländisch an?"
„Ja, ich glaube, er ist Ägypter oder Perser. Jedenfalls erzählt man sich wahre Wunderdinge über seine Behandlung."
So wütend Katja über den Zahnarztbesuch war, auf Dr. Narouz war sie doch neugierig. So verzichtete sie auf weitere Abwehrmanöver, zumal sie wusste, dass ihre Mutter sich nicht umstimmen lassen würde.
Dr. Narouz und Dr. Lau hatten ihre Praxis in einem Häuserblock neben der Oper. Das Wartezimmer lag am Ende eines langen Flurs, von dem es in die verschiedenen Ordinationsräume ging. Vier waren es insgesamt, in die die Patienten der Reihe nach eingefädelt wurden. Die beiden Zahnärzte pendelten von Zimmer zu Zimmer, gaben eine Spritze und bohrten, wenn die Wirkung eintrat, das Loch für eine Füllung. Wie am Fließband, dachte Katja, gut so, dann hat man es wenigstens schnell hinter sich.
So schnell allerdings, wie sie gehofft hatte, ging es bei ihr nicht. Zunächst wurden ihre Zähne auf ihren Gesundheitszu-

stand geprüft und zwei kleine Löcher mit Füllungen versehen. Dann begann das Maßnehmen für die Zahnspange. Das war zwar nicht schmerzhaft, nahm aber einige Zeit in Anspruch. Doch was machte das, solange sie Dr. Narouz anschauen konnte!

Dr. Narouz war absolut das Höchste, das ihr je zu Gesicht gekommen war! Eine Mischung aus George Clooney und Brad Pitt, nur hübscher! Dass er eine Brille trug, machte ihn nur noch aufregender, es gab ihm einen Hauch von Schüchternheit. Das Beste war seine Stimme: wie gegen den Strich gebürsteter Samt, fand Katja. In ihrem Kopf begannen ein Dutzend Filme zugleich, alle mit einem Titel, in dem die Namen Katja und Narouz vorkamen. Schade, dass sie seinen Vornamen nicht wusste! Sicher war es ein sehr geheimnisvoller, fremd klingender Name. Ob sie ihn fragen sollte? Unmöglich! Sie musste das irgendwie anders herausbekommen! Vielleicht stand sein Name im Telefonbuch.

Dr. Narouz diktierte der Sprechstundenhilfe alle möglichen Zahlen und Daten, dabei hielt er Katjas Kopf in den Händen und bewegte ihn sanft von einer Seite zur anderen. Dann rief er die Mutter und erklärte ihr – wobei Katja den Mund noch ein wenig weiter aufreißen musste –, wie die zukünftige Zahnspange aussehen würde und was sie bewirken sollte. Katja hatte das Gefühl, ihren Kiefer auszurenken, trotzdem gab sie keinen Mucks von sich, sondern sah, soweit es in dieser Haltung möglich war, dem Zahnarzt tief und leidenschaftlich in die Augen.

Dr. Narouz lächelte verständnisvoll.

„Du bist nicht sehr glücklich über die Zahnspange, stimmt's?"

Katja schloss erleichtert den Mund und richtete sich ein wenig auf.

„Oh, das hilft ja nun nichts“, sagte sie heiter. „Wenn es sein muss ..., und es ist ja nicht für die Ewigkeit.“
„Es ist alles nicht so schlimm, wie du glaubst“, beruhigte der Zahnarzt sie. „Du bekommst eine herausnehmbare Spange. Natürlich solltest du sie möglichst ständig tragen. Aber wenn du dich hübsch machen willst, wenn du mal mit deinem Freund zum Tanzen gehst, darfst du sie ruhig zu Hause lassen.“
Katja wurde von einem wohligen Gefühl durchrieselt. Er hielt sie mindestens für zwei oder drei Jahre älter, sonst hätte er das nicht gesagt! Sie lächelte selig. Leider verabschiedete sich Dr. Narouz jetzt viel zu schnell; der nächste Patient wartete. Katja drehte sich in der Tür noch einmal um, um wenigstens einen kleinen Blick seiner hübschen dunklen Augen zu ergattern – vergeblich. Er war so in das Krankenblatt des nächsten Patienten vertieft, dass er nicht einmal ihren Gruß hörte.
„Zu nett, dieser junge Doktor Narouz, nicht wahr!“, sagte die Mutter, als sie im Fahrstuhl nach unten fuhren. „Er scheint wirklich ein tüchtiger Mann zu sein.“
„Doch, doch. Nicht schlecht. Jedenfalls besser als der alte Lau“, murmelte Katja, um einen gleichgültigen Ton bemüht. Dass Mama Dr. Narouz „zu nett“ fand, passte ihr überhaupt nicht.
Die Tage bis zum nächsten Zahnarztbesuch schienen sich endlos in die Länge zu ziehen. Hin und wieder holte sich Katja das Telefonbuch, um den Namen ihres neuen Angebeteten zu lesen. Zwar stand sein Vorname nicht darin, nur Narouz, Y., Dr. med. dent., aber dieses „Y“ war geheimnisvoll genug. Gehörte es zu Yussuf? Oder Yassir?
Natürlich ließ sich Katja nichts davon anmerken, dass ihre

Gedanken unentwegt um ihr neues Idol kreisten. Sie gehörte nun mal nicht zu den Mädchen, die mit verträumten Blicken und sehnsüchtigen Seufzern von ihren Stars schwärmten, und wenn sie so ein Geheimnis mit sich herumtrug, neigte sie eher dazu, den heimlich Angebeteten vor den anderen herunterzumachen. So sprach sie auch in der Klasse nur davon, dass sie in den nächsten Tagen die grässliche Folter über sich ergehen lassen müsse, ihre Zahnspange eingesetzt zu bekommen.

„Hoffentlich kennt ihr mich dann noch!", sagte sie düster zu den Freundinnen, „und lauft nicht davon, weil ihr glaubt, Dracula nähere sich euch, im Begriff, seine Beißerchen in eure zarten Hälse zu graben!"

„Mach dir nichts draus!", tröstete Christine sie. „Mich erwischt's jetzt auch, und Bennie bekommt seine Zahnspange in der nächsten Woche."

„Wir werden einen Club der Leidensgenossen gründen", beschloss Katja. „Denkt euch schon mal einen guten Namen aus!"

Als die Mutter am nächsten Tag mit ihr zum Zahnarzt ging, um sich die Anweisungen des Arztes selbst anzuhören und sich nicht auf Katjas vielleicht allzu großzügige Auslegungen zu verlassen, fühlte Katja ein ganzes Heer von Motten in ihrem Bauch tanzen. Nicht so sehr aus Angst vor der Behandlung als vor dem Augenblick, in dem Dr. Narouz sich über sie beugen, seine Hände ihr Gesicht berühren würden. Keinen Mucks würde sie von sich geben, wenn es wehtat; sie würde der tapferste, heiterste, bravste Patient sein, den er je gesehen hatte!

Sie mussten etwa eine Viertelstunde warten. Katja starrte auf die Bilder einer Illustrierten, blätterte in regelmäßigen Abständen die Seiten um, ohne zu wissen, was sie gesehen hatte.

Als sie ins Sprechzimmer gerufen wurden, waren ihre Hände schweißnass und zitterten.
Wie hilflos man sich fühlte, wenn man – ein weißes Papierlätzchen um den Hals wie ein Baby – von der Sprechstundenhilfe im Behandlungsstuhl in eine fast liegende Stellung gebracht wurde, aus der man sich kaum noch aufrichten konnte. Katjas Blick wanderte zum Fenster hinaus. Die träge am Himmel dahinziehenden Wolken boten kaum das geeignete Programm, um einen von der inneren Unruhe abzulenken, die einen in diesem Stuhl automatisch überfiel.
Dann hörte sie seine Stimme, und die Welt veränderte sich mit einem Schlag. Er begrüßte die Mutter, die irgendwo hinter Katja in einer Ecke saß, um nicht zu stören, dann kam er auf sie zu. Er lächelte sie an, als seien sie uralte Freunde.
„Katja, hallo, wie geht's? Ein bisschen aufgeregt?"
„Nur ein bisschen!" Sie kicherte.
Warum musste sie jetzt kichern! Wie albern sich das anhörte! Total verkrampft!
Aber Dr. Narouz schien ihre Verwirrung nicht zu bemerken. Er nahm ihren Kopf, drehte ihn ein wenig zur Seite und bat sie, den Mund zu öffnen. Von nun an schien es ihr, als wäre sie für ihn gar nicht mehr vorhanden. Sie war nur noch ein Mund, ein Gebiss, an dem er herumdrückte, zog und schob, die Spange anpasste und wieder herausnahm, dies ein paar Mal wiederholte, etwas veränderte und wieder probierte. Sie kam sich vor wie ein Automotor, ein kaputter Rasenmäher oder eine Nähmaschine. Konnte er ihr denn nicht ein einziges Mal tröstend in die Augen schauen! Klempner! Und wie das ziepte und drückte! Katja traten die Tränen in die Augen.
„Hat das wehgetan?", erkundigte er sich erschrocken.
„Hm, hm." Katja schüttelte den Kopf.

„Wir sind gleich fertig. Dann bist du erlöst."
Dieses „gleich" dauerte eine halbe Ewigkeit. Endlich wurde sie aufgerichtet und durfte sich im Spiegel betrachten. Grässlich sah das aus! Sie hatte das Gefühl, die wulstigen Lippen eines Affen zu haben!
„Na? Ist doch gar nicht so schlimm, siehst du! Wenn du den Mund geschlossen hast, merkt es kein Mensch. Das ist jetzt natürlich noch ein bisschen unangenehm, aber in ein paar Tagen wirst du dich vollkommen daran gewöhnt haben."
Dr. Narouz lächelte sie aufmunternd an. Katja grinste gequält zurück.
„Tut es irgendwo besonders weh?"
„Besonders? Nein, eigentlich nicht."
Was war denn das? Sie konnte überhaupt nicht mehr richtig sprechen! Sie stieß mit der Zunge an und sprach, als hätte sie eine heiße Kartoffel im Mund! Katja schluckte verzweifelt die aufsteigenden Tränen hinunter.
„Warte, jetzt zeige ich dir, wie du sie herausnehmen und wieder einsetzen kannst."
Dr. Narouz tat, als bemerkte er ihre Verzweiflung nicht. Ruhig und sachlich erklärte er ihr, wie sie mit der Zahnspange umgehen musste. So gelang es Katja, ein bisschen ruhiger zu werden. Ein bisschen, denn es änderte nichts daran, dass sie sich einfach scheußlich fühlte, hässlich, komisch, lächerlich und zum In-ein-Mauseloch-Verkriechen. Nur raus hier! Keinen Augenblick länger wollte sie von ihm so gesehen werden, er musste sie ja grässlich finden!
Die Mutter schien zu erraten, wie es in ihrer Ältesten aussah: Sie nahm sie sanft am Arm, verabschiedete sich von dem Zahnarzt und lenkte seine Aufmerksamkeit von Katja ab, die ihre nun mit Gewalt hervorbrechenden Tränen hinter einem

Taschentuch verbarg. Noch einmal fühlte Katja seine Hand aufmunternd auf ihrer Schulter.
„Nimm's nicht tragisch, Katja, am Anfang ist das sehr lästig und ungewohnt, aber bald wirst du es gar nicht mehr merken!"
Katja nickte stumm; sie hob ihren Blick kaum über den Rand des Taschentuchs und schob sich, so schnell sie konnte, nach draußen. Die Mutter folgte ihr, und kaum waren sie auf der Straße, legte sie Katja den Arm um die Schultern und drückte sie sanft an sich.
„So", sagte sie fröhlich, „auf den Schreck hin müssen wir erst mal feiern. Was hältst du von einem riesigen Eisbecher und einem Stück Torte mit Schlagsahne? Und anschließend kaufen wir dir was Hübsches zum Anziehen."
Katja schniefte nur, doch sie drängte sich eng an Mama und legte ihren Kopf auf die Schulter der Mutter, das war Zustimmung und Dankesbezeigung zugleich.
Im Café Cremer gab es die traumhaftesten Torten, die man sich vorstellen konnte, und die Stücke hatten eine beachtliche Größe. Eigentlich hatte Katja geglaubt, sie würde mit der Spange überhaupt nicht essen können, aber nach den ersten paar Bissen klappte es erstaunlich gut.
„Ich werde noch ein paar Stücke zum Üben brauchen", sagte sie grinsend, und Mama lachte erleichtert auf.
„Solange dir nicht schlecht wird, so viel du willst!"
Dann bestellte die Mutter eine Piccoloflasche Sekt mit zwei Gläsern. Katja machte große Augen.
„Was soll denn das? Hat hier einer Geburtstag?"
„Das nicht. Aber wir müssen deine neue Begleiterin doch taufen, oder? Wie soll denn der Quälgeist heißen?"
Katja führte den Zeigefinger zum Mund und betastete das

Ungetüm von einer Seite zur anderen. Es klemmte und drückte noch ekelhaft, vermutlich würde es einige Tage dauern, bis sie sich daran gewöhnt hatte.

„Ich schlage vor ...“ Immer noch hatte sie beim Sprechen das Gefühl, die Worte über eine kochend heiße Kartoffel hinwegzubalancieren; das „schl“ blubberte schlürfend aus den Mundwinkeln. „Also, ich fände ‚Klementine‘ gut.“

„Ausgezeichnet! Das passt prima. Also?“ Die Mutter nahm eines der beiden Gläser, die die Kellnerin gerade füllte, und gab Katja das andere in die Hand. „Du kleines, ekliges Monstrum, wir begrüßen dich in der Familie und taufen dich Klementine. Prost!“

„Prost!“

„Und nun gehen wir einkaufen. Ich habe da neulich ein witziges T-Shirt gesehen, das müsste dir gut stehen. Bedienung! Zahlen bitte!“

Katja fühlte sich auf einmal ungeheuer wohl. In diesem Augenblick war es, als sei sie mit ihre Mutter allein auf der Welt und als gäbe es im Leben der Mutter nichts, das wichtiger wäre als sie, Katja! Das war einfach wunderbar.

„Muttern“, sagte Katja glücklich, „du bist die Größte!“

Das ganze Leben lohnt sich nicht

Der Tag fing schon so an. Alles ging schief. Im Badezimmer lag Katjas Handtuch auf dem Boden; einer der Zwillinge hatte es als Putzlumpen benutzt, und so sah es auch aus. Dann ging der Reißverschluss ihrer Jeans kaputt. Und das T-Shirt lag ungebügelt im Wäschekorb.

Als Katja an den Frühstückstisch kam, herrschte eine Stimmung wie bei einem Begräbnis. Ihre Eltern schwiegen sich eisig an. Es kam selten vor, dass sie eine Auseinandersetzung hatten, und passierte es doch einmal, dann richteten sie es so ein, dass die Kinder es nicht merkten. Aber heute war ganz dicke Luft zwischen ihnen. Die Mutter hielt sich an der Kaffeetasse fest und aß keinen Bissen. Der Vater schlang sein Brötchen so hastig in sich hinein, dass ihm fast die Luft wegblieb. Dann knallte er die Serviette auf den Tisch, sprang auf und verließ die Wohnung.

Kaum war er weg, hatte die Mutter an allem und jedem etwas auszusetzen.

„Markus, hör auf, mit deiner Milch herumzukleckern! Wie sieht dein T-Shirt schon wieder aus, Fips? Du hast es noch kei-

ne Viertelstunde an, und schon ist es total verschmiert. Jetzt trödel nicht so rum, Celia, du müsstest längst unterwegs sein! Katja, bist du bald fertig mit der Kratzerei auf deinem Teller? Wie der Hahn auf dem Mist! Fips, stell das Radio ab, das Geplärre ist ja nicht zum Aushalten!"
Fips haute auf den Knopf.
„Das Ding muss doch kaputtzukriegen sein!", rief Mama. „Vielleicht hättest du die Güte, Celia, deinen Teller mal selbst abzuräumen! Hier, vergiss dein Brot nicht wieder! Glaubst du, ich mache es zum Vergnügen?"
„Entschuldige!"
Celia warf Katja einen bedeutungsvollen Blick zu und drehte die Augen zur Decke.
„Nun spiel nicht gleich wieder die beleidigte Leberwurst! Es ist doch jeden Tag das gleiche Theater mit dir!"
„Kannst du mir mal verraten, was heute eigentlich los ist?", erkundigte sich Katja vorsichtig.
„Was soll schon los sein, nichts ist los!"
„Du bist doch sonst nicht so!"
„Na, dann bin ich eben heute mal so! Es könnte doch sein, meine liebe Tochter, dass mir das allmorgendliche Theater irgendwann einmal gründlich auf den Keks geht, oder? Oder glaubst du, das ist so komisch, jahraus, jahrein, Tag für Tag die gleiche Platte abzuspielen, euch eure Sachen nachzutragen und hinterherzuräumen, euch zu bedienen, für euch zu denken, mich über eure schlechten Manieren zu ärgern und ..."
„Okay, sehe ich ja ein", unterbrach Katja die Mutter, „aber irgendetwas muss doch passiert sein, dass du gerade heute ..."
„Ach, lasst mich doch in Ruhe!"
Die Mutter sprang auf und rannte nach draußen. Gleich darauf hörten sie die Schlafzimmertür zuknallen.

„Sie haben Krach gehabt", flüsterte Celia der Schwester zu. „Papi ist so spät nach Hause gekommen. Mitten in der Nacht. Und heute Morgen hatte er ganz schlechte Laune. Dauernd hat er an Mami rumgemeckert, dass sein Kragen falsch gebügelt ist und dass wir zu viel Wasser und Strom verbrauchen. Frau Haubenstock hat schon wieder einen Brief geschickt mit einer Rechnung drin, der lag heute Morgen im Flur."

„Darum war vorhin so dicke Luft!"

Katja seufzte. Sie war fast erleichtert, dass es Zeit war, in die Schule zu gehen. Gemeinsam mit Celia verließ sie das Haus.

„Bis heute Mittag hat sie sich wieder eingekriegt", meinte Celia hoffnungsvoll. „Bestimmt ruft Papi bald an, und sie vertragen sich wieder. Tun sie doch immer."

„Hoffen wir's!"

Aber dieser Tag schien unter einem schlechten Stern zu stehen. Auch die Laune der Lehrer war heute nicht die beste. Es hagelte Ermahnungen, in Bio mussten sie einen Test schreiben, auf den keiner genügend vorbereitet war, in Englisch gab es eine Extra-Arbeit als Strafe für zu großen Lärm im Unterricht und in Mathe die doppelte Hausaufgabe.

Als Katja aus der Schule kam, stand Papas Wagen vor der Tür. Das war nichts Ungewöhnliches, es kam vor, dass der Vater zum Mittagessen zu Hause erschien, wenn auch nicht sehr häufig. Heute war es Katja unangenehm. Sie spürte, wie zu ihrer schlechten Laune eine Unruhe hinzukam, wie vor einem drohenden Gewitter.

Der Tisch war bereits gedeckt, und die Zwillinge waren dabei, das Badezimmer in eine Seenlandschaft zu verwandeln. Celia saß tief beleidigt auf ihrem Platz und redete mit niemandem ein Wort, und Mama hatte ein verheultes Gesicht. Katja wäre am liebsten sofort umgedreht und davongegangen.

Zum Glück besann sie sich auf ihre Pflichten als große, vernünftige Tochter, stellte die Schuhe der Zwillinge, die wie immer mitten im Flur lagen, unter das Regal und sorgte im Badezimmer für Ordnung.

„Katja! Wir wollen essen! Brauchst du eine schriftliche Einladung?", rief die Mutter gereizt.

„Entschuldige, ich habe den Saustall im Badezimmer beseitigt, den Markus und Fips hinterlassen haben", murmelte Katja gekränkt. Mama nahm keine Notiz. Sie füllte den Gemüse-Eintopf in die Suppenteller, nahm schweigend ihren Löffel und rührte in ihrem Teller herum, ohne einen Bissen zu essen. Der Vater schlang drauflos und schaute alle paar Sekunden auf seine Armbanduhr. Auch die Zwillinge stürzten sich wie immer auf das Essen, während Celia mit angewidertem Gesicht winzige Happen zu sich nahm, um zu demonstrieren, wie viel Überwindung es sie kostete, so etwas Grässliches wie Gemüse-Eintopf zu essen.

„Hast du nicht ein bisschen geriebenen Käse da? Das schmeckt ja nach gar nichts!", maulte der Vater.

„Tut mir Leid", sagte Mama übertrieben höflich. „Wie du mir heute so nachdrücklich klar gemacht hast, müssen wir sparen. Deshalb besteht die Suppe aus Gemüse und Wasser. Fleisch ist zu teuer, Parmesan unerschwinglich, und den Käse brauchen wir zum Abendbrot."

Der Vater griff grimmig zu Salz und Pfeffer und würzte seine Suppe so stark, dass sie vermutlich ungenießbar war.

„Die Suppe schmeckt wirklich grässlich", stöhnte Celia.

„Die Suppe schmeckt sehr gut!", widersprach Katja. „Mami kocht nie was Grässliches!"

„Kein Mensch hat euch um eure Meinung gebeten", giftete die Mutter. „Ihr haltet bitte den Mund!"

Jetzt fand Katja die Suppe auch grässlich. Sie hatte Mama verteidigen wollen, hatte sie fühlen lassen wollen, dass sie auf ihrer Seite stand, aber die Mutter hatte sie zurückgestoßen und sie den Kindern zugerechnet. Das würde sie ihr so bald nicht verzeihen, am besten, sie sagte ihr in Zukunft nie wieder was und zog sich ganz aus dem Familienleben zurück.
Zum Nachtisch gab es Grießpudding. Er war kaum gesüßt und der Himbeersaft dazu so dünn, dass er wie stark verwässerte Limonade schmeckte. Papa aß zwei Löffel davon, dann sprang er auf und warf seine Serviette neben den Teller.
„Ich muss zurück in die Stadt", murmelte er. „Habe um zwei eine Verabredung."
„Zum Essen?", fragte die Mutter bissig.
„Hin und wieder arbeite ich auch", gab Papa eisig zurück.
„Kannst du mich mitnehmen?", fragte Katja schnell. „Ich muss ein paar Sachen für die Schule besorgen."
„Wenn du in zwei Minuten fertig bist."
„Leicht."
Katja rannte in ihr Zimmer und holte ihr Portmonee aus der Schublade ihres Schreibtisches. Eine Jacke brauchte sie nicht, es war warm genug, und sie würde bald zurück sein.
Zwei, drei Stufen auf einmal überspringend, rannte sie hinter ihrem Vater her die Treppen hinunter, war vor ihm an der Haustür, um sie ihm aufzuhalten, und saß wie der Blitz auf dem Beifahrersitz.
Was der Vater für eine Laune hatte, konnte man stets an seiner Fahrweise ablesen. Heute kopierte er Niki Lauda auf dem Nürburgring. Katja wurde in ihrem Sitz von Sekunde zu Sekunde kleiner.
„Was ist denn bloß los mit euch beiden?", fragte sie schließlich, damit der Vater den Fuß vom Gaspedal nahm.

„Was soll schon los sein“, brummte Papa, gab noch einmal kräftig Gas, um an der nächsten roten Ampel mit quietschenden Bremsen zu halten, „außer dass deine Mutter vorübergehend den Verstand verloren zu haben scheint.“
„Und warum? Ich meine, sie muss doch einen Grund haben dafür?“
„Ich wüsste keinen. Außerdem geht euch Kinder das gar nichts an.“
„Du sagst, es geht uns nichts an, aber wir leiden drunter“, widersprach Katja heftig. „Also geht es uns doch was an!“
„Ach was, in jeder Ehe gibt es mal Streit“, wehrte Papa ab. „Das hat gar nichts zu bedeuten.“
„Wo fährst du hin, hier geht's doch nicht zur Stadtmitte, oder?“
„Stimmt. Ich muss erst nach Rodenkirchen hinüber, ein paar Unterlagen bei einem kranken Kollegen abholen, die wir für die Sitzung brauchen.“
Der Vater bog auf die Autobahnzufahrt ein; er überholte einen Laster und zwei Kleinwagen und raste mit Höchstgeschwindigkeit auf die Überholspur hinüber. Hinter ihm blinkte ein Mercedes wütend. Papa gab Gas, überholte drei weitere Wagen und ordnete sich rechts ein. Katja atmete tief ein.
„Celia sagt, ihr hättet Krach, weil du heute Nacht so spät nach Hause gekommen bist“, begann sie von neuem.
„So, sagt sie das.“
„Stimmt es nicht?“
„Und wenn? Vielleicht hatte ich einen triftigen Grund, so spät nach Hause zu kommen. Aber deine Mutter hat nicht den geringsten Grund, mir das vorzuwerfen!“
„Ich weiß nicht, vielleicht hat sie sich bloß Sorgen gemacht?“

„Wohl kaum. Sie hat zu viel Fantasie, das ist alles."
„Na ja", meinte Katja zögernd, „vielleicht beneidet sie dich darum, dass du so ein interessantes Leben hast. Einen Beruf, meine ich, bei dem du immer wieder neue Leute kennen lernst und schön essen gehen kannst und manchmal abends mit ausländischen Kunden ausgehst. Sie muss immer zu Hause hocken und Kinder hüten und sparen und dreckige Hausarbeit machen."
„Dass ich nicht lache! Du redest schon genau wie deine Mutter! Lächerlich!" Der Vater geriet in Wut. „Ich schufte mich für meine Familie halb tot, weiß nicht, wo ich das Geld für euch alle eigentlich herbringen soll, und muss mir von meiner zwölfjährigen Tochter so was anhören! Mein liebes Kind, du solltest nicht über Dinge reden, von denen du nichts verstehst!"
„Ich bin alt genug, um das zu verstehen! Und ich sehe schließlich jeden Tag, wie Mami sich abrackert. Was hat sie denn schon vom Leben?"
„Wenn deine Mutter nichts vom Leben hat, wie du glaubst, dann ist es ihre eigene Schuld! Dann sollte sie vielleicht mal damit anfangen, ihr Leben sinnvoller zu organisieren und ihre Kinder zu mehr Disziplin anzuhalten! Und bevor du so etwas behauptest, könntest du ja deiner Mutter ein bisschen mehr helfen, damit sie genügend Zeit für ihre eigenen Interessen hat!"
Papa bog in die nächste Autobahnausfahrt ein, und der Wagen legte sich so in die Kurve, dass Katja das Gefühl hatte, sie führen nur noch auf den äußeren zwei Rädern. Aber das war ihr jetzt schon egal. Wie konnte er so etwas sagen! Ihr, die sie sich zu Hause so abrackern musste, während die Geschwister sich vor jeder Arbeit zu drücken versuchten! Ihr, die sie im-

mer mit gutem Beispiel vorangehen sollte, die große, vernünftige Schwester sein, ein Vorbild für die Kleinen!

„Du bist gemein!", zischte sie und merkte, wie die Tränen der Wut in ihr hochstiegen. „Du hast wirklich überhaupt keine Ahnung! Immer soll ich helfen, immer soll ich alles machen, immer soll ich mit gutem Beispiel vorangehen, und Celia und die Jungen dürfen alles! Keiner fragt danach, wie es mir geht und ob ich Sorgen habe oder ob ich Lust habe, im Haushalt zu helfen; nie hat einer Zeit, mir zuzuhören und sich um mich zu kümmern! Ich bin euch doch total gleichgültig. Ihr braucht mich doch nur zum Arbeiten!", schrie sie außer sich.

Papas Gesicht wurde eisig.

„Nun mach aber mal einen Punkt! Jetzt reicht's, meine liebe Tochter!"

„Ach was!", schrie Katja außer sich. „Ihr liebt mich doch überhaupt nicht, ich bin euch vollkommen egal!"

Der Vater fuhr scharf rechts ran und hielt.

„Raus!", sagte er kalt. „So was Törichtes muss ich mir von dir nicht anhören. Du kannst zu Fuß weitergehen. Vielleicht denkst du dabei mal ein bisschen über den Unfug nach, den du da eben verzapft hast!"

Katja war sprachlos. Stumm stieg sie aus dem Wagen und knallte die Tür hinter sich zu. Papa sah sie nicht an, er gab Gas und brauste davon.

Gab es einen besseren Beweis dafür, dass sie Recht hatte? Er setzte sie hier draußen vor der Stadt einfach ab und ließ sie stehen! Weit und breit war keine Bushaltestelle. Bis zur Innenstadt würde sie bestimmt eine halbe Stunde gehen müssen. Das hatte der Vater noch nie getan.

Na gut. Er sollte schon sehen, was er davon hatte! Und Mama auch. Warum hatte sie sie beim Mittagessen so angemotzt, statt froh darüber zu sein, dass die Tochter ihre Partei ergriff! Sie würde überhaupt nicht mehr nach Hause gehen! Sie würde sich auf den Weg nach Holland machen und heimlich über die Grenze verschwinden. Dann würde sie sich unter die Hippies mischen, natürlich unter einem anderen Namen. Sie konnte sich als Kanadierin ausgeben und nur Englisch sprechen – schließlich hatte sie in den zwei Jahren, die sie in Kanada waren, genug gelernt.

Vor allem musste sie hier fort. Wie sie ihren Vater kannte, würde ihm der Krach schnell Leid tun; er würde bald zurückkommen und sie suchen. Er durfte sie auf keinen Fall finden! Katja lief querfeldein in den Stadtwald und rannte so lange geradeaus, bis sie sicher war, dass er sie unmöglich finden konnte. Schließlich hielt sie atemlos an. Sie konnte nicht einfach so sinnlos in der Gegend herumlaufen, sie musste sich einen genauen Plan machen. Um zur Aachener Autobahn zu kommen, musste sie in nördlicher Richtung gehen. Dann war es am besten, sie hielt sich parallel zur Autobahn, soweit das möglich war, dann konnte sie sich nicht verlaufen. Und irgendwann musste sie an der Grenze sein.

Katja marschierte los. Sie hätte etwas darum gegeben, hätte sie jetzt einen Stadtplan bei sich gehabt. So musste sie sich auf ihren Instinkt verlassen. Das war gar nicht so leicht, denn sie konnte nicht schnurstracks geradeaus gehen. Sie musste die Grünanlagen verlassen, mal rechts, mal links in eine Straße einbiegen und eine Kleingartensiedlung umgehen. Schließlich wusste sie gar nicht mehr, ob sie nicht vielleicht im Kreis gegangen war.

Während sie lief, dachte sie an den Vater, der gewiss zurückgefahren war, um sie aufzusammeln. Recht geschah es ihm! Vielleicht dachte er nun auch einmal darüber nach, wie viel

schwerer als die Geschwister sie es hatte und wie ungerecht er gewesen war! Was wusste er schon von ihr! Morgens früh verließ er das Haus, und abends kam er zurück, müde und blass, den Kopf voller Bürogedanken. Meistens verschwand er nach dem Abendessen noch für ein oder zwei Stunden an seinen Schreibtisch und wälzte Akten und Papierhaufen. Und am Wochenende war es nicht viel besser. Ob er überhaupt noch mitbekam, welche Jahreszeit sie hatten, ob die Kastanien blühten oder die Blätter bereits gelb wurden?
Katja blieb stehen. Die Füße begannen zu schmerzen, und an der linken Ferse bildete sich eine Blase. Sie hätte die Turnschuhe anziehen sollen statt der Sandalen, aber wer konnte denn so was ahnen! Ob sie barfuß laufen sollte? Das war auch nicht besser, der Asphalt war glühend heiß. Am besten, sie ruhte sich einen Augenblick aus.
Mama war total fertig gewesen, das hatte sie ihr angesehen. Sie mussten sich ganz schön in der Wolle gehabt haben, die beiden! Wahrscheinlich hatte sie sich ganz einfach Sorgen gemacht, dass Papa nicht nach Hause kam. Sie regte sich immer so auf, wenn er mit dem Auto unterwegs war. Aber dass er ihr deswegen solche Vorwürfe machte ... na ja, manches nahm Mama ziemlich locker. Und wenn ihr die Idee zu einem Bild oder einer Bastelarbeit kam, konnte sie schon mal alles liegen lassen, und im Haushalt ging's dann drunter und drüber. Aber sehr oft kam das nicht vor. Schließlich war Malen ihr Beruf gewesen, und Papa war stolz auf Mamas Bilder und ihre Töpferarbeiten. Katja würde bestimmt nicht mit Mama tauschen wollen. Wann hatte die schon mal Zeit für sich? Am Wochenende bestimmt nicht, da gab es fast die doppelte Arbeit. Alle wollten Kuchen, natürlich selbst gebackenen, und das Sonntagsessen sollte besonders lecker sein. Und hieß es: Wir ma-

chen ein Picknick, damit Mama nicht kochen muss, dann stand sie den Abend vorher bis Mitternacht in der Küche. In den Ferien hatten sie irgendwo am Meer ein Ferienhaus, das machte die gleiche Arbeit, nur dass alles noch ein bisschen unbequemer war. Und für die großen Feste, Weihnachten und Ostern oder die vielen Geburtstage in der Familie, war sie wochenlang vorher mit Vorbereitungen beschäftigt, da das Geld für umfangreiche Geschenkkäufe nicht reichte. Mama löste das Problem durch ihr Geschick im Basteln und Nähen und durch ihre unerschöpfliche Fantasie.

Es war eigentlich ein Wunder, dass sie dabei immer so fröhlich war. Na schön, sie schrie auch kurz mal los, wenn die Umstände es erforderten, aber für gewöhnlich besaß sie eine unerschütterliche, heitere Ruhe.

Katja seufzte. Ob ihre Mutter sie vermissen würde? Immerhin hatte sie ein Kind weniger zu versorgen. Jetzt musste sich Celia mit den Brüdern rumärgern. Recht geschah es ihr.

Weiter! Sie konnte hier nicht ewig sitzen bleiben. Hätte sie doch bloß mehr zu Mittag gegessen, jetzt bekam sie einen bohrenden Hunger! Sie würde sich zum Abendbrot zwei trockene Brötchen kaufen – schließlich wusste sie nicht, wie lange sie mit dem bisschen Geld auskommen musste.

Katja lief und lief. Wie ein Roboter setzte sie einen Fuß vor den anderen, sie zwang sich, an etwas anderes zu denken, um den Schmerz an der Ferse nicht zu spüren. Sie ging jetzt schon eine Weile unterhalb der Autobahn entlang, das war mühsam, denn sie musste Sträucher und Gestrüpp umgehen und manchmal größere Umwege machen. Aber per Anhalter zu fahren riskierte sie nicht. Sie wusste, dass das sehr gefährlich sein konnte. Immer wieder waren schlimme Geschichten von Überfällen auf Anhalter in der Zeitung zu lesen.

Die Sonne verschwand hinter dem Horizont, es wurde kühl. Katjas Füße brannten wie Feuer. Warum hatte sie keine Jacke mitgenommen? Wenn sie auf freiem Feld übernachten musste, würde sie ganz schön frieren. Und gegen Morgen wurde es so feucht. Am besten, sie steuerte das nächste Dorf an und versuchte eine Scheune oder einen Schuppen zu finden und vielleicht ein paar leere Kartoffelsäcke, mit denen sie sich zudecken konnte.
Katja schaute auf ihre Armbanduhr. Jetzt suchten sie sie sicher schon. Es war fast zehn Uhr, später als neun war sie noch nie nach Hause gekommen, ohne um Erlaubnis zu fragen. Sicher riefen die Eltern sämtliche Freundinnen an. Und dann alle anderen Mädchen aus der Klasse. Und schließlich die Polizei. Sie würden es im Radio durchgeben, vielleicht sogar im Fernsehen. Mit Foto und genauer Personenbeschreibung. Sie durfte sich nirgendwo blicken lassen.
Da drüben war eine Viehtränke, da konnte sie sich die wunden Füße kühlen. Das tat gut, einen Augenblick wenigstens, aber hinterher fror sie umso mehr. Und der Hunger wurde unerträglich. Das stundenlange Herumlaufen in der Hitze, der leere Magen und die Kühle der hereinbrechenden Nacht verursachten ihr Kopfschmerzen.
Im Dorf war es still. Hin und wieder ratterte ein Moped vorüber, in einer Gaststätte lärmten ein paar Skat spielende Männer. Katja drückte sich in den Schatten einer Kastanie.
Da drüben stand leuchtend wie eine helle kleine Insel eine Telefonzelle.
Ob sie ihnen wenigstens Lebewohl sagen sollte? Nichts weiter, nur: „Macht euch keine Sorgen, ihr seht mich nicht wieder, aber ich komme schon durch!“ und dann einhängen. Dann wussten sie zumindest, dass sie keinem Verbrechen

zum Opfer gefallen war und brauchten keine Suchanzeige über das Fernsehen durchzugeben. Ja, das musste sie tun, das war sie ihnen schuldig. Trotzdem rührte sie sich nicht vom Fleck.

Erst als zwei angetrunkene junge Männer aus der Wirtschaft kamen und mit schwankenden Schritten auf sie zuliefen, rannte sie zur Telefonzelle hinüber, kramte ein paar Münzen aus dem Portmonee und wählte ihre Nummer.

Mama war am Apparat. Ihre Stimme klang ganz klein vor Kummer und Aufregung. Katja versuchte krampfhaft, sich an die vorher eingeübten Sätze zu erinnern.

„Ich ... ich wollte mich nur von dir verabschieden. Ich komme nicht mehr nach Hause, macht euch aber keine Sorgen um mich ..."

Draußen erschienen die schwankenden Gestalten der beiden jungen Männer, sie klopften an die Glasscheibe und lachten dröhnend. Katja wurde es himmelangst.

„Wo bist du denn, Kind? Bitte sag doch, wo du steckst! Wir haben uns halb zu Tode gesorgt!"

Jetzt kam auch ihr Vater an den Apparat.

„Katja? Kathrinchen, was machst du denn bloß für Sachen! Wo steckst du, Kind?"

Einer der jungen Männer zog die Tür auf und tippte Katja an.

„He, sag deinem Schatz, du hast schon zwei Kavaliere!"

„Lassen Sie mich in Ruhe!", schrie Katja und fühlte, wie ihr die Tränen aus den Augen schossen. „Papi? Papi, hol mich hier weg, bitte!"

Hastig erklärte sie ihrem Vater, wo sie gelandet war. Die beiden Männer verloren das Interesse an ihr, sie hatten ein neues Opfer gefunden, einen alten Mann, mit dem sie sich in ein ausgedehntes Palaver einließen. Gemeinsam mit ihm kehrten sie in die Kneipe zurück, auf der Straße wurde es still. Es dauerte keine halbe Stunde, und der Wagen mit den Eltern hielt vor der Telefonzelle. Mama nahm Katja in die Arme und zog sie auf den Rücksitz des Autos. Den Kopf in Mamas Schoß, heulte sich Katja aus, bis sie sich ganz leer und leicht fühlte. Weder Mama noch Papa stellten eine Frage.

Erst als sie zu dritt in der Küche saßen und mit Heißhunger einen riesigen Teller belegter Brote verzehrten und Bier dazu tranken, das für Katja mit einem Schuss Himbeerlimonade gesüßt war, stellte die Mutter die Frage: „Nun sag mir bloß, was hattest du in diesem Dorf zu suchen?"

„Ich wollte weg. Nach Holland, zu Fuß, damit mich niemand entdeckt. Da wollte ich leben und mir irgendwie Geld verdienen."

„Aber warum denn, um Himmels willen?"

„Ich weiß nicht ... Es war alles so schrecklich sinnlos. Ich hatte plötzlich das Gefühl, das ganze Leben lohnt sich nicht."

„Das hat jeder mal", sagte Mama. „Und jetzt?"

„Jetzt lohnt es sich wieder." Katja grinste und griff nach dem letzten Käsebrot.

Die Eltern lachten und stießen mit ihren Gläsern an.

„Darauf wollen wir trinken", sagte Papa. Dann sagte er noch, dass es ihm Leid täte, dass er Katja an der Autobahn einfach hinausgeworfen hatte. Das würde nie wieder geschehen, versprach er.

Eine Stinkbombe wird zur Lawine

Kein Tag verging, ohne dass es Ärger mit Frau Haubenstock gab. Irgendeinen der Hausbewohner erwischte es immer; sei es, dass die alte Dame ihn auf der Treppe oder im Hauseingang festhielt und den Betreffenden mit einer Strafpredigt wegen eines „Vergehens" überschüttete, das er gar nicht verschuldet hatte. Oder man fand einen jener gefürchteten blaugrauen Umschläge auf dem Fußboden der Diele, der einen bitterbösen Beschwerdebrief enthielt. Dabei waren die meisten Vorwürfe reine Erfindungen. Frau Haubenstocks Lieblingszeitvertreib war es offenbar, sich immer neue Geschichten auszudenken, mit denen sie den Mietern das Leben im Hause unerträglich machen konnte.

Da war das Treppenhaus nicht gründlich genug geputzt, die Haustürklinke angeblich mit Marmelade beschmiert, auf den Fensterscheiben über der Haustür waren Fingerabdrücke. Da hatte wie durch Geistereinwirkung das Licht im Treppenhaus die ganze Nacht gebrannt, obwohl es sich doch nach drei Minuten automatisch ausschaltete. Da hatte jemand angeblich mitten in der Nacht gebadet, gesungen, gepfiffen, mit den

Türen geknallt, mit Frau Haubenstocks Briefschlitzdeckel geklappert oder Steine gegen ihr Fenster geworfen. Da waren Wäscheklammern verschwunden, jemand hatte sich am Schloss ihres Abstellraumes im Keller zu schaffen gemacht oder auf dem Boden Spinnen ausgesetzt. Frau Haubenstocks Erfindungsgabe war unerschöpflich.

Die Mieter nahmen es mit Humor. Wenn allerdings die Beschwerden der alten Dame von ständig neuen Geldforderungen begleitet wurden, hörte der Spaß auf.

„Das ist doch einfach unglaublich!", schimpfte die Mutter beim Frühstück, nachdem sie einen jener blauen Briefe geöffnet hatte. „Jetzt ist die Alte total übergeschnappt! Ein Jammer, dass Papi gerade diese Woche auf Geschäftsreise ist, der hätte ihr die Hölle heiß gemacht!"

„Vermutlich hat sie gesehen, wie er die Koffer ins Auto gepackt hat", bemerkte Katja. „Sonst hätte sie es nicht gewagt. Worum geht's denn?"

„Sie behauptet, die Zwillinge wären nachts durchs Fenster in ihre Wohnung gestiegen, hätten Obst aus einer wertvollen Schale vom Tisch geklaut und dabei die Schale zerbrochen. Wert: über vierhundert Euro! Die sollen wir ihr bezahlen!"

„Ist die verrückt? Wie sollten denn die Zwillinge durchs Fenster ins Hochparterre kommen? So eine lange Leiter gibt's im ganzen Haus nicht. Außerdem lässt sie doch abends um sieben die Jalousien runter und schließt sie von innen ab, bei ihrer panischen Einbrecherangst. Und selbst wenn nicht – etwas anderes als die oberen Kippfenster macht sie zum Lüften nie auf, das hat sie uns schon hundertmal erzählt!"

„Eben", seufzte die Mutter. „Es handelt sich mal wieder eindeutig um einen Fall von ..."

„Dachschaden“, vollendete Celia den Satz. „Die ist echt nicht mehr richtig im Kopf!“
„Und was machst du nun?“, erkundigte sich Katja.
„Gar nichts. Ich warte, bis Papi zurückkommt. Inzwischen hat's sicher noch ein weiteres Dutzend Beschwerden gegeben. Wir haben uns nichts zuschulden kommen lassen, deshalb müssen wir uns nicht verteidigen. Oder?“
Die Mutter sah ihre Sprösslinge der Reihe nach an. Die schüttelten heftig die Köpfe.
Markus und Fips blickten sich schnell an.
„Ich kann euch nur bitten“, fuhr die Mutter fort, „sorgt dafür, dass es so bleibt!“
„Du kannst dich auf uns verlassen“, versprach Katja. „Wir wären ja blöd, wenn wir der Alten Grund zum Meckern gäben!“
Markus und Fips sagten nichts. Sie starrten gedankenvoll vor sich hin, und wer sie kannte, konnte nichts Gutes vermuten. Leider war Mama mit ihren Gedanken bereits beim nächsten Thema, so entging ihr die in den Köpfen ihrer Söhne brütende Gefahr.
Brav wie die Engel marschierten die Zwillinge in den Kindergarten. Brav wie die Engel saßen sie am Mittagstisch. Gleich nach dem Essen holten sie sich die Erlaubnis, zu Jörg und Oliver gehen zu dürfen. Die Mutter hatte nichts dagegen.
Zwanzig Minuten später erschienen sie mit Jörg und Oliver in der Wohnung und verschwanden in ihrem Kinderzimmer. Kein Laut drang nach draußen. Kurz darauf verließen die Gäste die Wohnung wieder. Markus und Fips gingen ungewohnt leise ins Wohnzimmer hinüber. Katja horchte auf. Irgendetwas war da im Gange, das spürte sie. Sie stand auf und ging den beiden nach.

Sie hatten die Tür nur angelehnt, um so wenig Lärm wie möglich zu machen. Beide lagen bäuchlings über dem Fensterbrett, lehnten sich weit hinaus und blickten angestrengt nach unten.

„Du musst ganz an der Wand lang zielen", flüsterte Fips.

„Weiß ich selber!"

Markus fingerte an einem Gegenstand herum, dann holte er aus, zielte sorgfältig und ließ das Ding hinunterfallen.

„Was war das?", fragte Katja laut.

Die Zwillinge purzelten erschrocken ins Zimmer zurück.

„Eine Stinkbombe. Wir haben sie der alten Haubenschraube ins Zimmer geschmissen. Durch die Lüftungsklappe!", wisperte Markus nicht ohne Stolz.

„Ihr habt ..." Katja rang nach Luft. Dann drehte sie sich auf dem Absatz um und raste in die Küche, wo die Mutter Kirschen für Marmelade entsteinte. „Komm schnell!", keuchte sie. „Die Zwillinge ..., sie haben eine Stinkbombe in Frau Haubenstocks Schlafzimmer geworfen!"

Die Mutter warf das Messer in die Schüssel, sie nahm sich nicht die Zeit, die Hände von dem blutroten Kirschsaft zu reinigen, und stürzte ins Wohnzimmer.

„Ihr Superhelden!", stöhnte sie. „Seid ihr denn verrückt geworden? Jetzt sind wir erledigt! Habt ihr noch mehr von dem Zeug?"

„Hier!", sagte Fips eifrig. „Du musst ganz nah an der Wand lang zielen!"

„Quatsch! Jetzt hilft uns nur noch die Flucht nach vorn. Gib her! Ihr zwei setzt euch sofort in die Küche und rührt euch nicht von der Stelle! Und da seid ihr seit dem Mittagessen gewesen, verstanden? Die ganze Zeit bei mir, ist das klar? Das behaupten wir jetzt einfach! Anders geht es nicht!"

„Ja, Mami“, antwortete Markus brav.
„Klar, Mami“, stimmte auch Fips zu.
„Na geht schon, los! Und keinen Mucks! Schnell!“
„Was hast du vor?“, fragte Katja.
„Ich werd's jetzt mal mit der Haubenstock-Methode versuchen. Einfach etwas behaupten. Ein Glück, dass die Alte ihren Mittagsschlaf im Wohnzimmer hält. Hoffentlich hat sie noch nichts gemerkt.“
Die Mutter wartete, bis die Jungen in der Küche verschwunden waren, dann feuerte sie die Stinkbombe mit aller Kraft auf den Fliesenboden in der Diele. Ein Ekel erregender Gestank breitete sich aus.
„Oooh!“, schrie die Mutter entrüstet und riss die Tür auf, damit man es im ganzen Haus hören konnte. „Das ist ja wohl die Höhe! Eine unglaubliche Frechheit! Das ist ja nicht zu fassen! Frau Haubenstock! Frau Haubenstock!“
Sie rannte die Treppe hinunter und klingelte an der Wohnungstür von Frau Haubenstock Sturm. Zugleich klopfte sie an die Glasscheibe der Tür.
„Frau Haubenstock! Sind Sie das gewesen?“
Katja kicherte. Schlagartig wurde ihr klar, was Mama mit dem seltsamen Auftritt bezweckte. Unten schlurfte Frau Haubenstock an die Tür, sichtlich verärgert, dass man sie in ihrem Mittagsschlaf gestört hatte.
„Was soll denn der Lärm? Ich verbitte mir d...“
Weiter kam sie nicht. Mit erhobenen Händen und zornigrotem Gesicht drängte Mama sie in die Wohnung zurück. Die alte Dame zuckte zusammen, als sie die scheinbar bluttriefenden Hände ihrer Mieterin sah. Die Mutter bemerkte es und verbiss sich das Lachen.
„Oh, Verzeihung, das kommt von den Kirschen“, sagte Mama

ruhig, um gleich darauf wieder ihre Stimme zu heben. „Frau Haubenstock, ich muss auf das Schärfste protestieren! Das ist einfach unerhört! Eine Stinkbombe durch den Briefschlitz in unsere Wohnung zu werfen! Nicht genug, dass man täglich irgendwelcher Dinge verdächtigt wird, mit denen man nicht das Geringste zu tun hat, nein, jetzt wird man auch noch tätlich angegriffen! Wie können Sie es wagen!"

„Aber beruhigen Sie sich doch, liebe Frau Steinebach", flehte Frau Haubenstock, „wovon reden Sie überhaupt? Bitte, kommen Sie doch wieder zu sich!" Vermutlich glaubte sie immer noch, Mama wolle ihr mit den verdächtig rot gefärbten Händen an die Gurgel gehen, denn sie wich hinter die Tür zurück und sah sich unauffällig nach einer geeigneten Verteidigungswaffe um.

„Sie wollen also behaupten, dass Sie es nicht waren, die die Stinkbombe in unsere Wohnung geworfen hat?", fragte die Mutter streng. „Wer soll es denn sonst gewesen sein?"

„Stinkbombe, Stinkbombe, ich habe so ein Ding noch nie in meinem Leben zu Gesicht bekommen!", protestierte Frau Haubenstock.

„Dann kommen Sie bitte mit!", sagte Mama förmlich. „Sie werden gleich eine kennen lernen!"

Frau Haubenstock folgte der Mutter nach oben. Schon auf der Treppe roch man den widerwärtigen Gestank. Ehe Frau Haubenstock etwas sagen konnte, redete Mama weiter.

„Ich sitze seit dem Mittagessen mit meinen Kindern in der Küche und entsteine Kirschen. Keiner von uns hat in dieser Zeit den Raum verlassen. Katja macht mich darauf aufmerksam, dass der Briefkastendeckel geklappert hat, und öffnet die Tür – und im gleichen Augenblick quillt uns dieser grässliche Gestank entgegen!"

Frau Haubenstock begann zu zittern, teils aus Empörung, teils aus Angst, denn Mama wirkte furchtbar zornig.
„Das muss einer von diesen Nachbarjungen im Haus gewesen sein! Sie werden doch nicht im Ernst glauben, liebe Frau Steinebach, dass ich einer solchen Torheit fähig wäre!"
Mama schaute sie viel sagend an, und Frau Haubenstock entschloss sich zu einem schnellen Rückzug.
„Nun muss ich doch aber sehen, ob der Kerl nicht woanders im Hause noch ...", murmelte sie und lief die Treppe hinunter.
Die Mutter grinste unverhohlen. Angespannt lauschte sie nach unten. „Jetzt!", flüsterte sie.
„Nein!", kreischte Frau Haubenstock. „Nein, ich hab's ja geahnt! Und ausgerechnet in mein Schlafzimmer! Eine Unverschämtheit! Frau Steinebach! Frau Steinebach, stellen Sie sich vor ..."
„Bei Ihnen auch?", fragte die Mutter mit erstaunt hoch gezogenen Augenbrauen.
„Ja", keuchte Frau Haubenstock, „es ist nicht zu glauben! Aber das können wir uns nicht bieten lassen, wir müssen die Polizei alarmieren! Das ist eine Verschwörung!"
„Ich bitte Sie, Frau Haubenstock, das wäre doch nun wirklich übertrieben. Wegen eines Jungenstreichs ..." Mama bemühte sich, so liebenswürdig wie möglich zu lächeln, und gab ihrer Stimme eine kräftige Prise Samtpfötchen. „Überlegen Sie sich doch, welch eine Lawine von Verhören und Untersuchungen das nach sich ziehen würde. All die Fragen, die man Ihnen stellen würde ..."
„Ja, ja, da haben Sie Recht!", unterbrach die alte Dame sie. „Man hat schließlich nur Scherereien, wenn man sich mit den Behörden einlässt. Sehen wir lieber zu, wie wir diesen Gestank wieder aus der Wohnung bringen."

Ohne ein weiteres Wort war Frau Haubenstock verschwunden; die Wohnungstür klappte hinter ihr zu.
„Wie Recht sie hat“, seufzte Mama. „Habt ihr eine Ahnung, wie man das Zeug wieder wegbekommt?“
Gegen Abend erinnerte nur noch ein schwacher Hauch an Mamas Bombenwurf. Markus und Fips konnten nicht so recht begreifen, wie Mama ein solches Missgeschick hatte passieren können, aber sie erinnerten sich an die Ermahnungen und hielten den Mund.
Die Zwillinge saßen gerade in der Badewanne, als das Telefon klingelte. Die Mutter stürzte zum Apparat und scheuchte Katja und Celia in ihre Zimmer.
„Na, Liebling? Was, tatsächlich? Toll, das ist ja fantastisch!“, war alles, was sie noch hören konnten.
Ungeduldig warteten sie in ihren Zimmern auf das Ende des geheimnisvollen Gesprächs. „Liebling“ – das konnte ja nur Papa sein. Aber was war so fantastisch? Und warum war Mama so aufgeregt?
Endlich legte die Mutter den Hörer auf.
„Katja, Celia! Kommt mit ins Badezimmer, ich muss euch Kindern was erzählen!“
Markus und Fips unterbrachen ihre Wasserschlacht; Mama war so aufgeregt, dass sie die riesigen Pfützen heute nicht mal bemerkte. Hinter ihr erschienen Katja und Celia in der Tür.
„Also, hört zu. Es gibt eine große Neuigkeit! In den Sommerferien ziehen wir um! Wir ziehen nach Bayern. Papi hat eine ganz tolle Stellung dort gefunden, wo er mehr verdienen kann und auch nicht mehr ganz so viel schuften muss. Und wir werden ein Haus für uns haben, mit einem Garten, auf dem Land, in der Nähe von München!“
Katja und Celia sahen sich mit langen Gesichtern an. Umzie-

hen! Schon wieder! Und wieder eine neue Schule! Aber die Mutter war so glücklich, dass sie die enttäuschten Gesichter der Töchter gar nicht bemerkte.

„Einen Garten! Ein Haus für uns! Keine Frau Haubenstock mehr! Landluft, Felder, Wiesen, Wald – und mit der S-Bahn ist man ganz schnell in der Stadt! Ein Traum, Kinder!"

Gar nicht so schlecht, diese Familie!

Die Vorbereitungen für den Umzug waren in vollem Gange. In der letzten Septemberwoche sollte der Möbelwagen kommen. „Hoffentlich wird das Haus rechtzeitig fertig", jammerte die Mutter eine Woche vor dem Umzug. „Ich fürchte, wir werden die erste Woche in den Gasthof ziehen müssen, bevor das Haus bewohnbar sein wird. In der unteren Etage sind die Fliesen noch nicht gelegt, und der Wohnzimmerfußboden fehlt ebenfalls. Auch die Heizkörper müssen noch angeschlossen werden. Das werden ein paar harte Wochen!"

„Müssen wir denn heute schon alles einpacken?", maulte Celia.

„Ich habe nicht gesagt: alles. Ich habe euch gebeten, schon mal zu sichten, was hier bleiben und weggeworfen oder weiterverschenkt werden kann und was ihr mitnehmt. Ich hole gleich die Kartons aus dem Keller, dann könnt ihr die Sachen aussortieren."

„Ich habe nichts auszusortieren, ich nehme alles mit!"

„Du hast eine Menge auszusortieren, Schätzchen", sagte Ma-

ma geduldig. „Räum einmal deine Kommode aus, dann wirst du schon sehen!“
Katja sagte nichts, doch im Stillen war sie der gleichen Ansicht wie die Schwester: Was gab es da schon auszusortieren? Ein paar alte Schulhefte vielleicht, abgeschriebene Filzstifte, die kaputten Turnschuhe, von denen sie sich nie hatte trennen können. Aber sonst?
Doch die Mutter war erbarmungslos. Gab es eine bessere Gelegenheit, sich von überflüssigem Ballast zu befreien, als einen Umzug? Gleich nach dem Essen holte sie eine Anzahl Kartons aus dem Keller und verteilte sie in den Kinderzimmern. Außerdem bekam jeder einen Müllsack für den Abfall.
„Die besten Kartons nehmen wir für die Sachen, die mit ins neue Haus kommen“, sagte sie. „Die packen wir nachher gemeinsam mit all dem, was ihr in der letzten Woche hier nicht mehr braucht. Und jetzt: alles aus den Schränken und Kommoden raus! Auf die eine Seite das, was ihr mitnehmen wollt, auf die andere das, was wir dem Hilfswerk geben, und in den Müllsack das, was weggeworfen werden kann.“
Seufzend machte sich Katja an die Arbeit. Schrank und Kommode zu leeren war kein Problem. Aber das Sortieren! Da war kaum ein Stück, von dem sie sich so ohne weiteres trennen mochte. Ein paar leere Keks- und Bonbonpackungen wanderten in den Müllsack, die Schulhefte vom vergangenen Jahr, ein eingetrockneter Gummierstift, eine zerbrochene Haarbürste. Schließlich trennte sie sich auch von dem eingetrockneten Lebkuchenherz und von der verstaubten Papierrose. Auch ein paar verschrumpelte Kastanien fanden sich und eine wachsverklebte Weihnachtskarte. Aber sonst?
„So!“, sagte die Mutter und trat ins Zimmer. Sie war von einem

heißen Kampf mit Celia sichtlich erschöpft und schloss die Tür energisch hinter sich. „Nun lass mal sehen, mein Schatz!“ Sie kniete sich neben Katja auf den Boden und sah auf den Berg von Kleidung, Schuhen, Büchern und Spielzeug zu Katjas rechter Seite.
„Na, sehr weit bist du ja noch nicht gekommen, dann lass uns mal anfangen!“
„Wieso? Das sind alles Sachen, die ich mitnehme, was wegkann, habe ich schon in den Müllsack geschmissen.“
Die Mutter stöhnte leise.
„Liebes, jetzt lass uns mal vernünftig miteinander reden. Schau, die alten T-Shirts, die Nachthemden dort, die ausgeleierten Söckchen, die kaputten Jeans, diese uralten Sweatshirts da, total aus der Form geraten – das kann alles in die Kleidersammlung. Du trägst sie sowieso nicht mehr! Hier, die zerfledderten Comic-Hefte – wo kommt das Zeug überhaupt her? –, die uralten Zeitschriften, die schleppen wir doch nicht alle mit! Die Puzzles – das ist was für Fünfjährige, die machst du nie in deinem Leben noch mal! Im Kindergarten werden sie sich darüber freuen. Jetzt zu deinen Puppensachen. Schau, Schätzchen, seit Jahren liegen die in deiner Kommode, und du hast sie nicht ein einziges Mal zum Spielen herausgeholt. Denk doch, wie glücklich du andere Kinder damit machen könntest! Ich wette mit dir, dass du nie wieder mit Puppen spielen wirst, auch nicht mit all den Stofftieren, die auf dem Schrank verstaubt sind.“
„Aber sie gehören mir, und ich will sie behalten!“, sagte Katja weinerlich.
Die Mutter sah sie schweigend an.
„Natürlich“, sagte sie schließlich seufzend, „ich will sie dir ja auch nicht wegnehmen. Ich habe nur gehofft, du wärst ein

bisschen einsichtiger. Du weißt so gut wie ich, dass sie auch im neuen Haus nur in der Kommode liegen werden und du sie nicht einmal mehr anschaust."

„Also gut", schrie Katja rabiat, „dann schmeiß doch alles weg! Schmeiß alles weg, ich will es nicht mehr sehen!"

Die Mutter erhob sich und ging schweigend hinaus. Katja warf sich aufs Bett und schluchzte hemmungslos. Sie wartete auf die ganz große Verzweiflung, die sie nun überfluten musste, aber die kam nicht. Das Schluchzen blieb irgendwie außen, es kam nicht richtig aus der Tiefe. Nach einer Weile wurde sie ruhiger. Sie stand auf, wischte sich das Gesicht ab und kniete sich wieder auf den Boden. Stück für Stück begann sie, ihre alten Spielsachen liebevoll zu verpacken. Ich wünsche euch, dass ihr zu dem nettesten Kind der Welt kommt, das es gibt, und dass es euch doppelt so lieb hat wie ich, dachte Katja.

Sie würde nur den Stoffhund und den Teddybären mitnehmen, die beide Nacht für Nacht neben ihr im Bett schlafen durften. Und das große Spielemagazin, den Bastelkasten und die Bücher, die sie auch in Zukunft noch lesen würde. Dann hatte sie viel Platz für neue Dinge, und ihr nächstes Zimmer würde ganz anders aussehen als dieses hier, das noch ein richtiges Kinderzimmer gewesen war. Ein richtiges Teenagerzimmer, wie Melanie jetzt eines hatte, mit Postern an den Wänden, einem großen Bücherregal und einer Stereoanlage. Ihre Kinderzeit ließ sie in Köln zurück. Mit zwölf war man schließlich kein Baby mehr!

Die ganze Woche vor der Abreise hatte es geregnet, aber als der Möbelwagen vor dem Haus hielt, brach die Sonne durch die Wolken.

„Ein gutes Zeichen“, sagte die Mutter vergnügt und öffnete die Wohnungstür weit.
Die Wohnung war kaum wiederzuerkennen, bereits gestern hatten Möbelpacker alles in Kisten und Kartons verstaut, nun wurde nur noch ihr Bettzeug verpackt und die Betten wurden auseinander genommen. Die Reisetaschen standen im Flur bereit. Es blieb ihnen kaum Zeit, von der alten Wohnung Abschied zu nehmen, denn schon hupte das Taxi vor dem Tor, das sie zum Bahnhof bringen sollte. Während Mama mit den vier Kindern in den neuen Wohnort vorausfuhr, würde Papa das Verladen der Möbel und Kisten beaufsichtigen und mit seinem Wagen dem Möbeltransport folgen.
„Uff, das wäre geschafft!“, stöhnte Mama, als sie in ihrem reservierten Abteil Platz genommen hatten und der Zug sich in Bewegung setzte. „Nun wollen wir es uns so richtig gut gehen lassen! Katja, nimm mal den Saft und die Kekse aus meiner Tasche! Da sind auch zwei Tafeln Schokolade und eine Tüte Weintrauben. Leg alles hierher auf die Tischchen.“
„Du hast ja super vorgesorgt!“
„Wenn wir schon sechs Stunden Bahnfahrt vor uns haben, wollen wir die auch richtig genießen.“
Die Mutter streifte die Schuhe ab und setzte sich im Schneidersitz auf die Bank. Sie trug Jeans und Polohemd, ihre Haare waren zerzaust vom Trubel des Umzugs.
„Gib mir mal eine Weintraube rüber“, sagte sie. „Später werden wir dann im Speisewagen essen!“
Celia warf eine Beere in die Luft, und Mama fing sie mit dem Mund auf. Die Zwillinge schrien begeistert und applaudierten. In diesem Augenblick ging die Tür auf.
„Die Fahrscheine, bitte!“, sagte der Schaffner und schaute sich um. „Ihr reist allein? Ohne Eltern?“

„Das ist unsere Mutter", belehrte ihn Katja kichernd. Und sie dachte: eigentlich gar nicht so schlecht, diese Familie! Wie es wohl in dem neuen Haus in Bayern sein wird?

Mit 13 hat man täglich Ärger

Katja hat einen Mordsbammel vor der neuen Schule

Wo ist ‚Klementine'?", fragte Mama in jenem freundlich bestimmten Ton, der keinen Widerspruch duldete.
„Och Mami, heute am ersten Tag!", maulte Katja.
„Warum nicht? Morgen oder übermorgen musst du sie sowieso tragen."
„Immer dieses Schei..."
„Katja!"
„Immer diese blöde Spange im Mund! Ich seh sowieso schon so doof aus!"
„Eben, da kommt's ja gar nicht mehr drauf an", bemerkte ihre Schwester Celia trocken.
„Glaub bloß nicht, dass du mit deinen Zahnlücken hübscher bist!", zischte Katja wütend. Fips und Markus, die fünfjährigen Zwillinge kicherten schadenfroh, obgleich sie nicht begriffen hatten, worum es ging.
„Ruhe!", donnerte Papa. „Ich möchte in Frieden frühstücken, wenn ich bitten darf."
„Nun geh schon, Liebling", sagte Mama sanft. „Ich mach dir inzwischen ein Brötchen zurecht."

Katja erhob sich seufzend und ging ins Bad hinüber. Missmutig fummelte sie sich die verhasste Zahnklemme in den Mund und betrachtete sich im Spiegel.

Sie fand sich einfach scheußlich. Auch wenn die Eltern sie immer wieder mit der Schönheit ihres honigfarbenen Haares und ihrer seegrünen Augen zu trösten versuchten und von ihrer zarten Haut schwärmten. Für Katja waren die Haare senf- und die Augen erbsensuppenfarben. Auf der zarten Haut tummelten sich dutzende von Sommersprossen, die Nase war zu klein und stupsig, der Hals zu lang. Na und dann diese schlaksigen, überlangen Arme und Beine, zum Verzweifeln! Wie ein Hampelmann!

Nicht, dass Katja eitel gewesen wäre, im Gegenteil: Sie verachtete Mädchen wie ihre neunjährige Schwester Celia, die nichts als Kleider und Frisuren im Kopf hatten und sich dreimal am Tag umzogen! Aber Katja fühlte sich einfach nicht wohl in ihrer Haut. Sie hasste es, ein Mädchen zu sein, fühlte sich nicht wie ein Mädchen, und da sie kein Junge sein konnte, war sie eben ein scheußliches Nichts, basta! Und das mit fast dreizehn Jahren!

Katja schnitt ihrem Spiegelbild eine Fratze und ging in die Küche zurück.

„Na, siehst du!“, sagten die Eltern überflüssigerweise.

Die Mutter legte ihr ein dick mit Butter und Honig bestrichenes Brötchen auf den Teller, als könne sie damit etwas gutmachen, und schenkte ihr Tee und Milch ein.

„Na, biste jetzt wieder muff?“, stichelte Celia.

„Ach, hör du doch auf!“, giftete Katja zurück.

Mama warf ihr einen besorgten Blick zu. „Ich bin sicher, es wird dir in der neuen Schule großartig gefallen. Fips, schmatz nicht so! Denk doch, wie modern und schick die Gebäude sind! Ich habe bei der Anmeldung zuerst geglaubt, wir hätten uns in ein Luxushotel verirrt. Und der Direktor war reizend, er hat uns sogar Katjas Klasse gezeigt, damit ...“

„Nur von außen!“

„Nun ja, aber er war doch sehr nett!“

„Ich habe neulich gelesen“, fiel Papa ein, „dass die bayerischen Schüler die besten in Deutschland sein sollen.“

„Ja, da haben sie dann ja auch gerade auf mich gewartet!“, muffelte Katja.

„Ich bitte dich, Kind, du hast doch nichts zu befürchten, mit deinen guten Noten!“

„Wart’s ab.“

„Ich weiß nicht, warum du immer alles so negativ sehen musst – Celia, sitz gerade! –, das ist eine schreckliche Angewohnheit. Menschen, die alles so schwarz sehen – Markus, nimm sofort den Finger aus der Nase! –, die vergiften sich ihr ganzes Leben – zum Donnerwetter, pass doch auf, Fips, merkst du denn nicht, dass du kleckerst!“

So war das mit Mama: Sie redete nach allen Seiten zugleich, und jeder konnte sich dann heraussuchen, was für ihn bestimmt war. Katja kannte sich da aus, aber für Außenstehende war es schwierig, und es hatte schon manche Panne gegeben. So war der Teppichboden fürs Wohnzimmer im Hobbykeller verlegt worden, und die Waschmaschine fand sich nach langem Suchen auf dem Boden wieder.

„Ich bin gar nicht negativ!“, begehrte Katja auf. „Es ist nur zufällig so, dass ich eine ganze Menge Erfahrungen habe, was neue Schulen betrifft. Wenn es wenigstens eine gemischte Schule wäre, Jungen sind viel sachlicher, mit denen kann man auskommen. Aber nur Mädchen – sechsunddreißig Weiber auf einem Haufen! Puh!“

„Man sollte nie Vorurteile haben“, sagte der Vater mahnend, „und das ist ein ganz dummes Vorurteil.“
„Was sind eigentlich Vorurteile?“, fragte Celia.
„Nun zum Beispiel, wenn du jetzt denkst: In der neuen Klasse werden alle Kinder blöd sein und mir nicht gefallen! Obgleich du sie noch gar nicht kennst. Dann wirst du ständig Beweise dafür suchen, dass sie wirklich blöd sind und du Recht gehabt hast. Statt erst einmal abzuwarten und sie richtig kennen zu lernen. Und dir dann erst ein Urteil zu bilden.“
„Amen“, sagte Katja böse.
„Willst du nicht endlich essen!“, klagte die Mutter in ihrem typischen „Ich-glaube-ich-kriege-heute-noch-Migräne“-Ton.
Katja biss grimmig von ihrem Brötchen ab, aber es war ihr unmöglich, den Bissen hinunterzubringen, die Masse quoll in ihrem Mund, ihr war einfach zum Heulen elend. Sie spülte den wattigen Kloß mit einem großen Schluck Tee hinunter und sprang auf.
„Ich kann nicht, Mami, sei nicht böse, ich geh jetzt.“
Papa zog sie an sich. „Soll ich dich nicht doch hinbringen?“
Katja gab ihm einen Kuss auf die Stirn. „Nö – lass man. Das fällt so auf.“
„Na schön, wie du willst. Toi, toi, toi meine Große, wird schon schief gehen.“
Die Mutter war aufgestanden und nahm sie in die Arme. „Ich weiß doch, wie dir zu Mute ist, Liebling. In ein paar Stunden hast du's überstanden, alles halb so wild.“
Katja machte ein Gesicht, als müsse sie zu ihrer eigenen Beerdigung.
Markus und Fips hatten sich inzwischen das verschmähte Brötchen geangelt und leckten den Honig ab.
„Lass das, du Ferkel!“ Celia haute dem neben ihr sitzenden

Markus eine runter. Dabei stieß sie seinen Milchbecher um, die Milch ergoss sich über ihr neues Kleid, das sie zur Feier ihres ersten Tages in der neuen Schule angezogen hatte.
„Ja, ist es denn zu glauben!“, brüllte die Mutter.
Celia und Markus heulten um die Wette.
„Eine zauberhafte Familie!“, stöhnte Katja und beeilte sich, aus dem Haus zu kommen.
Das geschah Celia ganz recht, mit ihrer Eitelkeit! Sie selbst hatte sich so unauffällig wie möglich angezogen, helle Jeans, dunkelblauer Rollkragenpulli – da hatten die in der Klasse nicht so viel zu glotzen. Auch ihr einfacher, kurzer Haarschnitt gab kaum viel Gesprächsstoff ab.
Katja balancierte über das schmale Brett, das von der Haustür zur Straße führte. Um das Haus gähnte eine tiefe Baugrube, es war gerade erst fertig geworden.
Warum musste Papa auch dauernd versetzt werden! Dies war nun die vierte Schule, in die sie kam. Kaum hatte man sich in einer Stadt eingelebt, ging es schon wieder in die nächste.
Als es hieß, Papa ginge nach München, hatte Katja sich erst gefreut. Aber Pustekuchen, Papa musste natürlich ein Reihenhaus in so einem Kaff mieten – dreißig Kilometer von der Stadt entfernt! Weil er es billiger und gesünder fand!
Katja bog in die Hauptstraße ein.
Sie konnte es drehen und wenden, wie sie wollte, sie hatte einfach einen Mordsbammel vor diesem ersten Tag in der neuen Schule. Wie sie sie wieder alle anstarren würden! Und dann die Vorstellung „Hier bringe ich euch eure neue Kameradin Katharina Steinebach. Seid nett und hilfsbereit zu ihr“ – Katja hörte die Mädchen schon tuscheln, „so was Doofes, wie kann man bloß Katharina heißen!“
Katja schlenderte an den Gehöften vorbei. Es roch nach Dung

und nach Kühen. Die Oktobersonne spiegelte sich in den Fensterscheiben, Hühner scharrten im Sand. In den Gärten und Blumenkästen leuchtete es farbenprächtig. Zum Ferienmachen hätte es Katja sicher herrlich hier gefunden. Aber für immer?

Da drüben war die Haltestelle des Schulbusses. Ein paar Schüler standen schon dort und verglichen ihre Hausaufgaben. Katja gab sich einen Ruck. Es half alles nichts, sie musste eben möglichst gleichgültig tun. Einen dicken Schildkrötenpanzer zwischen sich und die anderen schieben. Nichts hören, nichts sehen, nichts sagen.

Aber wenn die anderen wagen sollten, ihr komisch zu kommen, dann sollen sie mich mal kennen lernen, dachte Katja. Raufen konnte sie besser als mancher Junge!

Katja presste ihre Mappe an sich und ging zur Haltestelle hinüber.

Die Neue rüttelt am Thron von Petra

Bis zur Klassentür ging alles glatt. Katja war bemüht, sich so unauffällig wie möglich zu verhalten, und tatsächlich nahm keiner von ihr Notiz.

Der Bus hielt vor dem Schultor, und die Schüler schubsten und drängten nach draußen, als gälte es, sich bei einer festlichen Veranstaltung den besten Platz zu sichern. Katja verließ den Bus als Letzte, sie hatte es nicht eilig, je später sie in ihrer neuen Klasse auftauchte, desto besser.

Die Mutter hatte Recht, die Schule war besonders schön und modern. Eine große Anlage, stufenförmig an einen Hang gebaut – rund um einen Innenhof mit Rosenrabatten und einem Springbrunnen. Der Hof war so angelegt, dass man ihn auch als Freilichttheater benutzen konnte.

Gleich im ersten Gebäude links war die Grundschule untergebracht, dahinter – etwas tiefer – die Oberschule für Mädchen, auf der anderen Seite das Jungen-Gymnasium. Den Abschluss bildete quer hinter dem Innenhof ein zweistöckiger Bau, in dem Aula, Turnhalle, Physik-, Chemie- und Musiksaal und das Büro des Direktors untergebracht waren.

Katja ging in einer Gruppe größerer Schülerinnen hinüber in die Mädchenschule. Sie schaute nicht rechts und nicht links, stieg – eingehüllt in den vertrauten Summton vieler Stimmen und das Klappern der Schritte auf den Stufen – in den ersten Stock hinauf, zu ihrem Klassenzimmer. Dort blieb sie unschlüssig stehen. Sollte sie hineingehen? Oder lieber hier draußen auf den Lehrer warten?
Katja spürte ihr Herz hart und unruhig schlagen, ihr Mund war trocken, die Zunge klebte wie ein fremder, unförmiger Gegenstand am Gaumen.
An ihr vorbei drängten die Schülerinnen in die Klasse, einzeln und in Gruppen, hin und wieder traf sie ein erstaunter Blick. Drinnen ertönte Geschrei und Gelächter.
„Bist du die Neue?"
Katja schrak zusammen.
„Eh ... ja ...", stotterte sie.
Hinter ihr war ein schwarzhaariges Mädchen erschienen, das ihr knapp bis zur Schulter reichte und sie aus großen grauen Augen, die durch starke Brillengläser noch betont wurden, prüfend anschaute.
Katja machte sich unwillkürlich ein wenig kleiner, indem sie die Schultern hängen ließ und einen Buckel machte, eine Haltung, für die ihr Vater einen sehr wenig feinen Ausdruck hatte.
„Ich bin Gitta Bauer, die Klassensprecherin. Komm doch rein! – Wie alt bist du?"
„Zwölf."
„Im Ernst? Mensch, bist du ein Riese! Ich hab gedacht, du wärst mindestens vierzehn!"
Blöde Gans, musste sie das auch noch betonen! Die dachte wohl, Katja wäre schon zweimal kleben geblieben!

„Ich werde in zwei Monaten dreizehn, wenn's dich beruhigt", sagte Katja hochnäsig.
Gitta schien es nicht zu hören, sie war Katja voraus in die Klasse gegangen, und Katja folgte ihr zögernd. Gleich neben der Tür lehnte sie sich gegen die Wand, ein bisschen Rückendeckung konnte nicht schaden. Die Mappe hielt sie wie einen Schutzschild mit beiden Armen an ihre Brust gepresst.
Dies war der Augenblick, den sie am meisten fürchtete. Sämtliche Gespräche verstummten, und alle Augen richteten sich auf sie. In den hinteren Reihen wurde getuschelt und gekichert. War es wegen „Klementine"? Katja kniff die Lippen zusammen.
Sie hatte plötzlich den heißen Wunsch, ihre Mappe möge sich in eine Tüte mit faulen Tomaten verwandeln und sie könnte damit jedes einzelne dieser glotzenden Augenpaare beschießen. Diese Vorstellung ergriff einen Augenblick so völlig Besitz von ihr, dass sie sich danach ein wenig freier fühlte. Die krampfhafte Spannung löste sich, und sie begann sich in der Klasse umzusehen.
Erst jetzt bemerkte sie die großen Fenster, durch die man über Dächer, Felder und Wälder bis in die Alpen schauen konnte. Der Anblick überraschte Katja so, dass sie ihre Umgebung völlig vergaß.
„Gell, schön haben wir's hier!" Gitta Bauers Stimme riss sie aus ihren Träumen. „Du musst übrigens warten, bis Herr Seifert kommt, ich kann dir nicht sagen, wo du sitzen wirst. Eigentlich ist kein Platz mehr frei. Aber wir haben zwei Krankmeldungen – na, wir werden dich schon irgendwie unterbringen", fügte sie entschuldigend hinzu.
Das fängt ja gut an, dachte Katja.
„Sag mal", sie wies mit dem Kopf in Richtung des grandiosen

Panoramas, „wird hier auch gearbeitet, oder ist das so eine Art Sanatorium?"

Gitta lachte. „Keine Sorge, daran gewöhnt man sich schnell. Nach einer Weile siehst du gar nicht mehr hin."

Der Unterricht musste gleich beginnen. Die Mädchen hatten bereits ihre Plätze eingenommen und für die erste Stunde ihre Englischbücher herausgeholt. Gitta Bauer schloss die Klassentür, nickte Katja, die immer noch wie bestellt und nicht abgeholt an der Wand lehnte, aufmunternd zu und ging auf ihren Platz.

Ein heftiger Windstoß ließ Katja zusammenzucken. Neben ihr wurde die Tür aufgerissen, und herein stürmte ein Mädchen mit einem langen blonden Pferdeschwanz, der in der Drehung, die es vollführte, Katja wie ein Malerpinsel durchs Gesicht fuhr.

„He!"

„Oh, Pardon!"

Katja fing einen erstaunten Blick aus veilchenblauen Puppenaugen auf, dann wirbelte das Geschöpf an ihr vorbei zu dem in der Mitte noch unbesetzten Platz.

Ihr Auftritt hatte wie eine Explosion gewirkt. Aus allen Ecken tönte es „Petra!" – „Hallo Petra, wie geht's?" – „Petra, ich hab schon Angst gehabt, du schaffst es nicht mehr!" Die Mädchen sprangen von ihren Sitzen, umringten die offensichtlich Angebetete, versuchten, ihre Aufmerksamkeit zu erringen, eine Antwort, wenigstens ein Lächeln zu erhaschen.

Ich hab noch nie im Leben so was Idiotisches gesehen, dachte Katja. Sie starrte mit offenem Mund auf den Tumult, bis ihr „Klementine" einfiel und sie erschrocken die Lippen zusammenpresste.

Was war an dieser Petra so Besonderes?

Auf den ersten Blick unterschied sie sich in nichts von den anderen. Sie war hübsch, ja, aber das waren viele der anderen Mädchen auch. Sie musste sehr großzügige Eltern haben, denn dass die nagelneue Hose eine teure Markenjeans war, war nicht zu übersehen. Und dann die anderen Kinkerlitzchen: die modische Schultasche, der Gürtel, die klirrenden Armreifen. Diese Petra musste ihr ganzes Taschengeld in Klamottenläden verpulvern. Na, wenn schon. Wenn's ihr Spaß machte.

Aber das war es gar nicht, was Petra so auffallend machte. Es lag wohl an ihrer Art zu sprechen, sich zu bewegen. Katja hatte noch nie einen Filmstar aus der Nähe gesehen, aber ungefähr so stellte sie sich Julia Roberts vor, wenn sie aus dem Flugzeug stieg und von Reportern umringt wurde. Jede Bewegung dieser Petra war einstudiert, jedes Lächeln bewusst gesetzt, nichts war zufällig. Sie musste ein Wunder an Selbstsicherheit sein.

Na ja, wer angibt, hat mehr vom Leben, dachte Katja. Sie interessierte sich nicht im Geringsten für Petra.

Der Aufruhr wurde durch das Erscheinen des Klassenlehrers unterbrochen.

„Guten Morgen, meine Damen!"

Herrn Seiferts Stimme hatte den Klang einer sehr hellen Fanfare, und Katja, die der Tür den Rücken zugedreht hatte, erschrak heftig, als sie plötzlich so dicht neben ihr erscholl.

„Guten Morgen! Grüß Gott, Herr Seifert!", kam die Antwort von den Mädchen, und jede beeilte sich, auf ihren Platz zu kommen.

Katja musterte den Lehrer vorsichtig von der Seite. Ein schmaler, blasser Mann, noch jung, mit Spitzbart und Halbglatze. Er trug eine randlose Brille, und seine Augenfarbe erinnerte an frisches Badewasser. Sein Anzug strömte einen so starken Tabakgeruch aus, dass Katja unwillkürlich von ihm abrückte.

Schön bist du nicht gerade, dachte sie, da haben wir wenigstens was gemeinsam. Hauptsache ist schließlich, du hast Humor.

Herr Seifert begrüßte Katja, nahm sie beim Arm und führte sie zum Lehrertisch.

„So – da haben wir ja unseren Zuwachs. Sei so nett und stell dich deinen Kameradinnen vor, sie beißen nicht."

Auch das noch! Katja schluckte.

„Ich bin Ka...", sie musste sich räuspern.

Im Hintergrund wurde gekichert und getuschelt.

„Sie scheinen doch zu beißen", sagte Herr Seifert leise. „Moment mal. Ingrid, würdest du uns bitte erzählen, was euch so erheitert?"

Ingrid erhob sich mit rotem Kopf und schwieg beharrlich.

„Also noch mal von vorn. Dies ist eure neue Klassenkameradin Katharina Steinebach, die ..."

Johlendes Gelächter unterbrach ihn.

„Ihr seid äußerst unhöflich, meine Lieben, das ist wirklich kein schöner Empfang für Katharina. Ich finde, ihr seid ihr eine Erklärung schuldig. Na?"

Das Kichern und Glucksen wollte kein Ende nehmen. Schließlich erhob sich in der letzten Reihe ein pummeliges Geschöpf mit einem dunklen Wuschelkopf und blitzenden braunen Augen. Unter Lachen stieß sie hervor: „Ja entschuldigen S', Herr Seifert, aber wir ham g'meint, des is a Bub!"

Diesmal wieherte die ganze Klasse.

Herr Seifert stöhnte. Dann reichte er Katja noch einmal herzlich die Hand.

„Mach dir nichts draus, Mädchen. Willkommen in unserem Kindergarten. Du wirst sehen, sie sind gar nicht so schlimm. Wie wirst du genannt – Katharina?"
„Katja!"
„Also Katja, ich hoffe, du wirst dich bei uns wohl fühlen. Setz dich da drüben ans Fenster."
Katja stakste mit steifen Beinen zu dem freien Platz. Der Unterricht begann. Hausaufsätze wurden eingesammelt, dann ließ Herr Seifert die Englischbücher aufschlagen.
Katja saß wie betäubt, zu viel ging ihr durch den Kopf. Sollte sie wütend oder stolz sein, dass man sie für einen Jungen gehalten hatte? Das hässliche Lachen kränkte und verwirrte sie, auch jetzt noch steckten die dahinten die Köpfe zusammen und tuschelten.
Und dann diese Petra! Wie die Königin von England thronte sie in der Mitte der Klasse auf ihrem Platz, bereit, die Huldigungen ihres Volkes entgegenzunehmen. So was Idiotisches! Nun, wenn sie glaubte, Katja würde den Blödsinn mitmachen – da konnte sie lange warten!
Herr Seifert ließ einen englischen Text lesen. Gerade war die Reihe an Petra. Ihr Englisch war im Vergleich zu dem der anderen Mädchen hervorragend, kein Wunder – ihre Großmutter war Engländerin. Die Mädchen hingen atemlos vor Entzücken an ihrem Mund. Als Petra geendet hatte, machten sie Gesichter, als wäre deren Leistung ihrer aller Verdienst – sie platzten vor Stolz. Katja zog verächtlich die Mundwinkel herunter.
„Na, wie ist es, Katja, willst du es auch versuchen, oder erbittest du dir für heute noch Schonzeit?"
Ihre Nachbarin schob ihr das Buch herüber. Einen Augenblick zögerte Katja, aber die Herausforderung war zu ver-

lockend. Katja hatte zwei Jahre in Kanada zugebracht, ihr Englisch stand dem Petras in nichts nach.
Sie erhob sich und las den Absatz schnell und flüssig herunter, dann setzte sie sich mit einem Gesicht, als ginge sie das alles nichts an.
„Großartig, Katja, ich sehe, du bist ein Gewinn für uns!“ Herr Seifert war offensichtlich angenehm überrascht.
Nicht so die Mädchen. Wie konnte sie es wagen, an Petras Thron zu rütteln, sie, eine Wildfremde! Katja spürte eine Wand von Ablehnung.
Zweimal geschah es noch während der Stunde, dass Katja eine falsche Antwort Petras berichtigen konnte. Petra schaute „die Neue“ neugierig an, aber die Mädchen empfanden Katjas Überlegenheit als persönliche Beleidigung. Das war mehr, als sie ertragen konnten.
Als es zur Pause läutete, taten sie, als sei Katja gar nicht vorhanden. Sie drängten sich um Petra, die aus ihrer Mappe einen Stapel Fotos kramte, auf denen sie in verschiedenen Ballettposen zu sehen war.
Die Mädchen rissen ihr die Bilder aus den Händen und übertrumpften sich in Ausdrücken ihres Entzückens. „Super!“ hörte Katja. „Ist das goldig!“ – „Ich werd nicht wieder, einfach Spitze!“ – „Toll!“ Katja schaute angeekelt aus dem Fenster.
Neben ihr saß ein Mädchen, das wie eine schlechte Kopie Petras wirkte. Sie musste lange daran gearbeitet haben, ihrem Idol ähnlich zu werden – ohne Erfolg.
„Verzeih, Schätzchen, ich habe mich noch gar nicht vorgestellt, ich bin Lotti Helmholtz!“, flötete sie.
„Macht fast gar nichts, Schätzchen“, sagte Katja herablassend, „ich komm mir hier sowieso vor wie im Zoo – Abteilung Affenhaus.“

Lotti zog missbilligend die Augenbrauen hoch und wandte sich ab.
Gitta Bauer, die eben noch mit Herrn Seifert gesprochen hatte, kam zu Katja herüber.
„Komm, wir gehen schnell deine Bücher holen, ich habe um Erlaubnis gefragt."
Katja war froh, die Klasse einen Augenblick verlassen zu können, sie folgte Gitta durch einen langen überdachten Gang ins Nebenhaus.
Vor dem Eingang zum Musiksaal stand eine Gruppe Jungen. Sie starrten den beiden Mädchen neugierig entgegen.
„He, Gitti habt ihr 'ne Neue?", rief einer von ihnen.
Gitta zog die Nase kraus. „Das ist mein Bruder", sagte sie leise in einer Mischung aus Stolz und Verachtung.
„Wie heißt 'n du?", fragte ein zweiter Junge Katja.
„Katja Steinebach, zwölf Jahre und elf Monate alt, einszweiundsechzig groß, vierundvierzig Kilo schwer, besondere Kennzeichen: keine. Sonst noch was?", fragte Katja schnippisch.
„Noch so a Saupreiß, des hot mir grad noch g'fehlt!", stöhnte der Fragesteller.
„Ach, du bist nicht aus Bayern?", fragte Katja mit gespielter Liebenswürdigkeit.
„Wieso?"
„Weil ich gehört habe, die Bayern könne man an ihrer Höflichkeit erkennen."
Der Junge brüllte vor Lachen, und die anderen stimmten – nach einer Schrecksekunde – mit ein.
„Det is jut!", japste er in reinstem Berlinerisch, „wie du det jemerkt hast, einfach jut is det!" Er haute sich vor Vergnügen auf die Schenkel.

„Tja, im Merken bin ich Spitze“, sagte Katja kühl und beeilte sich, hinter Gitta herzukommen, die schon auf der Treppe wartete.
„He, Katja – warte doch mal!“ Der Junge rannte an ihr vorbei und schnitt ihr den Weg ab.
„Ich heiße Klaus. Klaus Funke. Und nich vajessen: Wir Bayan müssen zusammhalten!“ Er sagte es so berlinerisch, dass auch Katja lachen musste.
„Nun komm schon!“, rief Gitta ungeduldig. Und mit einem Kopfschütteln zu Klaus Funke und seinen Freunden hin: „Das ist eine Bande! Eine richtige Landplage, ich kann dich nur warnen!“
Katja seufzte. Sie wäre glücklich gewesen, mit der Landplage in einer Klasse zu sein, da würde sie sich viel wohler fühlen können. Aber mit diesen Gänsen? Schlimm würde das werden, viel schlimmer, als sie befürchtet hatte!

Katja wird zum Stadtbummel eingeladen

Aufseufzend verkroch sich Katja auf einen freien Fensterplatz im Schulbus und starrte nach draußen. Alles halb so wild, hatte Mama gesagt. Na, herzlichen Dank, ihr hatte es gereicht!

Während der weiteren Stunden hatte keiner in der Klasse von ihr Notiz genommen, man schien entschlossen, Katja wie Luft zu behandeln. Nicht eines der Mädchen hatte den Versuch gemacht, mit ihr ins Gespräch zu kommen. Aber das war ihr egal. Sollten sie doch bleiben, wo der Pfeffer wächst, sie konnte auf die Freundschaft so blöder Ziegen verzichten!

Die Lehrer schienen alle ganz nett zu sein, Frau Stricker, die junge Mathematiklehrerin, und der dicke Herr Beckmann mit seinem fröhlichen Pfannkuchengesicht, er unterrichtete Biologie und Chemie. Die anderen Lehrer hatte sie noch nicht kennen gelernt.

„Grüß dich!"

Katja schaute überrascht auf.

Neben ihr ließ sich ein rothaariges Mädchen in den Sitz fallen, das mindestens die doppelte Menge Sommersprossen aufzuweisen hatte wie sie selbst. Sie war Katja schon in der Klasse wegen ihrer komischen Klamotten aufgefallen. Zu weiten hellblauen Jeans trug sie eine helle Bluse im Großmutterlook und mehrere Ketten und Ringe. Sie wirkte wie mindestens fünfzehn und war genau der Typ, den Katja nicht leiden konnte.

„Ich bin Margot Haller, und das da ...", sie zeigte auf ein molliges Blondchen, das neben ihr stand, „das ist Elisabeth Rauch. Wir nennen sie Liz. Weißt du, wir sind auch ziemlich neu in der Klasse. Kleben geblieben – du verstehst –, kann ja jedem mal passieren."

Sie sah aus, als sei ihr das schon mehrmals passiert.

„Ich hab dich schon mal gesehen. Ihr wohnt in der neuen Reihenhaussiedlung, gell?"

„Ja."

„Gefällt's dir bei uns?"

„Weiß ich noch nicht."

„Bist du schon lange hier?"

„Fünf Tage."

„Und wo warst du vorher?"

„In Köln."

„Bist du aus dem Rheinland?"

„Nee."

Katja hasste es, sich ausfragen zu lassen.

„Woher bist du dann?"

„Na, rat doch mal!"

„Hm. Nordfriesland oder Bremen oder so."

„Wieso das?"

„Na ja – du redest so wenig. Du bist so zurückhaltend."

„Bin ich das?"

Es klang unhöflich. Katja wollte gar nicht unhöflich sein,

schließlich waren dies die ersten Mädchen hier, die sich für sie interessierten.
Auch wenn Katja nicht besonders scharf auf diese Typen war, vielleicht waren sie doch ganz nett. Aber die Fragerei ging ihr einfach auf den Wecker.
Katja gab sich einen Ruck. „Also: Ich bin in Berlin geboren, dann war ich drei Jahre in Hamburg, dann vier Jahre in Mannheim, dann zwei Jahre in Kanada und dann in Köln. Kapiert?"
„In Kanada? Mensch toll! Darum sprichst du so gut Englisch!"
„Ja darum!", äffte Katja sie nach.
„Was macht'n dein Vater?", mischte sich jetzt Liz ins Gespräch. Die wollten auch wirklich alles wissen.
„Er richtet Computer ein."
„Aha", sagte Liz mit einem Gesicht, dem man ansah, dass sie keine Ahnung hatte. „Meiner ist Filialleiter bei der Sparkasse. Und ihrer ...", ihre Stimme bekam einen ehrfürchtigen Klang, „ihrer ist Bauunternehmer."
„So? Sag bloß, er hat die Reihenhaussiedlung auf dem Gewissen!", sagte Katja bissig.
„Nein, warum?"
„Weil die in hundert Jahren nicht fertig wird. Wir wohnen mitten in einem Trümmerhaufen."
„Bist du deshalb so grantig?"
„Ich bin nicht grantig, ich ..."
Katja wusste selbst nicht, was sie eigentlich war. Es gelang ihr einfach nicht, zu anderen Mädchen nett zu sein. Sie konnten zu ihr sagen, was sie wollten, Katja fühlte sich ständig angegriffen.
Margot beschloss, das Thema zu wechseln. „Schicker Pulli. Hast du den in Köln gekauft?"

„Weiß ich nicht. Den hab ich von meiner Mutter."
Die Unterhaltung erstarb. Margot und Liz warfen sich einen bedeutungsvollen Blick zu, während Katja missmutig aus dem Fenster starrte.
Schließlich wagte Margot einen neuen Versuch. „Warst du schon in München?"
„Hm. Mal ganz kurz, auf der Durchreise, vor zwei Jahren."
„Was? Menschenskind, dann kennst du ja München noch gar nicht!"
„Du merkst auch alles."
Margot stieß Liz in die Rippen, wieder wechselten sie einen geheimnisvollen Blick.
„Na toll, dann wird's doch höchste Zeit, dass du's kennen lernst! Weißt du was? Wir werden dir München zeigen! Wir fahren am Samstag mit der S-Bahn rein und machen einen richtigen Stadtbummel! Oder erlaubt das deine Mutter nicht?"
„Warum nicht? Ich werd sie fragen."
„Sag ihr, wir fahren nach dem Mittagessen los und sind abends pünktlich zurück, okay?"
„Hm ..."
„Eigentlich dürfen wir nämlich nicht ...", hier erntete Liz einen Rippenstoß von Margot. „Lass mich doch!"
„Na ja", schnitt Margot ihr das Wort ab, „also unsere Mütter sind da ein bisschen komisch. Aber wenn wir sagen, dass wir mit dir – du sag mal, könntest du mich nicht morgen besuchen? Damit meine Mutter dich kennen lernt. Wir werden ihr sagen, du hättest mich gebeten, dir München zu zeigen."
„Na schön, schreib mir auf, wo du wohnst."
Katja hatte überhaupt keine Lust, Margot zu besuchen. Andererseits, die Aussicht auf einen Ausflug nach München war recht verlockend.

Margot riss einen Zettel aus ihrem Vokabelheft und kritzelte ihre Adresse drauf.
„Morgen um drei, okay?"
„Ist gut."
Der Bus hielt am Marktplatz.
„Mensch, wir müssen raus. Tschüss!"
„Tschüss, bis morgen."
Katja sah den beiden nach, die ihr von draußen noch einmal zuwinkten und dann eifrig tuschelnd die Straße hinuntergingen.
An der nächsten Haltestelle musste Katja aussteigen. Sie beeilte sich nicht, nach Hause zu kommen, sie ahnte, was sie erwarten würde – und sie hatte Recht.
Schon auf der Straße vorm Haus hörte sie das ohrenbetäubende Gebrüll der Zwillinge, die sich drinnen prügelten, und den lauten Jammerton, mit dem sich Celia über irgendwas beschwerte.
Katja stieg über herumliegende Roller, Autos, Gummistiefel und eine Ansammlung von „Schätzen", die die Brüder auf der Baustelle gefunden hatten, ins Haus.
Die Mutter stand mit hochrotem Kopf am Herd und hantierte mit Töpfen und Schüsseln. Der erleichterte Ausdruck, den ihr Gesicht bei ihrem Eintreten annahm, ließ Katja das Schlimmste befürchten.
„Schön, dass du da bist, mein Schatz. Na, wie war's?"
Sie wartete Katjas Antwort gar nicht erst ab, es ging gleich weiter wie gewohnt.
„Bitte, sei ein Engel und sorg mal für Ruhe im Kinderzimmer! Scheuch die beiden ins Bad und pass auf, dass sich die Schmutzfinken anständig die Hände waschen. Und dann kannst du gleich den Tisch decken. Ach ja, der Staubsauger

liegt noch in deinem Zimmer, ich bin nicht ganz fertig geworden. Vielleicht kannst du das vorm Essen noch schnell machen. Hier, halt doch bitte mal!“

Sie drückte Katja ein Sieb in die Hand und goss die Nudeln ab. Dann stopfte sie Katja ein paar schmutzige Küchentücher unter den Arm.

„Hier, nimm die gleich mit, wirf sie neben die Waschmaschine!“

„Ist das jetzt alles?“

„Im Augenblick ja. Danke, mein Schatz.“

Katja ging hinaus, warf im Vorbeigehen ihre Mappe in ihr Zimmer und stieg die Treppe hinauf. Sie schnappte sich die beiden Kampfhähne und schleppte sie trotz ihren Protesten nicht gerade sanft ins Badezimmer.

„Celia!“, brüllte Katja nach draußen.

„Was ist denn?“, kam es lang gezogen aus Celias Zimmer.

„Komm bitte her und hilf mir!“

„Nö – ich hab jetzt keine Zeit.“

So war es immer. Katja hätte sich die Frage genauso gut sparen können.

Markus und Fips waren inzwischen dazu übergegangen, sich gegenseitig Seifenschaum in die Haare zu schmieren. Katja ergriff schweigend einen Lappen mit eiskaltem Wasser und reinigte den beiden Gesichter und Köpfe so heftig, dass sie nach Luft schnappen mussten und prompt wieder zu heulen begannen.

Als sie auf dem Weg nach unten an Mamas Arbeitsraum vorbeikam, sah sie ein noch feuchtes Aquarell auf dem Tisch. Typisch. Wenn Mama einen Einfall hatte, egal, ob es sich um ein Bild, eine Bastelarbeit oder ein neues Kleid handelte, dann ließ sie alles stehen und liegen und kümmerte sich nicht eher

wieder um den Haushalt, bis sie ihre Idee in die Tat umgesetzt hatte. Aber wenn Katja ehrlich war, war es gerade diese Eigenschaft, die sie besonders an ihrer Mutter liebte. Es unterschied sie von den meisten anderen Müttern.
Katja räumte ihr Zimmer auf, stellte den Staubsauger in den Besenschrank und deckte den Tisch. Dann leerte sie noch den Mülleimer aus, holte die Post aus dem Briefkasten und räumte das Spielzeug vor der Haustür weg.
„Zu Tisch, zu Tisch!“, sang die Mutter und verteilte Schinkennudeln und Salat auf die Teller.
„Ich mag doch keine Nudeln“, maulte Celia.
„Ich ess aber keinen Salat!“, empörte sich Markus.
Fips tauchte inzwischen unbemerkt den Finger tief ins Apfelmus und erklärte energisch: „Ich will nur Nachtisch!“
„Es wird alles gegessen, was auf den Tisch kommt!“, sagte die Mutter fröhlich. „Gesegnete Mahlzeit.“
Katja aß mit Genuss. Wenn der Rest des Tages so gut war wie das Mittagessen, dann konnte sie zufrieden sein. Die Tür hinter sich abschließen, auf dem Bett liegen und lesen oder ihr hübsches Zimmer weiter einrichten, da gab es viel zu tun.
Aber schon zogen sich neue Wolken über ihr zusammen.
„Liebling, es tut mir Leid, aber du musst heute Nachmittag babysitten. Ich muss unbedingt in die Stadt, wegen der Vorhänge fürs Wohnzimmer. Es ist noch so vieles zu besorgen, mein Gott, ich weiß gar nicht, wie ich das alles schaffen soll!“
„Sch... Mist!“
„Aber Schatz! Du weißt doch – der Umzug. Es wird doch auch wieder anders!“
„Wer’s glaubt, wird selig. Na schön. Aber morgen bin ich eingeladen. Und am Samstag auch!“
„Ach wirklich? Wie nett! Erzähl doch mal!“

Katja sah der Mutter an, dass ihre Gedanken schon ganz bei den Vorhängen waren, die sie besorgen wollte.
„Interessiert es dich wirklich?“
Aber die Mutter dachte gerade darüber nach, ob ein kräftiges Orange nicht hübscher wäre als Lindgrün.

Ein stinklangweiliger Nachmittag

Das Haus, in dem Margot Haller mit ihren Eltern wohnte, lag auf einer Anhöhe am Ende einer ruhigen Sackgasse, ein protziger Kasten mit einer Doppelgarage davor. Unter einer gewölbten Plexiglaskuppel im Rasen ahnte man ein Schwimmbad. Gegen das Haus wirkte der Garten klein – wie erdrückt von dem gewaltigen Gebäude in der Mitte.

Nicht mein Geschmack, dachte Katja, als sie auf die Klingel drückte.

Vor der Garage stand ein silbrig glänzender Mercedes, der größte, den sie je gesehen hatte. Alles schien hier ein paar Nummern zu groß zu sein, sogar der schwarze Schäferhund im Zwinger neben dem Haus, der Katja wütend ankläffte.

Katja war so in ihre Betrachtungen versunken, dass sie beinahe mit dem rothaarigen Riesen zusammengestoßen wäre, der jetzt aus dem Haus stürmte.

„Hoppla Fräulein. Du willst sicher zur Margot. Geh nur rein."

Katja stammelte eine Entschuldigung, aber der Riese war be-

reits am Auto, warf sich hinter das Steuer und ließ den Motor aufheulen.
„Das war mein Vater", sagte Margot, die hinter Katja auftauchte, „ein irrer Typ, was? Hast du seine Hände gesehen? Pranken wie ein Löwe, sag ich dir! Und Kraft hat der, das glaubst du nicht!"
Margot sah mit unverhohlenem Stolz hinter dem Mercedes her, der mit mindestens hundert Sachen die Straße hinunterbrauste.
„Aber nicht nur in den Händen – auch hier!" Sie tippte sich an die Stirn. „Er hat ganz von unten angefangen, als Maurergehilfe – und jetzt? Na, du siehst ja. Nun komm schon rein. Du musst erst mal meiner Mutter Pfötchen geben. Sie wartet schon."
Im Wohnzimmer segelte Katja erst einmal der Länge nach hin, so glatt war das Parkett gebohnert. Das hatte sie nun davon, dass sie Margot zuliebe einen Rock und ihre feinsten Schuhe angezogen hatte.
Frau Haller, eine üppige Blondine, die wie zur Salzsäule erstarrt mit ausgestreckter Hand dastand, bis Katja sich wieder aufgerappelt hatte, betrachtete wohlwollend deren dezente Aufmachung.
„Du bist also die Katja, sehr erfreut, dich kennen zu lernen!", sagte sie ein wenig förmlich und schüttelte Katja kräftig die Hand. „Bitte, nimm doch Platz. Darf ich dir was anbieten?"
„Nein, vielen Dank! Ich habe gerade erst zu Mittag gegessen!", beeilte sich Katja zu sagen. In so vornehmen Häusern entwickelten angebotene Speisen oder Getränke meist ungeahnte Tücken, rutschten vom Teller, kleckerten oder kamen einem in die falsche Kehle. Bloß kein Risiko eingehen!, dachte Katja.

Es war schon schlimm genug, so unter die Lupe genommen zu werden.
Frau Haller verstaute ihre vierzig Pfund Übergewicht vorsichtig in einem Sessel und schenkte Katja zur Ermutigung ein strahlendes Lächeln.
„Nun – hast du dich schon eingelebt in der Schule?"
„Och ja, es geht", log Katja.
„Du kannst so gut Englisch, hat mir Margot erzählt. Ihr habt in Kanada gelebt?"
„Nur zwei Jahre."
„Wär schön, wenn du der Margot ein bissel helfen könntest. Mein Mann und ich – wir können kein Englisch. Und die Margot interessiert sich nicht besonders für die Schule. Das hat sie von mir."
Frau Haller lachte schallend, und Katja starrte fasziniert auf die dreireihige Perlenkette, die auf dem gewaltigen Busen von Margots Mutter hüpfte, wie von einem Erdbeben geschüttelt.
„Ist ja auch alles nicht so wichtig", meinte Frau Haller fröhlich, „wenn sie sich den richtigen Mann sucht. Ihr Mädchen heiratet ja doch."
Katja war anderer Ansicht, aber sie hütete sich, Frau Haller zu widersprechen. Zum Glück klingelte in diesem Augenblick das Telefon.
Frau Haller sprang mit erstaunlicher Behändigkeit aus ihrem Sessel und hob den Hörer ab.
„Entschuldigung", sagte sie zu Katja gewandt, „das geht bei uns den ganzen Tag so. Man kommt nicht zur Ruhe."
Katja sah verlegen auf ihre Schuhspitzen, während Margot unbeteiligt auf der Sofalehne hockte und in einer Illustrierten blätterte.

Sobald Frau Haller sich am Apparat gemeldet hatte, verfiel sie in breiten Dialekt. Offensichtlich ging es um einen säumigen Handwerker, dem sie die Meinung sagte. Katja verstand kaum ein Wort, aber so gefiel ihr Frau Haller wesentlich besser als bei dem gezierten Getue vorher.
An der Haustür läutete es zweimal kurz, und Margot sprang auf.
„Das ist Liz. Komm, Katja. Wir gehen in mein Zimmer rauf, ja Mutti?"
„Ja, geht nur. Also, Katja – es hat mich gefreut!" Wieder reichte sie Katja förmlich die Hand.
Katja stakste vorsichtig über das glatte Parkett hinter Margot her, sie war heilfroh, dass die Audienz beendet war. Gemeinsam mit Liz stiegen sie in den oberen Stock hinauf.
Margots Zimmer war ein merkwürdiges Mittelding zwischen Kinderzimmer und Filmdekoration. In der Mitte stand ein rosa Himmelbett mit weißer Felldecke, auf der dutzende von Puppen und Stofftieren aufgebaut waren. Auch der Fußboden war mit weißem Fell belegt. Dort lagen zwischen Kleidungsstücken haufenweise CDs. Die Wände waren rundherum mit Fotos von Stars beklebt.
Katja deutete auf die Puppen und Tiere. „Musst du die jeden Tag so schön aufbauen?"
„Ach wo, das macht meine Mutter. Es macht ihr Spaß."
Liz und Margot saßen bereits auf dem Boden und wühlten in den CDs herum.
„Du bist heute Ehrengast – was möchtest du hören?"
„Irgendwas, ich versteh nichts davon."
Liz und Margot wechselten einen mitleidigen Blick und vertieften sich in die Titel der CDs. Katja fragte sich, was sie hier eigentlich sollte.

„Also, die Generalprobe hat ja prima geklappt!“, sagte Margot zufrieden, nachdem sie die neueste Top-Ten-Single aufgelegt hatte. „Du siehst so brav und wohl erzogen aus, dass meine Mutter bestimmt nicht misstrauisch wird.“
„Wieso eigentlich misstrauisch?“
„Ach weißt du“, sagte Margot ausweichend, „es hat da mal Stunk gegeben mit unseren Eltern. Sie sind eben hoffnungslos altmodisch. Wir sind ein bisschen zu spät nach Hause gekommen, und – na ja, da kann man nichts machen. Jedenfalls haben sie uns verboten, noch mal allein nach München zu fahren. Aber jetzt mit dir – das ist natürlich was anderes.“
Liz hatte sich die Schuhe ausgezogen und tanzte mit geschlossenen Augen durchs Zimmer. Ihr Gesicht hatte einen so verzückten Ausdruck, als hätte man ihr nach einwöchigem Fasten eine doppelte Portion Eiscreme mit Früchten und Sahne serviert. Auch Margot begann, sich mit geschlossenen Augen im Takt zu wiegen.
Katja fühlte sich höchst überflüssig. Der Nachmittag versprach, stinklangweilig zu werden, wenn das so weiterging.
„Nun erzählt doch mal, was wollt ihr mir in München zeigen?“
„Wie? Ach so. Das ist unser Geheimnis.“
„Lass dich überraschen.“
„Jedenfalls kannst du dich auf einen ganz duften Nachmittag gefasst machen.“
Die beiden versanken wieder in ihren Musikträumen.
„Ich würde gern mal ins Deutsche Museum!“, versuchte Katja das Gespräch wieder in Gang zu bringen.
„Deutsches Museum? Das ist doch was für kleine Kinder“, sagte Liz gedehnt, ohne ihren Tanz zu unterbrechen. „Du hast keine Ahnung von München.“

Katja stand auf und setzte sich zu den Puppen und Teddybären aufs Bett. Zu blöd, wie die beiden da tanzten, ohne sich um sie zu kümmern. Sollte sie lieber gleich nach Hause gehen?
„Sagt mal – was ist eigentlich mit dieser Petra?", fragte sie schließlich.
Margot blieb stehen.
„Wieso? Was soll sein mit ihr?"
„Na ja, dieses Affentheater um sie rum. Ist sie irgendwas Besonderes?"
„Die? Ach wo. Sie tanzt sehr gut. Ist seit sechs Jahren in der Ballettschule. In den Aufführungen tanzt sie meistens die Hauptrollen und so."
„In der Ballettschule war ich auch, was ist denn schon dabei."
„Na ja, ich glaube, ihre Mutter will unbedingt einen Star aus ihr machen. Die glaubt, ihre Petra wäre ein Wunderkind und schleppt sie überallhin, um sie vorzustellen. Gesangsunterricht hat sie auch."
„Und Gitarre", fiel Liz ein.
„Und einmal war ihr Bild in 'ner Zeitung. Nach dem Schulkonzert."
„Und deshalb der ganze Rummel?"
Margot zuckte nur mit den Achseln und suchte eine neue CD aus.
„Also – ich muss jetzt gehen."
„Warum denn, du bist doch gerade erst gekommen?"
„Ich muss meiner Mutter noch helfen", log Katja.
„Findest du allein raus? Also tschüss dann – bis morgen."
„Macht's gut."
„Wiedersehen."
Katja hatte das Gefühl, als wären die beiden keineswegs un-

glücklich darüber, dass sie schon ging. Kaum hatte sie die Tür hinter sich geschlossen, tuschelten sie eifrig. Aber wenn sie lieber unter sich waren, warum luden sie Katja dann überhaupt ein? Irgendwas war da nicht ganz in Ordnung.

Ein Ausflug wird zum Riesenreinfall

Margots Mutter fuhr sie zur S-Bahn. Die Haltestelle lag fünf Kilometer entfernt im nächsten Ort, von hier aus war man in vierzig Minuten am Marienplatz in München.

„Was wollt ihr Katja denn zeigen?“, fragte Frau Haller, als sie ausstiegen.

„Och halt so – die Innenstadt, Rathaus, Frauenkirche, Peterskirche, Viktualienmarkt –“, Margot wollte sich nicht festlegen.

„Zeigt ihr doch die Residenz! Die Schatzkammer ist herrlich!“, sagte Frau Haller zu Katja gewandt.

„Hm, machen wir. Tschüss, Mutti.“ Margot trat ungeduldig von einem Bein aufs andere.

„Also, ihr kommt mit dem Zug um achtzehn Uhr vierundvierzig – ich hol euch dann ab. Viel Spaß auch, Katja!“

Frau Haller wendete den schweren Wagen und fuhr mit Vollgas davon. Margot und Liz vollführten einen Indianertanz vor Freude, und auch Katja war strahlender Laune über den bevorstehenden Ausflug.

Kaum saßen sie im Zug, begannen Margot und Liz eifrig, in ihren Umhängetaschen zu kramen. Sie förderten Wimperntusche, Lidschatten, Lippenstifte und Puder zutage.
„Ihr wollt euch doch nicht etwa anschmieren?“, fragte Katja entsetzt.
„Warum nicht? Schließlich sind wir alt genug!“, sagte Margot spitz.
„Na, ich weiß nicht. Ich finde das blöd. In unserem Alter ...“
„In deinem Alter, wolltest du sagen.“
„Man sollte nicht meinen, dass du aus einer Großstadt kommst!“, stichelte Liz. „Aber vielleicht bist du wirklich noch zu klein. Schließlich sind wir schon fast vierzehn!“ Sie schaute ihre Freundin Beifall heischend an.
Aber Margot war gerade damit beschäftigt, sich die Lider giftgrün zu schminken.
Nachdem die beiden Mädchen mit ihrem Make-up fertig waren, toupierten sie sich gegenseitig die Haare. Zum Glück war der Zug noch fast leer, Katja wäre sonst in den Boden versunken vor Scham.
„Na, möchtest du nicht auch?“, fragte Liz versöhnlich und hielt Katja einen kirschroten Lippenstift unter die Nase.
„Nein, danke. Ihr spinnt ja.“
Katja schaute aus dem Fenster. Ein herrlicher Tag, die Sonne schien, und es war sommerlich warm. Katja wollte sich den Ausflug um keinen Preis verderben lassen.
Als sie am Marienplatz ausstiegen, konnte sie es kaum mehr erwarten, sie lief den anderen weit voraus auf den Ausgang zu.
„He, wo willst du denn hin, hier geht’s lang!“, rief Margot hinter ihr her.

Katja begriff nicht. „Wieso?“
„Wir müssen zur U-Bahn.“
„Ich denke, wir wollen uns zuerst den Marienplatz und das Rathaus anschauen?“
„Ach Quatsch! Wir wollen nach Schwabing! Das mit dem Rathaus und der Frauenkirche habe ich doch nur meiner Mutter gesagt!“
„Und was wollen wir in Schwabing?“
„Wirst schon sehen! Nun komm.“
Katja war ein bisschen enttäuscht, aber wer weiß, vielleicht hatten die Mädchen ja wirklich eine besondere Überraschung für sie. Also folgte sie Margot und Liz, die schon auf der Rolltreppe nach unten fuhren. Eine tolle Sache, dieser unterirdische Bahnhof, fand Katja, die U-Bahn fuhr vier Etagen unter der Erde.
Bevor sie auf den Bahnsteig gingen, verschwand Margot in einer Telefonzelle.
„Alles klar!“, sagte sie, als sie kurz darauf wieder erschien, und zwinkerte Liz bedeutungsvoll zu.
Die machten es ganz schön spannend, die beiden.
Drei Minuten später waren sie in Schwabing und bummelten über die Leopoldstraße.
„Kommt, wir haben noch ein bisschen Zeit. Ich kenne einen coolen Laden, da können wir ein bisschen wühlen.“ Margot steuerte zielstrebig in eine Seitenstraße hinein.
„Zeit bis wann? Was meint sie?“, fragte Katja Liz drängend.
„Hach, du kannst einem vielleicht auf den Wecker gehen. Wirst schon sehen!“
„Na entschuldige mal, allmählich möchte ich gern wissen, wie wir den Nachmittag verbringen werden!“
Aber Liz gab keine Antwort.

Margot war vor einem Schaufenster stehen geblieben, hinter dem schrille, glitzernde Klamotten und eine Menge Modeschmuck ausgestellt waren.
„Das ist es. Los, kommt!“
„Ich warte hier auf euch.“
„Mensch, Katja, du bist wirklich ’ne trübe Tasse, was ist denn nun schon wieder? Komm doch mit!“
„Was soll ich denn da drin, ich will doch nichts kaufen!“
„Also, ich glaube, die ist echt ’n bisschen zurückgeblieben! Hat hier einer was von kaufen gesagt?“, fragte Liz verächtlich.
„Also schön.“ Katja beschloss, nichts mehr zu sagen und alles Weitere auf sich zukommen zu lassen. Ihre gute Laune hatte bereits einen gewaltigen Knacks.
Margot und Liz wühlten inzwischen in einem Berg von Pullis und Blusen, probierten Hosen und Röcke an und zerrten aus den Regalen, was immer ihre Neugier reizte. Die Verkäuferin, kaum älter als die Mädchen, lehnte gelangweilt in einer Ecke und zog an ihrer Zigarette, die an einer langen Spitze steckte. Sie beobachtete aus halb geschlossenen Lidern die Szene.
Plötzlich schaute Margot auf die Uhr.
„Menschenskind, jetzt wird es aber höchste Zeit! Kommt!“
Ohne ein weiteres Wort rannte sie nach draußen, Liz hinterher. Katja war es entsetzlich peinlich.
„Vielen Dank!“, stammelte sie. „Wir kommen noch mal wieder. Auf Wiedersehen.“
Katja hatte Mühe, den beiden zu folgen. Sie liefen die Straße hinunter, bogen wieder in die Leopoldstraße ein, stießen und drängelten sich durch die Menge der Passanten und verlangsamten ihr Tempo erst, als sie an einem der Tische eines

Straßencafés zwei Jünglinge entdeckten, die – die Beine weit von sich gestreckt, die Hände in den Hosentaschen – auf ihren Stühlen mehr lagen als saßen und ihre Gesichter in die Sonne reckten.

Margot und Liz verfielen augenblicklich in einen unnatürlich wiegenden Gang und schoben sich langsam näher.

„Hallo!", sagte Margot, wobei sie ihre Stimme eine Oktave tiefer rutschen ließ.

Einer der beiden Jungen schob seine überdimensionale Sonnenbrille auf die Haare hinauf und richtete sich ein wenig auf.

„Haaaai Mädels", sagte er gelangweilt. Er sprach das „a" durch die Nase und hatte einen Ausdruck wie ein amerikanischer Westernheld, der gerade zehn Indianer erlegt hat.

Die Begrüßung der anderen beiden vollzog sich noch kürzer.

„Na?", sagte Liz und kicherte.

„Na?", antwortete der Junge und haute Liz auf den Hintern, was ihm nicht ganz so lässig gelang, wie er es beabsichtigt hatte.

Katja stand da wie angenagelt und sah sprachlos von einem zum anderen. Margot und Liz setzten sich.

„Wer is 'n das?", fragte schließlich einer der beiden Jungen.

„Das ist Katharina die Große – sie ist neu bei uns. Wir haben sie mitgeschleppt, damit sie mal 'n bisschen was von der großen Welt sieht", sagte Liz und kicherte wieder.

„Seid nett zu ihr, ohne sie wären wir nie zu Hause rausgekommen!", schnurrte Margot mit Samtpfötchenstimme, sie hielt inzwischen die Hand des einen Jungen und fraß ihn mit den Augen fast auf.

„Und wer seid ihr?", fragte Katja. Sie hatte Mühe, ihren Zorn

zu unterdrücken, wie war sie nur an diese albernen Puten geraten!
„Nun sei nicht gleich wieder sauer! Das sind zwei gute Freunde von uns – das ist Joe – und das ist Paulchen. Joe spielt Schlagzeug in 'ner Band", fügte Margot stolz hinzu.
Hinter ihnen erschien eine nicht mehr ganz taufrische Kellnerin und fragte nach ihren Wünschen.
„Einen Eisbecher mit Früchten und Sahne!", sagte Katja wie aus der Pistole geschossen. Sie musste dringend was für ihre gute Laune tun. Die anderen bestellten Cola. Eiscreme – das war was für Babys.
Der Eisbecher war köstlich, und Katjas Stimmung hellte sich ein wenig auf. Es war hübsch, hier an der Straße zu sitzen und den Leuten zuzuschauen. Ein paar Meter weiter boten junge Leute selbst gemachten Schmuck an, ein südamerikanischer Student in seiner Landestracht spielte Gitarre. Die verrücktesten Typen wanderten vorbei, ohne dass jemand Notiz von ihnen genommen hätte.
Der Eisbecher war längst aufgegessen, und Katja begann sich zu langweilen. Margot und Liz hatten nur Augen für Paulchen und Joe, sie hielten sich an den Händen und himmelten sich an.
„Also, was wollen wir denn nun unternehmen?", fragte Katja schließlich ungeduldig.
„Wieso – was denn, gefällt's dir hier vielleicht nicht?"
„Doch", meinte Katja gedehnt.
„Wir können nachher zu mir gehen", sagte Joe. „Meine Eltern sind nicht da. Ich hab 'n paar tolle neue CDs."
„Hast du auch was zu lesen da?", fragte Katja bissig. Es war ihr völlig klar: Der Nachmittag war nicht mehr zu retten.
„Entschuldigt mich bitte, ich muss mal", murmelte sie und

ging ins Café hinein. Die anderen nahmen keine Notiz von ihr.
Katja steuerte zwischen den voll besetzten Tischen auf die Tür mit der Aufschrift „Toiletten“ zu. Sie hatte Glück: Hinter der Tür befand sich ein langer Gang, von dem aus eine Hintertür ins Freie führte. Katja kramte ihr Geld aus der Tasche und fing die Kellnerin, die sie vorhin bedient hatte, an der Theke ab.
„Ich möchte zahlen. Einen Eisbecher mit Früchten und Sahne.“
„Fünfachtzig.“
„Hier. Und sagen Sie meinen Freunden bitte, ich sei schon gegangen, falls sie nach mir suchen.“
„Ist in Ordnung.“
Katja warf noch einen Blick durch die Fensterscheibe nach draußen. Margot hing halb auf dem Schoß von Joe und biss ihn ins Ohrläppchen. Guten Appetit!, dachte Katja grimmig. Sie beeilte sich, durch den Hinterausgang auf die Straße zu kommen. Uff, das wäre geschafft! Nun schnell zur U-Bahn!
Erst als sie in der S-Bahn saß, fühlte sie sich erleichtert. So eine Pleite! Aber sie hatte ja gleich so ein komisches Gefühl gehabt, als wolle sie etwas vor Margot und Liz warnen.
Eine Gemeinheit, sie derart auszunutzen! Von Anfang an hatten die beiden nichts anderes vorgehabt, zwei schöne Früchtchen! Arme Frau Haller, die war sicher überzeugt, dass die drei Mädchen jetzt durch die Residenz schlenderten oder vom Turm der Peterskirche die Aussicht über die Stadt genossen.
Einen Augenblick hatte Katja gezögert, ob sie den Stadtbummel allein machen sollte, aber für heute war ihr die Lust vergangen. Auch die Aussicht auf einen Fünf-Kilometer-Marsch

von der S-Bahn nach Hause war nicht gerade rosig. Nur der Gedanke an ihre gelungene Flucht verschaffte ihr Genugtuung, und sie malte sich mit Vergnügen die dummen Gesichter der beiden Mädchen aus, wenn sie Katjas Verschwinden bemerkten. Recht geschah es ihnen! Auf Katja als Alibi würden sie in Zukunft nicht mehr zählen können!

Eine Einstandsparty wird geplant

Einige Wochen später – sie saßen gerade beim Sonntagsfrühstück – sagte der Vater mit einem Hauch von Feierlichkeit: „Hört mal, Kinder, Mami und ich haben eine Überraschung für euch!"

„Um Himmels willen, doch kein neues Baby?"

„Aber Katja!" Mama wurde rot.

„Na, dann ziehen wir sicher wieder um", meinte Celia.

Diesmal war es an Papa, „um Himmels willen!" zu sagen.

„Ihr kauft ein neues Auto!", riet Fips.

„Das wär zu schön, um wahr zu sein", seufzte Mama.

Seit sie den großen Wagen zu Gunsten von zwei kleinen alten VW verkauft hatten, gab es ständig Ärger. Die beiden Käfer traten von Anfang an in einen Wettstreit, wer die größeren Mängel aufzuweisen hatte. Papa bekam jeweils das besser funktionierende Auto, bis es zusammenbrach und er von irgendwoher anrief, Mama müsse kommen und ihn abschleppen. Dann wurde wieder getauscht.

„Nein, auch kein Auto", beendete der Vater das Rätselraten. „Wir wollen eine Einstandsparty geben."

„Was is ’n das?“, fragte Markus hinter seinem Milchbecher hervor.
„Nun, wir sind mit Einrichten fertig – nun wollen wir das neue Haus mit einem großen Fest einweihen.“
„Ja, und wir haben uns gedacht“, fuhr Mama eifrig fort, „es soll nicht so ein steifes Fest nur für Erwachsene werden. Sondern ein Fest für uns alle! Jeder von euch darf seine besten Freunde einladen, und wir laden unsere Freunde ein. Wir werden den Keller ausräumen und hübsch dekorieren, es soll ein richtiges Volksfest werden! Der Nikolaustag fällt dieses Jahr auf einen Samstag – das wäre doch genau der richtige Termin!“
„Und der Nikolaus?“, fragte Fips besorgt.
„Der wird auch eingeladen“, beruhigte ihn Celia.
„Heute Nachmittag werden wir gemeinsam die Einladungskarten entwerfen, und jeder von euch sagt mir dann, wen er einladen möchte. Na, was meint ihr dazu?“
„Das hat mir gerade noch gefehlt!“, muffelte Katja.
Zum Glück wurde sie von den Begeisterungsschreien der drei anderen übertönt. Sie hatte es auch eigentlich gar nicht sagen wollen, denn wenn es einer verstand, lustige Feste zu arrangieren, dann war es ihre Mutter. Aber mussten sie unbedingt jemanden dazu einladen?
„Wie viel darf jeder einladen?“, fragte Celia aufgeregt.
Sie hätte am liebsten ihre ganze Klasse mitgebracht.
Papas Hände fuhren unruhig auf dem Tischtuch herum und dann an seinen Jackentaschen entlang, wie immer, seit er sich das Rauchen abgewöhnt hatte. Mama schenkte ihm ein honigsüßes Lächeln zum Trost, und er gab die Suche mit einem tiefen Seufzer auf.
„Papa! Wie viel darf ich einladen?“, bohrte Celia weiter.

„Na, ich würde sagen, wir machen erst mal eine Liste, und dann sehen wir, wie viel wir davon verkraften können."
„Ich geh in mein Zimmer, Mami, ja?", fragte Katja schroff. Celias Begeisterung ging ihr auf die Nerven.
„Natürlich Liebling, geh nur!"
Die Mutter war so damit beschäftigt, Markus von Pflaumenmus und Kakaoresten zu reinigen, dass sie Katjas Missstimmung gar nicht bemerkte.

In ihrem Zimmer trat Katja ans Fenster und starrte auf das Gebirge aus Bauschutt, an dessen Stelle längst ein – wenn auch handtuchschmaler – Garten hätte sein sollen. Die meisten der Reihenhäuser waren erst halb fertig, und das trübe Novemberwetter machte den Eindruck noch trostloser.
„Wie auf dem Mond bei Nebel", stöhnte Katja.
Sie war nun schon einige Wochen in der neuen Schule, aber es hatte sich nichts geändert. Die Mädchen in ihrer Klasse behandelten Katja wie Luft – und Katja machte es ebenso. Was die konnten, konnte sie schon lange.
Da sie weder Freunde noch sonst eine Ablenkung hatte, vergrub sie sich ganz in ihre Schularbeiten. Das war immer noch besser, als auf die kleinen Brüder aufzupassen. Und so hatte sie sich bald an die Spitze der Klasse gesetzt, was sie begreiflicherweise bei den anderen auch nicht beliebter machte.
Vor allem, dass sie es gewagt hatte, an Petra Christiansens Thron zu rütteln, wurde ihr verübelt. Nicht von Petra selbst, aber von ihren Anbetern. So verschanzte sich Katja immer mehr hinter einer Mauer von störrischer Schweigsamkeit.
Katja ging zur Schlafcouch und begann, ihr Bettzeug abzuräumen. Petra – ja Petra hatte es gut. Sie war nicht nur gescheit, sondern auf eine Art hübsch, charmant und selbstsicher, dass

ihr alle Herzen zufliegen mussten. Sie hätte in einem Kartoffelsack daherkommen können, und alle hätten sich noch nach ihr umgedreht. Aber sie – Katja – farblos, fad, eine graue Maus, unbedeutend, hässlich.
Katja stellte sich vor den Spiegel und suchte nach immer neuen verletzenden Ausdrücken für ihre eigene Unvollkommenheit.
Früher hatten wenigstens die Jungens gern mit ihr gespielt, sie war mit ihnen um die Wette geklettert, hatte gerauft und jedes Abenteuer mitgemacht. Aber seit einiger Zeit war das anders geworden. Die Jungen betrachteten sie nicht mehr als ihresgleichen, sie nahmen keinerlei Notiz von ihr.
„Was ist los mit dir, Liebes, fühlst du dich nicht gut?"
Katja hatte gar nicht bemerkt, dass ihre Mutter ins Zimmer gekommen war.
„Wieso, mir geht's prima, sieht man das nicht?"
„Nein", sagte Mama mit einem Ausdruck ruhiger Heiterkeit, der manchmal so hilfreich war, (und einen ein andermal auf die Palme bringen konnte). „Zumindest scheinst du über das geplante Fest nicht sehr erfreut zu sein."
„Das kann euch doch wurst sein."
„Liebling, ich kann mir einfach nicht vorstellen, dass es dich glücklich macht, von morgens bis abends mit so einem verbiesterten Gesicht herumzulaufen und alle Leute anzuknurren."
„Wer sagt denn, dass ich glücklich sein will. Ich will meine Ruhe haben, sonst nichts."
„Wirklich nicht?"
Ihre Mutter hatte sich aufs Bett gesetzt und sah sie nachdenklich an. „Du hast hier noch keine Freunde gefunden, nicht wahr? Woran liegt das?"

„Ganz einfach: Sie mögen mich nicht, ich mag sie nicht, aus, basta."
Draußen auf dem Flur brüllte es zweistimmig „Maaaammi! Maammmiiiii!!" Die Mutter legte den Finger auf die Lippen und gab Katja zu verstehen, sie solle ihre Anwesenheit nicht verraten.
Dies war einer der seltenen, kostbaren Augenblicke, in denen Mama nur für Katja da war. Überwältigt von dieser kleinen Geste kuschelte sich Katja neben ihre Mutter aufs Bett.
„Liebling, ich will ehrlich sein. Ich gebe zu, du hast es schwer mit mir: Zum Dank dafür, dass du fabelhafte Noten in der Schule hast und mir keinerlei Probleme aufgibst, bürde ich dir noch alle möglichen Pflichten auf. Du bist meine ‚Große', meine ‚Vernünftige' – und darüber vergesse ich manchmal ganz, dass du noch ein Kind bist. Das tut mir Leid, und ich möchte nicht, dass du zu kurz kommst. Und schon gar nicht, dass du unglücklich bist." Sie richtete sich lebhaft auf und nahm Katjas Gesicht in ihre Hände. „Komm, lass uns mal gemeinsam überlegen, was wir für dich tun können! Es muss doch unter den Mädchen in deiner Klasse eines geben, das zu dir passt – mit dem du dich verstehen würdest. Ich bin sicher, dass ..."
In diesem Augenblick wurde die Tür aufgerissen, und Markus stürzte heulend ins Zimmer. Hinter sich her zog er den wild protestierenden Fips, mit der freien Hand hielt er Mama empört eine leere Schokoladenschachtel unter die Nase.
„Raus!", befahl Mama. „Alle beide! Raus hier! Macht das unter euch ab!" Sie schob die beiden energisch hinaus und wandte sich wieder Katja zu.
„Gila – Telefon!", brüllte Papa durchs ganze Haus.
Mama knurrte hinter zusammengebissenen Zähnen einen

nicht sehr feinen Ausdruck hervor. Dann mussten sie beide lachen. So war es eben – hoffnungslos!
Mama rannte die Treppe hinunter ans Telefon, und Katja warf sich aufs Bett und starrte an die Decke. Die Worte ihrer Mutter klangen in ihr nach. War nicht vielleicht doch eines unter den Mädchen, das sie hätte einladen können?
Katja ging in Gedanken ihre Klassenkameradinnen durch. Mit den meisten Gesichtern verband sie kaum eine Vorstellung, Katja wusste so gut wie nichts von ihnen. Margot und Liz – entsetzlicher Gedanke! Gitta Bauer? Nein, die war zu langweilig. Lotti Helmholtz mit ihrem Getue? Na, die schon überhaupt nicht! Außerdem war sie an einen anderen Platz umgezogen, um zu demonstrieren, dass sie Katja nicht mochte.
Also wirklich keine?
Doch, eine Einzige gab es. Aber diese Möglichkeit wagte Katja nicht einmal in Gedanken auszusprechen.

Ballettunterricht – eine prima Idee

Ich habe viel über dein Problem nachgedacht, Liebes, ist dir nicht doch noch jemand eingefallen, den du einladen könntest?"
Mama stand auf der obersten Stufe der Leiter und befestigte Tannenzweige an den Kellerwänden. Katja reichte ihr Draht und Nägel zu, und die Gestecke aus Äpfeln, Nüssen und roten Schleifchen, mit denen die Zweige geschmückt wurden.
„Nein, mir ist niemand eingefallen. Außerdem ist es jetzt sowieso zu spät."
Die Mutter unterbrach ihre Arbeit und setzte sich rittlings auf die Leiter, sie sah Katja nachdenklich an.
„Liegt es nicht auch ein bisschen daran, dass du gar nicht darüber nachdenken willst?"
„Irrtum, ich hab darüber nachgedacht. Aber es gibt in meiner Klasse niemanden, der mich interessiert!", log Katja.
„Das klingt ziemlich versnobt."
„Na, wenn schon."
Mama seufzte. Dann nahm sie ihre Arbeit wieder auf. In der linken Hand hielt sie den Tannenzweig, in der rechten den

Hammer, die Nägel balancierte sie zwischen den Zähnen. Mit schief gehaltenem Kopf prüfte sie die richtige Höhe der Zweige. „Ich hab mir noch was anderes überlegt."

„Verschluck die Nägel nicht!"

„Wie wär's, wenn du wieder in eine Ballettschule gingst?"

„Och ..."

„Ja! Es hat dir so gut getan damals! Und gerade jetzt, wo du so gewachsen bist und dich so miserabel hältst. Ich meine, man könnte das Angenehme mit dem Nützlichen verbinden, vielleicht findest du dort eine nette Freundin. Na, hoffentlich hält sich das Zeug bis zum nächsten Samstag!", unterbrach sie sich und prüfte die Frische der Tannenzweige. „Ich hab mich übrigens schon nach einer guten Ballettschule erkundigt. Wir werden uns am Dienstag dort zur Probe eine Stunde Ballettunterricht ansehen."

„Und das kriegt man nun so beiläufig von hinten durch die Brust gejubelt! Warum hast du mich nicht vorher gefragt?"

„Das weißt du doch. Du hättest hundert Ausflüchte gehabt. Es muss einfach was mit dir geschehen, so geht es nicht weiter!"

Da war er wieder: dieser fröhlich energische Mutter-Ton, gegen den jeder Widerspruch zwecklos war.

Am nächsten Morgen in der Schule gab es eine Überraschung. Herr Seifert war noch mit dem Klassenbuch beschäftigt, und Katja sah aus dem Fenster und suchte vergeblich nach der vertrauten Kulisse der Berge, die hinter einem dichten Schleier aus Regenwolken und Nebel verborgen waren. Plötzlich klappte der Klassenlehrer das Buch mit einem übermütigen Knall zu und verkündete: „Ich habe eine gute Nachricht für euch. Oder sagen wir lieber: für uns. Das Los,

welche Klasse in diesem Jahr ins Skilager fahren darf, ist auf uns gefallen, und ich habe ..."
Er konnte den Satz nicht beenden, der Rest ging in einem allgemeinen Freudengeheul unter.
Katja nahm die Mitteilung mit gemischten Gefühlen auf. Skilaufen gehörte für sie zu den schönsten Dingen auf der Welt. Papa war ein sehr guter Skiläufer und ein großartiger Lehrer für seine Töchter gewesen. Aber mit der ganzen Klasse verreisen? Tag und Nacht mit diesen Mädchen zusammen sein müssen? Dann doch lieber auf das Skifahren verzichten, dachte Katja. Und während Herr Seifert sich an der Tafel über die unregelmäßigen Verben im Englischen ausließ, grübelte Katja, wie sie sich vor der Skireise drücken könnte.
Als sie in der Pause die Treppe zum Hof hinunterging, war plötzlich Petra neben ihr. „Du kannst sicher prima Ski laufen, nicht wahr?"
„Wie kommst du darauf?", fragte Katja überrascht.
„Ich weiß nicht – du bist so der Typ dafür. Na ja und dann: Kanada ..."
„Das stimmt. In Kanada hat mir mein Vater den ersten Unterricht gegeben. Mannometer, hab ich mich zuerst angestellt. Ich glaube, Papa hat echt daran gezweifelt, dass ich seine Tochter bin! Er ist nämlich ein klasse Skiläufer, weißt du ..."
Petra lachte. „... und konnte sich natürlich gar nicht daran erinnern, dass er sich am Anfang genauso dumm angestellt hat wie du, stimmt's?" Sie seufzte. „Ich wünschte, ich dürfte mit ins Skilager. Meine Mutter stellt sich immer so an, von wegen ‚zu gefährlich' und so. Aber diesmal muss sie's erlauben. Schließlich gehört es zum regulären Schulunterricht."
Petra war nachdenklich stehen geblieben, zwischen ihren Augenbrauen bildete sich eine steile Falte. Die aus den oberen

Stockwerken herunterdrängenden Schülerinnen schoben und schubsten, aber Petra stand wie angenagelt am Treppengeländer.

Jetzt oder nie!, dachte Katja. Man müsste ganz beiläufig fragen: Du, wir geben Samstag eine Party, hast du Lust zu kommen? Aber ehe sie diesen Satz über die Lippen zu bringen wagte, hatten Petras Verehrerinnen ihr Idol entdeckt und zogen sie die Treppe hinunter.

Katja biss sich auf die Lippen. Wie gut, dass sie nichts gesagt hatte! Wahrscheinlich konnte Petra ohne ihre Anbeterinnen gar nicht leben. Um keinen Preis hätte Katja zu der Gruppe gezählt werden mögen.

Am nächsten Nachmittag fuhr Katja mit ihrer Mutter zur Ballettschule Künzel. Sie betraten ein mehrstöckiges Mietshaus und stiegen ins Kellergeschoss hinunter. Am Ende eines langen, schwach beleuchteten Ganges, dessen Wände mit Theaterplakaten und Ballettfotos beklebt waren, betraten sie einen geräumigen Warteraum mit rotem Teppichboden und bequemen Sesseln.

Hinter einem Schreibtisch in der rechten Ecke saß eine junge Dame im Trainingszeug, die blonden Haare zu einem Pferdeschwanz zusammengebunden, und blätterte in Karteikarten. Hinter den geschlossenen Türen ertönten Kommandos und gedämpfte Musik.

„Bitte kommen Sie doch herein!“ Die Pferdeschwanz-Dame erhob sich und ging der Mutter entgegen.

„Frau Steinebach, ja? Ich bin Elfie Krüger“, stellte sie sich vor. „Ich gebe den Unterricht in Akrobatik und Jazzgymnastik.“

Während Mama sich mit Fräulein Krüger über Katjas Vorkenntnisse im Ballett unterhielt, betrachtete Katja die Fotos an den Wänden, auf denen erfolgreiche Tänzer sich mit

schwungvollen Widmungen für ihre Lehrjahre in der Ballettschule Künzel bedankten.
Neben Katja wurde eine Tür geöffnet. Eine Schar acht- bis neunjähriger Ballettratten drängte hinaus und lief den Gang hinunter zur Garderobe. Hinter ihnen erschien eine zierliche Frau mit grauem Pagenkopf – Frau Künzel.
Sie begrüsste erst die Mutter und gab dann Katja lange die Hand, wobei sie sie prüfend mit freundlich-hellen Augen ansah, als könne sie in Katjas Gesicht deren ganze Lebensgeschichte lesen. Bei all ihrer Zierlichkeit – sie erinnerte Katja an Großmutters Porzellanpüppchen – hatte sie eine so mütterliche Ausstrahlung, dass Katja sofort Vertrauen zu ihr fasste.
„Liiiebste Frau Künzel – darf ich einen ganz kleinen Augenblick stören?"
Hinter Katja war eine schlanke, dunkelhaarige Frau aufgetaucht, die einen Stapel Fotos in der Hand trug und aufdringlich mit ihren Autoschlüsseln klapperte.
„Entschuldigen Sie mich bitte", Frau Künzel nickte Mama zu und ließ sich widerstrebend von der anderen hinaus in den Gang ziehen. Katja beobachtete die Fremde, die eifrig auf Frau Künzel einsprach. Sie trug enge schwarze Hosen, die Haare hatte sie zu einem glatten Knoten geschlungen, ihre Felljacke ließ sie lässig über die Schultern hinuntergleiten, als trüge sie eine Nerzstola. Die Frau war schön – aber irgendetwas störte Katja an ihr. Sie sprach abgehackt, gehetzt, mit einer merkwürdig heiseren Stimme. Soweit Katja etwas verstehen konnte, drehte sich das Gespräch um ein Vortanzen bei einer Fernsehgesellschaft.
„Katja, was machst du denn hier?"
Katja drehte sich überrascht zur anderen Seite. „Petra! Kommst du gerade aus dem Unterricht?"

Petra lachte. „Wie du siehst!“
Sie trocknete sich das verschwitzte Gesicht ab und steckte eine herunterhängende Strähne hinters Ohr.
„Wir hatten Steppen bei Rico. Mensch, der nimmt einen immer ran, ich bin fix und fertig!“
„So siehst du gar nicht aus!“
Petra strahlte. „Na ja – macht ja auch Spaß.“
„Petra, beeil dich bitte! Du musst dich noch umziehen!“
„Ja, Mama.“ Petras Gesicht bekam einen Ausdruck von gereizter Aufsässigkeit, den Katja noch nie bei ihr gesehen hatte. Wie ertappt, lächelte sie entschuldigend.
„Bleibst du noch ein bisschen?“
„Ja, wir wollen uns eine Ballettstunde ansehen. Ich soll wieder mit dem Unterricht beginnen.“
„Bei Frau Künzel? Du, das finde ich klasse!“
„Petra!“, schrie die schwarz gekleidete Dame jetzt ungeduldig.
„Ja doch! Also dann – bis später, Katja.“
Das also war Petras Mutter. Katja sah ihr nach, wie sie Petra in die Garderobe folgte, ihr im Laufen die Haare frottierte und den Reißverschluss des Trikots öffnete.
Kurz darauf sah sie Petra wieder. Sie stand – in einem frischen Trikot und frisch gekämmt – ganz vorn an der Ballettstange und folgte konzentriert den Anweisungen zum Exercise, die Frau Künzel den Schülerinnen gab. Auf einer kleinen Empore in der Ecke saß Frau Henne, die rundliche kleine Pianistin, und begleitete die Übungen.
Petra war großartig. Wenn nicht die anderen Mädchen in der Gruppe wesentlich schlechter gewesen wären, Katja hätte den Plan, wieder zum Ballettunterricht zu gehen, sofort aufgesteckt.

„Nun, dürfen wir dich das nächste Mal in unseren Reihen begrüßen?“, fragte Frau Künzel Katja herzlich.
„Aber klar kommt sie!“, antwortete Petra für sie.
„Ich weiß nicht, ihr seid mir alle so weit voraus – ich bin doch ganz aus dem Training!“
„Das macht doch nichts, wir ...“ Petra konnte den Satz nicht beenden, denn Frau Christiansen zog sie heftig mit sich fort.
„Wo bleibst du denn so lange! Du weißt doch, dass du noch zur Gitarrenstunde musst!“
Arme Petra! Ob ihr dieses Leben gefiel – von einem Unterricht in den nächsten? Es musste wohl so sein, denn würde sie es sonst mitmachen?
„Tja, unser Wunderkind ...“, sagte Frau Künzel seufzend zu Katjas Mutter, es klang nicht sehr begeistert.
Als sie sich verabschiedet hatten, warf Katja einen Blick in die Garderobe. Petra war nicht mehr da.
Zu dumm, diesmal hätte sie sich bestimmt getraut, sie einzuladen. Morgen in der Schule würde ihr sicher wieder der Mut dazu fehlen.
„Das war ein Mädchen aus deiner Klasse, ja?“, fragte ihre Mutter, als sie wieder im Auto saßen.
„Hm. Der Klassenliebling. Alle himmeln sie an, zum Speien ist das.“
„Aber sie scheint doch sehr nett zu sein? Gar nicht eingebildet. Und eine bezaubernde Ausstrahlung.“
„Hm.“
„Und die Mutter, diese Frau Christiansen, eine interessante Frau. So rassig und apart!“
„Vielleicht – aber sie gefällt mir nicht.“
„Und warum nicht?“
„Ich weiß nicht – sie sieht so – so gierig aus.“

„Gierig?“, fragte Mama erstaunt. „Was meinst du damit?“
„Na ja – sie erinnert mich an einen Hund, der ständig Angst hat, dass ihm andere Hunde seinen Knochen wegnehmen.“
„Du hast vielleicht Ideen!“
Ihre Mutter hatte Recht, es war verrückt. Aber während der ganzen Fahrt ließ Katja der Gedanke an Frau Christiansens gehetzten und Besitz ergreifenden Blick nicht los. Und auch nicht die Vorstellung, dass Petra dieser „Knochen“ sei, den Frau Christiansen so verteidigte.

Eine Feier mit bösen Streichen

Natürlich hatte Katja die ganze Woche nicht mehr gewagt, Petra zur Party einzuladen. Vielleicht, wenn sie sie einmal allein angetroffen hätte. Aber Petra war ständig von ihrem Hofstaat umringt, und um den machte Katja einen großen Bogen.

So spielte sie bei dem großen Fest einmal wieder nur die „tüchtige große Tochter“, nahm den Gästen die Mäntel ab, reichte Getränke herum, setzte Blumen in die Vase, bediente den CD-Player und passte auf die Zwillinge auf.

Die Mutter hatte die Wohnung wunderschön geschmückt, überall brannten Kerzen, es duftete nach Tannen und Selbstgebackenem. Im Keller, der mit Teppichen, Matratzen und Kissen zu einem gemütlichen Partyraum umgestaltet worden war, stand der Gartentisch, bedeckt mit bunten Platten, Körben voll Gebäck und Salatschüsseln, und das ganze Haus sah beängstigend ordentlich aus.

Hinter den Kulissen allerdings herrschte das Chaos. In den Schlafzimmern türmte sich alles, was man in der Eile nicht hatte unterbringen können, und in der Küche fand Katja nicht ein freies Fleckchen, um etwa eine Vase abzustellen. An der Haustür klingelte es alle paar Minuten. Celia, die eigentlich die Aufgabe übernommen hatte, die Gäste hereinzulassen, war sofort in ihrem Zimmer verschwunden, als ihre Freundinnen vollzählig versammelt waren, um eine Modenschau zu veranstalten. So blieb Katja nichts anderes übrig, als im Dauerlauf zwischen Haustür, Küche und Wohnzimmer hin und her zu flitzen.

Auf dem großen Schrank in der Garderobe sammelte sich, was sie – wenn es klingelte – in der Eile dort ablegte, und bald vereinten sich Blumenschere, Wischlappen, Senftube und Sahneschläger mit den ebenfalls dort abgelegten Handschuhen und Hüten. Noch Tage danach wunderte sich Papas Chef über den Senf in seinen Haaren, der auf rätselhafte Weise immer von neuem dort auftauchte.

Das Haus füllte sich mit Leuten, die Katja nie gesehen hatte, sie tranken Sekt im Wohnzimmer, und Mama stand in ihrer Mitte, sah hübsch aus und versprühte gute Laune. Im Keller versuchte Papa unter Anteilnahme der jüngeren Gäste vergeblich, das Bierfass anzuzapfen. Als es ihm schließlich gelungen war, war er bis auf die Haut nass. Die jungen Gäste jubelten, und Papa musste sich umziehen.

Die Zwillinge benutzten die Gelegenheit, mit dem weißen Pudel von Papas Chef um die Wette aus der Tropfschale, die unter dem Bierhahn stand, zu trinken.

Das Haus war bald so überfüllt, dass Katja wünschte, eine Schlange zu sein, um ungehindert an den auf der Treppe sitzenden Gästen vorbeizukommen. Sie balancierte immer neue Platten mit belegten Brötchen und Gebäck über dem Kopf in den Party-Raum hinunter. Es wurde inzwischen getanzt, Katja wurde im Takt hin und her geschubst, Salatblätter

und saure Gürkchen segelten sanft in gepflegte Frisuren und offene Kragen.
Irgendwann erschien auch der Nikolaus, aber er redete so albern mit den Erwachsenen, dass die Zwillinge schnell dahinter kamen, dass dies nicht der echte Nikolaus sein könne. Nun, ihnen war es gleich, solange die Geschenke reichlich bemessen waren.

„Kinder, war das ein Erfolg!"
Die Mutter zog sich die Schuhe aus und ließ sich erschöpft auf die Couch fallen, als der letzte Gast gegangen war.
„Du warst großartig, Liebling, hab tausend Dank, was hätte ich nur ohne dich angefangen!"
Das fragte sich Katja im Stillen auch.
Papa erschien mit vollen Backen genüsslich kauend in der Tür, im Arm eine Schüssel mit Resten von Heringssalat.
„Das hat ja fabelhaft geklappt, Kompliment, meine Große – der ganze Abend ohne Panne!"
„Na ja, sagen wir fast", schränkte Katja ein.
„Also ich habe nichts bemerkt!" Mama räkelte sich wohlig.
„Konntest du auch nicht – es war ja in deinem Bett."
„Was ist mit meinem Bett?"
„Der Pudel von Herrn Doktor Börner hat hineingekotzt."
„Waaas? Wieso denn das?"
„Wahrscheinlich ist ihm das Bier nicht bekommen. Oder die viele Schokolade, die ihm die Zwillinge gegeben haben."
„Die Zwillinge haben den Hund gefüttert? Du lieber Himmel", kicherte Mama, „wenn das Börners wüssten. Der Hund bekommt doch eine Spezialdiät, damit er nicht fett wird. Frau Börner hat mir stundenlang davon erzählt."
„Na ja, vielleicht war's auch nur das Seifenwasser."

„Welches Seifenwasser?" Ihr Vater vergaß vor Schreck weiterzuessen.
„Wir mussten ihn waschen."
Mama bekam kugelrunde Augen. „Hat er sich so be... ich meine, war es so schlimm?"
„Ach wo, nur wegen der Schminke."
„Was für Schminke, um Himmels willen?"
„Markus hat Tante Inges Handtasche gefunden, mit ihrem Schminktäschchen. Sie fanden den Pudel so weiß, da haben sie ihn angemalt."
„Und dann habt ihr ihn gewaschen und zum Trocknen in mein Bett gelegt – eine fabelhafte Idee!"
„Aber nein, er war ganz sauber und trocken. Ich bin dann wieder runtergegangen, um Gläser abzuwaschen. Die Zwillinge sagen, der Hund hätte so gezittert, da haben sie ihm aus den Pelzmänteln ein Nest gebaut, damit er nicht friert. Und dann hat er – na ja ..."
„Pelzmäntel? Ich versteh überhaupt nichts mehr."
„Aber Mami, die Pelzmäntel hatten wir doch alle auf dein Bett gelegt. Du kannst ganz beruhigt sein, deinem Bett ist nichts passiert. Und die Mäntel habe ich auch sauber gemacht, nur gerochen haben sie 'n bisschen komisch."
„Werner", flüsterte die Mutter mit bebender Stimme, „haben wir unsere Haftpflichtversicherung bezahlt?"
Vorm Einschlafen musste Katja daran denken, wie gut es war, dass sie Petra nicht eingeladen hatte. Sie hätte sich überhaupt nicht um sie kümmern können – und ob Petra ihr so einfach beim Servieren und Abwaschen geholfen hätte? Wenn sie doch nur ein bisschen besser wüsste, was Petra für ein Mensch war!
Petra war intelligent und selbstsicher und dass sie sich über

die Anbetung der Mädchen eher amüsierte als sich etwas darauf einzubilden, schien auch klar zu sein. Aber wie dachte Petra über Katja? Sie stand ihr nicht ablehnend gegenüber, das glaubte Katja zu wissen. Oder war es nur ihre gute Erziehung und ein wenig Mitleid mit diesem langbeinigen, unattraktiven Geschöpf, das wie eine Krähe im Winter traurig auf seinem Platz hockte und dem alles Wissen nicht dazu verhalf, Freunde zu finden und anerkannt zu werden?

Wie Petra wirklich über sie dachte, sollte sie kurz vor den Weihnachtsferien erfahren.

Sie hatten in der Klasse ausgemacht, dass am letzten Schultag eine kleine Weihnachtsfeier mit einem „Julklapp" stattfinden sollte. Die Lose wurden gezogen, und Katjas Los enthielt den Namen „Gitta Bauer", das machte es ihr leicht, ein passendes Geschenk zu finden. Sie wusste, dass Gitta sich für jede Art von Bastelarbeiten interessierte, so erstand sie von ihrem Taschengeld einen Kasten mit bunten Glassteinen zum Bekleben von Dosen und Gläsern.

Am letzten Tag vor den Ferien hatte jedes der Mädchen einen Tannenzweig und eine Kerze auf seinem Platz, es wurde gesungen und vorgelesen, und schließlich wurden die Päckchen verteilt, die man vorher in einen großen Sack getan hatte.

Eine nach der anderen wickelte ihr Geschenk aus und zeigte es der Klasse. Witzige Dinge waren dabei und schöne, kleine und große, je nach Fantasie und Geldbeutel des Gebers.

Katja konnte beobachten, dass Gitta Bauer sich über ihr Geschenk unbändig freute und versuchte herauszubekommen, wer der Spender war. Auf Katja kam sie nicht, und da alle, die sie fragte, mit einem „Nein" antworteten, war sie schließlich überzeugt, Herr Seifert selbst habe ihr Los gezogen.

Schließlich kam die Reihe an Katja. Das Päckchen war flach und hatte die Größe eines Briefbogens, es war in Goldpapier und dann noch in mehrere Schichten Seidenpapier gehüllt. Zum Vorschein kam schließlich ein mit Zeitungsfotos, Papierschnipseln und Buchstaben beklebtes Bild, ein „Materialbild“, wie Katja es selbst schon manchmal als Gratulationskarte hergestellt hatte.

Sie begriff zuerst nicht, was das Ganze sollte: die Türme des Kölner Doms, ein Zug, ein Schaffner, Koffer und Reiseutensilien. Aber dann sah sie die Schrift: Ganz klein stand oben drüber „Rückfahrkarte nach Köln“ und unten „Adieu und gute Reise!“

Katja war fassungslos. Das war schon kein Wink mit dem Zaunpfahl mehr, da winkte eine ganze Holzhandlung! Auf die Fragen der anderen hielt sie stumm das Bild in die Höhe, sagen konnte sie nichts, sie wäre sofort in Tränen ausgebrochen.

In der Klasse war es still, niemand begriff so recht, was eigentlich los war – mit Ausnahme der Urheberin und ihrer Komplizen. Und die hielten erst recht ihren Mund.

Petra musste bemerkt haben, dass Katja völlig durcheinander war. Sie sprang auf, kam zu ihr und sagte: „Zeig doch mal!“

Sie nahm Katja das Bild aus der Hand und betrachtete es. Als sie die Zusammenhänge begriff, wurde sie blass.

„So eine Gemeinheit!“, zischte sie zwischen zusammengepressten Zähnen hervor, ihre Augen wurden dunkel vor Zorn.

Petra richtete sich auf.

„Ich möchte allen sagen“, verkündete sie laut, „und natürlich besonders derjenigen, auf deren Mist das gewachsen ist, dass dies das geschmackloseste Julklapp-Geschenk ist, das es je gegeben hat. Das ist kein Witz, sondern eine Unverschämtheit, und ich möchte ausdrücklich erklären, dass ich nichts damit zu tun habe. Ich schäme mich für die, die sich das ausgedacht hat!“

Herr Seifert war herangekommen und betrachtete nun seinerseits das „Kunstwerk“. Er sagte ernst: „Petra hat vollkommen Recht. Ich hoffe, die Urheberin macht sich ernsthaft Gedanken darüber, wie sie diesen Ausrutscher wieder gutmachen kann.“

Der Rest der Weihnachtsfeier erinnerte eher an eine Beerdigung, und die Mädchen waren heilfroh, als die Schulglocke endlich das Ende der Stunde anzeigte.

Auf dem Flur fing Herr Seifert Katja ab.

„Es tut mir wirklich Leid für dich, Katja“, sagte er leise, „aber weißt du – an jeder Kritik, auch wenn sie noch so boshaft ist, steckt ein Körnchen Wahrheit. Du machst es deinen Mitschülerinnen nicht leicht. Überragende Leistungen sind ohnehin eine Herausforderung für die Schwächeren. Und wenn man dann noch so schroff ist und sich abkapselt – lass uns nach den Ferien einen neuen Anfang machen, ja? Gib den anderen eine Chance – und hilf von dir aus ein bisschen mit, die Schranken abzubauen zwischen euch, willst du?“

Katja nickte stumm.

„Das Skilager wird sicher dazu beitragen, dass ihr euch besser kennen lernt, du musst nur wollen! Also – frohe Weihnachten und: Lass den Kopf nicht hängen, hm?“

Herr Seifert schüttelte Katja herzlich die Hand.

Skilager!, dachte Katja. Mein Lieber, ich werde alles tun, um nicht mitfahren zu müssen! Das hätte mir gerade noch gefehlt. Ich hab die Nase endgültig voll!

Einen Tag vor dem Heiligen Abend fand Katja ein Päckchen an der Haustür, das an sie adressiert war.
Sie nahm es mit in ihr Zimmer und öffnete es sofort, weil sie vor Neugierde fast platzte.
Zum Vorschein kam ein herrlicher Bildband mit Ballettfotos und ein Kärtchen, auf dem stand:

Fröhliche Weihnachten wünscht dir deine
Petra und alle, die wie ich über den
geschmacklosen Scherz empört sind.

Eine Reise mit Hindernissen

„Fertig?“
„Hm.“
Ihre Mutter schaute prüfend den Koffer an. „Hast du die Liste abgehakt?“
„Aber ja.“
„Und wo sind die Skier?“
„Vor der Haustür.“
„Nun mach doch nicht so ein Gesicht! Man sollte meinen, du musst ins Gefängnis und nicht in die Berge zum Skilaufen.“
„Ach Mami, ich fühle mich wirklich hundsmiserabel! Ich glaube, ich krieg eine Grippe!“
„Nein, nein, mein Schätzchen, du suchst nur nach einem Grund, nicht mitfahren zu müssen, ich kenne dich zu gut.“
Katja merkte selbst, dass sie im Lügen nicht sehr begabt war.
„Na, nun komm schon!“
Ihre Mutter hatte sich die Lammfelljacke übergeworfen, kratzte mit dem Daumennagel noch schnell einen Marmeladenfleck von ihren Jeans, den Fips beim Frühstück dort hin-

terlassen hatte, warf kurz einen prüfenden Blick in den Spiegel, dann scheuchte sie die Zwillinge ins Auto.
„Müssen die unbedingt mit?"
„Klar!"
„Wir fahren mit, Mami hat's erlaubt!", überschrien die Zwillinge sich gegenseitig.
Katja nahm ihren Koffer, hängte sich die Tasche über die Schulter und stapfte hinter den Brüdern her. Sie befestigte die Skier auf dem Autodach, während die Mutter vergeblich vorn an der klemmenden Haube zog, um den Koffer zu verstauen.
„Hilf mir doch mal!"
Katja lief um den Wagen.
„Nein, nicht hier, du musst innen an dem Griff ziehen – fester – ganz raus, so weit es geht!"
„Weiß ich doch, es geht nicht weiter! Komm, lass mich mal."
Jetzt zog Katja außen und die Mutter innen. Dann zerrten beide außen am Griff.
Gerade als Katja sagen wollte, wir können das Gepäck doch auch auf den Rücksitz tun, sprang die Haube mit einem dumpfen „Flopp" auf, sodass sich beide rückwärts in den Schnee setzten. Die Zwillinge jubelten.
Katja quetschte den Koffer zwischen eine Ansammlung von Tüten und anderen Gegenständen, die eigentlich nichts im Auto zu suchen hatten.
„Jetzt müssen wir sie nur wieder zukriegen."
„Kein Problem, zu ist leichter."
Die Mutter warf sich mit ihrem ganzen Gewicht auf die Haube, und sie schien sich wirklich ohne Widerstand schließen zu lassen.
„Na, jetzt müssen wir ganz schön auf die Tube drücken, sonst

kommst du noch zu spät. Ich fahr über die Autobahn, das geht schneller."

Und Mama drückte auf die Tube, der VW heulte um die Kurven, dass Katja in ihrem Sitz immer kleiner wurde.

Sie waren kaum auf der Autobahn, als der Käfer langsam sein Maul öffnete, als müsse er gähnen.

„Sagtest du, die Haube wäre zu?"

Mama hatte sofort das Gas weggenommen und abgebremst. Der Käfer schloss das Maul gemächlich.

„Schöne Bescherung. Ich kann hier nicht anhalten. Außerdem bezweifle ich, dass wir es schaffen, die Haube zu schließen."

„Fahr weiter, wenn wir hier warten, dass uns einer hilft, komme ich bestimmt zu spät."

Eigentlich hätte es ihr ja recht sein können, den Bus zu verpassen, aber wie sie ihre Mutter kannte, würde die sicher hinter dem Bus herfahren, um sie bei ihren Klassenkameradinnen abzusetzen.

Mama fuhr langsam weiter, und bei jedem etwas stärkeren Gegenwind öffnete und schloss der Käfer sein Maul wie ein Fisch, der nach Luft schnappt. Ein voll besetzter Autobus überholte sie, und die Insassen machten sich lachend auf das komische Gefährt aufmerksam. Katja atmete auf, als sie endlich vor dem Schultor hielten.

Der Bus für die Mädchen stand schon bereit, Katja beeilte sich, ihr Gepäck umzuladen, und suchte sich einen Fensterplatz auf der rechten Seite. Zum Glück standen fast alle Mädchen noch draußen bei ihren Eltern.

Mama hatte sich sofort unter den anwesenden Männern nach Hilfe umgesehen, und es bildete sich eine wild diskutierende Gruppe um den VW, während der Busfahrer vergeblich seine Kräfte an der störrischen Haube ausließ. Es regnete gute Rat-

schläge, und schließlich beschloss man, die Haube provisorisch mit einem Stück Draht zu befestigen.
Katja hockte allein im Bus und beobachtete von dort aus die Szene. Ihr war das Ganze entsetzlich peinlich, der zerbeulte, verrostete VW, die kreischenden Zwillinge und Mama mit hochrotem Kopf und wirren Haaren.
Einer der anwesenden Väter kam mit einem Stück Bindfaden – Draht hatte man nicht auftreiben können –, und der Käfer wurde unter allgemeiner Anteilnahme verschnürt. Mama schilderte inzwischen Herrn Seifert noch einmal die Fahrt hierher in leuchtenden Farben und sicher mit einigen Ausschmückungen, vermutete Katja. Denn Herr Seifert bog sich vor Lachen und verabschiedete sich überschwänglich von ihrer Mutter.
Dann rief er zum Aufbruch.
Eine Umarmungswelle ergriff die Anwesenden, letzte Ermahnungen wurden gegeben, schon zehnmal Gesagtes noch einmal gesagt, und der Bus füllte sich schnell. Mama ging suchend von Fenster zu Fenster, um sich von Katja zu verabschieden. Sie wusste, dass Katja Abschiedsszenen hasste, zwinkerte ihr zu, als sie sie endlich entdeckt hatte, und beschränkte sich auf eine Kusshand. Katja war ihr dankbar dafür.
„Toi, toi, toi, mein Liebes! Mach's gut!"
„Wird schon schief gehen. Tschüss!"
Der Bus setzte sich in Bewegung, ließ winkende Väter und besorgte Mütter zurück und bog in die Hauptstraße ein.
Über kurvenreiche Landstraßen und durch kleine Dörfer hindurch ging es hinüber zur Garmischer Autobahn. Die Mädchen richteten sich auf ihren Plätzen häuslich ein, und allmählich wurde es ruhig.
Auf der vordersten Bank – neben dem Fahrer – saß Herr Sei-

fert, hinter ihm Petra mit einer ihrer Getreuen (die „Schleppenträger“ nannte Katja sie im Stillen), und hinter Petra saß Katja – allein.

Heute machte ihr das weniger aus denn je, sie schaute vergnügt aus dem Fenster und genoss den Blick auf die frisch verschneite Landschaft. Der Himmel war blau, der Wind trieb dicke Wolkenkissen vor sich her und wirbelte Wellen aus Schnee von den Feldern auf.

Petra hatte ihre Gitarre mitgenommen, und Herr Seifert stimmte ein Lied an. „My Johnny is over the ocean“, schallte es bald aus allen Ecken des Busses. Da Petra mit dem Rücken zur Fahrtrichtung auf der Lehne ihres Sitzes hockte und ihr beim Spielen immer wieder zulächelte, sang Katja kräftig mit – und auf einmal freute auch sie sich vorbehaltlos auf die Zeit im Skilager. Ganz gleich, wie die Mädchen zu ihr standen, die Aussicht auf ein paar Stunden Skilaufen täglich war schließlich nicht zu verachten. Und vielleicht hatte Herr Seifert ja doch Recht.

Sie hatten ein paar Lieder gesungen, nun trat wieder Stille ein. Die Mädchen unterhielten sich leise miteinander über ihre Erlebnisse in den Ferien und über frühere Skierfahrungen. In den Sitzen hinter Katja schwärmten Margot, Liz und Evi Kunze von ihren neuen Skianzügen.

Katja verzog spöttisch die Mundwinkel. Da konnte sie nicht konkurrieren: Ihr Skianzug war längst zu klein geworden, die Hosenbeine hatten Hochwasser, und die Ärmel ließen ein gutes Stück der Unterarme frei. Da nach dem Umzug gespart werden musste und Katja neue Skistiefel und Skier gebraucht hatte, hatte Mama sich darauf beschränkt, ihr einen schicken Pulli mit besonders langen Ärmeln und einem dicken Rollkragen zu stricken, der das Fehlende ersetzte und auch in der

Taille die mangelnde Länge ausglich. Alles in allem sah die Kombination gar nicht schlecht aus. Von Kleidungssorgen würde Katja sich die Laune jedenfalls nicht verderben lassen.

Die Wolkenberge wurden immer dicker, der Himmel verdunkelte sich, in den Fensterritzen pfiff der Wind. Katja kuschelte sich in ihren Mantel und drückte sich tief in den Sitz.

Der Bus bog von der Autobahn ab und fuhr über Landstraßen weiter den Bergen zu. Herr Seifert ging durch den Gang nach hinten und erkundigte sich bei den Mädchen nach ihrem Befinden.

Da Petra, den Kopf gegen die Scheibe gelehnt, eingeschlafen war, hatte sich Ute, ihre Sitznachbarin, zu den anderen begeben.

Auch Katja wurde schläfrig. Es war spät geworden gestern Abend, bis sie endlich alles gepackt hatte, und dann hatte sie lange vor Aufregung nicht einschlafen können.

Da passierte es: Katja konnte später nicht sagen, was eigentlich geschehen war, sie hörte den Busfahrer fürchterlich fluchen und schimpfen, offenbar versuchte jemand zu überholen, während vorne ein anderer Wagen entgegenkam. Der Busfahrer bremste, aber auf der verschneiten Fahrbahn kam das schwere Fahrzeug ins Schleudern. Katja fühlte sich wie auf einem Schiff im Sturm hin und her geworfen, Glas splitterte, jemand schrie fürchterlich. Das Letzte, was sie wahrnahm, war der Geruch von nassem Holz und ein Erstaunen darüber, dass sie mit der Nase vor einem Baumstamm saß. Dann wurde alles dunkel.

Mit Petra im Krankenzimmer

Das Erste, was Katja ins Bewusstsein drang, war eine flüsternde Stimme.

„Na endlich, jetzt rührt sie sich!"

Eine Hand strich ihr über den Kopf, eine zweite tastete nach ihrem Puls. Katja versuchte, sich zu bewegen, aber ihr ganzer Körper schien mit Blei gefüllt zu sein.

„Hallo, aufwachen, Fräulein", sagte die Stimme etwas lauter.

Katja blinzelte ein wenig, um sie herum war alles weiß. Es roch nach Krankenhaus und frischer Bettwäsche. Wieso frische Bettwäsche, sie war doch eben noch ganz woanders gewesen? Aber wo? Katja war zu schläfrig, um sich daran zu erinnern.

Irgendwo im Raum wimmerte jemand, das Wimmern steigerte sich, ging über in schrilles Schreien. Die Hände lösten sich von Katja, Schritte entfernten sich.

„Ich bin so müde", murmelte Katja und schlief wieder ein.

Als sie das nächste Mal aufwachte, stand Papa an ihrem Bett. Er sah unnatürlich blass aus – oder machte das nur das Licht der Nachttischlampe? Draußen war es stockdunkel.

„Wie spät ist es?“, fragte Katja, und versuchte, den Kopf ein wenig zu drehen.
Das Wimmern war immer noch da.
„Es ist halb acht“, sagte Papa, „ich bin gleich losgefahren, als man uns benachrichtigte. Du hast die ganze Zeit geschlafen.“
Er versuchte zu lächeln, aber das Lächeln rutschte von seinem Gesicht wie Butter von einer heißen Kartoffel und machte einem gequälten Ausdruck Platz.
„Armer Paps“, flüsterte Katja zärtlich, „nichts als Ärger mit den Gören! Sag mal – was ist denn überhaupt passiert?“
„Ihr hattet einen Unfall, der Bus ist ins Schleudern gekommen.“
Das Wimmern im Nebenbett wurde stärker, ihr Vater zuckte nervös zusammen und senkte seine Stimme.
„Zum Glück ist niemand lebensgefährlich verletzt, die meisten konnten gleich wieder nach Hause, nur ... wie fühlst du dich?“, unterbrach er sich besorgt.
Katja hatte die Augen geschlossen. Ihr Körper brannte wie Feuer. Wahrscheinlich hatte die Wirkung der betäubenden Medikamente nachgelassen, Katja hatte das Gefühl, als hätte man sie durch eine Kaffeemühle gedreht und die Krümel dann wieder zusammengesetzt. Außerdem schienen der rechte Arm und die Schulter in Zement zu stecken.
„Mach dir keine Sorgen, mir geht’s ganz okay“, schwindelte Katja. „Was fehlt mir eigentlich?“
„Der rechte Arm ist gebrochen und die Schulter angeknackst. Sonst nur Prellungen und eine Schnittwunde am Kopf. Und eine Gehirnerschütterung. Es ist ein Wunder, dass dir nicht mehr passiert ist, der Wagen ist genau an der Stelle, wo du gesessen hast, auf einen Chausseebaum geprallt.“
„Habe ich einen Kopfverband?“

„Ja, du siehst aus wie ein Maharadscha." Wieder verzog er krampfhaft das Gesicht zu einer heiteren Grimasse.
„Du hast nicht zufällig einen Spiegel bei dir?" Sie sagte das, damit Papa endlich wieder normal lächeln sollte. Eigentlich war ihr gar nicht danach zu Mute, sich im Spiegel zu sehen. Aber sie stellte sich vor, wie Papa zu Hause zu Mama sagen würde: „Mach dir keine Sorgen, sie hat als Erstes nach einem Spiegel verlangt, um ihren Verband zu betrachten", und Mama würde antworten: „Typisch Katja, das Mädchen ist unheimlich hart im Nehmen" – irgend so was. Jedenfalls würde sie sich froh und erleichtert fühlen.
„Paps?"
„Ja, Liebes?"
„Ich möchte wieder schlafen. Du kannst ruhig nach Hause fahren, mach dir keine Sorgen."
„Ja, Liebling. Das Krankenhaus ist schön, bei Tag kannst du die Berge sehen. Und die Schwestern sind sehr nett."
„Dann sag ihnen, dass ich Durst habe", murmelte Katja mit geschlossenen Augen. „Tschüss! Und fahr vorsichtig, es ist glatt."
Endlich lächelte ihr Vater wieder normal – aber das konnte sie nicht sehen.
Der Kopf tat jetzt sehr weh, Papa sollte gehen, sie wollte nicht, dass er merkte, wie scheußlich sie sich fühlte.
„Gute Besserung, Liebes. Mami kommt, sobald sie kann. Sie konnte heute nicht weg, wegen der Kleinen."
„Macht ja nichts, ich hab ja sowieso geschlafen."
Ihr Vater gab ihr einen Kuss auf die Stirn, winkte ihr noch einmal zu und ging auf Zehenspitzen hinaus. Auf dem Flur hörte sie ihn mit der Schwester sprechen.
Nach einer Weile kam jemand mit einem Kännchen und ei-

ner Tasse, stellte den Kopfteil ihres Bettes ein wenig höher und goss eine hellgelbe Flüssigkeit in die Tasse. Katja fühlte die Tasse an ihren Lippen und nahm vorsichtig einen Schluck. Gesüßter Pfefferminztee – den hasste sie sonst wie die Pest, aber heute war ihr alles egal. Wenigstens löschte er den Durst. Sie ließ sich erschöpft zurücksinken und betrachtete die Schwester, die ihr zu trinken gegeben hatte. Sie war groß und blond und alles an ihr war rund: Nase, Mund, Augen und Kinn – an den Schläfen begannen die Haare grau zu werden, und auf der Oberlippe hatte sie einen kleinen blonden Bart. Mit ihrem fröhlichen Mondgesicht erinnerte sie Katja an Frau Holle.

„Wie heißen Sie?"

Die Schwester lächelte breit und setzte sich zu Katja aufs Bett. „Ich bin Schwester Margarethe." Sie nahm Katjas Hand und hielt sie fest. „Und wie heißt du?"

„Katharina Steinebach, aber sagen Sie bitte Katja zu mir."

„Katja, das ist hübsch. Und wie fühlst du dich jetzt, Katja?"

„Och danke – wie durch den Fleischwolf gedreht. Mein Kopf tut so weh."

„Du bekommst gleich noch was, damit du besser schlafen kannst – und gegen die Schmerzen."

Schwester Margarethe tätschelte noch einmal Katjas Hand und stand auf. Katja hatte noch etwas fragen wollen, etwas Wichtiges, aber sie konnte sich nicht mehr daran erinnern.

Sie bekam eine Spritze und schlief wieder ein. Sie schlief fest und lange, nur einmal wurde sie ein wenig wach, als das Jammern im anderen Bett wieder einsetzte. Die Schwester kam und ein Arzt, sie sprachen leise miteinander. Katja war zu schläfrig, um zu verstehen, worüber sie sich unterhielten, nur einzelne Worte fielen wie Tropfen in ihr Bewusstsein.

„Schwerer Schock“ und „konnten die Mutter noch nicht erreichen“ – „in Urlaub gefahren“. Zwischendurch sprach die Schwester begütigend auf das wimmernde Wesen ein. Die klagenden Töne klangen fremd, wie von einem Tier, sie begleiteten Katja in den Schlaf, verfolgten sie im Traum.

Erst am nächsten Mittag erwachte Katja wieder. Die Sonne schien durchs Fenster auf ihr Bett, und auf dem Nachttisch stand ein riesiger Frühlingsstrauß mit einem Kärtchen „Alles Liebe und gute Besserung! Mami“.

Obgleich ihr immer noch alles wehtat, fühlte sich Katja wie befreit. Das Fenster war einen Spalt weit geöffnet, und die hereindringende Bergluft war würzig und frisch.

Katja sah sich um, sie war allein im Zimmer, das Bett neben ihr war zum Lüften aufgeschlagen, die anderen beiden Betten schienen unbenutzt.

Was hatte Papa gesagt? Katja richtete sich vorsichtig auf und versuchte aus dem Fenster zu schauen. Tatsächlich, die Berge! Zum Greifen nah! Nun brauchte sie nur gesund zu werden, hinauszuspazieren, ihre Skier anzuschnallen und dann ...

Jemand öffnete die Tür. Eine Krankenbahre wurde hereingeschoben, zwei junge Schwestern begleiteten sie, gefolgt von Schwester Margarethe. Sie schoben die Bahre dicht an das Nebenbett und verfrachteten ein von Verbänden vermummtes Wesen vorsichtig von einem Lager auf das andere. Der schweigende Zug hatte etwas Gespenstisches.

Jetzt fiel Katja ein, was sie gestern hatte fragen wollen.

„Hoppla, da ist ja jemand wach geworden!“ Schwester Margarethe bemerkte erst jetzt, dass Katja hoch aufgerichtet im Bett saß. „Nun leg dich aber schön wieder hin. Dein Kopf braucht Ruhe, du sollst dich so wenig wie möglich bewegen.“

„Schwester Margarethe – wer ist das?“, fragte Katja.
„Das? Das ist eine Schulkameradin von dir, Petra Christiansen. Kaum zu erkennen unter dem vielen Verbandszeug, wie?“
„Ist es – ist sie schlimm verletzt?“
„Schlimm? Nein. Sagen wir: Sie macht uns ein bisschen Kummer. Aber du kannst beruhigt sein, so schlimm ist es nicht. Nun schau du mal zu, dass du schnell gesund wirst.“
Sie musste Katjas verstörten Blick bemerkt haben, denn sie kam noch einmal zurück und strich ihr übers Haar.
„Deine Freundin, ja? Nun, sie ist kaum schlimmer verletzt als du. Aber sie hat keine Widerstandskraft, merkwürdig, sie scheint irgendwie ausgepumpt“, sie schaute nachdenklich zu Petras Bett hinüber, dann wandte sie sich wieder Katja zu. „Ist halt nicht so ein Stehaufmännchen wie du! Hast du Hunger?“
„Oh ja!“
„Das ist gut. Es gibt gleich was zu essen.“

Ihre Mutter kam am nächsten Tag. Sie brachte ein nagelneues Nachthemd mit, eine große Tüte Obst und eine Schachtel Pralinen. Außerdem eine Tasche voller Bücher und Zeitschriften.
„Na, du Ski-Ass? Das haben wir gern. Gleich vor der ersten Abfahrt in den Graben fallen! Wie fühlst du dich?“
„Och – man kann nie genug klagen!“, sagte Katja grinsend. „Schön, dass du da bist, Muttern.“
Ihre Mutter umarmte sie vorsichtig und bewunderte Pflaster und Verbände.
„Fehlt nur noch das Diadem“, sagte sie mit einem Blick auf den umfangreichen Kopfverband.

„Hm, aber bitte irgendwas in Rubinen und Smaragden, damit sich's gegen das Weiß abhebt."
„Jedenfalls hat Papi nicht übertrieben", stellte Mami mit Befriedigung fest.
Dann sah sie sich im Zimmer um. Ihr Blick fiel auf das Nachbarbett. „Ist das nicht ..."
„Petra, ja. Es geht ihr nicht gut, sie hat einen schlimmen Schock. Jetzt schläft sie zum Glück endlich. Heute Nacht – aber verrat mich bloß nicht bei den Schwestern, ja? – heute Nacht bin ich ein paar Mal aufgestanden und hab ihr das Gesicht abgetrocknet, sie hat geweint und gejammert wie ein Baby! Ich hab versucht, sie zu trösten, aber sie hört gar nicht, was man sagt."
„Solltest du nicht eigentlich still liegen bleiben? Du hättest nach der Schwester klingeln sollen."
„Ach Mami, weißt du ... na ja, ich ..."
„Schon gut, aber versprich mir, in Zukunft vernünftig zu sein. Übrigens habe ich schon mit dem Arzt gesprochen. Wir dürfen dich in ein Krankenhaus in unserer Nähe überführen lassen. Da kann ich dich dann jeden Tag besuchen."
Dann sprachen sie über andere Dinge, Mama erzählte von zu Hause, bestellte Grüße und kramte in ihrer Erinnerung nach lustigen Krankenhausgeschichten. Aber Katja hörte kaum zu. Etwas anderes beschäftigte sie, und als ihre Mutter schließlich aufbrechen wollte, platzte sie heraus: „Mama, muss ich wirklich in ein anderes Krankenhaus?"
„Du möchtest lieber gleich nach Hause? Liebling, das geht nicht, der Arzt hat dringend davon abgeraten, zu Hause hast du nicht genügend Pflege."
„Du hast mich falsch verstanden. Ich meine: Kann ich nicht hier bleiben?"

„Hier? Ja aber, Liebling, es ist so weit, ich kann höchstens einmal in der Woche kommen. Du wirst dich einsam fühlen."
„Nein", sagte Katja bestimmt. „Ganz sicher nicht."
Ihre Mutter schaute sie nachdenklich an. „Überleg dir's – es ist eine lange Zeit!"
„Na wenn schon. Es ist nämlich ... weißt du ...", Katja zögerte, „es ist wegen Petra. Sie haben ihre Mutter noch nicht erreichen können, die ist für die Zeit, die wir ins Skilager sollten, mit Bekannten in den Urlaub gefahren. Und sonst kümmert sich niemand um sie. Na ja – auf jeden Fall wären wir dann doch zu zweit."
„Das ist ein Argument. Ich werde es Papi sagen."
Petra stöhnte leise im Schlaf. Katja beobachtete sie wie eine besorgte Glucke ihr Küken.
Ihre Mutter sah von einer zur anderen, sie begann zu begreifen. „Alles in allem ein ganz glücklicher Unfall für dich, hm?"

Eine Freundschaft beginnt

In den nächsten zwei Tagen besserte sich Petras Zustand langsam. Sie wurde ruhiger, schlief viel und nahm ihre Umwelt wieder zur Kenntnis. Ihr Gesicht war geschwollen, und sie konnte noch nicht sprechen, aber Katja lernte schnell, an ihren Augen abzulesen, was sie sagen wollte.

Katja selbst erholte sich rasch.

„Meine Musterpatientin", sagte Dr. Brettschneider, der Stationsarzt, wenn er an ihr Bett trat, und Schwester Margarethe drückte beide Augen zu, wenn sie bemerkte, dass Katja wieder an Petras Bett gewesen war.

Als Katja am vierten Tag aus ihrem Mittagsschlaf erwachte und wie immer als Erstes zu Petra hinüberschaute, traute sie ihren Augen nicht: Petra lag wie gewohnt regungslos auf dem Rücken, aber unter dem dicken Kopfverband bewegte sie rhythmisch den Mund, drückte den Unterkiefer mal in die eine, mal in die andere Richtung und zog die Lippen so weit es ging auseinander.

„Was machst du denn da?", fragte Katja fassungslos.

„Morgengymnastik", kam es heiser aus dem Nachbarbett. Das

Sprechen fiel ihr noch schwer. „Ich trainiere meine Kauwerkzeuge."
Katja fühlte einen heißen Strom von Freude ihren Körper durchrieseln. Petra war also über den Berg! Katja hätte am liebsten laut „juhu!" geschrien. Stattdessen sagte sie mahnend: „Nun mal langsam, Sportsfreund, sonst platzt deine bildschöne Naht am Kinn, und der Onkel Doktor muss dir noch 'n paar Drähte einziehen."
„Egal", krächzte Petra wie eine aus dem Nest gefallene Krähe, „ich will wieder richtig essen können. Dieses Künstlich-ernährt-Werden ist ja zum ... na ja ..."
„Was hast du denn mit deiner Nachtigallenstimme gemacht? Bisschen eingerostet, wie?"
„Wusstest du das nicht? Das ist jetzt der letzte Schrei."
„Petra?"
„Hm?"
„Ich ... ich bin so froh, dass es dir besser geht."
Schwester Rosanna, die aus Italien stammte und in ihrem blassen Kindergesicht Augen wie zwei Stückchen Kohle hatte, kam mit einem Tablett, um Katja Tee und Kuchen zu bringen.
„Könnte ich bitte eine Cola haben?", krächzte es in ihrem Rücken.
Schwester Rosanna ließ vor Schreck beinahe das Geschirr fallen.
„Madonna mia, was war das? Du sprechen?", fragte sie fassungslos.
„Na, als Sprechen würde ich das gerade nicht bezeichnen, sie gibt Töne von sich!", meinte Katja trocken.
„Ich hören Cola. Hier nix Cola, hier nur Tee!", sagte Rosanna streng, um ihre Würde wiederzugewinnen.

Sie brachte ein zweites Gedeck mit Tee und Kuchen und stellte es neben Petra ab. Dann ging sie wieder. Petra betrachtete nachdenklich den Kuchen. Katja schob sich aus dem Bett und setzte sich zu ihr.
„Soll ich ihn dir vielleicht vorkauen?"
„Versuchen wir's erst mal mit Trinken."
Katja holte ein Handtuch und drapierte es wie ein Lätzchen um den Hals der Freundin. Allmählich bekam sie Übung darin, alles mit einer Hand zu machen. Dann setzte sie Petra vorsichtig die Tasse an die Lippen. „Du kannst beruhigt sein, im Füttern von Babys bin ich Profi."
Petra verzog das Gesicht. Es musste scheußlich wehtun.
„Sollen wir's lieber lassen?", fragte Katja besorgt.
Petra hatte sich zurücksinken lassen und die Augen geschlossen. „Nur einen Moment Pause machen." Sie atmete schwer. „So, jetzt kann's wieder losgehen." Sie nahm drei, vier Schlucke, jeder Muskel in ihrem Gesicht schmerzte.
„Braves Mädchen. So, für diesmal reicht's aber."
Petra tastete nach dem Kuchen, sie brach sich ein kleines Stück ab und schob sich ein paar Krümel in den Mund. Katja beobachtete sie voller Bewunderung.
„Hast du nichts anderes da? Der Kuchen hier – das ist ja der reinste Würgeengel."
„Banane, Schokolade oder Orangenstückchen."
„Orange bitte. Ich will's jetzt wissen."
„Das merke ich."
Schwester Margarethe kam mit den Fieberthermometern. Ihr blieb vor Staunen der Mund offen stehen.
„Ja, was ist denn das?"
„Die Musterpatientinnen geben eine Party", sagte Katja vergnügt. „Sie sind herzlich eingeladen!"

„Gib mir doch mal deinen Spiegel", sagte Petra zwischen zwei Apfelsinenscheibchen.
Katja wich aus. „Das hat Zeit bis morgen."
„Ich will aber wissen, wie ich aussehe!"
„Das kann ich dir auch so sagen: im Moment wie eine Kreuzung aus einem Wiederkäuer und einer Qualle."
„Schöööön! Das hab ich mir schon immer gewünscht."

Katja war so glücklich über Petras neu erwachten Lebenswillen gewesen, aber es sollte noch zu einer Krise kommen.
Am nächsten Tag bekam Petra Besuch von ihrer Mutter. Hatte Dr. Brettschneider sie nicht vorbereitet? Sie starrte fassungslos in das, was von Petras Gesicht unter dem dicken Verband noch zu sehen war – verschwollen und mit blauen Flecken übersät.
„Ja, um Gottes willen, Kind, du siehst ja entsetzlich aus! Man hat mir doch versichert, die Verletzungen wären gar nicht so schlimm!"
„Sind sie ja auch nicht, Mutti, nun reg dich doch nicht auf, in zwei, drei Wochen ist nichts mehr davon zu sehen!"
Frau Christiansen legte Petra einen großen Rosenstrauß aufs Bett und füllte aus einer Reisetasche alles Mögliche in den Nachttisch: Bücher, Spiele, Süßigkeiten und eine Fülle von Kosmetik-Utensilien, Katja konnte sich einfach nicht vorstellen, dass Petra das alles brauchen sollte. Dann setzte sie sich zu Petra aufs Bett und umklammerte ihre Hand.
„Was für ein Unglück!", jammerte sie. „Warum muss es auch immer uns treffen! Mein armer Liebling, und ausgerechnet jetzt?"
„Was meinst du mit ausgerechnet jetzt?"
„Ich habe deine Fotos der Helios-Film geschickt, sie suchen

eine Hauptdarstellerin in deinem Alter für einen großen Spielfilm. Denk dir, so eine Chance! Sie müssen dich nehmen, bei deiner Begabung! Du solltest dich nächste Woche nach deiner Rückkehr aus dem Skilager vorstellen. Was sage ich den Leuten jetzt? Wie lange wird es dauern, bis du wieder voll einsatzfähig bist?"

„Das musst du schon den Arzt fragen, nicht mich", sagte Petra mürrisch. „Und was die Filmheinis betrifft, sag ihnen, dein unschuldiges Kind sei von einem gewissenlosen Autofahrer zusammengefahren worden und der Arzt hätte es noch für einige Zeit aus dem Verkehr gezogen."

Frau Christiansens Gesicht hellte sich auf. „Die Idee ist gar nicht schlecht: Wenn ich an ihr Mitgefühl appelliere, werden sie sich vielleicht besonders für dich interessieren. Vielleicht sollte man was in den Zeitungen bringen."

Petra wollte etwas erwidern, ließ es dann aber. Ihre Mutter plauderte drauflos, erzählte von ihrer Reise, von neuen Bekannten aus der Fernsehbranche und äußerte zwischendurch immer wieder die Sorge, dass Petra von dem Unfall etwas zurückbehalten könne, was ihrer „kostbaren Begabung" Schaden zufügen würde.

Katja konnte es nicht mehr mit anhören. Sie angelte sich aus dem Nachttisch ein Stück Papier und einen Stift und begann, mit der gesunden linken Hand einen Brief an die Zwillinge zu schreiben. Das erforderte ihre ganze Konzentration, und sie merkte erst an der plötzlich eingetretenen Stille, dass Petras Mutter gegangen war.

Petra lag blass und schweigsam in ihren Kissen, der Besuch musste sie sehr angestrengt haben. Sie ließ sich willenlos von den Schwestern versorgen, rührte das Abendbrot nicht an und sagte nur, sie sei müde und wolle sofort schlafen.

„Fühlst du dich schlecht? Kann ich irgendwas für dich tun?", fragte Katja beunruhigt.
„Nein, nein." Petra lächelte schwach. „Wenigstens habe ich ihr ausreden können, mich in ein anderes Krankenhaus bringen zu lassen."
In der Nacht wurde Katja von einem durchdringenden Schmerzenslaut geweckt. Petra schrie, als wolle sie jemand umbringen. Katja war sofort hellwach, sie vergaß Verbände, Gips und alle Schmerzen und war mit einem Sprung an Petras Bett. Petra schlug wild um sich und versuchte, sich den Verband vom Kopf zu zerren. Katja wollte sie halten, in den Arm nehmen, aber mit dem Gipsverband war das unmöglich.
„Petra!", rief sie flehend, „Petra, wach doch auf, was ist denn, beruhige dich doch!"
Sie drückte wild auf die Klingel, aber die Nachtschwester hatte gerade mit einer frisch operierten alten Frau in Zimmer 29 zu tun, sie sah und hörte nichts.
Katja fuhr fort, auf die Freundin einzureden, und endlich – es schien eine Ewigkeit gedauert zu haben – kam Petra zu sich. Sie öffnete die Augen weit, erkannte Katja, ließ den Kopf erschöpft auf deren Knie sinken und schluchzte hemmungslos.
„Katja, ich hab so schrecklich geträumt", sie weinte wie ein kleines Kind, und Katja strich ihr hilflos immer wieder über den Kopf. Sie wusste einfach nicht, was sie sagen sollte. Petras Tränen durchweichten ihr Nachthemd und bildeten eine kleine warme Pfütze auf ihren Knien. Sie angelte nach dem Päckchen mit den Papiertaschentüchern und begann, Petra das Gesicht abzutupfen.
Da – endlich – erschien Schwester Lieselotte in der Tür. „Ja, was machst du denn da! Du sollst doch nicht aufstehen!"
„Petra hat ..."

„Ich habe schlecht geträumt und im Schlaf geschrien. Ist schon gut, Schwester Lieselotte, entschuldigen Sie bitte." Petra wollte die Nachtschwester schnell wieder loswerden.
Schwester Lieselotte schaute prüfend von einer zur anderen, überzeugte sich, dass Katja wieder in ihr Bett zurückging, und wandte sich zur Tür.
„Das ist eine Nacht! Du lieber Himmel, man weiß nicht, wo man anfangen soll!", murmelte sie im Hinausgehen.
Kaum war sie draußen, stand Katja wieder auf. „Warte, ich wasch dir erst mal das Gesicht. So, das kühlt schön", sagte sie, als sie mit dem feuchten Waschlappen an Petras Bett trat. „Hast du Durst?"
Petra nickte. Sie sah jetzt erleichtert und glücklich aus. „Ich bin so froh", seufzte sie.
„Froh – worüber?"
„Dass du hier bist. Ich meine, dass es keine von den anderen ist. Du weißt schon. Ich habe mir seit Monaten gewünscht, dass wir Freunde werden. Aber du schienst so streng und abweisend. Ich hab mich einfach nicht an dich rangetraut, ich dachte, du magst mich nicht!"
„Was?", fragte Katja fassungslos. „Na, das darf doch wohl nicht wahr sein!" Ihr Herz machte einen kleinen Hüpfer, und sie gab Petra spontan einen Kuss auf die Stirn. Sie fühlte, wie sie rot wurde dabei, und um ihre Verlegenheit zu überspielen, jammerte sie: „Igitt!"
„Was ist?"
Katja hielt ihr feuchtes Nachthemd weit von sich und sagte mit komischer Verzweiflung: „Dein Tränenmeer. Ich fühl mich, als hätte ich mir in die Hosen gemacht."
„Komm, ich helf dir. Hol dir ein frisches Nachthemd."
Petra zog sich langsam hoch und richtete sich auf. Im Gegen-

satz zu Katja hatte sie beide Arme frei, dafür steckte ihr Oberkörper in einem Gipskorsett, zwei Rippen waren gebrochen.
„So, diesmal spiele ich Baby-Anziehen. Mensch, wir sind schon zwei Typen, reif fürs Panoptikum!"
„Du, Petra", sagte Katja, als sie endlich wieder in ihrem Bett lag, „willst du mir deinen Traum nicht erzählen?"
Petra schwieg eine Weile.
„Nein", sagte sie dann zögernd, „ich glaube, ich möchte ihn niemals irgendjemandem erzählen – ich möchte ihn nur vergessen, verstehst du?"
„Ja, ich glaube schon. Hat es – hat es etwas mit deiner Mutter zu tun?"
„Ja. Du darfst nicht schlecht über sie denken", fuhr sie nach einer Weile fort, obgleich Katja nichts dergleichen gesagt hatte. „Sie hat kein sehr glückliches Leben gehabt, weißt du. Sie wollte eine erfolgreiche Schauspielerin werden. Dann hat sie meinen Vater geheiratet und für ihn alles aufgegeben. Nach drei Jahren hat er sie verlassen, und sie hatte nur noch mich. Sie musste Geld verdienen und hat es sehr schwer gehabt."
„Ja, ich hab mir so was Ähnliches schon gedacht."
„Sie träumt davon, dass ich all das schaffe, was sie nicht erreicht hat, und mir macht es ja auch Spaß, das Ballett, die Singerei, das Gitarrespielen. Aber manchmal geht mir der ganze Rummel so auf den Wecker – kannst du das verstehen? Mutti und ich könnten doch auch ohne das glücklich miteinander sein. Und wir hätten endlich mal Zeit füreinander, könnten miteinander reden oder einfach mal rumbummeln, Blödsinn machen! Aber immer bist du unter Druck, musst dies noch machen und das – ‚aber, Liebling, das schüttelst du doch aus dem Ärmel – bei deiner Begabung!' Wenn ich mal irgendwo nicht die Erste bin, glaubt sie, ich sei krank oder es läge an der

Gemeinheit der anderen. Ich frage mich manchmal, was sie gemacht hätte, wenn ich wirklich dumm gewesen wäre. Hätte sie mich dann nicht geliebt? Aber vielleicht liebt sie mich gar nicht – schläfst du schon?"
„Aber nein, ich hör dir zu!"
„Hört sich an, wie 'ne Beichte, gell? Aber ich war so enttäuscht, als sie heute hier war. Sie schaut mich an und redet und redet und sieht mich dabei gar nicht wirklich, sie will gar nicht wissen, wie's mir geht."
„Hast du ihr das schon mal gesagt? Ich meine, dass du gar nicht scharf darauf bist, ein Star zu werden."
„Das ist es ja: Ich trau mich einfach nicht. Ich habe Angst davor, dass sie dann schrecklich enttäuscht ist, sie würde es gar nicht verstehen."
„Vielleicht doch?"
„Und dann ist da noch was – weißt du, man gewöhnt sich daran, was Besonderes zu sein. Erst findet man's albern, und schließlich beginnt es Spaß zu machen, dass die anderen einem ständig Honig ums Maul schmieren."
„Ich habe nie den Eindruck gehabt, dass du dir was draus machst."
„Ja, das ist ja das Komische: Von dem Tag an, als du in unsere Klasse kamst, war mir der ganze Rummel wurst. Ich hatte nur noch den Wunsch, mit dir befreundet zu sein."
„Menschenskind – hättest du doch bloß was gesagt! Kannst du dir vorstellen, dass ich mich für das blödeste, uninteressanteste, missgestaltetste Geschöpf auf dem ganzen Erdboden halte?"
„Du spinnst", sagte Petra trocken.
Es war das Schönste, was Katja seit langem gehört hatte.

Ein heldenhafter Empfang im Klassenzimmer

Sag mir mal ein Schlaginstrument mit dreizehn Buchstaben."
„Klapperschlange."
„Nee."
„Nicht?"
„Geht nicht rein."
„Lass mal sehen." Katja beugte sich zu Petra hinüber. „B – nichts – nichts – G – O – nichts – nichts – O – M – M – nichts – nichts – N. Irgendwas mit Trommeln. B – BO – BONGOTROMMELN!"
„Richtig! Der Kandidat kriegt hundert Punkte."
„Könnt ihr eigentlich noch was anderes außer Kreuzworträtsel lösen und blödeln?", knurrte Betty aus ihrer Ecke.
Betty lag seit einer Woche in ihrem Zimmer. Sie hatte sich gleich am dritten Tag ihres Skiurlaubs bei einer rasanten Schussfahrt einen komplizierten Beinbruch geholt. Die ersten Tage war sie sauer gewesen, vor allem wenn ihre Freunde – sie alle, auch Betty, waren Studenten – auf einen Sprung zu ihr hereinschauten, braun gebrannt und voller Erlebnisse.

Auch Katja und Petra waren zunächst keineswegs begeistert über den Zuwachs. Aber bald erwies sich Betty als guter Kumpel, und im Zimmer 25 breitete sich übermütige Faschingsstimmung aus.
Sie hatten sich gegenseitig die Gipsverbände bemalt, ein Wettzeichnen veranstaltet, wer die komischsten Tiere zustande brachte – wobei Katja, als unfreiwilliger Linkshänder mit ihrem „Wein-Kater“ buchstäblich Bettys „Himbeereisvogel“ abschoss. Die Werke schmückten die Wände des Zimmers.
Sie sangen zwei- und dreistimmig und stritten beim Scrabble-Spiel, ob Worte wie „Kinderwagenvorhangnäherin“ oder „Milchsuppenkochmütze“ zugelassen werden könnten.
„Betty hat Recht!“, meinte Katja.
„Womit?“
„Ich finde, wir sollten unsere kleinen grauen Zellen mal wieder ein bisschen auf Schule umschalten. Wir lassen uns die Aufgaben schicken – und Betty kann uns abhören.“
„Den Deibel werde ich ...“, brummte Betty aus ihrer Ecke. „Ich bin froh, wenn ich endlich mal in Ruhe lesen kann.“
„Muss das denn sein?“, fragte Petra, nicht sehr begeistert. „Aber vielleicht hast du Recht. Dann haben wir nicht so viel nachzuholen, wenn wir zurückkommen.“
„Wenn meine Mutter heute anruft, bitte ich sie, uns unsere Bücher und Aufgaben mitzubringen.“
„Sehr wohl, Frau Direktor. Sag mir mal ein Kleidungsstück mit zehn Buchstaben.“
„Hundeleine.“
„Geht das schon wieder los!“, stöhnte Betty.

Nicht Mami brachte die Schulaufgaben, sondern Herr Seifert persönlich. Er stand am Sonntagnachmittag plötzlich mit ei-

nem Blumenstrauß und zwei großen Schachteln Pralinen in der Tür und starrte verwirrt auf Bettys weit ausgeschnittenes Nachthemd, bis ihm einfiel, warum er eigentlich hier war.
„Herr Seifert!“
„Klasse, dass Sie gekommen sind!“
Die beiden Mädchen strahlten. Herr Seifert schüttelte beiden die Hand und fummelte umständlich an der Plastiktüte, in die er die Blumenstängel gewickelt hatte, um sie vorm Austrocknen zu bewahren. Es entstand eine kleine verlegene Pause, bis er es geschafft hatte, die Blumen von ihren Umhüllungen zu befreien.
„Von der Schokolade bekommt jede eine Schachtel, damit es keinen Streit gibt, die Blumen müsst ihr euch teilen.“ Er legte die Schokolade jeder aufs Bett und die Blumen auf den Nachttisch zwischen ihnen.
„In Ordnung, ich nehm die Stängel, Petra darf die Köpfe haben“, blödelte Katja.
„Vielen Dank!“, beeilte sich Petra zu sagen.
„Ja, vielen herzlichen Dank, Herr Seifert, ich finde es toll, dass Sie uns so verwöhnen!“, fiel ihr Katja eifrig ins Wort.
Herr Seifert musterte sie neugierig.
„Das Krankenhaus scheint dir gut bekommen zu sein, ich habe dich noch nie so strahlend gesehen!“
Er zog sich einen Stuhl heran, und Petra drückte auf die Klingel. Als die Schwester erschien, klatschte sie in die Hände.
„Schwester Ute, eine Party.“
„Okay“, sagte Schwester Ute verständnisvoll lächelnd.
Herr Seifert guckte erstaunt. „Eine Party?“
„Ja, das ist das Stichwort bei uns, wenn Besuch kommt. Sie werden gleich sehen.“
Schwester Ute kam mit einem Tablett, auf dem Teller, Gläser,

verschiedene Fruchtsäfte und Cola standen. Petra und Katja förderten aus ihrem Nachtschränkchen Kartoffelchips, Kekse und Nüsse zutage.
„Die Schwestern heben unsere Bar in ihrem Kühlschrank auf", erklärte Katja, „damit alles gekühlt ist. Was möchten Sie?"
„Ja, wenn das so ist – einen Orangensaft bitte."
Herr Seifert begann zu erzählen. Vom Skilager, an dem zum Glück die meisten der Mädchen noch hatten teilnehmen können, vom Faschingsfest der Schule und dem Konzert des Schulorchesters. Er überbrachte die Grüße der Klassenkameradinnen und überreichte dann den beiden eine Zusammenfassung des durchgenommenen Lehrstoffs.
„Ah, das hätte ich ja beinahe vergessen, hier ist noch ein Brief für dich, Petra."
Während sich Herr Seifert mit Katja über ihren gebrochenen Arm unterhielt, überflog Petra den Brief. Katja sah, wie sich auf Petras Stirn eine steile Zornesfalte bildete.
„So, ich muss mich jetzt verabschieden." Herr Seifert erhob sich und reichte erst Katja, dann Petra die Hand.
„Herr Seifert, ich möchte Sie noch etwas fragen!", stieß Petra ungewohnt heftig heraus.
Warum war sie nur so wütend?
„Ja – was denn?"
„Neben Katja ist doch ein Platz frei. Ich möchte in Zukunft neben Katja sitzen."
„Sicher – warum nicht?"
„Und ich möchte, dass Sie den anderen vorläufig nichts davon sagen! Bitte!"
„Also gut, wenn du möchtest?"
„Ich habe meine Gründe. Vielen Dank!" Petra lächelte Herrn

Seifert mit dem Ausdruck einer Katze an, die im Begriff ist, eine Maus zu verspeisen.

„Was war denn los mit dir?“, fragte Katja, nachdem Herr Seifert gegangen war.
„Da, lies!“
Katja nahm den Brief und schaute sich zunächst die Unterschriften an.
„Aha – die Schleppenträger! Hab mich schon gewundert, dass die hier noch nicht angetanzt sind.“
„Liebe Petra!“, lautete der Brief. „Uns allen tut es so Leid, dass es bei dem Unfall ausgerechnet dich erwischen musste! Wir drücken dir sämtliche Daumen, dass du schnell wieder gesund wirst, und können es kaum erwarten, dich wieder bei uns zu haben.
Hast du unsere Blumen bekommen? Du Arme, was musst du nur alles ausstehen! Und dann auch noch das Pech, ausgerechnet mit dieser Zimtziege ins Krankenhaus zu kommen! Hoffentlich müsst ihr nicht in einem Zimmer liegen! Auf baldiges Wiedersehen und viele liebe Grüße!“ Dann folgten die Namen.
Katja lachte auf. „Und das ärgert dich? Mach keine Witze!“
„Ja, das ärgert mich. Und die Zimtziege bezahlen sie mir, verlass dich drauf!“

Zwei Wochen später durften Katja und Petra die Heimreise antreten. Katjas Vater und Petras Mutter holten sie mit dem Auto ab.
Der Abschied vom Krankenhaus wurde ihnen fast ein bisschen schwer, trotz aller Schmerzen und Aufregungen war es eine schöne Zeit gewesen im Zimmer 25.

Aber als Katja zu Hause vorfuhr, die Geschwister sich mit Indianergeheul auf sie stürzten, als ihre Mutter sie stürmisch umarmte und sie dann in ihr blumengeschmücktes Zimmer führte, war Katja doch sehr glücklich, nun endlich wieder daheim zu sein.

Mama hatte Kuchen gebacken, und Celia und die Zwillinge hatten den Kaffeetisch mit Konfetti und Girlanden festlich geschmückt.

Fips war bitter enttäuscht, dass er den Gipsverband nicht mehr zu sehen bekam, aber Katja tröstete ihn mit dem Anblick ihrer Kopfnarbe, die nun schon wieder unter Haaren versteckt lag.

„Ein Glück, dass du eine Zahnspange hast, sonst wären dir sicher alle Zähne ausgefallen!", sagte Celia nicht gerade feinfühlig.

„Ja, nicht wahr? Man weiß nie, wozu so ein Ding noch mal gut ist."

Komisch: Früher hätte sie eine solche Bemerkung auf die Palme gebracht, aber jetzt ließ es sie völlig kalt. All die bitteren, trüben Gedanken über ihr Aussehen, ihre Figur waren wie weggeblasen. Nicht dass sie jetzt anders über sich gedacht hätte, aber es machte ihr nichts mehr aus. Für Petra spielte es keine Rolle – also war es ihr selbst auch gleichgültig. Es gab Wichtigeres.

Am darauf folgenden Montag gingen sie zum ersten Mal wieder in die Schule. Ihre Mutter fuhr sie zur Feier des Tages hin. Sie richteten es so ein, dass sie auf jeden Fall als Letzte vor Herrn Seifert die Klasse betreten würden. Petra wollte ihren großen Auftritt haben – mit Katja.

Es war ein eigenartiges Gefühl, nach so langer Zeit die Schul-

treppe hinaufzusteigen, durch den langen Gang zu gehen – Katja fühlte die alte Unsicherheit in sich hochsteigen, aber Petra ließ es nicht dazu kommen. Sie hakte sich bei der Freundin ein und ging mit ihr auf die Klasse zu.
„Und jetzt reiß dich zusammen, lass dir nichts anmerken!"
Petra marschierte Arm in Arm mit Katja durch die offene Klassentür, schmetterte ein „Guten Morgen" in den Raum und ging zu ihrem neuen Platz, als hätte sie immer dort gesessen.
Die Mädchen hatten sie offensichtlich erwartet, denn dort, wo Petra früher gesessen hatte, war ein Gabentisch mit Blumen und Geschenken aufgebaut, als hätte sie Geburtstag. Auf Katjas Platz lag ein verschämter Schneeglöckchenstrauß. Katja und Petra verständigten sich durch einen Blick, griffen gemeinsam nach den Schneeglöckchen, hoben sie in die Höhe und sagten gleichzeitig: „Wie lieb von euch! Vielen herzlichen Dank!"
Die Mädchen verharrten in fassungslosem Schweigen, sie wussten einfach nicht, was sie davon halten sollten.
Schließlich kam Gitta Bauer herüber, reichte Petra die Hand und sagte etwas steif: „Herzlich willkommen, Petra. Und auch dir, Katja. Schön, dass du – dass ihr wieder da seid."
Hinter ihr marschierte jetzt die Schar der Schleppenträgerinnen auf, um Petra ebenfalls zu begrüßen.
„Wir haben dir zur Feier deiner Rückkehr ein paar Kleinigkeiten auf deinen Platz gelegt", sagte eine Stimme aus dem Hintergrund.
Petra tat, als verstünde sie nicht.
„Auf meinen Platz?" Sie schaute suchend um sich.
Zwei der Mädchen begannen eilig, die Päckchen herüberzubringen, und bauten sie vor Petra auf. Petra ergriff ein

Päckchen nach dem anderen und teilte sie gleichmäßig zwischen sich und Katja.
„Eins du – eins ich – eins du – eins ich – eins du. Du kriegst eins mehr, weil ich den größeren Blumenstrauß hab, okay? Wir danken euch sehr, wirklich, ihr habt uns zu sehr verwöhnt, das hättet ihr nicht tun sollen!“, sagte sie mit dem Charme einer Königin, die durch Bescheidenheit zu bestechen weiß.
Wieder entstand ein verlegenes Schweigen.
Petras frühere Banknachbarin Eva wagte schließlich kleinlaut zu fragen: „Willst du jetzt immer neben Katja sitzen?“
Katja musste sich auf die Lippen beißen, sonst hätte sie laut losgelacht. Petras Gefolge stand da wie Kühe im Gewitterregen. Auch Petra hatte Mühe, ernst zu bleiben.
„Noch nie was von siamesischen Zwillingen gehört?“, fragte sie liebenswürdig zurück.
Zum Glück erschien Herr Seifert in diesem Augenblick. Er begrüßte die beiden Heimkehrer herzlich und wandte sich dann dem Klassenbuch zu.
„Ich wusste gar nicht, dass du so ein Biest sein kannst!“, flüsterte Katja grinsend.
„Nur wenn sich's nicht vermeiden lässt. Ich hab ja nichts gegen die anderen, sind alles ganz prima Kerle. Aber es wird Zeit, dass sie mit den Füßen wieder auf den Teppich kommen!“
Herr Seifert räusperte sich und schaute fragend herüber. „Darf ich jetzt anfangen?“

Mit 14 glaubt man an die Freundschaft

Papa ist ja gar nicht so

Kinder sind nie so, wie man sie sich gewünscht hat", sagte ihr Vater leicht gequält und lenkte den Wagen aus der Parklücke auf die Straße.

„Wieso – wie meinst du das?"

Katja versuchte, sich nicht anmerken zu lassen, dass sie sich ein bisschen gekränkt fühlte.

Die Ampel sprang auf Rot, und ihr Vater schaltete zurück auf den zweiten Gang. Das Getriebe gab ein schauerliches Geräusch von sich.

„Das war der erste", sagte Papa entschuldigend. „Ich werde mich nie daran gewöhnen, dass bei diesem Karren der erste Gang unten liegt. So ein Blödsinn!"

Er trat im Leerlauf ein paar Mal kräftig aufs Gaspedal und ließ den Motor aufheulen, als wolle er ihm zeigen, wer hier der Herr sei.

„Sei nicht so ungeduldig. Schließlich hast du ihn erst einen Tag. Ich finde ihn sehr schön – für sein Alter", versuchte Katja ihren Vater zu beruhigen. „Sag mir lieber: Wie hast du dir deine Kinder denn gewünscht? Man sollte meinen, bei zwei

Töchtern und zwei Söhnen wäre wenigstens einer nach deinem Geschmack!"
Der Vater starrte gedankenverloren auf die Ampel.
„Ach, wie soll ich das erklären." Er sah Katja verschmitzt von der Seite an. „Wahrscheinlich wünscht sich jeder Vater, dass seine Kinder verzückt an seinen Lippen hängen, wenn er über seinen Beruf oder seine Lebenserfahrungen spricht."
„Oder über seine Hobbys."
„Auch das."
Die Ampel sprang auf Rot-Gelb, dann auf Grün.
Papas Blick war verträumt in den Himmel gerichtet, der ein porzellanzartes Frühlingsblau zeigte.
„Grüner wird's nicht", mahnte Katja.
Papa legte hastig den Gang ein, erinnerte sich aber zum Glück rechtzeitig daran, dass er den Rückwärtsgang erwischt hatte, und korrigierte seinen Fehler. Der Wagen machte einen Satz nach vorn, als hätte er eine mittlere Hürde genommen.
„Du bist schon mal besser gefahren", sagte Katja stirnrunzelnd.
Links neben ihnen erschien ein blauer Mercedes, der Fahrer sah kopfschüttelnd auf Papa und tippte sich an die Stirn. Da der Vater nur entschuldigend lächelte, erwiderte Katja für ihn den Autofahrergruß. Der Mercedesfahrer brauste wütend davon.
„Setz mich da vorne an der Ecke ab, ich laufe das letzte Stück. Dann habe ich wenigstens noch was von dem schönen Frühlingswetter."
Ihr Vater lenkte den Wagen an den Bordstein und hielt. Dann sah er Katja prüfend an.
„Du siehst ziemlich käsig aus, meine Große. Kommst du denn überhaupt noch an die frische Luft – bei der vielen Trai-

niererei neben Schule und Hausaufgaben? Ich finde, du übertreibst es ein bisschen."
„Ach wo. Es macht mir ganz einfach Spaß!"
„Wenn das Wetter so schön bleibt, sollten wir vielleicht mal eine richtige Wanderung machen ..."
„Mit der ganzen Familie? Celia, die schon nach zehn Schritten mault, es sei ihr zu langweilig? Und die Zwillinge, die allenfalls spazieren stehen – statt spazieren zu gehen! Besten Dank, da verzichte ich lieber."
„Nein, ich dachte an uns beide – vielleicht mit deiner Freundin Petra?"
Katja schaute ihren Vater überrascht an.
„Ist das dein Ernst? Der Vorschlag lässt sich natürlich hören, manchmal hast du richtig gute Ideen, mein Oller!", sagte sie übermütig. „Gleich an diesem Wochenende?"
„Das dachte ich."
„Klasse! Jetzt muss ich mich aber beeilen. Tschüss! Und danke schön fürs Mitnehmen!" Katja gab ihrem Vater einen zärtlichen Kuss, der in der Eile irgendwo zwischen Ohr und Kragen landete, und sprang aus dem Auto.
„Der erste Gang ist links unten!", rief sie durchs Fenster und winkte ihm noch einmal nach. Dann schlenderte sie die Seitenstraße hinunter, an deren Ende die Ballettschule Künzel lag.
Auf dem Weg fiel ihr Papas Bemerkung wieder ein.
Natürlich wusste Katja, dass Papa nicht hatte sagen wollen, seine Kinder gefielen ihm nicht. Er war enttäuscht und ärgerlich gewesen, weil sie sich in dem Briefmarkenladen so schlecht benommen hatte. Während er begeistert versucht hatte, ihr die Stücke, die ihm der Händler vorlegte, zu erklären und sie dafür zu interessieren, hatte sie mit dem üblichen mürrischen Gesicht daneben gestanden, ungeduldig mit

den Fingern auf die Theke getrommelt und leise gestöhnt, wenn ihr Vater sich wieder und wieder neue Briefmarken zeigen ließ. So lange, bis er richtig sauer war.

Warum bloß? Warum hatte sie ihm nicht die Freude gemacht zuzuhören? Sie hatte doch noch reichlich Zeit, bis das Ballett-Training begann. Warum trieb es sie immer wieder, ihre Umgebung durch Muffligkeit und bockbeiniges Benehmen vor den Kopf zu stoßen, als müsse sie sich ständig für irgendetwas rächen?

Dass er sie dafür auch noch mit einer Einladung zu einer gemeinsamen Wanderung belohnt hatte, machte alles nur noch schlimmer.

Katja zog die schwere Haustür des alten Mietpalastes auf und stieg in den Keller hinunter, in dem die Räume der Ballettschule lagen. Unten war es dunkel, sie war also die erste. Elfie Krüger, Frau Künzels Assistentin, machte wahrscheinlich noch Mittagspause.

Katja knipste das Flurlicht an und ging in die Garderobe, um sich umzuziehen. Die Garderobe war eng und ungemütlich, es roch nach Schweiß, billiger Seife und Bohnerwachs, aber Katja liebte diesen Geruch.

Hier unten, wo es so richtig nach Arbeit roch, fühlte sie sich glücklich – soweit sie überhaupt dazu imstande war, sich glücklich zu fühlen.

Papas Bemerkung hatte mal wieder alle alten Wunden aufgerissen: den Zorn über ihr Aussehen, die Verachtung, die sie sich selbst entgegenbrachte. Denn sie – Katharina Steinebach – hatte nicht nur einen blödsinnigen Vornamen, sondern auch ein doofes Gesicht, eine miese Figur, eine quakige Stimme, eine Zahnspange und schauderhafte Hemmungen im Umgang mit anderen. So jedenfalls sah sich Katja selbst.

Zum Glück gab es einen Menschen, dem das egal war: Petra Christiansen, ihre beste Freundin, seit sie nach dem schweren Busunfall wochenlang gemeinsam im Krankenhaus gelegen hatten. Im Zusammensein mit Petra konnte sie alles vergessen, was ihr sonst das Leben so sauer machte.

Katja warf einen verachtungsvollen Blick auf ihr Spiegelbild und begann, sich auszuziehen.

Oben klappte die Eingangstür. An ihrem leichten, sicheren Schritt erkannte sie sofort die Freundin. Katja lauschte – und schon hörte sie die schrille Stimme von Petras Mutter: „Ich hol dich in anderthalb Stunden ab. Falls etwas ist: Ich bin beim Frisör."

Was soll schon sein!, dachte Katja ärgerlich. Wenn Frau Christiansen doch bloß damit aufhören würde, Petra wie ein dreijähriges Kind zu bemuttern! Richtig ekelhaft war das. Und Petra fügte sich schweigend, um ihrer Mutter nicht wehzutun. Das wäre ja alles nicht so schlimm gewesen, wenn Frau Christiansen nicht mit so verbissenem Eifer an dem arbeiten würde, was sie Petras Karriere nannte. In den Augen ihrer Mutter war Petra der geborene Bühnen- und Fernsehstar, und Frau Christiansen tat alles, um ihre Wunschvorstellung Wirklichkeit werden zu lassen.

Petra stürmte in die Garderobe.

„Auftritt Petra, der Götterliebling. Aber vielleicht wäre ‚Mamas Liebling' noch passender?", maulte Katja.

„Nanu, schlechte Laune? Was ist denn los, hat dich jemand gebissen?"

„Ach wo. Ich habe nur gerade über Eltern im Allgemeinen und im Besonderen nachgedacht. Mein Vater zum Beispiel hat mir gerade mitgeteilt, dass er mich lieber ganz anders gehabt hätte. Ich gefalle ihm nicht. Ist ja auch kein Wunder."

„Aha. Du hast ihn geärgert, und er ist drauf eingestiegen und sauer geworden. Und jetzt hat meine liebe Katja wieder einen willkommenen Anlass, in ihren Minderwertigkeitsgefühlen zu baden. Stimmt's?"
Katja runzelte die Stirn. Aber dann musste sie doch lachen. „So ähnlich wird's wohl gewesen sein. Du bist unschlagbar!"
Sie schlüpfte in ihr Trikot und drehte Petra den Rücken zu, um sich von ihr den Reißverschluss schließen zu lassen.
„Du hast zugenommen."
„Quatsch."
„Doch, du kriegst 'nen richtig schönen Busen."
„Blödsinn, du willst mich nur aufheitern. Bohnenstange bleibt Bohnenstange, und Besenstiel bleibt Besenstiel. Ich werde nie wie ein weibliches Wesen aussehen. Ist mir auch völlig schnuppe." Sie stellte sich im Profil vor den Spiegel und zupfte da, wo Petra ihren Busen vermutet hatte, an dem hellblauen Stoff des Trikots. „Ei, ei, was hab ich da entdeckt, zwei Erbsen auf ein Brett gezweckt."
„Dir ist ja nicht zu helfen. Los, beeil dich."
Oben klappte die Tür, und eine Schar Ballettschülerinnen tobte die Treppe herunter. Katja und Petra schlüpften in ihre Spitzenschuhe und prüften sorgfältig den Sitz, bevor sie die Bänder schnürten.
„Wolltest du mit den Spitzenschuhen nicht noch warten?", fragte Katja besorgt. „Ich verpetz dich beim Onkel Doktor, wenn du dich überanstrengst!"
„Nur ein paar Minuten, ich versuch's mal. Der Unfall ist jetzt fast fünf Monate her – und einmal muss ich doch wieder anfangen. Mama meint auch ..."
„Die liebe Mama! Sie glaubt wohl, du könntest die Chance deines Lebens verpassen, große Künstlerin."

Petra schwieg. Sie schlang sich das lange blonde Haar zu einem Knoten und steckte ihn am Hinterkopf fest. Von dem schweren Unfall war ihr kaum noch etwas anzusehen, und die kleinen Narben am Kinn und an der Schläfe machten ihr ungewöhnlich hübsches Gesicht nur noch aparter.
Der Raum füllte sich mit schwatzenden Mädchen, es wurde eng.
„Komm, wir gehen schon mal rüber."
Petra schlug sich ihr Handtuch um den Hals und lief den langen Gang zum Ballettsaal hinunter, gefolgt von Katja, die ihr im Laufen den Reißverschluss hochzog.
In dem großen Ballettsaal war es angenehm kühl. Die breiten, hoch gelegenen Fenster des ausgebauten Kellerraumes standen weit offen, und die Strahlen der Mittagssonne malten tanzende Kringel auf den Boden.
Die beiden Freundinnen stellten sich an die Stange und begannen, mit ein paar Kniebeugen ihren Körper für das Training geschmeidig zu machen. Dann folgten Rumpfbeugen nach allen Seiten und weitere Übungen, um die Beine zu dehnen und zu strecken.
Katja legte ihr linkes Bein auf die Stange und rutschte vor in den Spagat. Sie federte ein paar Mal nach, führte den Arm in elegantem Schwung nach oben und beugte sich mit gestrecktem Oberkörper nach vorn, bis die Nasenspitze fast das Knie berührte. Dabei sagte sie über die Schulter zu Petra: „Übrigens haben wir Sonntag was vor. Mein Vater will mit uns eine Wanderung machen – wenn du Lust hast."
Petra, die gerade ein paar Pirouetten auf der Spitze versucht hatte, verlor fast das Gleichgewicht, so plötzlich hielt sie an.
„Und das sagst du erst jetzt? Toll, Mensch!" Sie fiel der Freundin vor Freude um den Hals. „Wohin werden wir gehen?

Sind wir den ganzen Tag unterwegs? Ach", unterbrach sie sich, und die Freude in ihrem Gesicht erlosch so rasch, wie sie aufgeflammt war, „es klappt ja doch nicht. Ich kann meine Mutter nicht allein lassen."

„Kannst du nicht irgendeine Verabredung für sie treffen?"

„Hinter ihrem Rücken?"

„Na ja, ich dachte, du könntest vielleicht jemanden anrufen und ihn – oder sie – bitten, deine Mutter einzuladen."

„Du weißt doch, dass sie kaum Freunde hat, weil sie nur für mich da sein will", sagte Petra bedrückt.

„War wohl nicht so 'ne gute Idee, vergiss es", fiel Katja ihr ins Wort. „Wir werden sie einfach mitnehmen."

Immer mehr Mädchen nahmen ihre Plätze an der Ballettstange ein. Katja und Petra mussten ihr Gespräch abbrechen.

Als Letzte betrat Elfie Krüger den Saal. Sie schaute einmal in die Runde, bis Ruhe eingekehrt war. Dann nahm sie das Tamburin zur Hand.

„Erste Position – Grands Pliers. Vier langsame, vier schnelle. Und die Knie zeigen in die Richtung der Fußspitzen, wenn ich bitten darf, meine Damen. Und – eins – zwei – drei – vier ..."

Frau Christiansen taut auf

Wo sind die Zwillinge?", rief Mama schon von weitem, als Katja um halb sieben das Haus betrat. Sie hatte ihre Hausaufgaben bei Petra gemacht, um allen Babysitterpflichten zu entkommen.

„Wieso – sind sie noch nicht in der Badewanne?", fragte Katja leichthin und versuchte, an ihrer Mutter vorbei in ihr Zimmer zu schlüpfen.

„Ach, es ist doch zum Verrücktwerden!" Mama knallte wütend ihre Küchenschürze in die Ecke. „Nicht genug, dass man sich halb tot arbeitet, um jeden Dreck muss man sich selber kümmern!"

„Uije!", sagte Katja leise und zog den Kopf ein.

Dann hakte sie sich kameradschaftlich bei ihrer Mutter ein und zog sie in die Küche.

„Was hast du denn gemacht, das riecht ja so gut?"

Die Mutter stöhnte.

„Rhabarber eingekocht. Eine Frau aus dem Dorf hat mir zwanzig Pfund gebracht, fast geschenkt. Da konnte ich doch nicht ..."

„... Nein sagen, ist ja klar. Und wie ich dich kenne, hast du schon nach einer halben Stunde bedauert, je von dem billigen Rhabarber gehört zu haben."
„Ihr esst ihn doch so gern!", sagte Mama entschuldigend. Dann zeigte sie stolz auf eine stattliche Reihe von Gläsern. Hier – Marmelade und Kompott. Und einen Rhabarberkuchen habe ich auch schnell noch gebacken."
„Unverbesserlich."
„Geh, sei so lieb und such die Zwillinge. Ich hatte ihnen erlaubt, noch eine Viertelstunde zu spielen. Ich meinte natürlich, in ihrem Zimmer."
Katja lief suchend durchs Haus und dann durch den kleinen Garten, in dem sich auf dem neu angesäten Rasen das erste schüchterne Grün und ein paar kräftige Disteln zeigten. Dass sie hier nicht waren, konnte sie mit einem flüchtigen Blick erkennen. Auch auf der Straße vorm Haus war alles still, Katja zögerte, ob sie links oder rechts hinunterlaufen sollte. Dann entschied sie sich für rechts, denn die große Scheune am Ende der Reihenhaussiedlung und der alte Friedhof daneben hatten die Brüder schon öfter in ihren Bann gezogen.
Am Ende der Straße wurden gerade die letzten Häuser der Siedlung fertig gestellt. Katja lief hinüber zur Scheune und sah sich um. Unter dem weit überstehenden Dach hatte man Baumaterial gelagert, auch innen war die Scheune mit Bauholz und allen möglichen Geräten angefüllt. Es war also kein Wunder, dass dieser Platz eine solche Anziehungskraft auf die Zwillinge ausübte. Trotzdem durchstöberte Katja die Scheune vergeblich.
„Markus! Fips! Wo steckt ihr denn? Kommt sofort nach Hause!"
Nichts rührte sich.

Seufzend ging Katja um die Scheune herum und den schmalen Pfad hinauf, der zu dem alten Friedhof führte. Die verrostete kleine Tür in der bröckligen Mauer quietschte fürchterlich, Katja zuckte zusammen. Sie blieb stehen und lauschte. Auf dem Friedhof war es fast dunkel, die hohen Bäume und Büsche ließen kaum noch Licht durch. Alles schien still zu sein. Doch nein, da näherte sich eine Gestalt, eine alte Frau aus dem Dorf. Sie hastete zur Pforte, stob an Katja vorbei, ohne sie zu bemerken, schaute noch einmal ängstlich zurück, wobei sie sich heftig bekreuzigte, und schlug die kleine Tür scheppernd hinter sich zu.
„Na wartet, ihr Burschen!", zischte Katja zwischen den Zähnen hervor. „Ich erwische euch schon!"
Sie ging in die Richtung, aus der die Frau gekommen war, und schon nach wenigen Schritten entdeckte sie im Dunkel der Bäume zwei kleine schneeweiße Gestalten, die leise kichernd um die Gräber jagten. An die Zwillinge erinnerte allenfalls ihre Größe.
„Fips! Markus! Kommt sofort hierher! Was macht ihr da?"
„Wir spielen Engel", sagte Markus, der als Erster herankam. Erkennen konnte man ihn nur an seinen kohlschwarzen Augen, der Rest verschwand unter einer dichten weißen Staubschicht.
Fips – in der gleichen Aufmachung – drückte sich hinter dem Bruder heran.
„Gespensterengel", bestätigte Fips und schlug zum Beweis mit den Armen wie eine flügellahme Krähe.
„Du lieber Himmel, wie seht ihr denn aus?"
„Wir haben uns einen neuen Sandhaufen gebaut."
„Das ist doch kein Sand!"
„Doch – ganz frischer, sauberer!", posaunte Fips eifrig.

„Ganz unbenutzter, frisch aus der Tüte!", übertönte ihn Markus. „Komm mit, ich zeig ihn dir." Er nahm Katja eilfertig bei der Hand und zog sie zur Rückseite der Scheune hinüber.
„Da! In den Säcken. Und das ist unser Sandhaufen!"
„Schön, gell?" Fips strahlte. Er war stolz auf ihre Leistung.
„Ja, seid ihr denn vom wilden Affen gebissen? Das ist doch Zement! Die ganzen Säcke aufgeschlitzt – eine schöne Bescherung! Los, kommt mit."
„Was ist Zement?", fragte Fips fröhlich.
„Das wird dir Papi gleich erklären", knurrte Katja, die sich im Geiste schon dabei sah, die Brüder in der Badewanne abzuschrubben. Sicher würde das wieder an ihr hängen bleiben!
„Jedenfalls klebt's prima, wenn man's nass macht", sagte Markus glücklich.
Katja rollte die Augen gen Himmel.
„Lieber Gott, ich möchte einen Tag – nur einen einzigen Tag in meinem Leben – erleben, an dem die nichts anstellen! Ich würde ihn zum öffentlichen Gedenktag erklären lassen!"

Die Mutter hatte das Baden und Reinigen der Zwillinge doch lieber selbst besorgt. Ihr lautes Jammergeschrei ließ hoffen, dass Markus und Fips in Zukunft auf einen Sandhaufen aus Zement verzichten würden.
„Weiß Mami schon was von unseren Plänen fürs Wochenende?", fragte Katja, als ihre Mutter erschöpft das Zimmer betrat und sich auf die Couch fallen ließ.
„Ein Bier!", flüsterte die Mutter mit ersterbender Stimme. „Vorher bin ich nicht zu sprechen."
Papa ging in die Küche und kam kurz darauf mit einem Glas zurück, das er Mama an die Lippen setzte.
„Was ist das?"

„Sekt“, sagte der Vater.
„Oh!“ Mama richtete sich auf. „Was soll ich dir verzeihen? Oder ist es etwas, was ich für euch tun soll?“ Sie sah von einem zum anderen.
„Wie kannst du so etwas denken!“, sagte Papa entrüstet. „Du hast dir deinen Sekt doch heute redlich verdient!“
Katja warf ihrem Vater einen strafenden Blick zu. Dann wandte sie sich an ihre Mutter, die genießerisch das Glas bis auf den letzten Tropfen leer trank.
„Sagen wir mal, deine zweite Vermutung kommt der Wahrheit ziemlich nah. Wir wollten dich nämlich bitten, uns Sonntag freizugeben. Für eine Tageswanderung. War übrigens Papis Idee, er findet, ich brauche dringend frische Luft.“
Mama sah Papa aus den Augenwinkeln an.
„Du hast dich nicht zufällig daran erinnert, mein Lieber, dass am Sonntag die gute alte Frau Weißner zu uns zum Essen kommen will?“
Papa guckte unschuldig wie ein neugeborenes Kind.
„Ach nein, wirklich? War das schon dieses Wochenende? Das war mir ganz entfallen. Die gute alte Frau Weißner.“
„Heuchler!“ Um Mamas Mund zuckte es verräterisch. Schweigend hielt sie Papa das Glas hin, um es noch einmal füllen zu lassen.
Papa konnte Frau Weißner nicht leiden, das war kein Geheimnis. Sie war eine Schwätzerin und entsetzlich dumm. Trotzdem ließ es sich nicht umgehen, dass man sie hin und wieder einladen musste. Es gab solche Leute – auch wenn Katja nicht begriff, warum derartige „Verpflichtungen“ überhaupt sein mussten.
Mama räkelte sich wohlig und sah Katja und Papi lauernd an.

„Tja, ihr beiden. Und was kriege ich, wenn ich euch freigebe?"
„Ich verpflichte mich freiwillig zu einem Tag Babysitten, damit du einen Stadtbummel machen kannst – und abends mit Papi ins Theater gehen", sagte Katja schnell.
„Theater und anschließend ein schickes Restaurant", bestätigte der Vater das Angebot.
„Einverstanden. Ich nehme also die – wie sagtest du doch? – die gute alte Frau Weißner auf mich. Alles klar?"
„Noch nicht alles", sagte Katja zögernd.
Papi sah erstaunt auf. „Noch nicht?"
„Ich möchte noch etwas mit euch besprechen. Es geht um Petra – und Petras Mutter. Papi meinte, wir könnten Petra mitnehmen. Aber Petra kann ihre Mutter nicht allein lassen."
„Oh nein!", stöhnte Mama. „Die kann ich nicht auch noch einladen!"
„Nein, daran habe ich auch gar nicht gedacht, aber – wenn wir sie nun mitnehmen? Du tätest ein gutes Werk."
Papas Gesicht zeigte wenig Begeisterung.
„Findest du das nicht ein bisschen viel verlangt? Dass ich als so eine Art Witwentröster auftreten soll – die Rolle liegt mir nicht."
„Hört, hört!", sagte die Mutter grinsend.
„Du hast mich falsch verstanden. Du tätest ein gutes Werk an Petra, meine ich doch! Du könntest ihrer Mutter mal ein bisschen die Hölle heiß machen ..."
„Ich fürchte, ich verstehe kein Wort!"
„Ach, Papi! Ich meine, du könntest doch mal versuchen, sie ein bisschen zu beeinflussen. Ein Gespräch unter Erwachsenen über Kindererziehung und so ... Na, du weißt doch, dass sie wie eine Klette an Petra hängt. Petra darf nie tun, was sie

selbst möchte, immer muss sie sich nach den Wünschen ihrer Mutter richten. Und dann dieser ganze Quatsch mit der Fernseh-Karriere. Frau Christiansen weiß wahrscheinlich gar nicht, was sie Petra antut. Aber ihr, mit eurem reichen Erfahrungsschatz, was Kindererziehung anbetrifft ..."
„Oh, herzlichen Dank!", unterbrach die Mutter sie. „Also, ganz ehrlich gesagt, ich verstehe das nicht. Frau Christiansen ist doch eine bildhübsche und intelligente Frau! Es scheint so gar nicht zu ihr zu passen, dass sie ihr eigenes Leben der Tochter zuliebe vernachlässigt."
„Ich habe keine Ahnung, was ich ihr sagen soll", grunzte Papa. „Außerdem hasse ich es, mich in anderer Leute Angelegenheiten einzumischen."
„Wisst ihr was?", beendete die Mutter das Gespräch. „Nehmt sie mit – alles andere wird sich finden."

Über vier Stunden waren sie nun schon gewandert, hatten den Ausblick auf Berge und Seen genossen, stille Winkel, die zum Bleiben und Faulenzen einluden, entdeckt, Kühe und Schafe auf der Weide gestreichelt und große Wiesenblumensträuße gepflückt. Jetzt marschierten sie auf ein altes Kloster zu, zu dem eine berühmte alte Gaststätte gehörte, um sich dort im Biergarten zu stärken und auszuruhen.
„Lass uns schön Abstand halten, damit die beiden in Ruhe miteinander reden können", hatte Katja der Freundin zugeflüstert, und so hüpften sie wie zwei übermütige Kälber voraus und tobten herum, als kämen sie gerade erst aus dem Kindergarten.
Katja hatte mit Befriedigung festgestellt, dass Petras Mutter wundervoll aussah und die Augen ihres Vaters aufleuchteten, als er die schlanke Gestalt in dem schicken Jeansanzug be-

grüßte. Frau Christiansen trug ihr langes schwarzes Haar heute offen, nur von einem bunten Seidenschal gehalten, das machte sie jung und weniger streng.
„Sie hat sich riesig über die Einladung deines Vaters gefreut", sagte Petra leise. Sie hatte immer noch ein schlechtes Gewissen, dass es ihr nicht möglich gewesen war, ohne ihre Mutter zu kommen.
Während ihrer Wanderung beobachtete Katja die beiden Erwachsenen ständig aus den Augenwinkeln.
Zuerst redete nur Frau Christiansen, und Katja dachte mit Unbehagen an Dinge, die ihr Vater über schwatzhafte Frauen zu sagen pflegte. Aber allmählich wandelte sich das Bild. Mehr und mehr übernahm ihr Vater die Unterhaltung, und Frau Christiansen hing bewundernd an seinen Lippen. Es klappt!, jubilierte Katja im Stillen.
Auf einer Koppel weideten Pferde. Petra und Katja liefen hin, um sie zu streicheln.
„Hast du eine Ahnung, was die beiden da die ganze Zeit quasseln?", fragte Petra. „Ich habe das Gefühl, dein alter Herr flirtet mit meiner Mutter."
„Na, wenn schon, schließlich sieht sie ja auch zum Anbeißen aus, oder?"
Sie lachten.
„Wenn ihr zwei hier bleiben wollt – wir haben jetzt Durst und Hunger. Wir können euch ja nachher hier abholen", rief Katjas Vater zu ihnen hinüber.
„Hahaha!", machten die Mädchen gelangweilt, „mal sehen, wer zuerst da ist!" Dann stoben sie in wilden Galoppsprüngen voraus.
Der Biergarten war heute am Sonntag überfüllt.
„Wo möchtest du sitzen?", fragte Katja gönnerhaft. „Ich glau-

be, der Tisch dort drüben an der Balustrade hat den schönsten Ausblick."
Petra schaute zweifelnd erst den voll besetzten Tisch, dann Katja an.
„Komm!", kommandierte sie und zog ihre Freundin Petra hinter sich her.
„Verzeihen Sie bitte, bleiben Sie noch lange?", fragte Katja den am Tisch sitzenden Familienvater mit einer Liebenswürdigkeit, die man sonst meist vergeblich bei ihr suchte.
Der Angesprochene setzte erschrocken sein Bierglas ab und starrte Katja verwirrt an.
„Ja, ich wollte eigentlich noch ..."
„Wir wollten sowieso gerade gehen!", fiel ihm seine Frau ins Wort, eine korpulente Dame im weit ausgeschnittenen Dirndl.
Die dazugehörenden drei halbwüchsigen Knaben, die durch Katjas Frage in der schönsten Rangelei unterbrochen worden waren, starrten sie mit offenen Mündern an.
„Aber ich wollte doch ...", versuchte der Mann noch einmal aufzubegehren.
„Schließlich musst du noch fahren!", sagte die Frau energisch.
„Oh, wir wollten Sie wirklich nicht stören!", beteuerte Katja entschuldigend. „Es ist nur so – mein Vater hat uns vorausgeschickt, damit wir uns schon mal um Plätze kümmern."
„Jaja, ist schon recht, kommt nur her." Die Frau war von Katjas Wohlerzogenheit offensichtlich beeindruckt.
„Vielen herzlichen Dank!" Katja ließ einen Hauch von Knicks ahnen. „Siehst du, so muss man's machen", flüsterte sie Petra ins Ohr.
Als ihr Vater, den Arm ritterlich um Frau Christiansens Schul-

ter gelegt, erschien, hatten die Mädchen den Tisch bereits besetzt und winkten ihm übermütig zu.
„Fabelhafte Organisation“, sagte der Vater anerkennend.
Katja nickte würdevoll. „Wir sind ja auch eine fabelhafte Firma.“
„Tausende von Dankschreiben“, bestätigte Petra ebenso.
Eine gewichtige Kellnerin erschien und nahm die Bestellung auf. Kurz darauf kam sie mit überschäumenden Bier- und Limonadekrügen zurück.
„Na denn man prost!“ Katja setzte gierig den schweren Krug an die Lippen.
„Halt!“, rief ihr Vater.
Katja setzte ihre Limonade so abrupt auf den Tisch zurück, dass die kühle Flüssigkeit ihr über den Handrücken schwappte.
„Bevor du dir einen Vollrausch antrinkst, haben Frau Christiansen und ich euch noch etwas zu sagen. Wir haben uns auf dem Weg ein bisschen über euch unterhalten. Und da sind wir zu dem Schluss gekommen, dass es euch ganz gut tun würde, in den großen Ferien mal allein auf Reisen zu gehen.“
Die beiden Mädchen waren sprachlos.
„Ist das wirklich wahr, Mama?“, fragte Petra leise, sie konnte etwas so Ungeheuerliches einfach nicht glauben.
Frau Christiansen nickte, es war ganz offensichtlich, dass ihr die Zustimmung nicht leicht gefallen war. Papa musste mit Engelszungen geredet haben.
„Und was wird aus dir?“
„Mach dir darüber keine Sorgen, ich werde die paar Wochen schon aushalten. Du weißt, ich habe dieses Jahr schon einen missglückten Versuch, allein Ferien zu machen, hinter mir.

Vielleicht klappt es diesmal besser." Sie zwang sich zu einem Lächeln.
Jetzt endlich wagte Petra an ihr Glück zu glauben. Sie fiel erst ihrer Mutter, dann Katja um den Hals.
Katja brachte kein Wort heraus. Freude machte sie meistens stumm und starr, sie beschränkte sich darauf, ihren Vater unter dem Tisch kräftig auf den Fuß zu treten. Der verzog zwar das Gesicht vor Schmerz, begriff aber Katjas Gemütszustand und drückte ihr fest die Hand.
„So, darauf wollen wir nun endlich trinken! Meine Lieben – auf eure künftigen Abenteuer!"

Katja lässt Petra im Stich

In den nächsten Tagen war das Ziel ihrer Reise Gesprächsstoff Nummer eins. Allzu teuer durfte das Unternehmen nicht werden, das konnten sich weder Katjas Eltern noch Petras Mutter leisten.

Katjas Vater war es, der schließlich die ideale Lösung fand. Er hatte herausgefunden, dass ein alter Schulfreund in Tirol ein verfallenes Schlösschen gekauft und zu einer Reiterpension umgebaut hatte. Das schien den Eltern am passendsten. So konnten die Mädchen in den Ferien reiten lernen und waren in guter Obhut.

„Jetzt wissen wir doch wenigstens, wovon wir träumen können, wenn wir uns bei Meyer in Geschichte und Geografie zu Tode langweilen", meinte Katja.

„Noch nie in meinem Leben habe ich mich auf etwas so sehr gefreut!", antwortete Petra seufzend. „Ich habe Schmetterlinge im Bauch, wenn ich nur daran denke!"

Doch zunächst schob sich ein anderes Ereignis in den Vordergrund: In der Schule begann man, wie jedes Jahr, das traditionelle Sommerfest vorzubereiten. Frau Hörter, die Turnlehre-

rin, stellte bereits die Gruppe für die Tanzvorführungen zusammen.
„Petra, würdest du nach der Stunde bitte mal zu mir kommen?“, fragte sie mitten im Unterricht.
„Ja, gern, Frau Hörter.“
„Was will sie von dir?“, flüsterte Katja, die das Sommerfest noch nie miterlebt hatte.
Petra machte ein langes Gesicht.
„Sicher der übliche Solotanz. Aber diesmal kriegt sie mich nicht wieder dran. Entweder mit dir – oder gar nicht.“
„Sei nicht verrückt.“
Nach dem Turnunterricht nahm Petra Katja bei der Hand und zog sie mit sich fort zu Frau Hörter. Die schaute etwas irritiert von einem zum anderen.
„Sie wollten mich sprechen, Frau Hörter?“
Die Turnlehrerin zog mit der ihr eigenen energischen Bewegung die Trainingsjacke über die etwas zu stark geratenen Hüften. Eine überflüssige Geste, denn der wulstige Rand der Jacke rutschte bei der nächsten Bewegung wieder nach oben und legte sich als dicke Stoffwurst um Frau Hörters Taille.
„Ja, du kannst dir ja sicher denken, worum es sich handelt. Ich möchte, dass du unser Programm wieder mit einem kleinen Solotanz verschönst. Diesmal habe ich an etwas Ungarisches gedacht. Die Gruppe würde den Anfangs- und den Schlussteil tanzen, du weißt, man kann ihnen nur unkomplizierte Schritte zumuten. Nun ja, und in diesem Rahmen würdest du dann ein Solo darbieten.“
„Ein ungarischer Volkstanz? Das ist schön.“ Petras Gesicht bekam einen verträumten Ausdruck, sie sah im Geiste schon eine Kombination von Schritten vor sich, die sie in ihren Tanz einbauen wollte. Dann besann sie sich auf ihr Vorhaben.

„Frau Hörter, ich möchte es dieses Jahr anders machen als sonst. Ich habe nun schon mehrmals als Einzige einen Solotanz bei dem Sommerfest getanzt. Diesmal werde ich mit einem Partner auftreten. Katja geht mit mir in die gleiche Ballettschule, wir können prima zusammen trainieren ..."
Frau Hörters Gesicht wurde länglich.
„Ach, du willst mit Katja gemeinsam auftreten? Das würde dann allerdings etwas ganz anderes, als ich mir vorgestellt habe."
„Aber bestimmt nicht schlechter, sondern besser!"
„Nun ja, das muss ich mir erst noch mal überlegen."
„Bitte tun Sie das. Ich werde nicht wieder allein auftreten. Es ist so ungerecht – ich will diese Sonderrolle nicht."
„Ist das dein einziger Grund?"
„Natürlich nicht! Ich möchte wahnsinnig gern mit Katja zusammen auftreten!"
„Wahnsinnig – soso", Frau Hörters Mundwinkel verzogen sich spöttisch. „Weiß deine Mutter eigentlich von deinem Sinneswandel?"
„N-nein – noch nicht."
Katja war diese Unterredung entsetzlich peinlich, am liebsten hätte sie sich auf der Stelle in Luft aufgelöst.
„Wir müssen uns umziehen, sonst kommen wir zu spät zur nächsten Stunde!", drängte sie.
„Nun gut, wir unterhalten uns noch", verabschiedete Frau Hörter die Mädchen.
„Das war nicht dein bester Einfall", sagte Katja vorwurfsvoll, als sie in ihre Klasse hinübergingen.
„Und wieso nicht?"
„Ganz einfach: Sie wollen dich sehen, allein, ohne Knochenbeilage. Schließlich kannst du ihnen das nicht übel nehmen,

jeder in der Schule weiß, dass du weit besser tanzt als die anderen. Warum sollen sie sich mit was Drittklassigem abgeben, wenn sie was Erstklassiges dahaben?"
„Hör bloß auf, mir kommen gleich die Tränen!", sagte Petra wütend.
„Na, ist doch wahr", muffelte Katja.
„Wahr! Wahr! Du trägst deine Minderwertigkeitskomplexe mal wieder wie den letzten Schrei der Mode spazieren! Aber das sage ich dir: Wenn du dir die nicht bald abgewöhnst, kriegen wir uns noch mal gewaltig in die Wolle!"
In der nächsten Stunde konnte Katja an nichts anderes denken als an ihre Auseinandersetzung mit Petra. Aber mehr noch als vor dem Krach mit der Freundin fürchtete sie sich, an Petras Seite vor der ganzen Schule aufzutreten. Sie konnte für Petra kein ebenbürtiger Partner sein, sie würde höchstens verspottet werden, bestenfalls belächelt. Und dem wollte sie sich nicht aussetzen, auf keinen Fall!
Nach der letzten Stunde entwischte sie Petra und lief noch einmal zur Turnhalle hinüber. Frau Hörter kam gerade aus dem Unterricht.
„Willst du zu mir?"
„Ja – kann ich Sie ganz kurz sprechen?", fragte Katja und sah die Turnlehrerin verlegen an.
„Bitte."
„Frau Hörter – es geht um Petras Vorschlag. Das war nicht meine Idee. Ich wollte Ihnen nur sagen, ich möchte bei dem Tanz gar nicht mit auftreten. Petra hat sich das so ausgedacht, aber – nun ja, sie hat mich gar nicht vorher gefragt."
Sehr wohl fühlte Katja sich nicht bei dem Gedanken, der Freundin in den Rücken zu fallen.
Frau Hörter schien erleichtert.

„So – also du meinst, ich brauche auf Petras Wunsch keine Rücksicht zu nehmen."
„Nun ja, so ungefähr. Reden Sie ihr das wieder aus."
In der Tür stieß Katja mit Petra zusammen.
„Ich habe dich gesucht. Du hast mit Frau Hörter gesprochen?"
Katja wurde rot.
„Ja, sei nicht böse, aber – versteh mich doch! Ich habe einfach Schiss vor diesem Auftritt! Sie würden mich alle nur auslachen."
„So ein Blödsinn!" Petra biss sich auf die Lippen. Ahnte Katja überhaupt, wie enttäuscht sie war? „Na ja", sagte sie mit einem gezwungenen Lächeln, „da kann man halt nix machen. Schade. Ich möchte wirklich wissen, wann du endlich ..." Sie brach ab.
„Wann ich endlich – was?"
„Ach lass, es hat doch keinen Zweck. Tschüss, ich muss gehen, meine Mutter wartet." Sie wandte sich ab, ohne Katja noch einmal anzusehen.
„Sehen wir uns beim Training?", rief Katja ihr nach.
Aber Petra gab keine Antwort mehr.

Die Pizza-Schlacht

Die Proben für das Schulfest begannen. Katja hatte in einem Sketch, der sich kritisch mit dem Verhalten der Schulbusfahrer befasste, eine kleine Rolle übernommen. Zwischen Petra und ihr war kein weiteres Wort über die Auseinandersetzung wegen des Tanzes gefallen. Wie immer verbrachten sie ihre Freizeit gemeinsam, machten zusammen ihre Hausaufgaben und gingen zum Ballett-Training.
Trotzdem war es für Katja, als hätte sich eine dünne Wand zwischen sie geschoben. Unausgesprochene Vorwürfe, unterdrückte Enttäuschung, versteckter Groll, was immer es war, Petra war innerlich ein wenig von Katja abgerückt, auch wenn sie versuchte, es sich nicht anmerken zu lassen.
Was Petras Solotanz anging, so schien sie entschlossen, all ihre vorangegangenen Erfolge in den Schatten zu stellen. Katja hatte sie gegen ihren Willen da hineingedrängt, na schön, dann wollte sie ihrem Publikum einen Tanz hinfetzen, dass ihnen Hören und Sehen vergehen sollten. All ihren Zorn über Katjas Rückzieher tobte sie in den wirbelnden Schrittkombinationen aus, an denen sie nun Tag für Tag mit Verbissenheit übte.

Frau Christiansen war glücklich. Endlich war Petra wieder zu dem ehrgeizigen, angespannt arbeitenden Mädchen geworden, das sie gewesen war, bevor sie sich mit Katja befreundete. Es blieb nicht aus, dass Katja immer öfter auf Petra warten musste.

„Weißt du, Katja", sagte Frau Christiansen eines Tages, als Katja bei ihr auf der Couch hockte wie eine traurige Krähe und seit einer halben Stunde vergeblich auf Petra wartete, „wie wäre es, wenn wir mal ein kleines Fest feiern? Ich wollte schon lange einmal deine ganze Familie zu mir einladen."
„Was – hierher in Ihre Wohnung?"
Katja betrachtete stirnrunzelnd den mit erlesenen Möbeln aus der feinsten Münchner Einrichtungs-Boutique ausgestatteten Raum, die schneeweißen Kunstledersessel, den langhaarigen weißen Fellteppich und die Glassammlung, die überall auf Tischchen und Regalen Platz gefunden hatte.
„Frau Christiansen", sagte Katja mit Begräbnisstimme, „da kann ich Ihnen nur abraten. Sie kennen meine Brüder nicht."
Frau Christiansen war Katjas Blick gefolgt und lächelte erleichtert, wahrscheinlich hatte sie Angst vor ihrer eigenen Courage gehabt.
„Aber ich würde mich so gerne einmal revanchieren für die nette Einladung deines Vaters neulich."
„Da habe ich eine bessere Idee", meinte Katja. „Wie wär's, wenn Sie uns alle in die Pizzeria einladen? Da gehen manchmal meine Eltern mit uns hin, es ist ganz prima dort!"
Statt einer Antwort griff Frau Christiansen zum Telefon.
„Wie ist eure Nummer?"
„Sechsundsiebzig, fünfundsechzig."
„Sieben, sechs, sechs, fünf – Hallo? Frau Steinebach? Chris-

tiansen hier. Katja und ich haben gerade etwas ausgeheckt. Ich möchte Sie alle gern zu einem großen Pizza-Essen in die Pizzeria einladen! Was – gleich heute? Ja, warum eigentlich nicht? Gute Idee. Um sieben Uhr? Fein, ich bestelle einen Tisch. Bis dann –Wiederhören."
„He, gibt's was zu feiern?" Petra war unbemerkt eingetreten.
Frau Christiansen lachte übermütig.
„Nein, Katja und ich hatten ganz einfach mal Lust auszugehen."
Hoffentlich vergeht ihr die Lust nicht zu schnell, dachte Katja, sie ahnt ja nicht, was auf sie zukommt.

Die Pizzeria war ein schlauchartiger Raum, an dessen linker Seite sich eine lange Theke befand. Gegenüber auf der rechten Seite gab es eine Reihe von Tischen – unterbrochen von einem kleinen Springbrunnen –, über denen Decke und Wände üppig mit künstlichen Weingirlanden dekoriert waren, um den Eindruck von Gartenlauben zu erwecken. Auf den Tischen standen lustige, riesig große Pfeffermühlen.
Katja, Petra und Frau Christiansen saßen bereits an dem großen Tisch neben dem Springbrunnen, als die Tür aufflog und Markus, Fips und Celia zugleich mit Indianergeheul hereindrängten. Markus hatte den Tisch zuerst erreicht.
„Tach!", sagte er freundschaftlich zu Frau Christiansen und ließ sich blitzschnell auf dem Stuhl neben Petra nieder.
Fips bearbeitete ihn mit Fäusten und Ellenbogen.
„Geh weg da, ich will neben Petra sitzen!"
„Nö, ich." Markus ließ sich nicht aus der Ruhe bringen und strahlte Petra an.
Frau Christiansen war aufgestanden, um Katjas Eltern zu be-

grüßen. Fips erspähte die günstige Gelegenheit und ließ sich sofort auf ihren Stuhl an Petras anderer Seite nieder.
„Philipp, was fällt dir ein!" Katja versuchte, den Bruder mit Gewalt von Frau Christiansens Stuhl zu zerren. Fips heulte los.
„Außerdem wollte ich dahin!", maulte Celia dazwischen.
Frau Christiansen schaute hilflos von einem zum anderen.
„Na kommt, wir rutschen eins weiter", versuchte Petra die Situation zu retten.
Auf der Stirn von Katjas Vaters bildete sich eine bedrohliche Falte.
„Jetzt sagt erst mal ordentlich guten Tag, wenn ich bitten darf. Und wer sich nicht anständig benimmt, fliegt raus, verstanden?"
Markus und Fips standen für den Bruchteil einer Sekunde auf, begrüßten Frau Christiansen mit Handschlag und einer artigen, etwas übertriebenen Verbeugung und wetzten zu ihren Stühlen zurück. Celia, die mit dem Ausdruck einer gekränkten Diva am unteren Ende des Tisches Platz genommen hatte, reichte Frau Christiansen hoheitsvoll die Hand.
„Was für ein entzückendes Kind Celia doch ist, man könnte sie für eine Schwester von Petra halten", sagte Frau Christiansen zu Mama und betrachtete bewundernd Celias blonde Locken und ihre lang bewimperten Puppenaugen.
„Wenn ich neben dem Springbrunnen sitzen muss, denke ich dauernd, ich muss pinkeln", muffelte das entzückende Kind.
„Celia, reiß dich zusammen!", zischte Katja wütend.
Dann räumte sie ihren Platz neben Frau Christiansen für ihre Mutter und setzte sich gegenüber neben Papa.
„Ich hab Hunger, wann gibt's denn endlich was zu essen!", grölte Markus.
„Und ich hab Hunger und Durst!", übertönte ihn Fips.

„Ich will ...“
„Ruhe, ihr werdet gefälligst warten.“ Mama haute auf den Tisch.
Aus dem Hintergrund tauchte ein italienischer Kellner auf, umkreiste mit elegantem Hüftschwung den Springbrunnen, wobei er einen Augenblick wie ein Fragezeichen in der Luft hing, und verteilte einen Stapel Speisekarten. Dann zückte er einen Block und harrte der Bestellung. Dreißig verschiedene Pizza-Variationen standen zur Auswahl.
Einen Augenblick nur herrschte Stille, dann brach der Orkan los.
„Ich nehme Pizza mit Salami, Tomaten und Käse. Und Salat. Und Limo.“
„Ich mit Schinken und Tomaten und Käse – aber ohne Pilze.“
„Ich mit Pilzen und dem andern. Und Oliven. Ach nee, doch lieber ohne Oliven.“
„Ich mit Muscheln und Pilzen und Artischocken und Tomaten und Käse.“
„Da sind doch Kapern drauf, ich denk, du magst keine Kapern!“
„Ach so, Kapern, dann nehme ich lieber ...“
„Welche nehm ich denn bloß?“
„Ich eine mit allem. Und viel Peperoni. Und Salat.“
„Mit Krabben gibt's ja auch! Darf ich eine mit Krabben? Also dann – nicht mit Muscheln, sondern mit Krabben.“
„Dann nehm ich auch lieber eine mit Schinken.“
„Ach nee, ich nehm doch lieber die andere.“
„Ist die mit Sardellen auch mit Käse?“
„Käse ist doch immer drauf!“
„Ich will aber keinen Salat!“
„Ich möchte Wein. Papi, krieg ich Wein?“

„Quatsch, ihr Kinder kriegt doch keinen Wein."
„Ich mag aber Wein!"
„Kriegen wir hinterher ein Eis?"
Frau Christiansen wurde immer blasser, das Lächeln stand wie festgefroren auf ihrem Gesicht, und auch der Kellner hatte seine gesunde Farbe verloren. Eine Weile hatte er sich bemüht, Notizen zu machen, jetzt wischte er sich nur noch den Schweiß von der Stirn.
Da bewährte sich Papas computergeübtes Gehirn. Mit einer Handbewegung sorgte er für Ruhe, dann wandte er sich an den verzweifelten Kellner: „Also, wir nehmen zweimal Nummer drei, einmal Nummer fünf, zweimal Nummer elf, einmal Nummer sechzehn, einmal Nummer achtundzwanzig und einmal Nummer neunundzwanzig. Sechs gemischte Salat, zwei Apfelsaft – ihr?"
„Cola."
„Limo."
„Cola."
„... zwei Cola, ein Limo und einen Liter Rotwein."
„Danke schön!", seufzte Frau Christiansen, als sei sie eben aus einem Schiffbruch errettet worden. Auch der Kellner schenkte Papi ein dankbares Lächeln.
„Dürfen wir rausgehen und spielen, bis das Essen kommt?"
„Nein, ihr bleibt sitzen und seid still."
„Ach, lassen Sie sie doch!"
„Na schön, aber nicht auf die Straße."
Mama hatte noch nicht ausgesprochen, da drängten und schubsten sich Celia und die Zwillinge schon an den übrigen vorbei ins Freie, als hätte man sie drei Tage lang in Ketten gelegt. Als sie an der Tür waren, merkten sie, dass der Kellner die Getränke brachte. Also rasten sie erst einmal zurück an ih-

re Plätze, zwängten sich auf die Stühle, um ihren Durst zu stillen und rannten dann von neuem los. Das Scharren der Stuhlbeine auf dem plattenbelegten Boden machte einen Höllenlärm. Frau Christiansens Lächeln wirkte wie eine Grimasse.
„Uff! Endlich Ruhe“, sagte Katjas Mutter.
Draußen erhob sich klägliches Geschrei.
„Katja, sei so lieb ...“
„Jaja.“
Fips war hingefallen und hatte sich die Hand aufgeschrammt. Katja packte ihn wortlos und schleppte ihn zur Toilette, um ihn zu reinigen. Vor den Türen mit der Aufschrift „Damen“ und „Herren“ gab es erneut eine lautstarke Auseinandersetzung, weil Fips nicht auf die Damentoilette wollte, er fühlte sich in seiner männlichen Ehre gekränkt.
Erst als eine dicke Italienerin aus der Küche erschien und ihn mit einem Bonbon tröstete, ließ er sich willig abführen und waschen. Katja lieferte ihn, zwar verheult, aber einigermaßen sauber am Tisch ab.
Katjas Mutter und Frau Christiansen waren in ein Gespräch über naive Malerei vertieft, und der Vater scherzte mit Petra. Sie waren bereits beim zweiten Viertel Wein und naschten von ihrem Salat, der appetitlich frisch auf dem Tisch stand. Die hatten es gut ...
Der Kellner brachte die Pizzas.
„Schatz, schau doch mal, wo Markus und Celia stecken. Sag ihnen, das Essen sei da.“
Katja, sie hatte noch nicht ganz gesessen, erhob sich wieder. Celia und Markus hatten einen Kohlenschuppen hinterm Haus entdeckt und sahen aus wie die Schornsteinfeger.
„Dich wasche ich aber nicht!“, erklärte Katja energisch.

Markus tat empört. „Wieso – ich wasch mich doch selber!"
„Los, Celia, kümmere dich um ihn!"
„Wieso immer ich?"
„Und dann kommt. Das Essen ist da."
Katja kehrte zu ihrem Platz zurück. Vor ihr stand eine Pizza mit Pilzen und Anchovis. Eigentlich hatte sie eine mit Krabben bestellt, sie hasste Anchovis. Na wenn schon, jetzt war sowieso alles egal.
Die Erwachsenen unterhielten sich großartig. Sie schwärmten von London, warfen sich Stichworte zu, Namen von Hotels und Lokalen, die sie alle drei in Entzücken versetzten.
Plötzlich schrie Frau Christiansen auf. Markus war unbemerkt an den Springbrunnen getreten und hatte seinen Zeigefinger auf eine Düse gedrückt. Der Strahl traf genau in Frau Christiansens Ausschnitt.
„Schön kühl, nicht?", sagte Markus fröhlich.
Papa sprang auf und setzte ihn unsanft auf seinen Platz.
„Du kriegst gleich eins hinter die Löffel. Iss jetzt, ich will keinen Mucks mehr von dir hören, sonst darfst du im Auto warten, bis wir fertig sind."
Für eine Weile kehrte Ruhe ein, wenn man von überschwappenden Gläsern und vom Teller rutschenden Pizzas einmal absah. Aber bei der Bestellung der verschiedenen Eisportionen schlugen die Wogen von neuem hoch. Katja verteilte Püffe, sanfte Fußtritte und drohende Blicke nach allen Seiten. Aber ihre Sorge, Frau Christiansen könne einen Schock erleiden, war unbegründet. Sie unterhielt sich inzwischen so lebhaft mit Mama, dass ihr der Aufruhr gar nicht zu Bewusstsein kam. Die beiden Frauen saßen wie auf einer einsamen Insel mitten im tosenden Ozean.
Markus und Fips langweilten sich bereits wieder. Da Papa

ihnen verboten hatte, aufzustehen und draußen zu spielen, begannen sie heimlich, Blätter von der künstlichen Girlande zu zupfen, um sie auf dem Wasser als Schiffchen schwimmen zu lassen. Ihr Flüstern und Kichern fiel niemandem weiter auf.

Als ein Rauschen wie von Vogelschwingen den Raum erfüllte und der Blätterschmuck sich von Wänden und Decke löste, war es zu spät. Girlanden legten sich dem mit Eisbechern heraneilenden Kellner um den Hals, platschten in die vollen Spagettiteller des Ehepaares am Nebentisch, fegten Gläser von der Theke, zierten Papas Kopf wie einen Lorbeerkranz und legten sich den beiden Übeltätern um den Hals, dass sie wie zwei kleine geschmückte Pfingstochsen dasaßen und mit offenen Mündern sprachlos auf die Bescherung starrten.

„Raus!", brüllte Papa. Er kämpfte eine Weile mit dem Blätterschmuck, bis er sich und die beiden Knaben befreien konnte. Dann packte er seine ungeratenen Söhne und zerrte sie zur Tür. „Für heute reicht's mal wieder. Ab mit euch ins Auto!"

„Mein Eis!", schrie Markus empört. „Wir haben unser Eis noch nicht gegessen!"

„Euer Eis könnt ihr euch an die Wand malen!", schimpfte der Vater.

„Ach nein, bitte nicht auch das noch", sagte die Mutter leise und pflückte sich die Weinblätter aus dem Haar.

Der Kellner, der eine Weile wie ein geschmücktes Denkmal mit seinem Tablett mitten im Raum gestanden hatte, wickelte sich aus dem Laub und begann hastig, die Rechnung zusammenzustellen.

Frau Christiansen hielt eine Girlande im Arm und starrte sie an, als könne sie das Ganze immer noch nicht glauben. Katja bemühte sich, den Tisch von dem monströsen Schmuck zu

befreien und den Blätterwald wieder an seiner Halterung zu befestigen.
Als sie sich umwandte, sah sie Petra mit dem Kopf auf der Tischplatte liegen, die Schultern der Freundin zuckten heftig.
„Was ist los – weinst du? Na, so schlimm ist es ja nun auch wieder nicht gewesen. Es ist doch keinem was passiert“, sagte Katja erschrocken.
Petra sah auf. Sie lachte, dass ihr die Tränen kamen.
„Ich habe noch nie in meinem Leben so einen herrlichen Abend erlebt!“, stieß sie glucksend hervor und hielt sich stöhnend den Bauch. „Ich beneide dich! Es muss doch himmlisch sein, eine solche Familie zu haben!“

Klaus Funke in Nöten

Der Abend in der Pizzeria hatte zwischen Katja und Petra die alte Harmonie wieder hergestellt.
In der Schule liefen die Vorbereitungen für das große Sommerfest auf Hochtouren. Wer nicht für eine der Aufführungen probte, malte Kulissen, nähte Kostüme oder bastelte Geschenke für die Tombola.
Da an dem Fest auch die anderen Schulen des Schulzentrums teilnahmen, war für die Mädchen aus Katjas Klasse das Mitspielen der Jungen aus dem Gymnasium die größte Attraktion. Jede drängte sich danach, in einem der Sketche, die mit Musik- und Tanznummern abwechselten, eine Rolle zu bekommen.
Katjas Rolle war klein, und das war ihr gerade recht. Sie brauchte nur sich selbst zu spielen, ein Mädchen, das von dem Unfug und seinen bösen Folgen einfach keine Notiz nimmt. Außer den Sätzen „Ich halt mich da raus“ – „Das interessiert mich nicht“ – „Lass mich in Ruhe“ und „Das geht mich doch nichts an“ hatte sie nichts zu sagen, musste allerdings die ganze Zeit lesend auf ihrem Platz hocken, während um sie

herum die anderen tobten, sich prügelten und mit Mützen, Taschen und Turnbeuteln herumwarfen, bis der Busfahrer getroffen wurde und einen Unfall verursachte.
Diese Sketche wurden von den Schülern selbst verfasst, und es war Ehrensache, dass in ihnen eine gute Portion Selbstkritik serviert wurde.
Neben Katja saß Klaus Funke. Ihm war die Rolle des Anstifters zugefallen, der die Ideen liefert und die anderen zu Streichen anstachelt, aber selbst nie mitmacht und ein Unschuldsengel bleibt, wenn etwas schief gegangen ist. Katja kannte Klaus, den Ur-Berliner, der sich so gerne urbayerisch gab, seit ihrem ersten Tag in dieser Schule. Deshalb fand sie auch, die Rolle sei ihm auf den Leib geschrieben.
Vom Textlernen hielt Klaus allerdings nicht viel. Vielleicht hatte er auch nur sehr schnell begriffen, dass Katja eine willige und hilfsbereite Souffleuse war, die seine Rolle schon am zweiten Tag auswendig konnte. Jedenfalls verließ er sich sehr bald darauf, dass sie ihn anstupste, wenn er an der Reihe war, und ihm die ersten Worte seines Textes zuflüsterte.
„Du lässt dich mal wieder ganz schön ausnutzen", meinte Petra, als sie bei einer Probe zugeschaut hatte. „Das ist so typisch für dich: Sonst bist du gar kein Mitmacher, nur wenn die anderen einen Dummen suchen, der für sie arbeitet, dann bist du ganz groß im Rennen!"
„Wer so aussieht wie ich, hat gar keine andere Wahl."
„Der Satz ist so dämlich, dass ich ihn als nicht gesagt betrachten möchte."
Zum Glück wurden sie von Klaus Funke unterbrochen, der von hinten heranschlenderte, die Schultern hochgezogen, die Hände tief in den Hosentaschen vergraben. Katja glaubte zu sehen, wie er Petra mit den Augen verschlang.

„Kannst du mir deine Freundin nicht mal für ’n Jahr abtreten?“, fragte er Petra. „Katja ist genau der Partner, den ich in der Bank neben mir brauche. Wetten, dass ich nach ein paar Monaten keinen blassen Vierer mehr im Zeugnis hätte?“

„Das könnte dir so passen! Unsere Firma nimmt keine Aufträge mehr an, da musst du schon woanders denken lassen.“

„Schade.“

Er sah auf seine Schuhspitzen. Ihm fiel offensichtlich nichts mehr ein, denn auf seiner Stirn erschien eine Reihe von Dackelfalten.

Hübsche lange Wimpern hat er, dachte Katja, aber wo ist seine kesse Schnauze geblieben? Na ja, wenn sie Petra sehen, verschlägt’s ihnen allen die Sprache. Wer ist schon darauf trainiert, sich mit Märchenfeen zu unterhalten.

„Na ja, dann will ich eure holde Zweisamkeit nicht länger stören. Bis morgen, Kumpel!“ Damit haute er Katja auf die Schulter und schlenderte davon.

„Da siehst du’s!“, sagte Katja spöttisch. „Das ist die Rolle meines Lebens: der gutmütige Kumpel, der nie Nein sagen kann. Es können ja schließlich nicht alle Götterlieblinge sein.“

„Hör auf damit!“, fauchte Petra. „Du weißt, ich mag das nicht!“

„Entschuldige, ich hab’s nicht so gemeint. Gehn wir schwimmen?“

„Okay. – Sag das nicht wieder zu mir.“

„Was – Götterliebling? Wenn’s dich so ärgert – in Ordnung. Nie wieder.“

Bei der nächsten Probe druckste Klaus Funke merkwürdig herum. Er war unaufmerksam und schaute Katja immer wieder von der Seite an.

„Was ist denn heute los mit dir?", fragte sie, als er zum fünften Mal seinen Einsatz verpasst hatte.
„Ich hab ein Problem. Können wir uns nachher in der Pause mal unterhalten?"
„Achtung! Du bist dran – ‚Mensch, Dieter, du Flasche, versuch's noch mal!'"
Der kleine Oliver Haase, der den Dieter spielte, wartete – einen Tennisball als Wurfgeschoss in der Hand – schon verzweifelt auf sein Stichwort.
„Mensch, Mieter, du Dasche ... Densch, Flieter, du Masche ...", stotterte Klaus, und sämtliche Darsteller brachen in brüllendes Gelächter aus. Der kleine Oliver war nicht mehr in der Lage, den Ball zu werfen, so schüttelte es ihn, und Andreas, der den Busfahrer spielte und jetzt einen wütenden Ausbruch hinzulegen hatte, brachte seine Sätze nur noch als Kleinholz über die Lippen.
„So geht's nicht, Kinder, zehn Minuten Pause", sagte Robert, ein Klassenkamerad von Andreas, der die Regie übernommen hatte.
Katja und Klaus holten sich aus dem Automaten im Keller einen Orangensaft und setzten sich auf dem Hof ein wenig abseits von den anderen auf die Mauer.
„Na, nun schieß los, was hast du für ein Problem?"
Klaus blinzelte in die Sonne, er seufzte tief.
„Tja – wie soll ich dir das sagen – es geht um ein Mädchen ..."
„Na und – weiter?"
„Ja – sagen wir mal so: Ich mag sie wahnsinnig gern, aber sie weiß nichts davon."
„Dann sag es ihr doch."
„Das ist eben nicht so einfach. Sie ..." Klaus schaute angestrengt zum Horizont, wo im blauen Dunst wie mit dünner

Tusche gezeichnet die Alpen zu erkennen waren. „Sie ist was ganz Besonderes, weißt du – kein gewöhnliches Mädchen. Hübsch, klug – und ganz anders als die anderen. Ich trau mich einfach nicht – ich müsste erst wissen, ob sie mich auch ein bisschen mag."
Er sah Katja verschmitzt und ein bisschen mit schräg gelegtem Kopf an.
Katja betrachtete ihn nachdenklich.
„Hm. Ich glaube, ich verstehe, was du meinst."
„Ja?", fragte er rasch – mit einem Ausdruck, als hätte man ihm eben einen Lottogewinn versprochen.
„Hm", machte Katja noch einmal. „Mal sehen, vielleicht lässt sich da was machen. Meinst du, wenn du mit dem Mädchen irgendwo allein wärst – ich meine, wenn sie irgendwo auf dich warten würde –, du würdest dich dann trauen?"
„Das könntest du arrangieren? Du würdest wirklich ..."
„Ich will's versuchen. Ich sag dir noch Bescheid, okay?"
Klaus Funke war ganz blass geworden vor Aufregung, der Becher in seiner Hand zitterte bedenklich.
„Okay!", sagte er fast tonlos.
„Nun komm, wir müssen wieder rein, sonst gibt's Ärger mit den anderen. Und tu mir einen Gefallen: Reiß dich jetzt zusammen, ja?"
„Klar!" Er drückte ihren Arm so fest, dass sie laut aufschrie.

„Du hast einen Verehrer", sagte Katja zu Petra, als sie später gemeinsam über ihren Hausaufgaben hockten.
„Schon wieder?", fragte Petra gelangweilt.
„Einen sehr netten sogar. Ich habe versprochen, für ihn bei dir ein gutes Wort einzulegen. Er möchte dich unbedingt mal allein sprechen."

„Wer ist es denn?“
„Klaus Funke.“
„Ach, der ...“
„Der ist ganz dufte – ehrlich!“
„Na ja.“ Petra vertiefte sich wieder in ihr Geschichtsbuch.
„Ach, nun sei kein Spielverderber! Ich habe ihm versprochen, dass ich das arrangiere.“
„Du spinnst wohl! Was denn arrangieren?“
„Na, dass er dich mal allein sprechen kann – nur um dir zu sagen, was er sagen will.“
„Dazu habe ich keine Zeit.“
„Komm, das lässt sich doch machen. Nach dem Ballett-Training zum Beispiel. Ich sag ihm, er soll in die Eis-Bar kommen. Wenn deine Mutter dich mal nicht abholt. Wir essen ein Eis, und wenn er dann erscheint, verschwinde ich für eine Weile. Warum denn nicht? Er hat mich so darum gebeten!“
„Also schön – dir zuliebe. Er ist nett, sagst du?“
„Sehr! Und Köpfchen hat der Junge! Macht richtig Spaß, sich mit ihm zu unterhalten. Dass er toll aussieht, weißt du ja selbst.“
„Hm.“
„Den hat's echt erwischt, du! Er war ganz blass, als er von dir gesprochen hat.“
Petras Augen bekamen einen verträumten Ausdruck. Katja sah, dass ihre Nasenflügel leicht bebten, wie bei einem Pferd, dem man ein Stück Zucker hinhält. Das könnte klargehen, dachte Katja.

Klaus Funkes Reinfall

Am nächsten Tag fand keine Probe statt. So konnte Katja Klaus auf dem Schulhof nur schnell zuflüstern: „Morgen um vier in der Eisbar Rimini. Hast du Zeit?"

„Logisch!"

„Also, dann ..."

„Morgen um vier."

Um zwanzig vor vier am nächsten Tag kamen Katja und Petra erschöpft und rundherum ausgetobt und zufrieden mit sich in die Eisbar Rimini und ließen sich am Fenster auf die zerbrechlich wirkenden Schemel fallen. Katja wollte unbedingt schnell noch ein großes Zitroneneis verdrücken, ehe sie Petra mit ihrem Schwarm allein ließ.

„Wenn er kommt, hau ich sofort ab. Hier – für alle Fälle, damit du für mich mitbezahlen kannst." Sie schob Petra zwei Euro hin.

Plötzlich stand Klaus Funke vor ihnen, sie hatten ihn gar nicht kommen sehen. Er schaute verwirrt von einer zur anderen.

„Setz dich doch!", sagte Katja aufmunternd. „Ich bin gleich verschwunden."

Sie schleckte in aller Eile die Reste von ihrem Eis auf und erhob sich.
„Ihr entschuldigt mich? Ich muss sofort nach Hause, tschüss – und viel Spaß, ihr beiden!"
„Nach Hause?", fragte Klaus mit einem nicht sehr intelligenten Gesichtsausdruck.
„Ja – auf meine kleinen Brüder aufpassen."
„Ach so ..."
Mann, stellt der sich blöd an. Wenn er weiter so eine Fluntsch zieht, wird er bei Petra kaum Eindruck machen. Ob er wirklich so eine Angst vor ihr hat?, überlegte Katja. Jedenfalls war es an der Zeit, die beiden allein zu lassen. Katja winkte ihnen noch einmal zu und flitzte zur Tür hinaus.

Nach zwei Stunden hielt sie es nicht mehr aus.
Petra musste inzwischen längst zu Hause sein. Katja ging ins Wohnzimmer und verzog sich mit dem Telefon in Papas großen Lieblingssessel, voll gespannter Erwartung auf einen vergnüglichen und ganz ausführlichen Bericht über Petras erstes Rendezvous.
Aber sie hatte sich getäuscht. Kaum hatte sie Petra an der Strippe, fauchte die schon: „Wage es nicht, jemals wieder vor mir den Namen Klaus Funke auszusprechen! Und wehe, du versuchst noch einmal, mich zu so einem Treffen zu überreden, ganz gleich, wer der Junge auch sein mag! Hast du verstanden?"
„Jaja", stotterte Katja. „Um Himmels willen, was ist denn passiert? Hat er versucht, dich zu vergewaltigen oder hat er für dein gesamtes Taschengeld Eis und Kuchen gegessen?"
Petra lachte höhnisch auf, ihr war offensichtlich nicht nach Scherzen zu Mute.

„Ich kann dir nur so viel sagen, als dass es der peinlichste Nachmittag meines Lebens war. Weiter möchte ich darüber kein Wort verlieren. Und wenn dir etwas an unserer Freundschaft liegt, dann kann ich dir nur raten, das Gleiche zu tun."
„Jaja, ist ja gut. Nur – Petra, was immer passiert ist, es tut mir schrecklich Leid. Du, ich habe es wirklich nur gut gemeint!"
„Vergiss es. Und nun hol dein Matheheft, wir wollen schnell mal die Ergebnisse vergleichen."
„Okay, warte einen Moment."
Das war ja eine schöne Bescherung. Dieser Klaus musste sich idiotisch benommen haben, wenn Petra so sauer war! Schade – er war doch sonst so ein prima Kerl. Sie hätte ihn sich gut als Petras Freund vorstellen können ...

Klaus Funke bekam einen puterroten Kopf, als er Katja am nächsten Tag auf der Probe traf.
„Na", sagte Katja kameradschaftlich, „war wohl nicht dein glücklichster Tag gestern, wie?"
Klaus warf ihr einen eigenartigen Blick zu und schwieg.
Nach einer Weile, sie hatte sich schon von ihm abgewandt, sagte er hinter ihr her: „Nö – das kann man wohl laut sagen."
„Wie bitte?"
„Es war nicht mein glücklichster Tag."
„Mach dir nichts draus, es gibt ja noch andere."
„Eben."
„Es kommt eben vor, dass zwei nicht das Gleiche füreinander empfinden."
„Du sagst es."
„Man täuscht sich so leicht."
„Richtig. Manchmal denkt man, ein Mädchen sei wahnsinnig gescheit, dabei ist sie dumm wie ein blindes Huhn."

„Das kannst du doch aber von Petra nicht sagen“, meinte Katja, der bei dem Gespräch etwas unbehaglich wurde.
„Hab ich das? Vielleicht meinte ich es mehr allgemein?“
„Was war denn nun eigentlich?“, platzte Katja heraus.
„Hat dir Petra wirklich nichts gesagt?“
„Kein Wort.“
„Dann tue ich es auch nicht.“
„Hm.“
„Seid ihr mit eurer Privatunterhaltung bald fertig? Wir möchten anfangen“, rief Robert böse. „In einer Woche findet nämlich unsere Aufführung statt.“
„Entschuldigung!“
Katja und Klaus nahmen schnell ihre Plätze ein.

Auch später waren weder Petra noch Klaus bereit, über den verpatzten Nachmittag zu sprechen. Nur einmal fragte Klaus: „Wie bist du eigentlich auf die Idee gekommen, ich könne in Petra verliebt sein?“
„Na, hör mal! Nach deiner Beschreibung musste ich doch glauben, dass du sie meinst! Sie war es also nicht?“
„Nein.“
„Ja, wer denn, um Himmels willen?“
Klaus drehte sich abrupt weg. „Vergiss es. Ist ja nun vorbei.“
Er ging zu den anderen hinüber und ließ sie stehen. Gab er im Stillen ihr die Schuld an dem Missverständnis? Zum Teufel, dann hätte er sich ja auch ein bisschen klarer ausdrücken können, als er sie um ihre Vermittlung bat! Sie war schließlich kein Hellseher.
„Schwierigkeiten?“ Lotti Helmholtz, ein Mädchen aus ihrer Klasse, schob sich an Katja heran. „Ihr seid wohl nicht mehr so innig, wie?“

„Wir waren noch nie innig.“
„Ach, hör auf, mir kannst du doch nichts vormachen! Ihr gluckt doch ewig zusammen ...“
„Eifersüchtig?“
„Iiiiich? Du hast sie ja nicht mehr alle!“
Es klang unnatürlich. Hatte Lotti es auf Klaus abgesehen? War sie etwa diejenige, welche? Katja konnte es sich nicht vorstellen. Sollte Klaus wirklich so einen schlechten Geschmack haben? Nun, dann hatte er es wirklich nicht besser verdient.

Zu den letzten Proben erschienen auch die Klassenlehrer. Sie halfen, wo noch Hilfe nötig war, bremsten sanft, wo sie Entgleisungen befürchteten, und bemühten sich, die einzelnen Programmnummern sinnvoll zusammenzustellen.
Und wie immer wurde die Zeit plötzlich schrecklich knapp. Die Dekorationen wurden nicht rechtzeitig fertig, oder wichtige Dekorationsstücke fehlten ganz, und die Tanznummern, nun nicht mehr in der Turnhalle, sondern auf der kleinen Bühne geprobt, wollten in den veränderten Raumverhältnissen nicht klappen.
Da das Wetter seit Wochen regnerisch und kühl war, hatte man eine Vorführung auf der Freilichtbühne im Hof gar nicht erst eingeplant. Das hatte wenigstens den Vorteil, dass es mit der Beleuchtung keine Probleme gab, denn die Aula war hervorragend mit allem ausgerüstet, was man für einen Theaterabend brauchte. Trotzdem blieb genug zu tun. Die Tombola musste vorbereitet und die Ausstellung von Zeichnungen und Bastelarbeiten organisiert werden.
Katja – durch ihre Familie den Umgang mit chaotischen Verhältnissen gewöhnt – bewährte sich hervorragend. Sie war überall zugleich, erledigte unaufgefordert, wo sie ein Ver-

säumnis bemerkte, war unermüdlich im Aufstöbern von Dekorationsstücken und im Mobilisieren neuer Hilfstruppen.

Die Generalprobe begann nachmittags um drei und endete abends um zehn. Erschöpft schlichen Darsteller und Helfer nach Hause in dem bedrückenden Gefühl, dass morgen bestimmt alles schief gehen werde! Was da eben stundenlang holprig, mit Unterbrechungen und Pannen über die Bühne gegangen war, konnte doch am nächsten Tag unmöglich klappen ...

Um fünf Uhr nachmittags sollte es losgehen. Bereits um drei saßen die Ersten in ihrer Klasse, um sich in Kostüm und Maske zu werfen. Sich einmal so richtig schminken zu dürfen war der größte Spaß an der Sache!

Jeder versicherte dem anderen natürlich eifrig, dass er überhaupt nicht aufgeregt sei, dabei erinnerten sie allesamt an nasse Wäsche im Wind: weiß und schlotternd.

Petra und Katja waren die Ausnahmen. Petra hatte in letzter Zeit so viel trainiert und geprobt, dass sie total erschöpft war. Ihr war es völlig gleich, wie der Abend verlief, Hauptsache, sie hatte ihn bald hinter sich und konnte sich ausschlafen. Und Katjas Gedanken waren erfüllt von hundert Dingen, die noch erledigt werden mussten, sie hatte gar keine Zeit, sich wegen ihres kleinen Auftritts aufzuregen.

Immerhin saß auch sie vor dem Spiegel und versuchte es mit ein wenig Make-up. Sollte sie „Klementine“, ihre verhasste Zahnspange, herausnehmen? Bloß nicht! Am Ende würde sie jeder anquatschen – so auf die Tour: „Wie hübsch du auf einmal aussiehst!“ Das hätte ihr gerade noch gefehlt!

Immerhin hatte sie – die jeder nur in Jeans kannte –, um sich zu verkleiden, den kurzen schwarzen Rock angezogen, den ihre Mutter ihr kürzlich genäht hatte, dazu ein rotes, enges T-Shirt mit weißen Abnähern.

„Ich muss ein Hellseher gewesen sein!“, sagte Klaus verblüfft, als sie sich auf der Treppe begegneten. „Schau mal, was ich dir mitgebracht habe.“

Er hielt ihr ein kleines, in buntes Geschenkpapier gewickeltes Päckchen unter die Nase.

„Pack aus!“

Katja ging zum Fensterbrett und löste die Umhüllung. Ein weißes Kärtchen fiel heraus, sie bückten sich beide gleichzeitig danach und stießen mit den Köpfen zusammen.

„Verzeihung!“, sagten sie wie aus einem Munde und lachten.

Katja nahm das Kärtchen. „Toi, toi, toi – und vielen Dank fürs Soufflieren! Dein Klaus“, stand darauf.

Katja wurde rot.

„Dummer Kerl, deshalb brauchst du mir doch nichts zu schenken! Ist doch klar, dass ich dir helfe. Das hab ich doch gern getan ...“

„Schau doch mal!“, drängte Klaus.

Katja faltete das Papier auseinander. Zum Vorschein kam ein leuchtend rotes Halstuch mit weißen Herzchen.

„Ist das süß! Danke schön, das ist wirklich sehr lieb von dir!“, sagte sie ein wenig hölzern. Sie ärgerte sich über ihre Verlegenheit und über den Kloß in ihrem Hals.

„Passt es nicht toll? Darf ich's dir umbinden?“

Klaus nahm das Tuch und band es ihr geschickt um den Hals. Seine Hände zitterten ein bisschen, aber aus seinem Gesicht sprachen ehrlicher Stolz und Begeisterung.

„Ich wusste ja, dass es dir stehen würde“, sagte er. „Komm, du musst dich im Spiegel anschaun!“

„Ich bin ganz hin und weg, du, das finde ich ehrlich toll von

dir!“, stotterte Katja, als sie ihr Spiegelbild unten in der Garderobe betrachtete. „Steht mir wirklich! Du bist ja wie ’n großer Bruder zu mir!“
Klaus schaute etwas kariert drein und hob die Schultern. „Na ja ...“, murmelte er.

Mit einer halbstündigen Verspätung begann die Vorführung. Draußen hatten sich die Wolken verzogen, seit Wochen schien zum ersten Mal wieder die Sonne, und in der überfüllten Aula herrschte brütende Hitze. Direktor Ohlmann, der die Begrüßungsansprache hielt, hatte einen Perlenkranz von kleinen Schweißtropfen auf der Glatze, der im Scheinwerferlicht wie ein Heiligenschein leuchtete. Und das üppige Make-up der jungen Darsteller begann in kleinen Bächen zu zerfließen. Lotti Helmholtz, die besonders großzügig mit Cremes und Stiften umgegangen war, bekam fast etwas Unheimliches, als Lidschatten und Lidstriche nach allen Seiten auseinander flossen.
„Du siehst aus wie Frankensteins Tochter!“, flüsterte Andreas, der neben ihr stand.
Lotti schnappte nach Luft, aber sie kam nicht mehr dazu, ihren Zorn an Andreas auszulassen, denn ihre Nummer kam bereits als Zweite dran. Zuvor hatten Schulchor und Schulorchester den musikalischen Auftakt gegeben. Nach ihnen kamen die Primaner mit einem lustigen Sketch über Taschengeldempfänger. Sie ernteten donnernden Beifall, die Stimmung im Saal war bereits auf dem Siedepunkt. Eingebettet in weitere Sketche und Musiknummern, bildete der ungarische Tanz den Höhepunkt des Abends.
Frau Hörter hatte sich vom Theater die Original-Kostüme geliehen. Schon beim Auftritt der Mädchen in den weiten,

faltenreichen Gewändern mit dem reich bebänderten Kopfputz ging ein bewunderndes „Ah!“ durch die Reihen.
Der Tanz begann mit einem langsamen Teil, in dem die Gruppe der Mädchen sich in kleinen, federnden Schritten zu immer neuen Figuren zusammenfand. Am Ende wichen sie zurück und bildeten im Hintergrund einen Halbkreis.
Eine winzige Pause in der Musik, und dann – in einem gewaltigen Sprung nach vorne fliegend, in die Hocke hinein und mit knallenden Absätzen wieder hochschnellend – war Petra auf der Bühne.
Langsam, wie unter einer aufgestauten Spannung, folgten die nächsten Schritte, wurden allmählich schneller und steigerten sich, dass die Zuschauer unwillkürlich den Atem anhielten.
Heute zeigt sie's ihnen aber, dachte Katja, ihr schlug das Herz bis in den Hals hinauf. War es überhaupt möglich, dass ein Mädchen ihres Alters so schön, so faszinierend und ausdrucksvoll und dabei exakt wie eine Maschine sein konnte? Ihre Bewunderung für die Freundin war grenzenlos. Wie lächerlich hätte sie neben der routinierten Petra gewirkt! Lieber Gott, einmal, nur ein einziges Mal so tanzen können!, dachte Katja.
In dem Schlussteil des Tanzes – einer Kombination von leichten kleinen Schritten und Drehungen – wurde Petra von den anderen Mädchen in die Mitte genommen und tanzte mit ihnen gemeinsam. Ein Sprung in die Hocke, auf ein Knie gestützt – mit weit ausgestreckten Armen – beendete den Tanz.
Tosender Beifall brandete durch den Saal, Bravo-Rufe tönten aus allen Ecken.
Während die Mädchen sich wieder und wieder verbeugen mussten, rannte Katja hinter die Bühne, um die Freundin zu beglückwünschen. Frau Christiansen stand mit einem Hand-

tuch bereit, um Petra, die klitschnass am ganzen Körper war, kräftig abzufrottieren. Katja hielt sich im Hintergrund, die ersten Glückwünsche sollte Petra von ihrer Mutter hören.
Da kam sie, erschöpft und glücklich. Etwas unsicher sah sie ihre Mutter an.
„Na?"
„Alles in Ordnung", sagte Frau Christiansen. „Nur am Schluss hast du ein bisschen an Tempo verloren. Aber das ist eine Frage der Kraft. Die lange Pause durch den Unfall macht sich bemerkbar."
Mehr hatte sie ihr nicht zu sagen? Katja war fassungslos. Sie stürzte auf Petra zu und umarmte sie.
„Du warst großartig!", sprudelte sie hervor. „Einfach fantastisch! Ich hätte heulen können vor Begeisterung! Herzlichen Glückwunsch!"
Petra erwiderte die Umarmung strahlend.
„Hat's dir gefallen? War ich gut? Dann bin ich zufrieden – danke!"
Frau Christiansen begann, Petra den Kopf zu frottieren.
„Ja, sie hat in letzter Zeit schon einige Fortschritte gemacht", sagte sie.
War es möglich, dass sie kein bisschen stolz auf Petra war? Oder glaubte sie, Petras Ehrgeiz dadurch besonders anzustacheln, dass sie sich durch ihre Leistung nicht beeindrucken ließ? Und wenn das wirklich so war – würde ihre Rechnung aufgehen?

Ein Nachmittag im Studio

Ein paar Tage nach dem Sommerfest rief Petra abends bei Katja an.
„Hast du Lust, mich morgen nach München zu begleiten?“, fragte sie ohne lange Vorrede.
„Nichts lieber als das – aber warum?“
„Mama hat’s endlich mal wieder geschafft“, sagte Petra heiter.
„Was geschafft? Du musst schon deutlicher werden!“
„Ich soll zu einem Probesprechen kommen, in ein Synchronstudio, der Slotka-Film.“
„Is ’n das – synchronisieren?“, nuschelte Katja, die gerade an einem Apfel kaute.
„Ach, das weißt du doch! Den deutschen Text auf einen ausländischen Film sprechen.“
„Hast du das schon mal gemacht?“
„Einmal – einen Satz.“
„Und das macht Spaß?“, fragte Katja.
„Es gibt ein bisschen Geld dafür“, sagte Petra ausweichend.
„Muss doch ganz komisch sein! Okay, ich komme mit. Wann sollst du denn da sein?“

„Um drei Uhr. Wir müssen das Training schwänzen. Zum Glück kann Mama uns nicht fahren, sie muss zum Zahnarzt. Wir werden die S-Bahn nehmen."

„Warum sagst du ‚zum Glück?'"

„Ach, du kennst doch meine Mutter. Es ist mir immer so peinlich, wenn sie mich den Leuten anbietet wie saures Bier."

Katja kicherte.

„Du bist eben zum Star geboren, meine Liebe, und je eher du dich mit dem Gedanken abfindest, desto besser! Na, mach dir nichts draus, wir werden morgen schon unsern Spaß haben."

Sie fuhren bis zum Rosenheimer Platz. Durch ein Gewirr von tristen, grauen Altstadtstraßen fragten sie sich bis zu dem altersschwachen Bürohaus durch, in dem die Räume der Slotka-Film lagen.

„Unter einem Filmstudio habe ich mir ja eigentlich was anderes vorgestellt. Bist du sicher, dass wir hier richtig sind?", fragte Katja, als sie die knarrenden, beißend nach Bohnerwachs riechenden Treppen hinaufstiegen.

Petra ging voraus und studierte die Türschilder.

„Hier ist es – komm."

Sie standen vor einer in leuchtendem Lila gestrichenen Tür, an der eine Visitenkarte steckte. „Slotka-Film und Fernseh-Produktion" stand darauf.

Petra drückte auf die Klingel, die Tür öffnete sich mit einem Summton.

„Hui – wo sind wir denn hier gelandet", platzte Katja heraus.

Sie befanden sich in einer geräumigen Diele, die ebenfalls in Lila gehalten war. Fußbodenbelag, Wände und Decke erstrahlten in leuchtender Fliederfarbe. Katja hatte die Vorstellung, in einem See von Blaubeerpudding zu schwimmen. Die

einzige Unterbrechung bildete das Lackschwarz einiger Plastiksessel, deren Bauweise man erst genau studieren musste, ehe man wagen konnte, sich darauf niederzulassen.
Von der Diele gingen mehrere Türen ab. Über der größten, die dick gepolstert war, leuchtete ein rotes Lämpchen.
„Hallo, ist hier niemand?“, rief Katja laut.
„Pst!“, machte Petra erschrocken.
Aber es war schon passiert.
„Ruhe da draußen, wer quatscht denn da in die Aufnahme!“, ertönte eine bissige Stimme aus einem unsichtbaren Lautsprecher.
„Auweia!“ Katja zog unwillkürlich den Kopf ein. „Komm, wir schauen uns mal um, vielleicht finden wir jemanden.“
Sie klopfte an eine der Türen. Nichts rührte sich. Katja nahm Petra an die Hand und trat ein. Sie standen in einem großen leeren Büro – auch hier alles in Lila –, von dem aus eine Tür in einen weiteren Raum führte, aus dem sie leises Gemurmel hörten. Diesmal klopfte Petra. Keine Antwort.
„Sie hören uns nicht. Los, geh rein!“ Katja schob die Freundin vor sich her in das nächste Büro.
Hier saßen an einem Schreibtisch eine schwarzhaarige Filmschönheit und lackierte sich die Fingernägel. Um sie herum hockten, saßen, standen und lagen etwa zwanzig Mädchen zwischen zehn und vierzehn Jahren und dösten vor sich hin.
Die Schwarzhaarige hob kaum den Blick. Mit einer vagen Handbewegung in den Raum, die so viel heißen sollte wie: Seht zu, wo ihr noch Platz findet, sagte sie: „Es dauert noch.“
Das Telefon klingelte. Die Schwarzhaarige klemmte sich den Hörer zwischen Ohr und Schulter und näselte: „Slotka-Film, guten Tag?“
Es klang wie eine Frage, vielleicht wollte sie sich damit die

Mühe eines weiteren Satzes wie „Sie wünschen, bitte" sparen. Petra stieß Katja an und wies in eine Ecke, in der auf dem Fußboden noch Platz für sie beide war. Die anderen Mädchen musterten die Neuankömmlinge flüchtig und verfielen wieder in einen halbschlafähnlichen Zustand.
„Wartet ihr schon lange?", fragte Petra die neben ihr Sitzende.
„Ich 'ne halbe Stunde. Sie hängen."
Katja schaute sie erschrocken an.
„Sie tun was, bitte?"
„Sie hängen. Anderthalb Stunden ungefähr. Maschinenschaden."
Katja schaute das attraktive rot gelockte Wesen an, als wäre es nicht ganz richtig im Kopf. Aber Petra klärte sie auf.
„Hängen heißt beim Film, sie haben die veranschlagte Zeit für die Aufnahmen überschritten."
„Hm."
Es klingelte. Kurz darauf erschien ein weiteres Mädchen. Sie war etwa fünfzehn, hatte eine Krauskopffrisur, die ihr schmales, blasses Gesicht wie ein Wagenrad umstand, und das Brautkleid ihrer Großmutter schlotterte ihr um die Füße. Um nicht auf den Saum zu treten, trug sie Sandalen mit zehn Zentimeter dicken Sohlen.
Sie schaute einmal kurz in die Runde, verzog dann ganz verächtlich den Mund und maulte: „Wo is 'n der Text? Gibt's hier keine Dispo?"
Das Schreibtischmädchen schüttelte den Kopf. „Text kriegt ihr drinnen."
Der Krauskopf schniefte einmal hörbar, verzog sich ans Fenster und begann umständlich Augen und Lippen nachzumalen. Einige der Mädchen unterhielten sich flüsternd, als warte man auf das Ableben eines Schwerkranken im Nebenzim-

mer. Zum Glück hatten Katja und Petra die Schulbücher mitgenommen, um in der S-Bahn die Hausaufgaben erledigen zu können. Sie hörten sich Vokabeln ab und lernten für Geschichte und Geografie.

Hin und wieder klappte draußen die Tür, kurz darauf gab die Sprechanlage einen knacksenden Ton von sich, die Schwarzhaarige schaute fragend in die Runde, und eines der Mädchen erhob sich, um ins Studio zu gehen. Wer als Nächste dran war, konnte man auch daran erkennen, dass diejenige aus ihrem Halbschlaf erwachte, an sich herumzupfte, die Haare richtete und sich immer häufiger nervös räusperte. Katja machte die Freundin flüsternd auf ihre Beobachtung aufmerksam.

Um halb fünf bellte es ganz plötzlich aus der Sprechanlage: „Pause, Jutta!“

Die Schwarzhaarige verfiel augenblicklich in emsige Geschäftigkeit. Sie stellte Tassen auf einem Tablett zusammen, bediente die Kaffeemaschine und kramte aus ihrem Schreibtisch Zucker, Dosenmilch und Löffel. Bald duftete es verführerisch nach frischem Kaffee. Die Mädchen murrten. Pause – das bedeutet mindestens weitere zwanzig Minuten warten.

Ein blasser, magerer Jüngling erschien, ging – ohne von den Mädchen Notiz zu nehmen – zum Schreibtisch, nahm das bereitgestellte Tablett und verschwand ebenso schweigend.

„Und wir?“, wagte die Krausköpfige zu sagen.

„Unten im Milchladen gibt's Cola und Limo“, belehrte sie das Schreibtischmädchen.

Aber keine der Wartenden konnte sich entschließen, ihren Platz zu verlassen.

Von der Diele her drang Unruhe herein, Sprechen, Schritte, Lachen und intensiver Tabakgeruch.

Um fünf Uhr tönte die Sprechanlage: „Wir machen weiter!“

Gegen Viertel vor sechs war Petra an der Reihe. Katja konnte inzwischen schon die Vokabeln der nächsten drei Lektionen.
„Nimmst du mich mit rein?“, fragte Katja leise.
„Klar, komm einfach mit. Aber sei leise – keinen Mucks, hörst du?“
„Okay.“
Sie gingen hinüber zum Studio, öffneten die schwere gepolsterte Tür und standen in einem dunklen Raum. Nur auf ein Pult in der Mitte fiel schwaches Licht aus einer Leselampe. An der Rückseite des Raums waren durch eine dicke Glasscheibe hindurch im Halbdunkel ein paar Männer zu erkennen, der Regisseur, sein Assistent und der Tonmeister. Vorn auf der Leinwand lief immer das gleiche Stück Film ab – das Wort Achtung, dann die Zahlen 1, 2, 3, dann kam ein Bild, ein Mädchen lief hinter einer Frau her und sprach wild gestikulierend auf sie ein. Dort brach die Szene ab und begann von vorn: Achtung – 1, 2, 3 ...
„Na, wen haben wir denn da Hübsches, nur keine Müdigkeit vorschützen, junge Dame, komm ans Mikro und sag deinen Namen.“
Petra trat zum Pult und sagte unsicher: „Petra Christiansen.“
„Lauter bitte!“
„Petra Christiansen.“
„Aha, Petra. Take zweihundertfünf – die Oma haben wir nicht, die kannst du vergessen. Hör mal rein, und dann machen wir eine Probe. Den linken Knopf drücken.“
Petra gehorchte, und von einem heftigen Knacken und Rauschen begleitet ergoss sich ein schwedischer Wortschwall in den Raum.
„So, eine Probe bitte.“
Petra hatte die Sätze auf dem Blatt vor sich durchgelesen und

starrte angestrengt auf das Bild. Das Mädchen dort oben redete ununterbrochen, Petra brachte immer noch kein Wort heraus.
„Schalte doch den O-Ton weg, Mädchen, wie sollen wir dich denn sonst hören? Linken Knopf drücken!"
Wieder lief die Szene ab, ohne dass Petra den Einsatz schaffte.
„Gleich auf vier einsetzen!"
Katja schwitzte mindestens so sehr wie Petra vor Aufregung. Eins, zwei, drei ...
„Oma Engström, warten Sie doch, haben Sie Holger nicht gesehen? Er war heute nicht in der Schule, und zu Hause ist er auch nicht – nein, das glaube ich nicht!"
„Haaalt! Du redest ja in die Oma rein, merkst du das nicht! Da hast du Pause! Und achte drauf, wo die da oben atmet, siehst du das? Sie ist gerannt, sie ist ganz atemlos. Schnauf uns ein bisschen was vor!"
Bei der dritten Probe stimmten zwar Petras Lippenbewegungen mit denen des Mädchens auf der Leinwand immer noch nicht überein, aber der Regisseur schien zufrieden zu sein.
„Das nehmen wir jetzt mal auf", sagte er.
Unter der Leinwand leuchtete ein rotes Lämpchen auf. Petra stand in leicht gebückter Haltung mit geballten Fäusten, wie ein Staffelläufer vor dem Start. Sowie das Bild erschien, ratterte sie ihren Text herunter – unter heftigem Schnaufen.
„Jetzt hast du gewonnen. Noch eine – ein bisschen langsamer."
Das nächste Mal klappte es einigermaßen. Die hinter der Glasscheibe steckten die Köpfe zusammen und redeten aufeinander ein.
„Okay, danke, die Nächste", kam es plötzlich aus dem Lautsprecher.

„War das alles?“, fragte Petra kleinlaut.
„Jaja, du hörst dann von uns. Wir rufen an. Wiedersehn.“
„Auf Wiedersehen.“
Die Mädchen schlichen nach draußen.
Auf der Treppe sagte Katja plötzlich: „Also, sei mir nicht böse, aber dieses Chinesisch, das der da geredet hat, davon habe ich kein Wort verstanden!“
„Was meinst du?“
„Na, zum Beispiel ‚Take zweihundertfünf – die Oma kannst du vergessen.‘“
Petra lachte. „Das ist ganz einfach: Eine Take ist das Stück eines Films, das auf einmal synchronisiert wird. Der Film wird in lauter kleine Abschnitte auseinander geschnitten, eben in diese Takes. Und diese Stücke werden dann an ihren Enden zusammengeklebt, dass sie wie auf einer Rolle immer wieder von vorne durchlaufen. So lange, bis Ton und Sprache mit den Lippenbewegungen der Darsteller auf dem Film genau übereinstimmen. Wenn der Ton für alle Takes aufgenommen ist, wird die ganze Geschichte wieder zusammengeklebt.“
„Sieh mal an, davon hatte ich wirklich keine Ahnung – da hab ich doch wieder was gelernt fürs Leben.“
„Und das mit der Oma – das hat er nur gesagt, weil für die Rolle der Oma keine Sprecherin da war und ich auf deren Text keine Rücksicht zu nehmen brauchte.“
„Hört sich jedenfalls komisch an, wenn da plötzlich einer von hinten brüllt: ‚Du sprichst in die Oma rein!‘“
„Du, ich glaube, jeder Beruf hat so ein Fachidioten-Chinesisch.“
Von der nächsten Telefonzelle aus riefen sie zu Hause an und erklärten ihr Zuspätkommen. Petras Mutter versprach, sie von der S-Bahn abzuholen und Katja daheim abzusetzen.

Als Katja endlich das Haus betrat, war die Familie schon fast mit dem Abendbrot fertig. Celia zappelte vor Aufregung.
„Warst du wirklich den ganzen Nachmittag im Filmstudio? Erzähl doch mal!"
Katja setzte sich betont langsam.
„Meine liebe Celia", sagte sie würdevoll, „mir fehlen einfach die Worte für so ein umwerfendes Erlebnis. Dieser Nachmittag wird mir für den Rest meines Lebens unvergesslich bleiben."

Auf zur Reiterpension!

Petra hörte nichts mehr von der Slotka-Film. Insgeheim war sie froh darüber, denn sie hatte keine Lust, sich die Ferien durch Arbeit in einem dunklen Studio verderben zu lassen. Möglicherweise wäre sogar ihre Reise mit Katja geplatzt, nicht auszudenken! So konnten sich die beiden Mädchen ungehindert auf ihren Urlaubsaufenthalt freuen.

Drei Tage nach Ferienbeginn gingen sie auf die Reise. Jede mit einem neuen Koffer, der neben einigen von Mama genähten schicken Sachen im Partner-Look auch die nötige Reitausrüstung enthielt, die Frau Christiansen spendiert hatte.

Bis Innsbruck fuhren sie mit dem Zug, dort holte Herr Baerowsky, der Besitzer der Reiterpension, sie mit dem Auto ab.

Er sieht aus wie ein freundlicher See-Elefant, hatte Papa gesagt, außerdem spricht er mit leicht baltischem Akzent.

Sie erkannten ihn sofort. Er musste mehr als einen Meter neunzig groß sein, und sein Vollmondgesicht zierte ein grauschwarzer Tatarenbart. Die hellblauen, strahlenden Augen standen in eigenartigem Gegensatz zu der wilden Mähne und

dem massigen Körper. Er trug einen ausgebeulten Kordsamtanzug und ein rot kariertes Hemd.
„Der Räuber Hotzenplotz“, flüsterte Petra amüsiert.
Da hatte auch er die Mädchen entdeckt.
„Katja?“, rief er von weitem.
Katja winkte zur Bestätigung.
Mit weit ausgebreiteten Armen stürzte er auf sie zu.
„Katjuscha – herzlich willkommen!“, rief er mit dröhnendem Bass, drückte sie heftig an sich und gab ihr einen knallenden Schmatz auf beide Backen. Dann umarmte er auch Petra.
„Sind das eure Koffer? Dann kommt, Stefan wartet schon, er kann es kaum erwarten, euch kennen zu lernen.“
Er ergriff die beiden Koffer, als wären sie lediglich mit zerknülltem Seidenpapier gefüllt und nicht mit der umfangreichen Dreiwochengarderobe zweier hoffnungsvoller junger Damen.
„Aber die können wir doch selber tragen, Herr Baerowsky!“, wandte Petra ein.
„Nicht doch.“ Herr Baerowsky schaute missbilligend über die Schulter zurück. „Sagt Onkel Nikolas zu mir. Ich mag keine feierlichen Anreden.“
Sie hatten Mühe, mit ihm Schritt zu halten. Vor dem Bahnhof stand im Parkverbot ein uralter Opel, neben dem Mamas alter VW wie eine Luxuslimousine gewirkt hätte. Onkel Nikolas verstaute die Koffer und öffnete den Mädchen galant die Tür.
„Au!“, quietschte Katja, die nicht damit gerechnet hatte, dass die Federn in der Polsterung des verschlissenen Sitzes total ausgeleiert waren, sodass sie bis auf den Boden hindurchplumpste.
Als Onkel Nikolas einstieg, fürchtete sie für einen Moment, der Wagen würde unter seiner Last zusammenbrechen, aber

erstaunlicherweise geschah nichts dergleichen. Stattdessen röhrte der Motor in einer Lautstärke los, dass einer alten Dame, die gerade vorbeiging, vor Schreck die Handtasche in den Rinnstein fiel. Onkel Nikolas kurbelte das Fenster herunter, es gab einen erbarmungswürdigen Heulton von sich. Die Dame zuckte erneut zusammen.

„Verzeihung, Gnädigste!“, brüllte Onkel Nikolas fröhlich.

Die alte Dame presste ihre Handtasche an sich und schaute so verschreckt, als hätte sie ein Gespenst gesehen.

Nachdem Onkel Nikolas unter Missachtung aller Verkehrsregeln einen kleinen Abstecher, durch die Altstadt gemacht hatte, um den Mädchen die schönsten Plätze ihrer neuen Umgebung zu zeigen, ging es aufs Land hinaus und in die Berge hinein. Petras Augen hatten bereits einen überirdischen Glanz.

„Wer ist Stefan?“, fragte Katja, als sie auf der Landstraße waren.

„Mein Jüngster – er ist siebzehn. Er wird euch gefallen. Um diese Zeit ist er im Stall und sattelt die Pferde für den Nachmittags-Ausritt.“

„Und wie viele Pferde habt ihr?“

„Acht. Später sollen es natürlich mehr werden, wir fangen ja erst an. Tante Ulla und ich sind Laien im Hotelgewerbe. Aber Stefan will auf die Hotelfachschule gehen, dann wird es eines Tages sicher anders aussehen.“

Die Landstraße war schmal und holprig, immer wieder musste Onkel Nikolas scharf bremsen, weil ein Bauer mit hochbeladener Fuhre die Fahrbahn blockierte oder weil er jemanden entdeckte, mit dem er ein paar Worte zu schwatzen hatte. Bald kannten Katja und Petra die Lebensgeschichte von mindestens einem Dutzend der Leute aus der Umgebung. Zwischendurch erkundigte sich Onkel Nikolas nach Katjas Eltern und Geschwistern.

„Da sind wir!“, rief er so unvermittelt in Katjas Erzählung hinein, dass die Mädchen zusammenzuckten.

Er bog in eine von Efeu überwachsene Toreinfahrt, der Wagen holperte noch ein paar Meter über Kopfsteinpflaster und hielt in einem quadratischen, von Ställen umsäumten Hof vor einem verfallenen Barockschlösschen.

Die Mädchen kletterten aus dem Wagen und reckten die steif gewordenen Glieder, dabei schauten sie sich neugierig um.

„Das ist ja wie im Märchen“, seufzte Petra überwältigt, „und das gehört alles Ihnen – ich meine, dir?“

„Ja“, sagte Onkel Nikolas stolz, „das gehört uns.“ Er lachte dröhnend. „War ganz billig, weißt du, sie haben es uns fast nachgeworfen, kein Mensch wollte es haben.“

„Das verstehe ich nicht.“

„Ganz einfach: Es ist zu alt, kostet zu viel Heizung, ist schwer zu renovieren – man muss verrückt sein, um sich so was zu leisten! – Da kommt die Tante Ulla.“

Aus dem Haus trat eine zierliche dunkelhaarige Frau im roten Dirndlkleid mit weißer Spitzenschürze und lief auf die Mädchen zu, um sie zu umarmen.

„Herzlich willkommen!“, rief sie schon von weitem. „Wie schön, dass ihr da seid, kommt, ihr müsst müde sein von der Reise, ich führe euch auf eure Zimmer.“ Ihre Stimme hatte einen warmen, einschmeichelnden Klang. Die beiden Freundinnen verliebten sich in die temperamentvolle, fröhliche „Tante“ ebenso schnell wie in den bärenstarken „Onkel“.

„Von denen würde ich mich glatt adoptieren lassen“, raunte Petra Katja ins Ohr. „Gefallen sie dir auch so gut?“

Tante Ulla hakte sich bei den Mädchen ein und zog sie ins

Haus. Das Portal stand weit offen, es führte durch einen gewölbten Vorraum in eine weite, behagliche Halle mit gefliestem Fußboden und holzgetäfelter Decke, an den weiß getünchten Wänden hingen Ahnenbilder. Altmodische, jetzt weiß gestrichene Korbmöbel mit bunt geblümten Kissen waren zu Sitzecken arrangiert, und über einem Monstrum von Schreibtisch mit aufmontiertem Schlüsselbrett hing ein verschnörkeltes Schild „Rezeption". Auf der linken Seite führte eine breite Treppe nach oben.

Sie stiegen in den zweiten Stock. Die ausgetretenen Stufen knarrten bei jedem Schritt, die dicken Wände strahlten Kühle aus, sie waren mit Jagdtrophäen, alten Waffen und Pferdebildern geschmückt, dazwischen hingen ausgediente Kutschlaternen als Wandleuchter. Am Ende des breiten Ganges öffnete Tante Ulla eine Tür.

Petra betrat das Zimmer als Erste, sie stieß einen lauten Jubelschrei aus. Der Raum hatte neben zwei großen Fenstern einen kleinen Erker, von dem aus man nach allen Seiten ins Tal schauen konnte. Die Möblierung bestand aus zwei riesigen Bauernbetten und einem von Tante Ulla selbst bemaltem Schrank. Außerdem gab es noch einen kleinen wackligen Schreibtisch mit einem Großvatersessel davor. Hinter einem bunt karierten Vorhang versteckt war sogar ein kleiner Duschraum vorhanden.

„Ich fühl mich wie Dornröschen und die Prinzessin auf der Erbse zugleich!", murmelte Petra heraus und rannte von einem Fenster zum anderen. „Lieber Gott, hier möchte ich nie wieder weg!"

„Ich auch nicht", stimmte ihr Katja zu. „Könnt ihr nicht noch ein paar tüchtige Arbeitskräfte auf eurem Reiterhof gebrauchen, Tante Ulla?"

„Ich hoffe, ihr fühlt euch bei uns wohl und habt eine schöne Ferienzeit", sagte Tante Ulla herzlich.
„Worauf du Gift nehmen kannst!" Katja ließ sich strahlend auf das große Bett plumpsen.
„Grüß euch", kam eine Stimme von der Tür her, die eine etwas zartere Ausgabe von Onkel Nikolas' gewaltigem Bass war. Katja und Petra wandten sich um. In der Tür stand ein männliches Wesen in jugendlichem Alter, bei dessen Anblick Petra die Knie weich wurden und Katja nur der Ausdruck Mordskerl einfiel.
„Das ist Stefan", sagte Tante Ulla schmunzelnd. Ihr war der Eindruck, den ihr Jüngster auf die beiden Mädchen machte, nicht entgangen. „Komm, sei ein artiger Bub und sag schön guten Tag!"
Petra stöhnte leise auf, als ihre schmale Hand in Stefans Pranke verschwand. Verstohlen rieb sie sich die Finger, als er losließ. Katja hatte es bemerkt und kam Stefans Händedruck zuvor. Sie haute ihm kräftig auf die Schulter und strahlte ihn an.
„Tag, du – prima, dass wir uns kennen lernen! Zeigst du uns gleich die Pferde?"
Aber wenn sie geglaubt hatte, auf diese Weise einer Bekanntschaft mit seinen Körperkräften zu entgehen, hatte sie sich getäuscht. Stefan, beglückt über ihre burschikose Herzlichkeit, schloss sie in die Arme und drückte sie, bis ihr die Luft wegblieb.
„Jetzt wollen wir den beiden aber ein bissel Ruhe gönnen", meinte Tante Ulla. „Packt eure Koffer aus, macht's euch gemütlich – in einer Stunde treffen wir uns auf der Veranda zum Kaffee, einverstanden?"
Tante Ulla schob Stefan vor sich her aus dem Zimmer und schloss leise die Tür. Katja und Petra sahen sich an.

„Mannomann“, stammelte Katja, „hier könnte ich Wurzeln schlagen!“
Petra war zum Erker gegangen und hatte eines der Fenster geöffnet. Genießerisch sog sie die würzige Bergluft ein. Von hier aus sah man das ganze Tal unter sich. Unterhalb des Parks blitzte es türkisblau auf, da musste ein Schwimmbad sein. Und dort drüben, hinter den Ställen, war der Reitplatz zu erkennen.
„Wie im Märchen, es ist nicht zu fassen – wie im Märchen“, flüsterte sie.
„He, komm wieder auf den Teppich, ich mach mir Sorgen um dich! Deine Stimme hat so was von Gläserklingen und Sonntagsglocken. Am Ende springst du noch vor Freude aus dem Fenster!“
Petra kam ins Zimmer zurück und drehte übermütig ein paar Pirouetten.
„Hier, häng mal die Klamotten weg!“ Katja benutzte die Freundin als lebenden Kleiderständer. Wie immer rettete sie sich vor einem Übermaß an Gefühl, indem sie sich in die nächstliegende Arbeit stürzte.
Petra machte sich daraufhin wie eine Schlafwandlerin ans Auspacken ihres Koffers, dabei sang sie ununterbrochen vor sich hin. „... the green, green grass of home“, jedes Mal wurde der Refrain ein bisschen sentimentaler. Aber Katja verkniff sich eine bissige Bemerkung, sie begriff sehr gut, dass dies ein ganz außerordentlicher Tag für die Freundin war. Die erste Reise ohne ihre Mutter – Petra musste sich ja vorkommen wie ein junger Vogel, der zum ersten Mal seine Flügel benutzt, um aus dem engen Nest in die Weite zu fliegen. Abgesehen davon stand Petra dieser kleine seelische Schwips sehr gut.

„Du bist nicht zum Aushalten schön, wenn du glücklich bist", sagte Katja.
„Jeder ist schön, wenn er glücklich ist."
„Ich nicht."
„Du auch."
„Komm, wir müssen runter."
Zum Kaffee gab es frischen Apfelstrudel mit Schlagrahm und herrlich frische Milch vom Bauernhof. Sie saßen auf der Veranda, umgeben von dem noch völlig verwilderten Park, zwischen den Steinplatten wuchsen Gras und Moos. Strauchrosen und Efeu umrahmten den Platz, in dem alten Gemäuer zankten sich die Spatzen.
„Wann dürfen wir zum ersten Mal reiten?", fragte Katja nach dem dritten Stück Apfelstrudel.
„Morgen früh, wenn ihr Lust habt. Wir haben noch mehr Reitanfänger hier, ein junges Ehepaar aus Berlin und eine Mutter mit ihrer neunjährigen Tochter", sagte Tante Ulla.
„Wie viel Gäste habt ihr?"
„Mit euch sind es jetzt einundzwanzig. Wir könnten natürlich noch viel mehr aufnehmen, aber es ist erst die Hälfte der Zimmer renoviert."
„Ja, und das größte Problem ist die nicht vorhandene Heizung", fügte Stefan hinzu. „Die meisten Leute sind zwar begeisterte Reiter – aber beim Frieren hört die Sportlichkeit auf."
„Ihr habt keine Heizung?"
„Ein paar Ölöfen. Das ist zwar schon besser als die alten Kohleöfen, aber uns fehlt die früher in diesem Hause vorhandene Lakaienschar, die sich ständig um die Heizung der einzelnen Zimmer kümmert."
„Wenn diese Saison so gut wird wie die vorige, sind wir im

kommenden Winter so weit, dass wir eine Zentralheizung einbauen können", sagte Onkel Nikolas. „Dann können wir durchgehend das ganze Jahr geöffnet haben. Ihr glaubt nicht, wie schön es hier im Winter ist!"
„Oh, es fällt mir nicht schwer, mir das vorzustellen. Ich würde gern einmal im Winter hier sein!", sagte Petra.
Stefan sah sie an.
„Du kannst auch kommen, wenn das Hotel geschlossen ist. Betrachte es gleich als Einladung für die Weihnachtsferien. Habe ich Recht, Mama?"
„Natürlich", bestätigte Tante Ulla, „ihr seid beide jederzeit herzlich eingeladen. Aber Vorsicht! Ihr wisst nicht, warum er das sagt: Im Winter wird bei uns nämlich hart gearbeitet, da renovieren wir das übrige Haus. Hilfskräfte können wir jederzeit gebrauchen!"
„Klasse! Dann komme ich todsicher! Können Sie sich – oh, Entschuldigung – kannst du dir vorstellen, dass es mein größter Wunschtraum ist, Innenarchitektin oder Dekorateurin zu werden? Leider hat meine Mutter ganz andere Ideen, was meine Zukunft angeht ..."
„Kommt, jetzt zeige ich euch aber die Pferde!", unterbrach Stefan und stand auf.
„Sollten wir nicht erst deiner Mutter helfen, das Kaffeegeschirr abzuräumen?" Katja erinnerte sich an die zahlreichen mütterlichen Ermahnungen.
„Aber nein", wehrte Tante Ulla ab. „Ich glaube euch auch so, dass ihr wohl erzogene große Töchter seid. Jetzt habt ihr Ferien und sollt euer Leben genießen! Geht nur."
Stefan nahm die beiden Mädchen bei der Hand. Zu dritt liefen sie zu den Ställen hinüber.

Ein Ausflug zur Lieblings-Alm

Am ersten Abend schliefen sie bei Tisch fast ein. Nachdem Stefan ihnen die Pferde gezeigt hatte – drei von ihnen kamen gerade aus der Reitbahn, lernten sie die Helfer in Haus und Hof kennen: Mathilde, die Köchin, die beiden jugoslawischen Mädchen, zwei Schwestern, die ständig kicherten und sangen, Ferdl, den Reitlehrer, und Max, den strohblonden, sommersprossigen Stallburschen.

„Und ihr paar Leute versorgt diesen ganzen großen Betrieb? Alle Achtung!“, sagte Katja.

„Mehr Angestellte könnten wir uns vorläufig gar nicht leisten“, sagte Stefan gleichmütig. „Natürlich arbeiten wir alle sehr hart, aber es macht Spaß, das kannst du mir glauben, vor allem jetzt in den Ferien. Während der Schulzeit fluche ich schon manchmal.“

„Ich kann mir kein schöneres Leben vorstellen“, sagte Petra schwärmerisch.

„Wollen wir nicht auf einen Sprung ins Schwimmbad gehen zur Erfrischung? Meine Eltern haben mich nämlich heute beurlaubt, müsst ihr wissen. Oder sagen wir: zu einem Sonderauftrag abkommandiert, damit ich euch alles zeigen und mich um euch kümmern kann."

„Prima Idee! Gehn wir schwimmen."

Aus dem Schwimmbad zurückgekehrt, mussten sie Stefan ihre Fähigkeiten im Tischtennisspiel beweisen, bis Tante Ulla sie zum Essen rief. Beim Abendbrot lernten sie Mathildes vorzügliche Maultaschen kennen – kleine, würzig duftende Teigtaschen, die mit Fleisch gefüllt waren und in viel Butter schwammen. Onkel Nikolas ließ sie seinen guten Tiroler Landwein probieren.

Als sie schließlich todmüde und glücklich in den Betten lagen und die riesigen Kissen und Federbetten wie Wellen über ihnen zusammenschlugen, flüsterte Petra – schon im Halbschlaf: „Du Katja, schläfst du schon, ich muss dir was gestehen."

„Du brauchst mir nichts zu gestehen, ich weiß es auch so", sagte Katja gähnend.

„Was weißt du?"

„Dass du in Stefan verknallt bist."

„So ist es", sagte Petra und schnurrte wie ein Kätzchen dabei.

„Er sei dein, meine Tochter. Meinen Segen hast du."

Dass Petra und Stefan Gefallen aneinander fanden, war für Katja die natürlichste Sache der Welt. Sie fühlte sich keineswegs als fünftes Rad am Wagen, wenn die beiden sich mit Blicken verschlangen oder händchenhaltend vor ihr hergingen. Die Ferien waren viel zu schön, um irgendetwas vermissen zu können. Und Stefan war ritterlich genug, Katja bei ihren vielen gemeinsamen Unternehmungen nicht zu vernachlässigen.

Morgens und nachmittags ritten sie je eine Stunde, in der

übrigen Zeit halfen sie Stefan bei seiner Arbeit, machten Wanderungen in die Umgebung, gingen schwimmen oder lieferten sich heiße Tischtennisschlachten. Abends spielten sie Karten oder „Mensch ärgere Dich nicht“ oder hörten Onkel Nikolas zu, wenn er eines seiner aufregenden Abenteuer erzählte, von denen jeder wusste, dass sie zum größten Teil Produkte seiner überströmenden Fantasie waren.
Eine Woche waren sie nun schon hier, die Tage vergingen erschreckend schnell. Katja und Petra schoben den beunruhigenden Gedanken an den Tag der Heimreise weit von sich. Noch blieben ihnen zwei herrliche Wochen, und wer weiß, vielleicht konnten sie die Eltern überreden, noch ein paar Tage zuzugeben?
„Heute möchte ich euch meine Lieblings-Alm zeigen. Traut ihr euch einen Ausritt zu?“, fragte Stefan beim Frühstück. „Ihr könnt die beiden Haflinger nehmen, die sind lammfromm und bringen euch gewiss sicher nach Hause. Ich habe schon mit Vater geredet.“
„Wenn du glaubst, dass unsere Reitkünste ausreichen, warum nicht?“, sagte Petra und goss ihm noch eine Tasse Kaffee ein. Tante Ulla registrierte es schmunzelnd.
„Ich habe volles Vertrauen zu euren Pferden“, meinte Katja. „Ich werde meinem die Zügel freigeben und mich möglichst wenig einmischen.“
Stefan lachte.
„Ich fürchte, du hast bis jetzt noch nie etwas anderes getan!“
„Warum sollte ich auch? Eure Pferde machen das schon länger, ich fange erst an.“
„Wollt ihr nicht Picknick mitnehmen? Dann braucht ihr euch mit dem Heimkommen nicht so zu beeilen“, schlug Tante Ulla vor.

„Ein Ausflug hoch zu Ross in die Berge – und das schon nach einer Woche Reitunterricht, da können wir ja direkt angeben zu Hause!“ Katja trennte sich nur ungern von der köstlichen Aprikosenmarmelade – die hier Marillenmarmelade hieß und viel besser schmeckte – und den knusprigen Hörnchen.
„Seid ihr fertig? Dann lasst uns gleich starten. Du, Katja, gehst du mit Mama in die Küche und organisierst das Picknick, und Petra und ich satteln inzwischen die Schlachtrösser, okay?“

Eine halbe Stunde später ritten sie auf einem schmalen Waldpfad in die Berge hinein.
Das war schon ein anderes Gefühl, als in der Halle oder auf dem Reitplatz im Kreise herumzutraben! Stefan ritt voraus, dann kam Petra, und Katja bildete das Schlusslicht.
Der Buchenwald wurde von Tannen und Fichten abgelöst, zwischendurch kamen Weiden, dann musste Stefan absteigen, um das Gatter zu öffnen und hinter ihnen wieder zu schließen. Die Kühe blickten kaum auf, wenn sie mitten durch die Herde hindurchritten. Das vielstimmige Geläute der Glocken, die sie um den Hals trugen, begleitete die drei Reiter noch lange.
„Sind sie nicht wunderschön?“, fragte Petra.
„Wer?“
„Die Kühe! Das helle Beige ihres Felles und die dunklen großen Augen – wie Fabeltiere sehen sie aus.“
„Vielleicht sind's heilige Kühe?“, rief Katja von hinten.
„Vielleicht – jedenfalls komme ich mir vor wie im Märchen.“
„Das habe ich doch schon mal gehört?“, stichelte Katja.
„Mach dich nicht über mich lustig! Siehst ja selber ganz verzückt aus!“
„Ja, und weißt du warum? Weil ich mir die ganze Zeit vorstel-

le, wie es denen zu Mute sein muss, die hier zu Fuß raufklettern. Mann, haben wir's dagegen gut!"
Katja hatte Recht, der Weg führte immer steiler bergauf, zu Fuß wären sie gewaltig ins Schwitzen gekommen. Nach anderthalb Stunden hatten sie die Alm erreicht. Die Hütte stand leer, aber die kleine Grasmulde davor, mit einem Ausblick weit über Täler und Berge, war der ideale Platz für ein Picknick.
Sie pflockten die Pferde im Schatten hinter der Hütte an, nachdem sie sie zur Tränke geführt hatten. Dann tauchten sie selbst Arme und Gesichter in das kühle Quellwasser. Katja und Petra breiteten die mitgebrachten Schätze auf der Bank vor der Hütte aus, und Stefan schützte den Lagerplatz gegen die unliebsame Bekanntschaft mit Disteln und Ameisen durch ein Lager von Heu, auf das er die Pferdedecken legte.
„Ich fühle mich wie auf dem Oberdeck eines Luxusdampfers", sagte Petra, als sie sich auf der Decke ausstreckte und in die Ferne blinzelte. „Schaut doch mal, wenn ihr die Augen nur halb öffnet, sehen die Gebirgskämme mit ihren Gipfeln wie Wellen aus, die auf uns zurollen."
„Unsere Künstlerin fantasiert schon wieder." Katja wickelte ein Kotelett aus und drückte es Petra in die Hand. „Komm zurück, die Wirklichkeit ist viel schöner."
„Wieso sagst du zu ihr Künstlerin?", fragte Stefan erstaunt.
Petra gab Katja blitzschnell einen warnenden Tritt ans Schienbein.
„Och, nur so – war nur so 'ne dumme Redensart." Katja rieb sich das Bein.
Nachdem sie gegessen und sich ein wenig ausgeruht hatten, führte Stefan die beiden Mädchen auf eine Anhöhe, von der aus man in das Nachbartal hinuntersehen konnte. Hier fiel

der Hang so steil ab, dass ihnen fast schwindlig wurde, wenn sie hinuntersahen. Ein schmaler Pfad führte knapp unter der Höhe am Hang entlang in ein Tannendickicht hinein.
„Wo geht es da hin?“, fragte Katja.
„„Da? Nirgends.“
„Wieso nirgends, irgendwohin muss der Pfad doch führen.“
„Nein, er endet dort drinnen an einer verschütteten Höhle. Aber verlangt bitte nicht von mir, dass ich euch die Höhle zeige, es ist lebensgefährlich, dort hineinzugehen.“
„Um Himmels willen, auf einen solchen Beweis deines Heldenmutes können wir wirklich verzichten“, sagte Petra lachend. „Ich bin froh, wenn du uns auf unseren Pferden wieder heil ins Tal gebracht hast!“
Um vier Uhr waren sie wieder im Dorf. Sie brachten die Pferde in den Stall, versorgten sie und gingen für den Rest des Nachmittags ins Schwimmbad.
Als sie gegen sechs Uhr das Haus betraten, trafen sie Tante Ulla, die gerade einen neuen Gast begrüßte.
„Petra! Schade, dass du nicht da warst“, rief sie, „vor einer halben Stunde kam ein Anruf für dich.“
„Ein Anruf?“, fragte Petra alarmiert.
„Ja, deine Mutter. Sie ist auf dem Wege hierher. Ich soll dir bestellen, sie habe eine wunderbare Nachricht für dich!“
Tante Ulla verschwand mit dem Feriengast oben im Gang und schloss sein Zimmer auf. Petra stand blass und wie versteinert auf der untersten Treppenstufe und starrte ihr nach.
„Nun komm schon“, Katja nahm die Freundin beim Arm. „Du musst ja nicht gleich das Schlimmste befürchten.“ Aber Petra schien sie gar nicht zu hören.

Eine aufregende Nacht

Als sie beim Abendbrot saßen, wurde Petra ans Telefon gerufen. Katja sah der Freundin besorgt nach, wie sie hölzern und mit ungewohnt eckigen Bewegungen vom Tisch aufstand und hinausging.

Als sie zurückkam, war sie noch ein wenig blasser als vorher, Tränen standen in ihren Augen, sie schien sich nur mit Mühe beherrschen zu können.

„Meine Mutter ist aufgehalten worden", sagte sie steif. „Sie hatte eine Reifenpanne. In etwa zwei Stunden wird sie hier sein."

Tante Ulla wollte etwas fragen, schwieg aber bestürzt, als sie Petras Gesicht sah. Auch Stefan und Onkel Nikolas fiel Petras merkwürdiges Benehmen auf, aber keiner wagte es, sie darüber auszufragen.

Petra aß kaum etwas, und den Rest des Abends verbrachte sie wie ein Schlafwandler.

Gegen zehn Uhr hupte es draußen vor der Tür. Onkel Nikolas ging hinaus, und bald darauf hörte man Frau Christiansens schrille Stimme. In einem Atemzug brach sie in Begeisterungsrufe über das Haus aus und jammerte über die schlechten Straßen und die langsame Bedienung in der Werkstatt, in der man ihren Reifen repariert hatte. Sie begrüßte Tante Ulla überschwänglich und fiel dann Petra um den Hals. Petra stand da wie eine Holzpuppe, völlig erstarrt und unbeweglich, aber ihre Mutter schien es nicht zu bemerken. Sie sprach ohne Unterbrechung weiter.

„Schätzchen, wie schön, dass ich dich wiederhabe, du siehst ja prächtig aus! Ach, es war schrecklich ohne dich, aber nun ... Hast du die große Neuigkeit schon erzählt?“

„Nein“, sagte Petra knapp.

„Nicht? Das verstehe ich nicht! Stellen Sie sich vor, Petra hat eine Hauptrolle bekommen! Sie soll die kleine Sandy Price synchronisieren – in einer Fernsehserie mit sechsundzwanzig Folgen! Übermorgen beginnen die Aufnahmen, deshalb bin ich gleich losgefahren, um meinen Schatz abzuholen. Wie schön, dass sie sich bei Ihnen so gut erholt hat, da kann sie gleich mit frischen Kräften an die Arbeit gehen!“

Frau Christiansen redete wie ein Maschinengewehr, aber Katja, Tante Ulla, Stefan und Onkel Nikolas starrten nur auf Petra, die schneeweiß und mit zusammengepressten Lippen neben ihrer Mutter stand.

„Na, freust du dich denn gar nicht?“

„Doch, natürlich, Mama.“ Petra zwang sich zu einem gequälten Lächeln.

„Das Lampenfieber, na, das kann ich verstehen, das kenne ich aus eigener Erfahrung. Aber keine Sorge, die Aufnahmen schüttelst du dir doch aus dem Ärmel.“

Tante Ulla rettete die Situation, indem sie Frau Christiansen am Arm nahm und beiseite zog.

„Liebe Frau Christiansen, Sie müssen ja vollkommen er-

schöpft sein! Sie sollten erst einmal eine Kleinigkeit essen. Mathilde ist gerade dabei, etwas für Sie herzurichten. Darf ich Ihnen inzwischen Ihr Zimmer zeigen?"
„Sehr lieb, ja! Ich bin so neugierig auf Ihr Haus, Petra hat in ihren Briefen so davon geschwärmt."
„Wann fahren wir, Mama?" Petras Stimme klang schneidend.
„Gleich morgen früh, mein Schatz."
„Gut", sagte Petra mit erzwungener Leichtigkeit. „Dann gehe ich jetzt nach oben und packe."
Als Katja zwanzig Minuten später nach oben ging, war Petra verschwunden.
„He, wo steckst du? Deine Mutter fragt nach dir – ich soll dich runterholen. Du kannst später fertig packen." Katja schaute in den Duschraum, aber auch dort war die Freundin nicht. Der Koffer lag unberührt auf dem Schrank, aber Petras Handtasche, ihr kleiner Rucksack, den sie bei Wanderungen benutzt hatte, und ein paar ihrer Sachen fehlten. Der Schrank war eilig durchwühlt worden, und von dem Briefblock auf dem Schreibtisch war eine halbe Seite abgerissen.
Einer Ahnung folgend, schlug Katja ihre Bettdecke zurück. Tatsächlich – dort lag ein zusammengefalteter Zettel! Katjas Hände zitterten, als sie ihn ans Licht hielt und las:

Liebe Katja – jetzt kannst du beweisen, dass du wirklich meine Freundin bist! Ich kann mit meiner Mutter nicht mehr zusammenleben, ich verlasse sie. Ich verstecke mich heute Nacht in den Bergen und werde versuchen, mich irgendwie in den Süden durchzuschlagen. Ich nehme dein ganzes Geld mit, verzeih! Aber du verstehst mich schon. Führe sie auf eine falsche Spur! Verbrenne diesen Zettel sofort! Danke!
Deine Petra

Katja stand wie erstarrt. Was sollte sie tun? Die Erwachsenen benachrichtigen? Das kam nicht in Frage. Stefan? Der saß unten bei den anderen, es wäre aufgefallen. Es blieb nur eines: Sie selbst musste sofort los, um Petra zu suchen und sie zum Reiterhof zurückzubringen!

Katja kritzelte eine Nachricht für Stefan auf einen Zettel, schlich sich in sein Zimmer und legte ihn auf den Nachttisch unter das kleine Foto von Petra, das seit zwei Tagen dort lag. Auf Stefans Schreibtisch entdeckte sie eine Taschenlampe, die kam ihr jetzt gerade recht.

Katja lief nach unten, rief durch den Türspalt: „Petra kommt sofort, sie ist nur noch mal zum Stall hinübergegangen", und rannte nach draußen.

Sie glaubte zu wissen, welche Richtung die Freundin eingeschlagen hatte. Natürlich konnte sie sich irren. Aber für einen Weg musste sie sich entscheiden, und die Wahrscheinlichkeit sprach dafür, dass Petra den Weg zu Stefans Lieblings-Alm und zu der geheimnisvollen Höhle eingeschlagen hatte, in der sie sich – wenn auch unter Lebensgefahr – verstecken konnte.

Das erste Stück lief Katja, ohne die Taschenlampe zu benutzen. Sobald die Augen sich an die Dunkelheit gewöhnt hatten, ging es ganz gut. Bald wurde der Weg steiler, und immer öfter stolperte sie über Steine und Wurzeln. Mit der Taschenlampe ging es besser, aber der Atem wurde ihr knapp, sie war viel zu schnell gelaufen.

Petra konnte doch unmöglich so einen großen Vorsprung haben – ohne die Hilfe einer Lampe konnte man den Weg nur ahnen! Jetzt kam das erste Gatter. Es war nur angelehnt. War das eine Bestätigung ihrer Annahme? Petra musste wie ein gehetztes Tier hier hinauf geflohen sein.

Katja suchte sich einen Weg zwischen den schweren Leibern der schlafenden Kühe hindurch, so im Dunkeln wirkten sie beängstigend. Auch das nächste Gatter war nur angelehnt. Katja hastete weiter. Wie lange war sie jetzt unterwegs, eine halbe Stunde? Eine Stunde? Sie versuchte sich an den Ausflug zu erinnern.

Jetzt kam ein Stück Hohlweg. Hier war der Boden nass, man konnte noch einzelne Abdrücke von Pferdehufen erkennen. Und da – ganz frische Abdrücke von Tennisschuhen. Katja glaubte sie zu kennen.

„Wenigstens habe ich mich nicht geirrt und bin auf der richtigen Strecke“, sagte sie laut vor sich hin.

Sie musste einen Augenblick verschnaufen, ihr Herz schlug hart, als wollte es zerspringen, und in der Brust spürte sie schmerzhafte Stiche.

„Petra!“, rief Katja leise. „Petra, wo bist du?“

Keine Antwort. Also weiter.

Sie wusste nicht, wie lange sie schon gestiegen war, sie war so erschöpft, dass sie nicht mehr denken konnte. Da – endlich erkannte sie die Alm. Katja blieb stehen, um sich einen Augenblick auszuruhen. Dann ging sie langsam zur Hütte hinüber.

„Petra! Petra – gib doch Antwort, ich weiß, dass du hier bist!“ Katja leuchtete die Hütte ab.

„Bist du verrückt, hier so rumzuschreien? Man wird uns hören!“

Katja traf fast der Schlag vor Schreck, als die Freundin plötzlich hinter ihr stand und auf sie einflüsterte.

„Warum bist du hinter mir hergelaufen? Ich gehe nicht zurück!“, sagte Petra wütend. „Willst du, dass sie mich finden? Du hast sie auf meine Spur gebracht.“

„Unsinn, bis jetzt weiß kein Mensch, dass du fort bist."
„Was willst du überhaupt hier?"
„Mit dir reden! Gib auf, Petra, komm mit mir zurück, es ist Blödsinn, einfach wegzulaufen, du kommst nicht durch! Nach ein paar Stunden finden sie dich – und dann?"
„Wenn sie mich finden, ist es allein deine Schuld! Hau ab, Mensch – ich hab ja geahnt, dass ich mich nicht auf dich verlassen kann!"
„Aber, Petra, sei doch vernünftig! Du schaffst es nicht!"
„Lass das nur meine Sorge sein, ich weiß genau, was ich tue. Und jetzt mach, dass du wegkommst!"
„Wo willst du überhaupt hin – ich meine, wie willst du leben?"
„Ich schlag mich per Anhalter nach Frankreich durch. Es gibt überall Leute, bei denen du Unterschlupf findest."
„So 'n Quatsch, das schaffst du nie!"
„Und ob ich es schaffe", sagte Petra kalt. „Es ist lediglich eine Frage des Mutes und der Entschlossenheit. Aber das kannst du natürlich nicht verstehen!"
Katja erkannte die Freundin nicht wieder.
„Ich verstehe nur so viel, dass du komplett spinnst", sagte sie traurig. Sie ging an Petra vorbei und ließ sich auf die Bank vor der Hütte fallen. Die Taschenlampe war immer schwächer geworden, jetzt erlosch das Licht ganz. „Na, prost Mahlzeit, die gibt auch den Geist auf ..." Sie warf die Lampe ärgerlich vor sich ins Gras.
Petra stand da irgendwo im Dunkeln, gespannt wie ein Raubtier vor dem Sprung auf eine Beute. Fest entschlossen, sich nicht überreden zu lassen.
„Wie meinst du das überhaupt – dass ich das nicht verstehe?", fragte Katja nach einer Weile des Schweigens.

„Weil du gar nicht weißt, was das ist – Mut. Du bist doch genau der Typ, der immer kneift, der den Kopf in den Sand steckt. Du findest dich mit allem ab und bist noch glücklich, wenn du dich feste bedauern kannst!"
„Das ist nicht wahr!"
„Das ist wohl wahr! Du würdest gar nicht auf die Idee kommen, etwas zu ändern, was dir nicht gefällt! Ich gebe ja zu, ich war jahrelang genauso, ein blödes Schaf, das zu allem Ja sagt! Aber ich mache jetzt Schluss mit dem Krampf. Ich haue ab und baue mir mein eigenes Leben auf!"
Petra sprach heftig und laut, als müsse sie sich selber Mut machen. Katja spürte die Angst hinter ihren Worten.
„So mutig, wie du mir weismachen willst, bist du gar nicht! Was tust du denn schon groß? Läufst bei Nacht und Nebel davon – na und? Wenn du wirklich Mut hättest, würdest du deine Meinung deiner Mutter ins Gesicht sagen, würdest dich vor sie hinstellen und ihr einmal klar und deutlich erklären, dass es dir nicht passt, was sie mit dir vorhat. Aber nein – du fliehst nachts in die Berge und lieferst damit nur den Beweis, dass sie Recht hat."
„Recht – womit?"
„Dass du das Zeug zu einer großen Schauspielerin hast – fürs dramatische Fach ..."
Petra schwieg betroffen. Plötzlich ging eine Verwandlung mit ihr vor, sie verlor die krampfhaft gespannte Haltung und sank neben Katja auf die Bank. Sie ließ den Kopf auf die Schulter der Freundin sinken und schluchzte hemmungslos.
Das kam so überraschend, dass Katja sich eine Weile nicht zu rühren wagte. Dann nahm sie Petra bei den Schultern und richtete sie auf.
„Komm, lass uns einmal in Ruhe überlegen. Eins steht fest:

Wenn du unbedingt abhauen willst, werde ich mit dir gehen. Meine Eltern werden schon verstehen, dass ich dich nicht allein lassen kann."
„Warum kann meine Mutter nicht wie deine Eltern sein!", seufzte Petra.
Unterhalb der Alm auf dem Weg blitzte ein kleines Licht auf.
„Stefan", sagte Katja.
„Wieso – hast du ..."
„Ich habe ihm einen Zettel auf den Nachttisch gelegt. Wenn du's genau wissen willst: Ich habe ihn unter deinem Foto versteckt. Ich fand es so unfair, dass du deinen Freunden keine Chance geben wolltest, dir zu helfen."
Petra schwieg. Sie starrte wie gebannt auf das kleine Licht, das sich langsam von unten näherte.
„Du, Petra ..."
„Ja?"
„Was du da vorhin über mich gesagt hast – hast du das wirklich ernst gemeint?"
„Ich habe es ernst gemeint. Du weißt, ich hab dir schon einmal gesagt, wir würden eines Tages Krach miteinander bekommen, wenn du dich nicht änderst. Du hast es dir so bequem gemacht mit all deinen blöden Ideen, du seist nicht hübsch und alle Leute würden in dir nur eine komische Figur sehen und – ach, was weiß ich, was du dir alles so einbildest. Du badest dich doch in deinen Minderwertigkeitsgefühlen wie – wie in lauwarmem Badewasser."
„Ach was, ich bin nun mal eben ..."
„Lass mich ausreden!" Petra wurde munter. „Du bist so verliebt in die Idee, ein von allen verachtetes Scheusal zu sein, dass du alles tust, um diesen Eindruck zu erhalten! Du schreckst nicht einmal davor zurück, anderen deine Verehrer

auf den Hals zu schicken, weil es in deinen Augen unmöglich ist, dass sich jemand für dich interessiert. Wenn ich ehrlich sein soll, glaube ich, dass du deine angeblich so gehasste ‚Klementine' – deine Zahnspange – nur noch trägst, weil du Angst davor hast, ohne sie vielleicht hübsch auszusehen!"

„Moment mal – was war das eben – mit den Verehrern?"

„Der arme Klaus Funke – es war ein Schock für ihn! Und für mich war's verdammt peinlich!"

Katja war so verblüfft, dass sie kein Wort herausbrachte.

Inzwischen war Stefan herangekommen, und hinter ihm tauchte im Schein einer Stalllaterne die riesige Gestalt von Onkel Nikolas auf.

Onkel Nikolas nahm Petra in die Arme wie ein kleines Kind.

„Komm, mein Kätzchen, sei ganz ruhig, wir bringen das schon in Ordnung", sagte er mit einer Zartheit, die ihm Katja nicht zugetraut hätte.

Schweigend machten sie sich an den Abstieg.

Mitten in der Nacht kamen sie unten an. Tante Ulla und Frau Christiansen warteten in der Halle.

Petra trat entschlossen auf ihre Mutter zu.

„Ich habe dir etwas zu sagen, Mama." Es klang förmlich und kühl, aber Petra zitterte am ganzen Leib.

Frau Christiansen war aufgesprungen. Mit einer scheuen Geste strich sie ihrer Tochter über das Haar.

„Du brauchst mir nichts zu sagen, Liebling. Es ist alles in Ordnung. Du bleibst erst einmal hier und – wir sprechen später zu Hause über alles, in Ordnung?" Ihre Stimme zitterte bedenklich. „Wir – wir sind wohl beide ganz schön dumm gewesen, meinst du nicht?"

Katja schlich nach draußen. Gleich würden sich die beiden

weinend um den Hals fallen, und solche rührenden Familienszenen konnte sie auf den Tod nicht ausstehen.
Auf der Veranda traf sie Stefan.
Er hockte auf den Treppenstufen und starrte vor sich hin. Katja setzte sich neben ihn.
„Gehst du noch nicht schlafen?"
„Ich bin nicht müde", sagte Katja. „Außerdem muss ich noch ein bisschen nachdenken."
„Wenn ich ehrlich sein soll", meinte Stefan, „habe ich das ganze Theater nicht recht begriffen. Was war eigentlich los?"
„Ach, wie soll ich dir das erklären ... Du kennst doch das Märchen vom Froschkönig und dem eisernen Heinrich ..."
„Heinrich, der Wagen bricht! Nein, Herr, der Wagen nicht – es waren die eisernen Bande um mein Herz – na, oder so ähnlich."
„Genau. So ein paar eiserne Bande sind auch bei Petra gesprungen. Und vielleicht auch bei ihrer Mutter. Ich hoffe es wenigstens."
„Das soll ein Mensch verstehen! Wenn du glaubst, dass ich jetzt klüger bin ..."
„Es ist ganz einfach. Petras Mutter wollte, dass ihre Tochter all das schafft, was sie selbst nicht fertig gebracht hat. Und Petra hat sich nie getraut, ihrer Mutter zu sagen, dass sie das gar nicht will – berühmt werden und so. Und ..."
„... heute hat sie sich endlich getraut."
„So ungefähr."
„Dann ist ja alles in Butter. Ich geh schlafen." Stefan gähnte herzhaft. „Gute Nacht!"
„Nacht, schlaf gut!"
Stefan trollte sich von dannen wie ein müder Kater nach einem aufreibenden, aber siegreichen Zweikampf. Hinter den

Bäumen dämmerte bereits der Morgen. Katja lehnte sich zurück und schaute in den blasser werdenden Himmel. Einige Vögel begannen bereits ihr fröhliches Gezwitscher. Im Haus war es still geworden. Es war schön hier draußen – und es gab eine Menge, worüber sie nachdenken musste.
Katja zog die Zahnspange aus dem Mund und betrachtete sie, als hätte sie einen solchen Gegenstand noch nie gesehen. Hatte Petra gewusst, dass der Zahnarzt ihr längst freigestellt hatte, auf „Klementine" zu verzichten, und dass sie nur aus Angst vor den Bemerkungen der anderen diesen Entschluss von Tag zu Tag aufgeschoben hatte?
Sie bog den Draht mit aller Kraft auseinander und dann wieder zusammen, bis er rund war wie ein Rad. Knacks, machte „Klementine". „Heinrich, der Wagen bricht", sang Katja leise vor sich hin und kicherte. Dann nahm sie das kreisrunde Drahtgestell und ließ es den Plattenweg hinunterrollen. Eine Weile war noch ein leises Klickern zu hören, dann verschwand „Klementine" lautlos im Gras.